三民叢刊122

流水無歸程

白樺著

三民書局印行

自序

白樺

中華民族為了生存發展，近二百年來，進行了無數次變革的嘗試，也有過幾次重大的變革。在變革中付出了慘重的代價。曾幾何時，我們以為革命！革命！革命！你革我的命，我革你的命，就可以進入天堂，結果是事與願違。極端的革命造成了極端的專制，極端的專制又造成了極端的腐敗。由於普遍和絕對的窮困才終於轉入以經濟建設為中心的中國，正處於一個從權過渡到錢的歷史階段。所有的轉換都在原有的權利機制控制之下進行，人們仍然無法面向真實，因為真實對於某些人來說非常可怕。一個虛偽的觀念和實際的金錢相結合的社會風景，必然是光怪陸離的。作家在光怪陸離的社會面前，當然會驚嘆，會惋惜，會痛苦，會自作多情……因為作家大多是比較敏感的人（當然不包括那些不用面對現實就可以顯要的作家）。

作家絕不是政治家，雖然中國歷代的政治家都認為作家會影響政治。今天西方的政治家大部分都已經明白了，作家絕不是政敵。作家和政治家不同之處只是：前者必須真實，後者無須認真。這是作家的上帝決定的，作家的上帝是清醒地生活在現實中的讀者，更何況作家還要受歷史的檢驗（因為人類發明了印刷術，建造了藏書樓和圖書館）。政治家不同，他們為了他們所設計和施行的現行政治，並不在乎生前身後的道德的評價。這一點在中國歷史上，無論是雄才大略的明君，還是專制殘暴的昏君；無論是一代大智大勇的賢臣，還是無能而又陰險的賣國賊；都極為清楚。這是他們的地位所決定的，因為他們「高貴」。作家的真實追求對於現代民主政治，有百益而無一害。而且，在日漸商業化和消費化的社會中，作家的作品，尤其是文藝作品成了真正的「閑書」。但對於作家來說，在創作這些「閑書」的時候必須十分嚴肅認真。因為這是我們的事業，為了這個事業，我們曾經受盡磨難，嘔心瀝血。我相信越來越多的人會笑話我們的迂腐，我們則像孔子所說：「回也，不改其樂。」這也是我們的地位所決定的，因為我們「卑微」。我想，這也許正是文學不會被任何熱鬧和強大的潮流所淹沒的原因吧……

流水無歸程

目次

自序
1・作者 3
2・楊曉軍 7
3・蓮蓮 12
4・雲萍 20
5・楊曉軍 29
6・曉霞 36
7・唐賢 45
8・黎丹 50
9・唐賢 60

10・黎　丹 67
11・唐　賢 77
12・小　娟 85
13・楊曉軍 98
14・杭太行 110
15・楊曉軍 122
16・陸美珍 130
17・楊曉軍 136
18・陸美珍 145
19・黎　丹 157
20・楊曉軍 165
21・曉　霞 173
22・楊曉軍 179
23・小　娟 185

24・蓮　蓮 191
25・杭太行 199
26・唐　賢 206
27・楊曉軍 213
28・蓮　蓮 223
29・楊曉軍 228
30・唐　賢 236
31・楊曉軍 242
32・小刺猬 250
33・楊曉軍 256
34・陸美珍 264
35・楊曉軍 271
36・蓮　蓮 288
37・楊曉軍 302

38・黎丹 313
39・唐賢 326
40・蓮蓮 332
41・雲萍 340
42・楊曉軍 347
43・蓮蓮 356
44・爺爺 361
45・莉莉 375
46・楊曉軍 383
47・丁曉雯 389
48・楊曉軍 399
49・陸美珍 408
50・小刺猬 416

All these-all the meanness and agony

without end I sitting look out upon,
See, hear, and am silent.

— Walt Whitman [Leaves of Grass]: I
sit and look out

我坐而眺望著這一切——一切沒有止境的醜陋和痛苦，看著，聽著，就沈默了。

——惠特曼《草葉集》：我坐而眺望

1
作者

人人都說：再也找不到像女兒河這樣秀麗的流水了！可惜你已經到了盡頭。盡頭，意味著什麼？結束？了結？解脫？……你的來路是那麼遙遠，你是一路哭著來的，你是一路號著來的，你是一路忍著疼痛來的。為了自尊，把哭泣當歌唱；為了壯膽，把哀號當吶喊；為了承受，把疼痛當課本。一路風塵……你曾經是一滴朝露，你曾經是一彎清泉。在密林深處，在青青的淺草間蔓延。那才叫清哩！像兒童的淚。那才叫香哩！像桂花林中的夜雨。那才叫甜哩！一滴水就像一顆瑪瑙般的紅石榴。當你緩緩起步的時候就有了歌，雖然很輕柔。那才叫歌哩！是一種由衷的、身不由己的、快樂的呻吟。是的，你一出生就懂得在快樂時呻吟了，在撒嬌時呻吟，在慵懶時、在似睡非睡中呻吟，在尋找溫馨的依偎時呻吟……天真爛漫的歡歌是怎麼變成險路的呢？誰也不知道。女兒河是許許多多清泉聚攏而成的，每一條清泉都有一個相似的、花蕾一樣的開頭。後來，各有各的溝壑，各有各的深淵，各有各的曲折、坎坷和跌宕。閱盡人世滄桑，多少撲面而來的高山峻嶺，都錯肩而過了。如今，面對盡頭了。女兒河啊！你再流向何處呢？你再衝向何處呢？你再滑向何處呢？這世界不就是一個大斜坡嗎？人往高處走，水往低處流。水啊！這是命中注定的麼？人啊！你真的能往高處走麼？只是自以為能罷了，人的每一步都是在往下滑，向生命的盡頭滑下去，無可挽回地一步一步往下……像水一樣，往往在人生的路上就乾枯了。即使你自以為還在浩浩蕩蕩，可你也像流水一樣，能重新回到青青的淺草間自由自在地蔓延嗎？你還能唱得出那音節簡單、清醇、率真的兒歌嗎？你還能只是為了快活、為了撒嬌、為了慵懶、為了尋找溫馨的依偎，由衷的、身不由己的、快樂地呻吟嗎？不能，你只能滑下去，滑進深淵之底。最後的迷失是什麼？所有的答案都是殘酷的。也許正相反，你在最後那一瞬可能才知道你所苦苦尋覓的、追求的、期待的、希望的正是這個難測其深的底，何況連測也無需再測了。女兒河的最後一瞥的美貌，奇絕而慘烈。晨霧在墨綠色的椰林上空彌漫開來，椰子樹突然醒來，瀟灑地擺動著長髮。一層層的海浪瘋狂地湧向女兒河，它們是要抓住你呀！女兒河！它們想一口把你吞沒。它同時湧向岸邊的高高的岩壁，恨不能再越過岩壁，去淹沒岩壁上聳立著的那座高達三十層的豪華飯店——PRIMULA HOTEL。中文譯為：普瑞瑪娜大酒店。良宵之後，每一個房間的窗簾都還沒有拉開。映在朝南的六百面窗玻璃上的畫，都是相同的，暗藍色的雲水之間一抹殷紅。畫面漸漸明朗起來，六百顆太陽同時在六百幅圖畫裡一躍而起，多麼壯麗啊！海鷗和椰林都歡呼著在風中舞蹈。女兒河迎著二十世紀末的某一年三月十日那顆新生的太陽流向盡頭。那是一顆無可挑剔的太陽，碩大豔麗，燦爛輝煌，喜氣洋洋。帶著大量的光和熱，盡量讓世間所有生物的身心都能得到足夠的溫暖。只是在她初升時，蕩漾在水面上的一片紅光，像是可疑的血。白色的細沙灘上，只有一個接近三十歲的男人，雙手托著後腦勺，背著海風趔趄地走著，一邊走、一邊回頭眺望身後那座由於陽光的阿諛奉承，顯得更加華麗了的PRIMULA HOTEL。他當然不是這個酒店的顧客，從他那件西裝外套上就能看得出來。那可能是一個個體裁縫自作聰明的傑作，邊邊角角沒有一處是平整的。加上手工濕洗過，襯料收縮得比面料多，更顯得七歪八扯，皺皺巴巴。一雙冒牌NIKE運動鞋本來可能是白色的，如今已經被工地和路上的泥濘塗抹得不僅分不清是什麼顏色，連輪廓也分不清了。他的個頭兒不高，大約只有一米七十左右，很瘦，但並不顯得弱。屬於眉清目秀、多愁善感的那種人，渾身都彌漫著半個世紀前的浪漫。無論在風中、在雨中、在陽光下、在敵人的睥睨下、在親人的注視下，他的那雙黯然的眼睛裡常常是淚汪汪的。男人！你哪來這麼多的眼淚呀！眼淚能使女人心軟的年代已經過去了！如今，男人的眼淚在女人面前一點分量也沒有了，只能逗女人笑，而且還不是善意的笑，是那種輕蔑的訕笑。他走到海浪若及而不可及的地方停住，雙手從頭上放下來，長髮立即像黑色的火焰似地在頭上燃燒起來。對於海鷗來說，又像是烽火臺，一批一批的海鷗向他飛來。有些落在他的腳下，有些在他的頭上盤旋。一隻小海鷗大膽地落在那團黑色的火焰上。看來，他不只一次、也不只一百次在清晨的海灘上餵這些鷗鳥了。他所有的衣袋裡都塞滿了在那些公共食堂裡拾來的半截饅頭。他把饅頭掰成很多小塊，拋向空中，任海鷗去爭搶，儼然是一場現代大空戰。他卻目不轉睛地眺望著PRIMULA，準確地說，他的目光始終都投射在第二十一層。更具體地說，是二十一層東側的第一和第二面窗戶，那應該是2101和2102號房間，實際上是一個相連的豪華套房。日復一日，不管陰晴雨霧，他總是在同一時間到海灘上來，餵養那些從不背棄他的海鷗，同時目不轉睛地眺望著PRIMULA東側的第一和第二面窗戶。但那兩面窗戶從來都是默默無語的。不到十點，窗簾不會拉開，而七點半他就得離開沙灘。因為他是建築工地的施工工程師，即使星期天，他都得趕到工地。今天早晨那兩面窗戶仍然長簾深垂，擺著一副無可奉告的面孔。他悵惘地搖搖頭，長長地嘆了一口氣。當他正要轉身離去的時候，一個奇蹟發生了！突然，六百面窗戶中有一面窗戶被拉開了。窗簾像一隻白鳥飛出窗外，又好像一雙腳還綁著繩索，被人牽住不放，在窗框上撲打著。緊接著就是一聲掙命的慘叫，一個身穿白內衣的姑娘衝上窗臺，立即又被窗內的一隻手把她扯了回去……那是哪一層？那一面窗戶？此時的他反而糊塗了。他一層一層地向上數，啊！竟是那個驚心動魄的數字：二十一層，東側，第二面窗，2102房間——豪華套房的臥室。是她？是她！是她？……！……？……！她還在這座樓上嗎？她還在這塊土地上嗎？接著，一連有六面窗戶同時打開。露出六個年輕女人沒有梳理的頭和她們赤裸裸的肩膀。兩面在十層，一面在十五層，兩面在十八層。

2
楊曉軍

她完全沒有想到我的手會這麼快，一下就把她從窗臺上抱下來了。她推開我，轉過身奪門而出，我沒攔她。只喊了一聲：DAISY！這聲喊是不自覺的。隨便她去哪兒，去做什麼，即使她再去尋死……隨她的便！我覺得此刻我的腦袋比磨盤都大、都重。當我轉過身來的時候，冷不防，一個中年男人怒不可遏的瞪著我。他披著錦緞睡袍的身子相當健壯，膚色黑裡透紅，留著修剪得很考究、很淺的唇鬚。這是誰呢？在我思索的時候有一個習慣動作，就是用手敲打一下額頭。這時我才發現我面對的是一面大鏡子，那人就是我。真的是氣糊塗了！我環顧腳下，狼藉滿地的全都是女人的時裝，沒有一件不是歐洲名牌，MERCI、K.L.、GIOGIO ARMANI、VERSACE、PALATINO……每一套時裝都記錄著我們的一次小別重逢的喜悅，有幾套是我陪她在法國、意大利、香港旅行時買的。我光著腳在這些冰涼柔軟的絲綢上緩緩地漫步。四年來，負荷著這個小女人，這個南國佳人，這隻小錦鳥，這株由我精心培植得滿身都是刺的玫瑰。沈重麼?沈重。可當這個小人兒赤裸裸的抱住我的時候,那雙堅挺的乳頭在我肩膀上滑動,柔軟的小腹緊貼著我的脊背,她抱著我的頭從我身後把她的臉轉過來,用她那紅罌粟般的小嘴尋找著我的唇,用舌尖向你長時間傳遞她如醉如痴的激情和急切的渴望;那時,我一點也不覺得沈重。甚至我寧願把我的全部財富和向往用來交換這一刻。可後來……唉!剛剛,在她尖叫著一躍跳上窗臺、被我拉下來的時候,我還十分緊張,而且憤怒得渾身發抖,不知所以。現在,人去樓空,反而鬆弛了下來,也可能是輕鬆。雖然很意外,可世界上意外的事還少嗎?多一個意外算什麼呢?我現在做什麼?抽煙!對!想抽煙!香煙在那兒?今天以前,在PRIMULA,從來都不用自己去找香煙,想找也找不到,都是向她伸出手來,讓她的小手輕輕地打一下,表示想抽煙是錯誤的。就像香港政府對市民的警告一樣:H.K. GOVERNMENT HEALTH WARNING: SMOKING CAN CAUSE CANCER!(香港政府忠告市民:吸煙可以致癌!)她打了我一下以後,像變戲法似的從鬢邊抽出一支雲煙來。她從不允許我抽外國煙,諸如555、MARLBORO、KENT……她雖然不抽煙,卻能聞得出味兒來。她認為外國煙很難聞,難聞的味兒吸進肺裡不是更糟嗎?奇怪!她才離開五分鐘,我就覺得不方便了。見鬼!我在四年前是因為生活方便才迷戀她的嗎?平心而論,為了生活方便何需她呢!當年,第一眼看上去,她就像一隻餓了才不得不接近人的野山貓,碰碰她,她就會呲著牙尖叫。藏在腿毛裡的利爪以閃電般的速度伸過來、縮回去，你的臉上或是手臂上就會留下幾條又細又深的血口子。那時的她對於我不是方便，是真正的麻煩。在認識她之前，我曾經注意過那個從菲律賓招募來的樓層領班，現在升任為總經理特別助理的莉莉(LILY)。她畢業於美國夏威夷大學的酒店管理專業，不僅在酒店管理方面訓練有素，在侍候男人方面也十分精明獨到。年輕、漂亮，而且她的身上有一半華人的血液。精通英語、潮州話和中國普通話。她是那種東西合璧式的美人兒。是有著東方人可親的皮膚，細滑、微黑，沒有西方人皮膚上那種明顯的讓人疑為異類、望之生畏的毛。鼻子比起中國人來，稍稍高那麼一點兒，但並不妨礙接吻。眼窩稍稍深那麼一點，眼窩太深的女人容易衰老，往往只是一夜風流就大見分曉了。晨光會直言不諱地通過鏡子，把你眼角上的皺紋一條一條地數給你看。莉莉當然不是那樣的女人。她那不用塗口紅就十分鮮豔的嘴也稍稍有點兒大，總是毫不掩飾地微微張著，落落大方地告訴你，她有著強烈的性渴望。我對她的確動心過，但考慮到她是自己的下屬。作為PRIMULA集團的董事長，這樣做，會有意料不到的後患。雖然她一定很識趣，會不露痕跡。可誰知道，在女人的虛榮、貪婪、妒忌諸多弱點中，任何一點的惡性膨脹，都能像洪水一樣，氾濫成災。最可怕的還是她太有分寸，一顰一笑都在告訴我：您的意思我懂了，董事長！我明白了，董事長！我這就去做，董事長！做為一個老板的雇員，她非常理想，擺在任何一部機器上都是一個合適的零件，不！應該說是一個部件的總成。她能使機器運轉得很流暢，讓人放心。但，你怎麼敢去擁抱一個機器超人呢？你想吻她，她會表演一下躲閃的技巧，又不失時機地把嘴唇送過來，首先伸給你她的舌頭。當她感覺到你的呼吸急促的時候，她會悄悄地解開胸罩上的鈕扣。這不僅乏味，而且可怕。也許是這樣的女人我遇到的太多了的緣故。可以說，我遇到的第一個女人就敗壞了我的味口。那時候我是個十八歲的「狗崽子」，我所以被加封為「狗崽子」，是因為我父親一九三一年參加中國工農紅軍。第二次國內戰爭時期，髖骨裡嵌了一顆子彈。抗日戰爭，脊椎骨上又嵌了一顆子彈。第三次國內戰爭，顱骨裡再嵌一顆子彈。也許正因為沒有條件開刀，反而活下來了。而且每一次都沒碰到神經，好像沒受過傷一樣。因而能在六十年代初升任為大軍區司令員。這就奠定了我在文化大革命獲得「狗崽子」桂冠的基礎。據說有過赫赫戰功的江青（別人立戰功是在許多戰場上，她可能是在許多床第上。——我也想不到時至今日，我還會為一去不復返的往事動感情。），她在文革初那次著名的軍以上幹部會上，指著我父親厲聲說：楊某人！你的腦袋裡有反骨！你一貫反對毛主席！——革命軍事委員會就根據這兩句話，把我父親撤職、隔離審查。我曾經替黨想過：腦袋裡的反骨怎麼個審查法？能不能用X光機？可X光機只能檢查出嵌在我父親骨骼上的三顆子彈。真抱歉！我早就發誓不談政治了，只能想，因為政治和經濟有關。握有巨額資本、而且投資發展的人，必需密切觀察與思考政治風雲的變化。但我對政治十分厭倦，所以還是回過頭來想想我遇到的第一個女人吧。那是我做為「狗崽子」發配雲南生產建設兵團勞動改造時的事情。從紅色貴胄子弟到勇於燃燒一個舊世界的紅衛兵，是順理成章的。再從紅衛兵到被迫去創造一個新世界的「狗崽子」就困難多了。連舉三次鋤頭以後，對這個破地球的熱情就喪失殆盡了。到了文化大革命中期，往往一個連、一個營、一個團的一半人以各種各樣的藉口不出工。任這個地球荒蕪，任這個地球破敗，甚至毀滅。但最先受害的是年輕人的胃。這時候我們才知道什麼是無產階級，無產階級為什麼要革命。三五成群走進令人窒息的熱帶叢林，像神農氏一樣去嘗百草、打野獸。有時會中毒、或被野獸抓住，成為野獸的野獸，被吃掉。也有人吃掉自己私生子，既充飢、又丟掉了包袱，算是兩全其美。更多的戰士襲擊的目標是傣族人的甘蔗田和木薯地，那是真正的大偷襲，每一次都能取得軍心大振的勝利。看來，革命和戰爭都很對我們的胃口，比起一鋤一鋤地墾荒來，又多、又快、又好、又省。即使有人流血犧牲也很合算，何況這種戰爭有驚無險。吃了一肚子木薯，天也亮了。找一個沒有毒蛇出沒的地方睡上一覺，比如下河，水裡即使有蛇，也無毒。像傣族男女那樣，浸在水裡大小便，捎帶洗去一身臭汗。瀾滄江的水溫正合適，很涼爽。那次，當我三全其美以後，正要起身上岸的時候，一轉身，看見樹蔭下的一塊大石板上躺著一個人。嚇了我一大跳：

「誰？」

「誰！」那人笑了，是個女人。「曉軍吧！過來。」是她！萬佳如。她忽然坐了起來，半裸！那雙聞名遐邇、無緣得見的大乳房正垂在我的眼前。我發現我的全身都在搖晃，目光也突然模糊了！那時候多麼可笑可憐！一個目瞪口呆的童男子。

3

蓮蓮

他好像叫了我一聲DAISY。我不叫什麼戴茜，我叫蓮蓮。

我從來沒用這麼大的力氣甩過身後的門，連我自己都嚇一跳。我怎麼有這麼大的力量？但沒有發出一點響聲，門的裝置太現代化了，彈簧支撐著的門很慢才關上。沒想到房門會不幫忙，我深深意識到自己的無力，因而感到非常悲哀。但我那聲喊，是我絕望的、孤注一擲地拼搏。我想，這PRIMULA的三十層樓都能聽見。我絕對沒有讓大董事長丟臉的意思，而且他也不在乎。凡是握有強權和大量金錢的人，唯一在乎的就是權和錢。別的，客觀上怎麼看，無所謂。電梯很巴結我，來得很快。我一步跨進去，按了一下大堂和直駛的兩個鍵。一會兒就落到底了，首先看見我下電梯的是大堂經理王敏生先生，他向一個小姐舉了一下手，那位小姐立即打開了大堂裡的所有燈光。我也不知道我為什麼會如此冷靜，怕連根針落地的聲音我都能聽見。大堂裡反常的靜，我直視前方，可是他們的一舉一動我都能覺察到。我聽見小姐們以最輕的聲音在傳遞著四個字：貴妃娘娘……貴妃娘娘……這是她們背後給我取的綽號。我在大堂正中遲疑了一下，這麼亮！我懷疑他們是故意讓我在雪亮的燈光下，把我當一個靶子，無抵抗的接受他們從四面八方射向我的目光。以前，我曾習以為常。把這當做排場、當做禮貌、當做他們對我的尊重和愛戴。今天，他們都很震驚，第一次看見MS. DAISY竟穿著繡花寢衣下樓來了，即使寢衣是很華貴的名牌——SNYDER。我能從他們的神情上感覺到，我現在的樣子依然優美動人。但他們從我的異常表情和儀態上也能猜測到，我和楊曉軍之間發生了不尋常的事情。我意識到有一個客房接待值班小姐在悄悄打電話，可以肯定她不是、也不敢給董事長打電話，她正在向她的上司莉莉報告：貴妃娘娘正在向門外走去，穿著寢衣、面色蒼白……在我女性的敏感中，莉莉一直是對我特別注意的一個人。是挑剔？不！是羨慕？不！是尊敬？不！是妒忌？不！都不是，又都像是。她的高明之處就是讓我找不著確切的感覺，又確有感覺。我今天才知道PRIMULA的大堂是如此寬闊，我必須在那些由於發呆而失態的人們面前走過去。以往我總是含笑向他們微微點頭，回報他們對我的尊敬。現在，當一個侍者遲疑地走過來表示要幫助我的時候，我身不由己地瞪了他一眼，像定身法一樣，把他制止在走向我的途中。所有金屬的柱子、櫃臺和推箱籠的架子……等等一切閃光的東西，都用針似的光芒從四面八方刺向我的眼睛。我真想哭，大聲肆無忌憚地哭一場。但我沒哭，我還沒有脫掉戴在臉上的假面和身上有形的和無形的戲裝。這座大酒店的上上下下都知道我扮演的是什麼角色。每一次挽著楊曉軍從樓上下來，他總在我耳邊小聲提醒我：「風度、高貴、適可而止的謙遜……」習慣成自然，穿著借來的衣服，久而久之，主客兩方面也都忘了。以為這就是我的衣服，好像只有在我身上才合適，多麼荒誕！此刻，腳下是一雙金色的高跟拖鞋，快也不行，慢也不行。在臨近大門最後幾步的地方，跨得大了一些，差一點兒滑倒。門童趨前一步伸出手來想來攙扶我，又沒敢攙，轉而拉開大門。我總算走完了這段路，好漫長的路啊！我長長地嘆了一口氣，就向河海交匯處走去了。女兒河在自己的盡頭，把自己劈成好幾份兒，因而形成了許多美麗的小島，我從童年時就開始在這些島上流連忘返了，真是不堪回首！唉！一走上沙灘我就踢掉了鞋，經常精細修剪、染色的十片指甲像十片紅色的花瓣。女兒河在滑向大海的時候，湧起一排浪花，那排浪花界定著河與海。是河不願意離開陸地？還是無底深淵的海不忍心接受河呢？那浪花是女兒河的前進造成的？還是退縮造成的呢？我入神地凝視了好久。隨著心中一陣疚痛，我在河邊跪了下來。把臉浸在河水裡，河水怎麼變得這麼渾濁呢？她曾經是多麼清澈。現在我很久才能在水下看見兩條只有眉毛那麼長的小魚，貼著沙底追逐著。它們多好啊！我注意到，我喊的這聲好不是孩子的驚訝，也不是少女的讚嘆，而是活了一百歲的感慨。我用手洗去臉上的脂粉，一遍一遍地洗著，然後只能搖搖頭，甩乾臉上的水珠。當我睜開眼睛的時候，水中有個男人的影子，那人就站在我的身後。我看著那人的影子，那人看著與他的影子重合的我的影子。我故意把水面攪亂，不要你看，不要你看！我也久久不轉過身去，一直攪動著水面。但他總也不走，我很火，猛地轉過身來想罵他一頓。結果：我的身後根本就沒有人，再回過身來一看，連水中的影子也沒有了。一下，我覺得心都空了。過去的時光已經一去不復返了，那麼快就過去了！六年前，我還是個十六歲的小姑娘的時候，那時的河水清澈見底。我發現水中有個人影，一回頭，看見一個眼淚汪汪的年輕人。我第一次見到的你，是一副傻乎乎的樣子。你結結巴巴地說：

「你⋯好⋯好美啊！」那個時候我還不知道美這個字的全部涵義和分量，也不知道我是不是真的很美，更不知道美會給我帶來什麼。我問你：

「你說什麼？」

「我說你很美，真的很美。」

「你這個人真好玩！」

我常常用光腳在水裡又跳又蹦，故意濺你一身水，你也不生氣，還是用淚汪汪的眼睛看著我。我莫名其妙地哈哈大笑著奔向爺爺，爺爺雙手撐著一根竹篙子，站在小船上晃動著，喚著浮在河面上的、一片毛茸茸的小鴨子：

「鴨鴨鴨鴨鴨鴨……」

爺爺不喜歡我跟生人調皮，我就用兩個小拇指勾著嘴角，把嘴拉的大大的，向爺爺叫著：

「嗚！我是老虎！嗚！我是老虎！」

只要我一扮老虎，爺爺就裝著很害怕的樣子。你一點都不生氣，用手胡亂抹了一下臉上的水，跟著我一路跑過來。爺爺把手放在長長的眉毛上，遮住陽光，望著你：

「哪來的遠客呀？」

「北京。」

「聽說我們這兒也要大開發了!?」

「是的。」

「蓋高樓吧!?」

「對！我就是先來勘察地質的……」

「工程師吧?!」

你點點頭。

「蓋多高呀？」

「三十層，五十層，最高是六十二層。」

我忽然「得兒」一聲笑了：

「那不是要躺在地上仰面八叉才能看見屋頂嗎？」

你也笑了，你笑的時候也是眼淚汪汪的。爺爺自言自語地說：

「這一下就好了，我以為我們這塊地方，只有天能看見、本地人能看見，外地人永世也看不見吶！樓蓋起來就有電了吧？電能把夜晚變成白天，聽說還能用電孵小鴨兒……」

「不，蓋樓以前就得發電，沒電是蓋不起樓來的。」

「沒想到能活到這一天，這塊大岩石上修個什麼樣的樓呀？」

「修個大酒店……」

「什麼是大酒店呀？」我問你：「是賣酒的吧？我爺爺可高興了，他就喜歡喝酒。我們碼頭上有個酒店，是個寡婦開的連家店。」

你又笑了：

「不但賣酒，還有一千間客房、十幾個餐廳、兩個舞廳……」

「誰來住呢？」我那個時候好無知啊！你說：

「世界各國都有人會來，這裡有四季可以游泳的海灘、河灘……」

「游泳？是不是鳧水？」

「對！是鳧水。」

「鳧水還要老遠跑到這兒來？」

爺爺說：

「我們這兒的水好，能把人洗漂亮了。」

你使勁地看著我。我問你：

「美是不是漂亮？」

「是，還不只是漂亮。」我有點兒得意地看看水中個自己。你問爺爺：「你們住在哪兒？」

「我們自己的鴨寮裡。」

爺爺指了指上游的椰林深處，就向我招招手，喚著鴨兒打算向對岸划去。你忽然指著鴨兒叫著：「多有意思，牠們為什麼有四種深淺不同的顏色呢？」

「這你就不知道了吧，」我說：「牠們是四茬鴨崽兒，一茬比一茬晚一個月出殼。連這也不知道，還是什麼工程師呐?!」

你傻呼呼的嘿嘿笑了：

「不知道我才問嘛。」

我對爺爺小聲說：

「看他那傻樣兒……」

「別瞎說！」爺爺一伸手就把我拉上了小船，我一直嘻嘻笑著看你。你突然對我叫了一聲：

「我姓唐——！」

我笑得更厲害了，跳著腳、拍著手笑。爺爺一篙子把船撐了好遠，我尖叫著問：

「糖，糖甜不甜——？」

「唐賢——！」

「糖鹹？爺爺！你聽見了吧？糖是鹹的！」

我在船沿上笑得晃了幾晃，還是跌落在河水裡了。我索性潛到水下再浮出水面，爬上船。我看見你的眼睛瞪的老大老大。我用手擰著濕漉漉的頭髮，白色的破布衫緊貼在身上。我那時就是一個身子早熟、心靈卻還留在童年的女孩。你痴痴呆呆地定睛看著我們的小船越來越遠，你變得越來越小了。我一直都在笑，想著鹹的糖是什麼滋味……往事如煙，早已消散了……

當我再次把臉從河面上仰起來的時候，我希望能看見那塊鹹的糖。但身後還是空蕩蕩的，我的心隨即也揪了起來，疼得我淚如湧泉……在我站起來的時候，忽然看見遠遠的海邊上、浪花中、孤零零地站著一個人。很遠很遠，可我仍然能隱約感覺到那是你！是你！你……為什麼還在這兒呢？已經六年多了，六年多都沒有離開這些工地？為什麼？鹹糖！

4

雲　萍

我在早上十一點以前是個雷打不動的人，可這聲喊叫幾乎把我驚得從床上跳到地上。完全不像人聲，又的確是人聲，那是一個沒指望了的女人才會發出一聲狼嚎。只是為了讓人知道她還有條命，這條命還是自個兒的，哪怕這條命只有這聲喊一般長。可憐啊！女人！這就是你最大的本事了！我一絲不掛地走到窗前，拉開窗簾，再拉開窗。啊！一個小嬌女兒似的早晨！好久好久都沒見過這樣粉嫩粉嫩的火燒雲了。我把頭伸出去看看，什麼也沒看見。涼風撩著窗簾的角，像粗魯男人的手，在我奶奶上亂揉。真討厭！我退到衛生間，撒了泡尿，走到鏡子前。還真有點兒妖氣！妖精！我拿起唇膏往鏡子裡我的臉上打了一個大大的紅叉子。想想，這玩笑可開不得，這不是要把我自個兒斃了嗎？我趕快用毛巾把它擦了。我重新回到床上，管它什麼人喊叫，殺了人也輪不著我來過問。光著身子睡覺真好，我至今都不習慣穿睡衣，除了他來了。窮講究！他要幹我的時候不還是得脫光，有時候來不及能把好好一件內衣撕爛！猴急！別看他的牛吹得那麼大，滿身都是香港小店主的窮酸氣。

「我做的好代（大）好代（大）啊！什麼生意我都做，你明不明白？我常年在臺灣、香港、大陸三地兩岸穿梭飛行，揭（這）裡只是我的一個小小的愛巢，揭（這）裡好也，好也！新興的濱海城市，好開放啊！比香港、臺灣還要開放。我只要到代（大）陸來做生意，繞一個小小的圈子就來了。揭（這）裡現在沒生意好做，揭（這）裡住酒店、食飯都很便宜嘛！新鮮空氣、溫暖海水免費供應。而且很安靜，揭（這）是很重要的喲！」說明白了，他指的就是：這兒不查房，不掃黃，沒人來查驗結婚證書。這就是他眼睛裡的開放。他以為我完全不懂廣東話，其實我懂一點兒。有一次，他對他的一個朋友用廣東話說：「這裡玩女仔有八個字：經濟實惠，可靠衛生。不就是包租一間客房嗎，小意思！再加上每次來帶一兩件時裝，香港、臺灣水貨有的是嘛！一兩件包金的首飾也可以嘛！她們代（大）部分都是沒見過好東西的嘛！共產黨好多年不讓他們使用、也不讓他們看見好東西，從前的好東西都沒有了，毀的毀了，沒收的沒收了……她們不懂，給她們鍍金的她們也不懂，也不敢拿給別人看，不過那樣做，好像也太不講情份了……總之一句話，她們是很好對付的。」

他轉過臉來問我：

「你識聽不識聽？」我搖搖頭，但在心裡罵了他一聲：王八蛋！他還想獨佔我，怕我另外有人，每一次來都是突然襲擊。不給我電話，他還說好聽的：

「我系（是）想給你一個意外的壞（快）樂嘛！」

一開始我對他的話就無所謂信還是不信，我離鄉背井流落到南方來。想要找的東西很多，等我到了這天邊地沿兒，才知道你想找的東西並不是都能找到的。明白了這個理兒，也就不再找什麼實有的東西了。特別是人們說的真東西，你就是找到死也找不到。我只能把所有真真假假的一切，都當成夢。我覺得，要是把人生在世的一時一事都當成實實在在的東西，要為每一時、每一事去高興，去悲哀，多累呀！不如作一場一場的夢，當作一隻隻在眼前飛過的蝴蝶。這樣一想，對那個香港小店主也就沒多少要求了。易六發——一想起他的名字我就想笑，這是個地地道道小店主的名字。一定是他爹媽為了討個「一路發」的口彩，才起的這個名。果然，按他的說法，四十歲以後他就一路發了。

「大陸開放，樣樣生意都好做，只要打通人事關係就一通百通了。想當初，一根圓珠筆、一個打火機就可以買通一個市長。後來，不可以了，要電視機、錄音機、摩托車……今天，電視機、錄音機也不可以了！要美金，要辦好的信用卡才可以。沒辦法呀！水漲船高……」

易六發這個名字還有一個意想不到的收穫，就是可以堵住他老婆無窮的嘮叨。

「我叫一路發，老婆！守在家裡能發嗎？莫搞錯。」

易六發每一次來瓊雅，我都還沒睡醒。他向總臺值班小姐取了備用鑰匙，塞給她一張港紙，極嚴肅地說聲：「多借（謝）！」他輕輕地打開門，把一對紅寶石耳環放在我的眼皮上，我的夢好像拉上了紅幕布一樣，接著又開始了一個新夢。上個月末，是他最後一次來瓊雅。我聞到一股子香水味兒，我當然知道，這是他的一套老把戲。我的眼睛勉強睜開一條縫，懶洋洋地說：

「我的一路發！打腫臉充胖子的小瘦猴兒，你來了……」

「不瘦呀！你摸摸嘛！我胖多了。」

我朝他噴了一口氣，翻個身又睡了。他拾起我扔在地板上的錢包，大聲嘆了一口氣：

「還有幾多錢呀？手袋怎麼總是落在地上呢？這是裝錢的東西，錢，你知沒知呀？……怎麼只有這麼幾張了呢？」

「別吵好不好，人家還沒睡醒嘛！」

「我問你，港紙怎麼只剩了這麼幾張？」

「寄給我媽了，行不行？」我一下從床上就坐起來了，瞪著他。對他就得這樣才行。「我媽來過好幾封信、電報，為我爹還賭債。」

「她無需還嘛，還了他還要賭，賭了還要輸的！不還，能怎麼樣？中國改革開放了嘛，現代化了嘛，沒有夫債妻還的法律嘛！」

「你以為我媽跟你一樣？她跟我也不一樣，怕丟臉，別說人家鬧，就是向外說出去，她的臉也沒處擱。我爹的賭友又都是狠人。一個個都像狼似的瞄著小錦，妹妹大了。我媽怎麼也不明白，來了一百次信要我把小錦接來，她以為我嫁了個代（大）闊佬。你說能答應嗎？我死也不答應，這恐怕是我一生唯一頂真的事了。說破大天小錦也不能走我這一步，可我又不能明明白白告訴媽……」說到這我才想到從枕頭底下去拿睡袍。好在我的一籮筐話往他頭上一倒，易六發在路上積攢那點兒老叫驢的興勁兒都沒了，我才能順順當當地套上睡袍。他以為我說完了，腆著臉走過來要抱我。

「我的話還沒說完呢，我還要說！要是我媽知道我這樣……她能一刀一刀把我給刮了。你不知道小錦有多純、多真、多可愛。就說一件事，我在湖南老家的時候，一個早上，我在門口梳頭。梳著梳著我呆住了，一隻黑蝴蝶在我眼前慢慢、慢慢飛過去。其實，我是在想事兒。小錦以為我特別喜歡黑蝴蝶，每年春天，她在家信裡都夾著一隻黑蝴蝶。信封上還寫著：

勿折疊，小心剪口！」這時候我的眼前好像一隻又一隻黑蝴蝶慢慢、慢慢飛過去……易六發不失時機地拿出一件黑色迷你裙和一件金色針織坦胸露臍短衫來：

「試試，合適不合適？」

「轉過身去。」

「什麼？」他忽然不明白了。「為什麼？」

我把他的話趕快還給了他：

「文明呀！連文明你都不懂……」

「好也，你在這裡等著我……好好……」他轉過身去。當我正在脫睡袍、睡袍還蒙著我的臉的時候，他乘機轉身撲過來，把我抱住丟在床上。隨他，他花錢、帶禮物、向老婆撒謊，不就是為了這麼？正好我臉上蒙了一層紗……又一隻黑蝴蝶慢慢、慢慢飛過去了……

五月晌午的菜花地，太陽真毒，把眼睛都照瞎了，五顏六色的春花田變得一片烏黑。我像躺在雲彩上，但我知道托著我的是一雙手。齊人高的菜花，落了我一頭一身花粉，好香！我確確實實地知道：托著我在菜花地裡飛跑著的人就是他，是他！是我像神一樣供在心裡的黃明光老師。我動也不敢動，幸福會來得這麼輕易麼？多才多藝的黃老師，平時在課堂上，他從沒正眼看過我。那時候跟現在恰恰相反，我真怕是夢啊！黃老師家訪的時候，他也只是跟媽媽說話，臨走的時候他才用手摸摸我的頭，像對待小女孩兒似的。我覺得很委屈，那時我已經是十八歲的大姑娘了。農村女孩兒入學本來就晚，家裡沒男孩，時斷時續，十八歲才上初中三年級。雖然我以為黃老師從來都沒注意過我，我卻總在偷偷地注意著他。黃老師是從首都北京來的。來那天的情景，我至今都還記得。是太陽將落沒落的時候，我剛好在地裡割草。他推著自行車，後座上綁著行李，他自己背著一把小提琴，一條長長的大紅圍巾在風裡飄呀飄的，我一眼就被他迷上了。我那時候相信緣份，第二天第一節課就是他講語文。標準的北京腔兒，反而讓我一個字也沒記住。他那脆嘣嘣兒的京腔兒就夠我犯糊塗了，且不說他那恰到好處的停頓，瀟灑的手式和既嚴肅又溫和的目光。夜深人靜的時候，我常常把耳朵貼在他的窗外，聽他拉小提琴，連大氣兒也不敢出。我從來沒聽見過這種讓人安靜，讓人想哭，讓人想飛的音樂。以前聽到的都是震天價響的鑼鼓、戲曲，鄉下有線廣播喇叭始終都有嗚嗚啦啦的雜音，不但不好聽，簡直讓人厭煩。特別是黃老師在講課的時候，他從飛蛾有迷戀光明的習性，講到生命的勇敢，講到人類如果沒有勇敢的素質就沒有人類的今天。他是那樣有學問，他講到自然、社會、戰爭、愛情……我不知不覺就騰雲駕霧了，我在雲裡霧裡看見一隻人那樣大的、雪白的飛蛾，迎著太陽飛去，隔著那雙透明的翅膀能看見圍著太陽燃燒的火焰。我此刻是在他的懷抱裡麼？是的，我此刻正在他的懷抱裡。只要是在他的懷抱裡，哪怕是在往火太陽裡飛，跟他一起燒成灰，我都心甘情願。在課堂上，我只能遠遠地看著他，有時他走近我的課桌，我的眼睛就睜不開了，他在我的眼睛裡就像太陽那樣亮。我只能低著頭，一聽到他的呼吸我的心就不住地怦怦跳。我不敢哪怕睜一下眼睛再閉上，使勁兒地閉著眼睛，有意去感覺他的一舉一動。他停住了，他蹲下了，然後他坐下了，但我還在他的懷抱裡。他渾身都在發抖，用一種很陌生、很乾澀的聲音對我說：

「雲萍！你知道嗎？我總是偷偷地看妳，妳知道嗎？」他可憐巴巴地問我，聲音變得很陌生。我懷疑是另一個人，這個懷疑使我打了一個寒噤，連忙睜開眼睛。一看，是他，我就像醉了似的天旋地轉。可他好像很害怕，他怎麼會害怕呢？他說，他總是在偷看我？我怎麼不知道呢？啊！對了，我壓根兒就不敢正眼看他，怎麼能知道呢？我輕輕地叫著：

「黃老師……」

「你別叫我老師，叫我明光……我叫你萍……」

我覺得我的臉轟地一下燒起來了，但我叫不出他的名字。他把一隻手擱在我的胸上，好像無意的。除了我自己，誰也沒碰過那兒。怪好受的，我一點力氣也沒有了。這本來就是我巴望的事，我已經沒有我自己了，他＋我＝他。這是當時的算術公式。他低下頭，他的臉漸漸在逼近我，這會兒我一點兒也不緊張了。他突然把嘴貼住我的嘴，他和我都呻吟起來。我一下就變得那樣貪心，那樣聰明，那樣不知羞。我的每一個手指都變得像鷹爪子那樣僵硬，緊緊地抓住他的背脊。風搖晃著一片菜花，我的天成了鵝黃色的天，花粉迷了我的眼。忽然我發現身子底下是溫熱的泥地，我是什麼時候從他的身上翻到他的身下來的呢？來不及想清楚了，只覺著身下是一個深淵，我們正在一起往下沈。可我一點也不擔心，因為他正緊緊抱住我，我也用雙手箍著他的脖子，一雙腿勾住他的腰。「啊！」在落到底的那一頓，我的體內什麼地方刺痛了一下，鑽心的疼，謝天謝地，只有一下，接下來卻是一種生疏的、快樂的渴求，渴求被衝撞、被揉搓、被疼愛……每一秒鐘都是難以忍耐的一輩子啊！他給了我，給了我很多，全給了我。我身不由己地大叫：「啊！」立即被他的一隻手捂住了。後來，我也不知道為什麼會「哇」的一聲哭了出來？可把他嚇壞了，他拉著我的手說：

「打我吧，打我……是我不好……」

我又身不由己地笑了。抱住他，給了他一個沒完沒了的吻。然後，我快樂地嘆了一口氣：「多好呀！老師！我真不知道會這麼好。」雖然我已經清醒地知道小褂褲全不在身上了，光光地躺在黃老師光光的懷抱裡的我，什麼都不在意了。我把臉藏在他的腋窩下，呼吸著心愛男人的汗味，聽著他的心跳……我真想一生一世不起來。我這是怎麼了？這是一個最亮的晌午，連為我們遮羞的菜花都亮得晃眼。

「睜開眼太太（看看），我哪裡是你的老師呀？」

我猛然睜開眼睛，趴在我身上的原來是打腫了臉才能充胖子的小瘦猴兒。我苦笑笑：一個舊夢重疊著新夢……

「歧線❶！」易六發像條死蛇似的從我身上滾下來。自那天以後，他不再要求我表演對他的愛了，其實他一開頭兒就知道，而且他只要求表演。活該！

唉——！那種崇拜加上從天而降的意外生出的至愛，真可以說得上是極樂了。都過去了！已經是很遠很遠的事了！

今天易六發大概不會來，不需要穿文明的睡衣了。我再一次光著身子走到窗前，風還是涼得讓我想去回憶過去了的好事。忽然遠遠看見一個女人只穿著高貴的睡衣，在河邊洗臉。我連忙拿了易六發給我買來看景解悶兒的望遠鏡，一看，那不是戴茜嗎？她也真浪漫！不過……她何嘗不也是在做夢呢……？

5

楊曉軍

---

❶廣東話：神經錯亂的意思。

那時候我真蠢！可現在的我去責備過去的我好像特不公平。對於一個青春騷動期、只能使蠻力氣來發散的健康小夥子的眼睛裡，老母豬都能當貂蟬。當時我就像一隻青蛙見到蛇一樣，乖乖地向她一步一步蹦過去。為了不表現英雄氣短，硬撐著一副吊而郎當的樣子對她說：

「妳真會享受，貪圖享受會變修的。」這句話引得佳如一陣大笑，笑得乳房亂顫：

「小弟！咱們修不了，注定要當一輩子響噹噹、硬梆梆的無產階級革命派。」她拍拍岩石：「來！小弟！」她示意讓我睡在她的身邊。別看她口口聲聲叫我小弟，其實她也不過才二十歲。我從來沒有和一個異性緊挨著躺在一起的紀錄，更不要說是一個只穿著一條三角褲的女性。我只是在想她們的時候很勇敢，可以為所欲為，雖然還不知何所為。我看著她，渾身發冷，甚至打了一個尿顫。媽的，不是尿過了嗎？怎麼還會打尿顫呢？

「楊曉軍！有了邪念了不是？背毛主席語錄！快！」她像是抓住我的把柄似的，一副不依不饒的樣子。我被她給唬住了，竟然傻乎乎地問她：

「背哪條？」

她拍著巴掌大笑起來：

「你大姐姐逗你的，德性！這會兒背什麼毛主席語錄呀！」她又一次把我給「甏」了。

她的臉離我越來越近，我是被風推向她的？要麼，是她和岩石正在向我移動。在微明的晨曦中，她顯得動人多了，可以說是個大美人兒。這會兒她變得很端莊、純潔、溫柔，我打心眼兒裡承認她是我的姐姐。我由衷而又真誠地問她：

「佳如！我們真的再也不會修了嗎？」

「小弟！」她認真地對我說：「馬克思主義的基本原理是：存在決定意識。只要是存在的，就能決定意識。當然，也能決定我們的社會階級地位。我們現在如果不能算是無產階級，世界上就沒有無產階級了。無產階級的客觀存在就是我們的存在，決定著呢！小小小老弟，你的馬列主義都咋學的？都還給馬克思老頭了？」在她面前我真有點兒自慚形穢的感覺。我畢恭畢敬地進一步結結巴巴地問她：

「這麼說，即使做了錯事、壞事……譬如說……譬如說……譬如說……」

「我數著呢，你說了三個譬如說，下文哩？我的小弟！你的膽兒就這麼大點兒？讓我替你說了吧。譬如你爹吧，你爹什麼德性我不知道。就說我們團長吧，老革命，百煉成鋼，像濟公和尚一樣，煉就了金剛不壞之身，他可以大碗喝酒、大塊吃肉。我們團長比濟公和尚還多一條，他還不斷搞女人。這個搞字你可以隨便想，怎麼搞怎麼有道理。找女戰士談思想，可以嗎？當然可以，這是首長的關懷。找女戰士補件衣服，可以嗎？當然可以，這是團結友愛。找女戰士林中散步，可以嗎？當然可以，這是黨的溫暖。找女戰士隨從首長去兵團部開會，可以嗎？當然可以，這是首長的器重……我還能說出很多很多理由。誰都知道那全都是藉口，幹什麼？幹那事兒。你願意也好，不願意也好，都得幹。雖說我們是生產兵團，在這個問題上，女戰士尤其要『一切行動聽指揮』。怎麼樣？……如果全團集合，有人提出一個問題：『我們團誰最革命化？』眾口一詞，一定是：『我們團長！』於是，我們的團長用手一揮，二百七十度。聲如洪鐘：同志們！毛主席教導我們說：『四海翻騰雲水怒……』那氣魄，大著哩！」

她的一篇宏論把我給說糊塗了，雖說有些事也聽人悄悄說過。那都是小道兒呀！我的喉嚨眼兒裡直發乾：

「這麼說……這麼說……」

「怎麼說呀？你說呀！抖個什麼勁兒呀？看著我……」

天啊！她什麼時候把最後那一點也脫了呢？一種極強烈的吸引使我摒住了呼吸，我想靠近她，又不知道怎麼才能跨過這一步。她驀地坐了起來，一伸手就把我抱住了。我立足未穩跌在她的懷裡，她真高明！用她的兩隻腳，三蹬兩蹬就把我的短褲給蹬沒了。她抱著我只一翻滾，我就被翻在她那細滑、溫熱而肥胖的身下了。

「我怕，我怕，佳如……」我小聲叫著。

「怕什麼?別怕!」她大聲喝斥我。「這會兒誰也不會到這兒來，只有天和地，天、地、人三才，人最可怕，天地最寬厚了……別緊張，我會幫你……」她不說了，專心致志地用濕漉漉的嘴吻著我的耳垂，為什麼她要吻我的耳垂呢?突然她把嘴轉向我的嘴，貪婪地吮吸著我的舌尖。但這一切並不能讓我稍稍安心，我覺得自己的雙腿被她的雙腿箍住了。她央求地向我叫著：

「曉軍!軍軍!快!快!」等她伸出手來幫忙的時候，已經來不及了。我想從她身上滾下來，她卻不許，用手腳緊緊地捆住我，可憐巴巴地對我說：「軍軍!小弟!抱抱我!抱抱我!」我只好像她那樣機械地回吻她，盡量抱緊她。她比我吻得更熱烈，比我抱的更緊。她瘋狂地搖著頭，是失望?是乞求?我不知道應該怎麼辦?她大叫著：「啊——!軍軍——!啊——!」聲音大得使山林都發出了回響。我真的害怕了，想逃跑。但她抱得很緊，而且她在發抖。我發現她的臉漸漸歪斜了，全身長久地、猛烈地抽搐著，最後長長地嘆了一口氣，狠狠地瞪了我一眼，再在我的肩頭上咬了一口。我打心眼兒裡一直感激佳如，她雖然把我嚇壞了，但事後想想，抱歉的應該是我。她甚至教給了我很多東西，而且是迸發著激情教給我的。包括她的那些創造性發展了的馬克思主義理論也一樣，當時既嚇人、又充滿著誘惑。

不管往事多麼寒傖、多麼可笑、多麼可憐、多麼可憎，而且早已如夢如煙。也許正因為如夢如煙才不覺得羞愧，隔著一層煙霧，一切都變得可以理解、可以寬容了。腳下這些時裝……眼前的事又太實、太清楚、太具體了，實得讓人心煩！看來，任何人都缺少不了那麼一點兒必要的浪漫。我按了個002，只響了一下，對方沒聽見我的聲音就知道是我。

「YES!」

「LILY!」

「YES！董事長！我就來」她就是如此得心應手，如此默契。可想而知，她已經什麼都了如指掌了，她正在等我的電話。她會怎麼想呢？她當然有想法，可她從來都不會講出來，不管對什麼人她都守口如瓶。我手裡的香煙只抽了四分之一，門鈴就響了。我去開了門，莉莉腋下夾著從不離身的記事本，一如既往，毫無變化。既謙躬又矜持，一副聆聽指示和接受訓斥的態度。她沒進門就看見了滿地的女人衣服，當然也會看見我疲憊的面容。她就像沒看見一樣，沒有驚訝，也沒有尷尬。

「董事長！就來收拾，我自己來。」她太得體了，她知道我叫她來的意思，這不是客房服務小姐可以做的，因為壓根兒她們就不應該知道。

「OK！」我當然知道我此刻說什麼都是多餘的。

莉莉轉身走了，很快推了一個手推車，為了萬無一失起見，她問了我一句：

「不需要洗滌、整燙了吧?」這是一個試探，我沒回答她，只略帶慍色地瞟了她一眼。她立即回答說：「I SEE, SORRY！董事長……」她從來都不敢冒險向我試探什麼。這個她完全熟知的故事臨近結局的形勢，對她太具有吸引力了。

她這才開始從地上一把一把地抓起那些高貴的時裝，全都是世界著名的時裝大師近年來的傑作。像是一堆一堆的垃圾，一會兒功夫全都扔進手推車。接著，又清洗整理衛生間，撤換毛巾、浴巾、拖鞋、床單、鮮花，以及用吸塵器清理地毯。整個過程她沒有看過我一眼，她當然知道我一直都在注視著她。她在工作的時候，從容不迫，熟練快捷，好像房間裡沒人似的。我注意到她的頭髮修飾得光潔而蓬鬆，臉上略施脂粉。雖然她穿的也是酒店的制服——深色套裝。但我知道她的這身制服是她自己在回國休假時，途經香港請名師重新精心修改過的。既不顯得太特別，又的確與眾不同。既沒有埋沒她那修長身材的優點，也沒有暴露她的弱點，合體得讓你無可挑剔。她好像不會變老似的，和我初次見到她沒什麼不同。她真是個無懈可擊的女人。也許正因為她太無懈可擊了，我才沒有試著在她身上冒一次險的激情。如果我向她伸出手來，開頭一定會是一個很富於異國情調的LOVE STORY，結果呢?恐怕比現在複雜得多。不知道為什麼，我意念中的她一直是一朵釣鉤上的鮮花。我是一條由於吃飽了變得多疑了的魚，圍著這個芳芬可疑的餌緩緩地轉來轉去，常常停住不動，表面上好像視而不見；實際上卻是眼球緩緩地旋轉著在打量她，給了她一個錯覺：似乎我會猛地划動一下尾翅向她靠近……而最後還是游開了。

「董事長！我可以走了嗎？」她給了我一個公事公辦的微笑。

「可以，謝謝你！LILY！」我也還給了她一個公事公辦的微笑。

她推著車扭動著很有彈性的腰肢走出去了……

6

曉　霞

俺只要一醒來，就要笑、就要唱，歌聲不斷。俺最有自知之明了！「人貴有自知之明」這句話，聽老人們說：這是毛主席專門給江青下的一條最高指示。俺的自知之明就是：不笑，俺的臉上就苦、就醜。俺唱的都是俺家鄉的「信天游」，俺不喜歡如今的流行曲兒，俺也學不會。歌，就不是學的東西。就像泉水，是打地裡湧出來的。歌是打心裡湧出來的，只有打心裡湧出來的歌才能讓人落淚。家鄉的歌，真好！別說唱，我只要一想起來，那亮音兒就在我頭頂上轉悠。轉呀，轉到天上，又從天上轉悠下來。淚水就止不住像兩條小河似的流。你聽聽！

「情哥哥雖然是渡過了那個千條河，

你的那個人影影兒還留在我的心窩窩……」

是一聲女人的尖叫把我驚醒的，我一點都不覺得有甚不正常。哪個女人一年不尖叫千而八百聲？當我在窗口看見海灘上穿著睡衣、光著腳的戴茜，也就見怪不怪了。雖說穿著睡衣走出酒店不合適，可比起那些只穿著比基尼進進出出的北歐胖娘們兒不是好得多了麼！何況戴茜穿的睡衣是真正的名牌貨。為什麼只能顯擺名牌套裝，不能顯擺名牌睡衣呢？甩了意大利金拖鞋，扔了法國絲襪。人家有，不看重。用一句時髦的話來說，叫做：回歸大自然。舒服、愜意、浪漫、自在……唉！發生在別人身上的怪事我不但不以為怪，反而能替人家想出許多美妙來。惟獨沒法為自己身邊發生的怪事找出哪怕一丁點兒合情合理的地方，全都是沒法說、不敢想、既悲慘又怪誕的事。人世間，無論多麼善心的人，都沒法看見別人的心尖兒上淌不淌血。就是你有一條往心裡倒流的淚河在嘩啦啦響，任誰也聽不見。這兒的人，夢也夢不見我們晉西北的鄉親咋個在過日子，可他們也叫人。聽聽俺們祖祖輩輩住的那個小村的大名吧，它叫：「天不見」，就是說，老天爺都不憐見。天不見村窩在深溝裡，地卻在垣上。從來都是望天收，天不憐見，望也白搭。老天爺一冬一夏不向俺們滴一滴尿的年份都有一半。餓的慌，還是其次。最難熬的是空著肚子沒活幹、沒想頭兒、沒指望、沒話說、沒精神、沒志氣……一根根木頭橛子似的男子漢，整天蹲在垣頭上，低著頭看公路上南來北往的卡車。卡車一過，掀起的灰塵就像一條黃龍。一天兩頓小米稀飯也都捧到垣頭上去喝，喝粥也不耽誤看汽車。大海碗先擺在地上涼著，涼得差不多的時候，一隻手托起來放在嘴邊上一轉，眼連眨都不要眨，呼地一聲，一碗粥就光了。再把舌頭伸進碗底一舔，下頓連洗也不要洗，就可以再用了。反正水貴如油，下黃河擔一擔水，來回一趟三十里。我們村在上一輩就出過一件事兒：吳家好不容易從一百多里以外討了一個如花似玉的媳婦，窮人家，新人下了驢，既沒有鎖啦，也沒有胡胡。掀了紅蓋頭就算進了門，進了婆家門，就是婆家人。那天傍黑兒。老公公哼哼哈哈擔回一擔水，新娘子出於好心，奔到溝口去接，接過擔子就往家裡跑。哪裡有坑，哪裡有窪，她全都不知道。沒想到一塊土坷垃拌了她一個跟頭，一擔水全都餵了乾渴的黃土地了。老公公任甚沒說，只嘆了一口氣。新娘子蒙著頭哭了半宿，無論新郎官咋勸，都勸不醒。雞叫頭遍，她偷著出了窯洞，一根褲帶吊死在一棵枯樹丫丫上。就為了老公公嘆了一口氣，就為了一擔水……就吊死了一個還沒跟男人日弄過的新媳婦。俺的鄉親們不就是這樣把千年萬年都給打發了嗎！他們沒學歷，可有資歷。一個不小心踢破哪個婆姨尿尿的瓦盆，沒準就是一個商代的古物。就說共產黨鬧革命這一段，七十歲以上還沒死的人，一大半都跟劉志丹扛過紅纓槍，抗戰時候在賀龍的120師吃過大鍋飯的人就更多了。老百姓都是老革命，只有幹部才是後生娃娃。省裡、縣裡領導坐著小車下鄉檢查工作，老百姓只稀罕他們的車，對他們本人看都不要看：「球！想當初鬧共產的時候，他們還在他們爺爺腿肚子裡轉筋著呢。當年向我們許下願、讓我們當家作主、不愁吃穿的那些人，進了京就再也不見面了……」誰料想，這兩年俺們家鄉沒下雨，先打起雷來，雷聲大的嚇死人，都是炸雷，一個比一個響。那些蹲在垣頭上的人們不再看汽車了，都支起了耳朵聽起了新聞，新聞是南風吹來的。平常年月任甚都聽不到，如今消息來的個多，比戰爭年代傳遞的雞毛信還要來得快。全都是讓人一顆心幾乎跳出喉嚨管兒的驚人消息：

「桃樹溝三禿子狗日的發了，發很咧！」

「八仙廟張胖子的女子挖了一個金娃娃，成色是十個九，也可以說就是他娘的足赤。」

「魏家店的貓爺他大侄兒發得只冒油兒，說是他媽的有五十萬！」

「五十萬？五十萬是多少？」

大人小孩都擰著眉毛，恨不能手指頭腳指頭加起來數，數著數著就糊塗了……一開始人們還不相信：

「瞎說！」

「謠言！」

「謊信兒！」

可傳信兒的人說：

「千真萬確！是我親眼所見，扯謊我就是你的孫子！」

接著有人問：

「咋發的？」

「八仙過海，各顯神通。」

「運氣來了，元寶砸破房頂也得落在你懷裡。」

「這世道！日娘的瘋了！」

「想當初，俺們這一方打了那麼多土豪，也沒見過一個金娃娃。」

「流了那麼多血，掉了那麼多腦袋，別說發財，連棺材也落不到一個。」

「如今，誰想發就能發，走！發財去！」

可到哪去發財？怎麼才能發財？誰也說不出一個子午卯酉來。傳說越來越多，越來越神乎其神。從早到晚，幾驚幾乍。尿急了也得憋著聽完某某人閃電式的發家史。後來，日日夜夜、從垣上到溝底，耳朵眼兒裡不停地響著：發！發！發！……八！八！八！廣東人的八就是發的意思，竟吹到俺土坷拉擦屁股的晉西北來了。這是世道瘋了？還是人們瘋了？俺在村裡並不是個出眾的閨女，站在哪兒都跟棵樹似的，任誰也不多看俺一眼。臉上一副苦楚像，整天價都像在犯愁。村子裡的小姐妹告訴俺：

「笑！笑！人一笑，三分俏。」

俺總是回答她們說：

「沒吃、沒穿、沒玩，有啥好笑的？」

可在方圓百里，沒有不知道俺的。說實話，人們聽說的並不是俺這個人，倒是俺這個人的聲音。凡是聽見過俺唱歌的人，都說：

「這閨女的聲音就像閃光鮮亮的緞子，聽她的歌兒，你會以為她是個絕代佳人兒，見到了，原來很平常。你說甚也不相信就是她唱的，老天爺盡做美中不足的事兒。」——這些話俺自己都聽到多次了，從來就沒在意過。生成的骨頭長成的肉，怨天、怨地、怨爹娘，有啥用!?人家誇俺唱的好，俺就多唱。不讓人看俺，讓人聽俺。一九八九年冬天，一個普普通通的早晨。轟隆隆一陣炮響，把正在夢裡唱歌的我給震醒了。俺急急忙忙套上棉襖棉褲，從窯洞裡鑽出來。沒想到全村人都光身子披著老羊皮襖跑了出來，正站在垣頭上直愣愣地往西張哩！看樣子炮聲打西邊來。這時候俺看見奶奶和娘也來了，娘問俺：

「你爹呢？」

俺傻乎乎的頂了娘一句：

「咋問俺呢？爹不是在你炕上嗎？」

一句話把滿滿一垣頭上的人都說笑了，羞的我恨不得往地縫裡鑽。笑歸笑，可沒人接茬逗下去。一是當著黃花閨女不好往下說，二是大夥正為這陣來歷不明的炮聲犯糊塗呢！眾人一個相跟著一個，往西下到溝裡，在黃河邊的深坎坎裡找到了那個打眼放炮的人。誰能想得到，連俺、奶奶、媽都沒想到，原來是俺爹。村裡人都把俺爹叫犟牛，有好長一陣子他都不言語，差不多嘎悶了三個月。今兒，冷不丁地放起炮、炸起山來。鄉親們都愣了，有人悄悄問俺媽：

「你們家要圈一眼新窯洞？」

媽說：

「要新窯洞做啥？兒還不到娶親的年齡，俺全家連影兒也不知道……」

村裡人也不覺得奇怪，犟牛這半輩子心裡想些啥，從來就沒第二個人知道。這才有人走過去問俺爹：

「犟牛！你這是在弄啥呀？」

「起開！」——這是他的第一句回答。能回答就很不容易，算是對鄉親們的尊重。往常，別說外人，就是俺——爹第一疼愛的心尖尖，問他十句話也未必能得到一句回答。他對鄉親們雖然有了句回答，可這句回答卻包含著很多意思：閃開！不要你管！再也別問了！鹹吃蘿蔔淡操心。全村好事的人差不多都問過他了，他一視同仁，全都是：「起開！」他早已把鋤頭、鐵鍬、柳條筐都運到這道坎坎裡來了，俺們全家就沒一個人知道。眾人見問不出啥名堂，就一個個「懷裡揣著個兔子」散了。因為早上莊稼人事兒多著呢：放牲口、下河擔水、割草……新聞還是一傳十、十傳百地傳出去了。只有一句話：犟牛在拱洞。誰也說不清、道不明。

俺、媽和奶奶慢慢、慢慢走向俺爹。先是俺媽問他：

「霞他爹！你這是……？」

「起開！」

奶奶這才顫巍巍地走到他面前：

「牛子！你……？」

「起開！」

媽向我使了一個眼色，我走過去對爹說：

「爹！你先別說『起開』，你，水總得喝吧，飯總得吃吧？」

爹這才放下鋤頭轉過身來，貼著我的耳朵說了三個字，聲音實在太輕，一個字也聽不見。

「啥?爹!你說啥呀?」他這回向媽和奶奶招招手,俺們一家四顆腦袋湊在一起,他又說了四遍,還是沒一個人聽得清。真是急死大活人!他見俺們不斷地搖頭,知道俺們聽不見。他伸出雙手,緊緊摟住三個女人,這才大聲說出那三個字:

「挖金子!」

「挖金子?!」俺媽接著就喊了出來。

俺爹立馬把她的嘴捂住了:

「蠢婆姨!輕點!」

媽小聲問他:

「你咋知道這兒有金子?」

「哎!女人,懂啥?天機不可洩漏。起開!家去,家去,情等著享福了!」

從此以後,俺爹的黃金夢再也沒醒過。他成了俺們家裡的一場沒有頭的災難。俺頭一個逃出了家,逃出了能把人窮瘋的黃土地。可走到哪,一根腸子拖到哪,靠一個月一封家信知道點家裡的消息。爹還在挖金子,那個洞子越挖越深,爹連洞子也不出了。小弟弟只好從縣中退學回來,天天給爹往洞子裡送飯。如今,俺跟俺爹相隔了幾千里,相隔了幾千年,可說甚也剪不斷。剪斷了,它又自己結上。剪斷了,它又結上……剪不斷就剪不斷吧!可俺剪了!

——俺幸好是個提得起，也放得下的女子。不然俺一生一世也走不出黃塵漫漫的黃土地。啊！戴茜還在沙灘上！你呀！你！你無論咋想都想不到俺走過了多麼陡、多麼險、多麼窄的一條路。人說九死一生，九死一生。老天給俺的是九百九十九個死，一個生呀！一個生就夠俺笑著活、唱著死了。你從來都不理俺，你的身份太高，高不可攀。因為包著你的那個人是大老板，他的錢多，如今人的身份不就是用錢墊起來的嗎！可你要是遭上點兒事，哪怕只有俺受過的百分之一，你受得了嗎，你受不了！俺頂多是從房沿上掉到平地上，你一掉下來，就是從天上掉到地底下。那是要粉身碎骨的！俺知道，你是個被寵壞了的女人啊！……

7

唐　賢

我很幸運，也可以說很幸福。我初來瓊雅第一次到海灘上來的時候，就看到了最完美的瓊雅。即將流入大海的女兒河像女孩散亂的髮辮。河上十幾座小島像擺在鏡子上的綠寶石。椰林在河海的邊沿像一排排長髮妖女。陽光下的細沙灘像雪一樣，你乍一看會很詫異：這麼熱的天，雪是怎麼存留下的呢？當然，你在一愣之後會立即醒悟過來，但你得到的欣喜卻是加倍的。可這一切如果沒有蓮蓮、她的老爺爺和他們的鴨群，還有那隻卷毛小黑狗，那就不能算是最完美的了。就會失去最和諧的統一與均衡，就會失去天然的純淨、古樸與柔媚。而最可怕的還是現代人再給它塗上一筆，比如：以營利為目的的巨大商業化建築。無論你的設計有多麼壯觀、多麼豪華、多麼有用，對大自然都是一個褻瀆，一定會破壞大自然本身無與倫比的寧靜和天成的美。可悲而又可笑的是：我學的正是建築並以建築為職業。所以我在建築設計和施工行當中被目為怪人，我的話被當做笑話，或是某種鳥語。我的基本觀點是：最美的建築就是無建築。可想而知，持這種觀點的我在建築行業裡的地位。我的任務是經常被派到將要開闢的新工地去打前站，搜集天文、地質和社會資料。正式動工以後，我就得在工地上監督基礎施工。我是為了PRIMULA HOTEL來瓊雅的第一個人。後來，沿著海岸的土地相繼都批租給了國內外的地產商。我服務的建築集團公司又承包了幾乎瓊雅所有的建築工程，雖然我每天都在痛惜心靈中的天國被混凝土蠶食，我還是自願留下來，為一座座新建築做前期準備、中期監工和後期驗收。我的同事因此而稱我為雷鋒，我當然知道這不是讚美。誰也想不到我留戀的是什麼？當命運之神接引著我，信步走到蓮蓮的鴨寮跟前的時候，我仰望著鳥巢似的鴨寮，不知道是進還是應該退。我正處於兩難之中的時刻，蓮蓮及時從鳥巢裡伸出頭來叫了一聲。我聽見她叫的好像是「鹹糖！」而後就抱著樹幹一下就滑落下來了。我反而很樂意她這個戲謔的稱呼，對閃電般奔到我面前來的蓮蓮語無倫次地說：

「對不起，我……散步……無意中……走到這兒了……」

她並不以為我在撒謊，拉著我真心實意的叫著：

「上去！上去！跟我上去！」

「從哪兒上呀？」

蓮蓮把我推到鴨寮下，用手抖著一條柔軟的藤梯：

「這不是樓梯嗎？」

「樓梯？」我覺得很奇怪，這是樓梯？我好像被趕著上架的鴨子一樣，只好抓住藤梯往上爬。剛剛上了五級，藤梯就旋轉起來。我明明知道在小姑娘面前嚇得大叫很丟臉，我還是保持不住應有的尊嚴。「啊！這是怎麼搞的，怎麼……」

蓮蓮拍手大笑，好像看我的笑話。我在藤梯上一會兒向左、一會兒向右地旋轉著。一直到爺爺哼了一聲，她才止住笑，一屁股坐在藤梯上的最下一擋，藤梯才穩定住。我爬上鴨寮，看見老人正在天臺上烤小魚。他向蓮蓮輕輕地說了一句什麼，蓮蓮嗯了一聲，像小猴兒似的爬上椰子樹，一轉眼她就爬上了頂端。她用身上帶的彎刀砍了兩顆椰子丟下來，隨即她也滑落在地上。她把兩顆椰子用繩子聯在一起，掛在肩上，走上藤梯，交給爺爺。爺爺用刀在椰子上砍了一個洞，把椰汁倒進一隻椰殼碗裡，遞給蓮蓮。蓮蓮捧給我，她輕輕用乾澀的聲音叫了一聲：

「鹹糖！」

恭敬不如從命，我只好接過來，喝了一口，好清涼、香甜的椰汁呀！一會兒，烤小魚噴出濃濃的香味兒，被烤出的魚油吱吱發響。蓮蓮用她的小髒手在魚背上撒了一撮兒細鹽，揀了一條烤黃了的小魚遞給我。我早已饞涎欲滴了，也沒說聲謝謝就啃將起來，只兩口，就把一條完整的魚變成了一條完整的魚骨架了。蓮蓮突然「特兒」地一聲笑了起來，爺爺打了一下她的頭，她立即裝著一副莊重的樣子，一條接一條地往我手裡遞。爺爺問：

「好吃嗎？」

蓮蓮沒等我回答就搶著說：

「你看他，除了沒鬍子，不就是一隻小饞貓嗎？」爺爺又打了她一下。我這才趕緊說：

「太好吃了，太好吃了……你們……？」

蓮蓮又笑起來。

「都給你吃光了，我們沒吃的了。」

爺爺連忙搖著小桶對我說：

「有的是，我們吃過了。」

吃完魚，最後一線紫色的霞光被暗藍色的海浪抹去了，星星才在椰樹葉的縫隙裡閃現。大海像一個身強力壯的老人，肆無忌憚地扯著鼾。不時還能聽見毒蛇的嘶嘶聲中，夾雜著一聲夜鳥的驚鳴。蓮蓮的身子籠在一層藍色的煙霧裡，雙手抱著短褲下的膝頭。老人把火繩和小煙袋遞給了我，我說：

「我不抽煙，謝謝！」

老人才自己抽，抽完一袋煙，老人就開始向我提問了。他提了很多問題，全都是對未來的嚮往和憧憬。事後我對我的回答很不滿意，像沒聽懂老人的話似的，支支吾吾、沒說出一句完整的話。因為我沒法認同今天正在變化著的一切，而且不敢想像未來的樣子有多麼醜陋。所以我不能對老人的美好嚮往和憧憬加以證實，並為之錦上添花。我在各國開發商的各種規劃可行性的討論會上，總是為保持和恢復大自然的原始生態在大聲疾呼。雖然我完全知道所謂開發商的最高標準是：以最短的時間、最低的投資攫取盡可能高的利潤。至於自然生態，那是綠黨的事（中國沒有綠黨），是僅存於世的，像大熊貓一樣稀有的田園詩人的事。讓他們去呼籲、去吶喊吧！核子工業、化學工業、石油工業就是在他們的呼籲和吶喊聲中發展起來的。同時，也造就了一批又一批億萬富翁。但這些開發商表面上並不反對我的意見，他們或許覺得有一個反對派並不多餘，只能顯示他們的開明。就像河流不排斥當道而立的石頭，讓它有點響聲和浪花，又擋不住去路。卻顯得生動、美麗而且生氣勃勃。但在老人面前。我實在滿足不了他的好奇心和真誠的希望，我當然知道這也是蓮蓮和這一帶美麗河邊和海岸居民的心思。蓮蓮眼巴巴地看著我，她一定聽到過許多議論，人們都以為：這兒即將出現一座天堂，這個神話裡的天堂是屬於所有人的。那些有錢人都扛著鈔票來幫助這裡的窮人。但究竟是怎麼回事呢？那些外國和中國的有錢人為什麼會中意這個被遺忘了的、古亦有之的海灘呢？他們的心腸為什麼會那麼好呢？

8

黎丹

許是我自己的過錯，總也不習慣把窗子關的嚴實合縫，靠空調過日子。我頂怕悶了，喜歡開著窗子睡覺，誰的一聲慘叫硬是把我喊醒了。走到窗前看了看，也看不出所以然來。只能看見戴茜穿著華麗的內衣悠閒地在河邊洗臉，平時我們很難見到她，更不要說跟她攀談攀談。雖說我們都是一樣的「MI」❶，都是一樣被有錢人包起來的女人，都是一樣的大酒店的

❶「MI」是社會暗流中的切口，有謎的含意，又有藏匿的含意。總之，是對被人包起來的女人的鄙稱。

長住「小姐」。我猜想是因為她一開始就是「MI」，沒有走過從「LA」❷到「MI」的那條路。還因為她的包主最有錢，這個酒店又是他的分支機構，讓她自己有了一個錯覺，好像她就是老板娘。你不理我們，我們也不理你。反正我們不會欠房租，到了沒人給交房租的時候我就滾蛋，決不會去求你。再說，求也求不到你頭上。我又重新回到床上，想睡，可再也睡不著了。

梳妝臺上，那隻小巧的白瓷瓶兒裡，每天都插著一朵含著苞的紅玫瑰。這會兒，她怯生生地看著我，一副楚楚可憐的樣子。這樣子好熟悉呀！啊！我知道了，那就是我自己的賤樣兒，一見到養我的男人，我就自然而然地成了這副樣子。這時的感覺完全不是我要求天天插一朵紅玫瑰的本意。這是酒店客房部常年記載在備忘錄裡的一項特殊服務。也是往日的時光留在今天的一點兒痕跡。我的包主——我只能把他稱為包主——泰國華裔商人賴長生，每年要為了我的這個要求，多付三百六十五美元。用他自己的話來說：這是一筆美麗的開支。這個賴先生自稱是泰國一百名最大富翁之一。我相信，只能相信……我算是幸運的了，至少現在我覺得我是幸運的。我出生在雲南那塊四季常青的紅土地上，那是塊生命力特別旺盛的地方。種哪樣都豐收，不但是糧食。引種美國煙葉，煙葉比在美國長得還要香醇，稱為雲煙。

❷「LA」就是拉的意思。指的是在暗處拉客的妓女。

引種緬甸鴉片，比緬甸鴉片的漿水還要香濃，稱為雲土。引種歐洲的鮮花，比歐洲的鮮花還要豔麗。人，卻總是窮；少數民族更窮。我爹算是個聰明的種田人了，過去人的聰明一樣用場也沒得。只能想方設法人鬥人，不想鬥別人，也得用那點兒聰明來保護自己。老人們說：風景好人境也好。我們雲南的風景算是頂好了，人境呢？頂壞！自從農民可以出門做小生意，城裡人又花得起點兒閒錢的時候。我爹就在種水稻的田裡搭了一座三畝地的大暖房，種起花來。玫瑰花、大麗花、菊花、玉簪花、百合花、鬱金香、滿天星……這裡天天都是花季。開始是爹媽起五更去賣花，後來是哥哥，以後是弟弟。生意都不好，因為太陽越高，花的價錢越低。到了中午就得減價了。買花人真怪，買花先不看花，先要看賣花人。過了半年，爹媽才悟到：人家出街賣花都是小姑娘，沒等太陽的紅臉變白，她們就歡歡喜喜地騎著自行車打轉了。爹媽這才把他們心尖上的一隻花骨朵支派出去。我聽說要我出街賣花，高興得抿不住嘴地笑。這樣哥哥的自行車就得讓我騎了。那時候多傻，一點兒都不知道買賣是什麼，買賣賺的是什麼？賠的是什麼？最後的結果又是什麼？爹媽也糊塗，他們咋個知道，人家最眼饞的花不在籃子裡……每天，天矇矇亮我就摸起來了，採好花，灑上些水，把花籃綁在自行車的後架上。我蹬的好快啊！東方剛剛發青，就趕到了昆明西郊的花市了。果然，我的花賣的最快。有些女孩問我：

「姐姐！你咋個會賣的這麼快法子？可有哪樣訣竅？」

我是很害羞的，見了人，只會紅著臉、勾著頭，結結巴巴說不出話來，人家請教到面前，又不得不回答：

「有哪樣訣竅嘛？我連叫也不敢叫，只會悄悄地站在街邊邊上……」我說的是誠誠懇懇的真話。我一進花市就把自行車靠在街邊的樹上，連頭巾也不解開。那些買主就直直地走過來了，連彎兒都不拐。他們大部分是男人，也有女人。我記得，有個年輕的太太，天天來買我的花。還教我學插花，現在想起來覺得她講的太有道理了。她說：

「插花不是技術，要靠感覺。」感覺是哪樣東西嘛？那個時候一樣都不懂，到哪兒去找感覺嘛！每一次我都說：

「插不來，我的腦子太笨了。」

「不是你的腦子笨，是你還沒有這份心思……」

「是的，太太。」

「我可以告訴你一個最簡單、最初級的辦法。」她取了一枝紅玫瑰舉在我面前，她說：

「只有玫瑰，一枝就夠了，插在黑色的小花瓶裡，橫在白色的水盂裡也可以。記住！只有紅玫瑰可以這樣做。」

我回到家，找出一只大白碗，在碗裡橫著一枝紅玫瑰。這時候我才有了一點感覺：無論有多少鮮花都不如這一點紅讓人感覺到花的可愛。好在不要花錢買花，那只白飯碗裡天天都有一枝紅玫瑰。就是花錢也不貴，批發價才三分錢都不到。那時候我怎麼也想不到，到了瓊雅這兒，一枝紅玫瑰的價錢在家鄉能買十斤米！我記得：賣花漸漸掙的錢多了，爹娘也分給我一小點兒錢，我從來捨不得花。身上穿的還是下地那一套衣裳，膠底解放鞋，一條紅格子頭巾已經破了。我那時候是很木的，賣了兩個月的花才注意到：花市上有個年輕人總在我身前身後轉，不買花，也不賣花。有一回，五、六個賣花姑娘圍著我向我請教的時候，那年輕人湊過來說：

「我曉得她的訣竅。」

「你曉得？我都不曉得。」我小聲說：「你咋個曉得？」

他不回答，想溜。賣花姑娘們揪住他，讓他說。他說：

「你們放開我，我就說……」姑娘們一鬆手，他就跑掉了。

等那些賣花姑娘散掉了以後，他又來了。我不理他，他死皮賴臉地走到我面前，只有三寸那麼遠。我說：

「你是咋個了嗎？」

他說：

「我曉得你的訣竅。」

「我哪來的訣竅嘛？精神病！」

「我就是曉得。」

「你不曉得！」

「我曉得！」

「你曉得哪樣？」

「我問你，哪樣花的價錢最好？」

「紅玫瑰，還用得著問。」

我真的不耐煩了。他還要問：

「哪樣紅玫瑰最賣得起價錢？」

他的聲音一直很和氣，我想發脾氣都發不出。我想了想，說：

「好像是似開未開的紅玫瑰……」

「對的，你……不就是一朵似開未開的紅玫瑰嗎？」

「我……」我愣住了好一會兒，才琢磨出味兒來，我推起自行車掉頭就走……，有了初一，就會有十五。這是第一次。第二次還是在花市上，他像老熟人似地跟我打招呼。

「喂！黎小姐！」把我嚇了一大跳，他是咋個知道我姓黎呢？還小姐？

「哪個是小姐嘛？我咋個成了小姐嘛？」

「如今小姐是對女士的尊稱嘛。」他學著我的腔調，這個刀砍不死的！「我今天找妳是向妳說一句體己話的。」

「體己話？你跟我走開起！」

「走開了，妳咋個聽得見嘛？」

我假裝著用手捂著耳朵，不聽他的。他曉得我是假裝的，笑著說：

「小姐！我是來告訴妳，妳的花要提提價了。」

「為哪樣？」

「為了賺更多的錢嘛，妳的花再加五成也有人買，樂得多賺些。」

「不！」我對他的主意一口回絕了。「這就夠貴的了，花花草草要人家那麼多錢……？」

「妳一天掙好多錢嘛？」

我抿著嘴笑著說：

「三十多……」

「嗬！聽妳的口氣，我還以為妳說的是三千多呢！」他笑得前俯後仰，羞得我滿臉彤紅。我爭辯著：

「往年我們全家兩個月拼死拼活也掙不了三十塊錢。」

「小姐！妳還沒有忘記憶苦思甜哩！我對妳說實話，這兒本來就不是賺錢的地方，想掙大錢，一直往南。俗話說：『人往高處走，水往低處流。』今天不管用了！今天人要和水一樣，往低處流，往東，往南，往有大水的地方流——往海邊流。大水，廣東人說的大水就是大財。妳當然不懂！妳只知道賺小錢……」他說的好有勁啊！眼睛放著光，恨不能把腳也抬起來，跟手一起亂動。

我覺得他好可笑啊！

「先生！」我這一叫，叫得他也笑了。「我這些鮮花從雲南運到海邊早就變成枯草了。」

「妳懂哪樣？世界上有的是一年兩年、十年八年都不會枯的鮮花。」

「你莫非是在發燒？說胡話，一年兩年、十年八年不會枯的鮮花是神仙種的，在仙山上。」

「呃！我說的這種鮮花就在人世間，有一枝就是無價之寶。」他說著就伸出手來往我臉上摸，我當胸給了他一拳。這一拳首先嚇到的是我，我面紅耳赤地說：

「可打疼了？」不說還好，我一說他反倒放出哭腔來了：

「嗚嗚嗚！好疼喲……」我一看他那一副狡猾樣子就來氣，又給了他一拳。沒想到他一把抓住了我的手，我死命地掙開，大叫：

「啊！你把我抓的生疼！」

「我來幫小姐吹吹。」

「去！哪個要你吹嘛！」

「小姐！……說正經的，妳不就是一枝不會枯的、似開未開的紅玫瑰嗎？」

「鬼──！」我跺著腳罵了他一聲。「嚼血舌頭的！」──這是第二次。

第三次他裝著一副和我不認識的樣子，站在我的身後，背靠在一棵小樹自言自語。好像是一個痴呆人那樣不停地說著一個海邊的夢。

「海邊有許多繁華的城市，有摩天大樓，有汽車跑來跑去的街道，還有海水浴場。那裡的人，沒日沒夜，夜裡燈火如同白晝一般。那裡是女人的天堂，女人隨便穿什麼衣服都沒人管。從晚禮服到三點式泳裝。至於吃的東西，更是應有盡有。雞鴨魚肉，太一般了！眼鏡王蛇，你吃過嗎？毒！很毒！越毒越美味！一條蛇只有一顆蛇膽，像一顆紫紅的寶石，泡在酒裡。你要是一個月喝一隻蛇膽，哈！你的眼睛會更亮，更迷人。妙極了！」

「鬼話！鬼話！」

我捂住耳朵，他還是不停地講。他好像知道我沒有把耳朵捂死似的。他越講越大膽，越講越無恥。從海邊的男女們在水裡如何像魚一樣玩耍，到酒吧包房、舞廳裡的對歌對舞。聽老人們說：講天堂、道地獄都是很容易的，因為誰都沒見到過。說到天堂，可以盡量往好處說；說到地獄，可以盡量往壞處說。我捂我的耳朵，他耍他的嘴皮子。不想，我漸漸不知不覺有點兒喜歡他說的那個地方了。對海，對海上那顆火樣紅的太陽，對海和太陽中間生活著的人，越來越熟悉，越來越近，越來越想走到他們中間去。

真是：天有不測風雲。在這期間，我們家的塑料大棚突然在一個夜裡燒掉了，那些花，燒成了一堆灰。明明知道是人放火燒的，可想來想去也想不出哪個人和我們家過不去。鄉裡、區裡都來查過，哪樣也沒查出來，人們只能說這是患紅眼病的人幹的，也只好不了了之。辛辛苦苦掙的錢都還了債。爹媽心灰意懶，再也振作不起來了。出事以後的第三天，那年輕人就出現在我們家大棚的廢墟上了，他對我說：

「我叫周敏建……你們家裡的事，我已經知道了……」

我的眼淚一下就流出來了，我猜想，當時的我就像在大鷹的陰影下的小雞兒似的，只好、也只有指望他了。我沒說什麼，怕大聲哭出來。那時候我咋個沒多個心眼兒呢？唉——！就在那個時候，我瞞著家裡人，咬咬牙，跺跺腳，就跟著周敏建離家到南方來了，來到有大水

——有大財的海邊來了。這兩年我常想：這樣活是好、還是壞？是光彩、還是羞恥？周敏建是好人、還是壞人？他是我的仇人、還是恩人？是他把我帶進這個世界上來的。可這一切之前還有個問題要弄清楚：這世道、這人心還有沒有好壞？所以我沒法在信上告訴爹娘、哥哥、弟弟：我的職業、我的身份、我的心情、我跟什麼人生活在一起？我只能在信上撒謊，編寫驢唇不對馬嘴的故事……

我拿起賴長生留給我的望遠鏡，漫不經心地掃描著河灘，漸漸對準了戴茜。戴茜好像被我一下拉到眼前來了似的，她正轉過身來。望遠鏡裡的焦點恰恰在她的臉上，清楚得連睫毛都能看見。她那鮮艷美麗的嘴唇正在顫抖，抖得讓人心疼……她臉上的水珠肯定是淚珠，如果是水珠，她早就擦乾了，她一直在用手背像孩子似地擦自己的眼睛。是淚，就不是那麼容易擦得乾的！我太清楚了……

9

唐　賢

我告別鴨寮的時候，夜已經很深了。椰子樹像一群巨大的夢遊人，晃動著長髮曳地的頭向霧裡的大海移動。一片戛戛戛戛戛聲從鴨寮下升起來，小鴨子受到了驚擾。卷毛狗小刺猬輕輕地叫了一聲，牠們才平靜下來。蓮蓮走在前面，她要送我。她說：

「得帶著小刺猬，路上有盤成餅的毒蛇。不小心踢了它，它會纏住你的腿。要是眼睛王蛇，咬一口就沒救了。小刺猬能咬著蛇的頭喝乾牠的血。要是遇上了狼，小刺猬朝它呲呲牙，狼就不敢過來了。」椰林裡黑極了，蓮蓮的手找到了我的手，抓住，緊緊的。當我聽見野獸吱吱叫著的撕打聲，她好像比我大得多似的安慰我：「別怕，啊！是猴子，牠們在鬧著玩兒……」

「我不怕……」我真的不怕，我用手握握她的小手，表示我真的不怕。

「你會講點兒什麼不？爺爺可會講故事了，我最愛聽，還是聽厭了。他的那些故事太老了，就跟爺爺那樣老。你能講一個不？」

「我……」我想說的是：我沒講過故事，也不太會說話。不知道為什麼，臨時又改了口，我也許是不好拒絕她，這是她第一次對我提要求。「我不……很會，可……可可以試著講……講……」

「你講講你自己吧，鹹糖！」看來我這個被她顛倒了的名字，再也顛倒不過來了。

「我講，我講……講講我……我住在一座很大很大的城市裡，很鬧，很擠，很……」我不知道怎麼才能說出我的印象。

「人和人就像海裡的浪和浪一樣，那才好玩呢！」

「我很厭倦城市生活……」

「厭倦？什麼叫厭倦呀？」

「什麼叫厭倦……可……可以說就是煩，很煩……」

「為什麼？人多，多好玩呀！」

「還不只是人多，煩，煩透了！有一天我在電視裡看到……」

「什麼是電視呀？」她聽到了一個生疏的東西。我試著想對她描寫電視的樣子，但很難。因為我突然想到她連電是什麼都不知道，一切用以說明的語言全都沒用了。我想了一下，試著問她：

「你看過電影嗎？」

「看過，那還是很小的時候，爺爺背著我到鎮上去看過一次電影，我只記得毛主席的臉很大很大，後來就不記得了……因為白天玩的太累了。」

我聽到她竟然還看過電影，這樣就好解釋了。

「電視是一個方盒子，看起來像小電影一樣。從電視裡可以看到很遠很遠地方的人和事情，還能看戲……」

她很難過地說：

「我們這兒沒電視……」

我覺得向她講我自己，好像太乏味了，還是給她講一個故事好。於是我在我的腦子裡搜尋著我看過的電影和電視片，我最先想到的是在電視裡看到的一個卡通童話故事。我有點兒高興地說：

「我給你講個故事吧？」

「好！……你會講嗎？」她笑了。「你有點兒不會講……」

我的臉一下就發燒了，好在她看不見。我不服氣地說：

「會……會一點兒……」她因為窘了我，高興得咯咯兒地笑了。我一本正經地咳嗽了一聲，硬著頭皮一往無前地開始了：「從前，有一片樹林靠著河，傍著海，貼著山……」

「就像我們這兒？」

「對，就像你們這兒。」我不再結巴了。「樹林裡有一個公主，只要她走出來，小鳥就排著長長的隊迎著她唱歌……」

「咦！公主是什麼？是一隻大鳥嗎？」

「不，是一個很美的女孩兒……」

「我知道了，你說過……我很美。」她有點兒得意地捏捏我的手。

「我說過，那公主也跟你一樣，開頭並不知道美是什麼意思。小鳥們都說她就是美，美就是她。可她就是對著河水反覆看自己，也看不出自己是不是美。她穿著短裙，赤著腳和丹頂鶴、鷺鷥、海鷗、白天鵝一起跑呀跳呀！快活極了。忽然，來了一個城裡人，帶著槍跑來，把公主的玩伴兒——那些鷺鷥、海鷗、白天鵝、丹頂鶴全都打死了。還搶走了公主……」

「不對呀，她為什麼讓他搶呢？」

「他還騙她，說城裡樣樣都好……在城裡，那人讓她住進高樓，穿上長長的絲綢的裙子，還有高跟皮鞋。她覺得新鮮，有了一點兒高興。誰知道，只穿了一天，她的腳就被高跟鞋夾破了，她很生氣，把高跟鞋從高樓上扔了下去。主人生氣了，打她，把她趕到大街上，街上沒有草，很燙，燙得亂跳。她跑呀，跑呀……城裡人的眼睛像火、像電，燒得她躲都沒法躲。她只有跑，不停地跑……城裡全都是樓房，每一面窗戶裡都有數不清的眼睛，她拼命地跑，她那雙在海水和河水裡洗的白白淨淨小腳滴著血水。街道連著街道，都是永遠也跑不出的街道。她想跑回去，跑回河邊去，跑回海邊去，跑回綠茵茵的樹林裡、草地上去。但她跑不出長長的街道，她一直跑，一直跑，一直跑……」

「後來呢？」

我們已經走出了樹林，所以我能看見她濕漉漉的眼睛裡的星光。

「一直跑……」

「後來呢？」她嗚咽著問我。

「一直跑……」

「最後呢？」

「最後就完了……」

她悲傷而氣憤地說：

「公主死了？」

「不知道，因為我看到的電視片完了。」

「我不管電視片完不完，我只想知道公主活著還是死了？」

我們默默地走了一長段路……她不斷抹著眼淚，驀地像一個老婦人似地嘆了一口氣：

「我要是那個公主就不扔皮鞋……」

「可他是夾破了腳才扔的呀！」

「那是因為鞋小。」

「主人也知道鞋很小。」

「那為什麼不換雙大的呢?」

「主人說:鞋大了不好看。」

「主人是什麼人呀?」

「主人就是事事不讓你做主的人。」

「他做主?」

「是的,主人嘛!」

她越想越難過,竟大聲抽抽嗒嗒地哭起來了。

「你怎麼了?怎麼又哭了?還哭得這麼傷心?」

「她一直在走,腳上流著血……」

我本來很容易就能給她安慰,告訴她這故事是編的,是假的,根本就沒這事兒。但我沒有……好像那真的是很遙遠、很遙遠的真事,所以顯得特別美,也特別憂傷。第一次拜訪鴨寮,第一次牽著她的手,第一次和她說了那麼多話,第一次和她挨的這麼近,第一次就對她有那麼多的了解。她已經不是我在一見鍾情以後,想像出的一個她了。她像水晶那樣,以自身的純淨和透明引來日月星辰的光,把她照亮了……

10
黎丹

戴茜的淚把我的好奇心勾起來了，我得找美珍姐問問。說走就走，我拎起望遠鏡就出了門，正好電梯到。心想：好兆頭！鑽進電梯上了十八樓。按響了1810房間的門鈴。立刻就聽見美珍姐又尖又高的喊叫：

「門不是他媽的開著嗎！按什麼倒頭鈴呀！」

我一推，果然，門是虛掩著的。我心裡明白，這是給申喜留的門。申喜是個酒吧的調酒師，特別機靈，小夥子長得又高又壯實。除了調酒，還專門輕輕鬆鬆、快快活活地在女人身上掙點兒外快。美珍姐哪兒是個耐得住寂寞的人呀！她的那個「皮匠師傅」——她管她的那個意大利皮革商蘇薩叫「皮匠師傅」，蘇薩難得來一次。從那些樓層小姐們私下裡嘰嘰咕咕中知道：有一天夜裡，申喜調了一杯自己發明創造的雞尾酒《夏威夷之夢》，用銀盤子托著送進了1810房。美珍姐正在半依半睡著看臺灣女作家瓊瑤的言情小說，微微一笑，琢磨著這小子安的什麼心。申喜恭恭敬敬地站在床前，讓你看不出所以然。美珍姐伸出一隻手來，申喜彎下腰把杯子擱在美珍姐的手心兒裡。美珍姐用另一隻手拍拍他的腮幫子，悠悠兒地說：

「小喜子！你真用心。」

申喜樂了。美珍姐輕輕兒地給了他一個巴掌：

「別輕狂！我說的是你真用心，並沒說你用的是真心。」

申喜也不說話，就直截了當地上了床，死皮賴臉地抱住美珍姐。美珍姐像爵士樂隊的打鼓佬似的，用雙手不停地打他的頭。申喜把頭直往她懷裡鑽，讓她打。美珍姐打著打著就手軟了……從此以後，「皮匠師傅」不在的時候，美珍姐就給申喜留著門兒。我常來，每次來以前都得打電話，這回走的急，忘了。按了門鈴才知道有點冒失，所好，門是虛掩著的，說明只有她一個人在。推門進來，看見美珍姐正在往她那修長的玉腿上抹護膚油。浴衣半敞著，一對挺挺的乳房露出了一隻半。她見我手裡提著望遠鏡，就一目了然了。

「丹丹！還用得著那玩意兒，肉眼我都能看清楚。貴妃娘娘傷心了，對不對？坐，喝點什麼？」

「不吃也不喝，往常這會兒我還在賴被窩呢！」

「你知道嗎？別看她裝的像個洋妞兒似的……她原來就是個本地妞兒，我才知道。」她說的當然是戴茜，她肯定是從申喜那兒知道的。在這個酒店包房的「MI」們從不提自己的來歷，好像人人都是從天上掉下來的。也沒人議論，沒法議論，沒材料。關於老板的隱私，上上下下誰也不敢聞問，你如果向任何一個酒店工作人員打聽這一類的事情，在你剛剛開口的時候，他就面無人色了。頂多對你說：饒了我吧，我還不打算丟掉這個飯碗。美珍姐根本不管我在想什麼，只顧說她的。「到了這個份兒上，還充什麼林黛玉呀！即使妳就是林黛玉，哪兒去找賈寶玉？賈寶玉，假寶玉，明明是假的，哪兒去找？男人，媽的！妳要是讓他玩兒妳，可就慘了。妳得玩兒他，就像玩兒眼鏡蛇似的。玩兒得好，牠給妳跳舞，而不是妳給牠跳。這道理我在上大學的時候就懂了。買這個教訓可是付了昂貴的代價，媽的！……」她真的動了感情，像是要講自己的往事，聽得出，那聲「媽的」就像是唱戲之前的叫板。「MI」自己說自己的往事，太少見了。我有耳福，倒是要聽聽。「大學生真苦！冬天連買一小瓶甘油的錢都沒有，別說香水了！三角褲成了一條兒了，還在穿。第一次進大酒店撈外快，那個土哇，就甭提了。簡直像隻瞎貓，自己花錢買了一張舞廳的入場券，找個旮旯兒坐下，顫顫兢兢地東張西望。混帳王八蛋！一個高麗癟三溜達溜達地衝著我來了，他的英語臭極了，要多臭有多臭。湊過來就給我要了一杯可樂，他大概是看準了我連可樂也少見。跳舞的時候，恨不得黏在我身上。第三支曲子沒跳完，他就要我到他的房間裡談談，談談？我明知道談談是什麼意思，也只好去。當時我的腦袋完全是懵的，不知道我從哪兒來，也不知道為什麼來。他談他媽的大頭鬼！一進房就把我的衣裳給剝得精光，先看了個夠。然後把我抱進了浴室，粗手粗腳地給我洗澡，哪裡是洗澡呀，掐我、咬我，一會兒功夫，遍體鱗傷。我傻得都不知道反抗！當他把我按在床上的時候，我都沒意識到每一個過程都應該是有價的。陪酒、陪舞、陪飲、接吻、脫衣服、看、摸、上床……全都得按照如今參觀動物園的規矩，入園要買票，看獅子要重新買票，看猴還得買票，看大熊貓不僅要買票，餵牠們竹子也得買票……那天，可真虧！要不是三個月前一個羞答答的男生把我給破了，還不知道要有多麼慘呢！那位同窗比我還小半歲，是個不折不扣的雛兒。一次、兩次，第三次才算見了紅。沒想到這個高麗水手，——他肯定是個爛水手。可能這次在海上漂了至少有半年以上，怕連隻母猴子的屁股也沒見到過。一夜到天亮，都沒停過，我真懷疑他吃了在太平洋某荒島上採來的、猴子的發情草。最後，他一身臭汗從我身上滑下來，我立即就沈沈入睡了，像死了似的。

被人推醒的時候，已經是第二天的中午十二點了，我抬起頭來一看，不是他。是兩個樓層服務小姐，她們對著我只笑，像是來打掃房間的。她們從我眼神裡看出了我的疑問，她們告訴我：客人退房結帳走人了，十二點不走還得付錢。我只好急急忙忙穿上衣服，也來不及沖沖這身髒。這時候我才發現我身上的尼龍裙、晴綸T恤和這雙磨得發白了的皮鞋太寒傖了，太過時了。我就像一隻髒兮兮的耗子一樣蹭地一聲溜出了房門，等電梯的時候，聽見那倆位小姐在房間裡笑成了一團。他媽的！連頓飯也沒吃他的，虧到家了！男人是蛇！——這一點一定要有個明確的、堅定的、清醒的認識。可不能迷糊，一迷糊就讓它給咬了。吃一塹，長一智。後來，我一見到外國人就是：MONEY MONEY！見了中國人不用說話，大拇指和中指一搓，他就懂了。不僅知道要錢，還知道討價還價，不僅知道討價還價，還得先付錢，後交貨。就說我現在這位意大利『皮匠師傅』蘇薩吧！一開始就得把我五年的房租費、生活費、時裝費、必要的醫藥費，以我的名義存入銀行。女人時時都要保持清醒，即使關進大牢，妳都要保持清醒。不瞞妳說，我上過『山』。栽在他們手裡了，怎麼辦？判了兩年，兩年就兩年！兩年怎麼過？在人屋簷下，怎敢不低頭！該演什麼角色就要演什麼角色。在大牢裡演林黛玉？大牢裡更沒有賈寶玉。演鳳姐？哪來的璉二爺呀！就得演迷途的羔羊。要我講什麼我就講什麼，要我寫什麼我就寫什麼。多虧先父給我留下了一份豐富的遺產——他在歷次政治運動中寫下的幾百份檢討書的草稿，我全都拜讀過。在全世界，我們這一代人的兒童時期，只有中國人不是讀連環畫和安徒生長大的，讀的是長輩的檢討書。最有興趣的是他們誇大其詞的罪行，和一套又一套的廢話、蠢話。沒想到這一套套的廢話、蠢話在『山』上正好用上。什麼資產階級的侵蝕呀，我爸寫檢討那會兒，我還真沒見過活蹦亂跳的資產階級。夫妻老婆店早在五十年代就公私合營了，他們比工人階級更像工人階級。要說資產階級，還是今天見的多，本國的土造，國際資產階級成群結隊地進軍中國。所以人們才大改革命歌曲，像『反動派，被打倒！帝國主義夾著尾巴逃跑了。」就改為「反動派，沒打倒，帝國主義夾著皮包回來了，回來了……」我按照我爸用過的詞兒，如：「學習馬列主義、毛澤東思想（再加上鄧小平著作）不夠呀，對改革開放時期的階級鬥爭新動向認識不清呀！」寫交代的時候越坦白越好，三級片情節越細致越容易被通過。那些專別人政的人也是人，要投其所好。使他們等於堂而皇之地讀淫穢小說。用天真爛漫的口吻寫出最暴露的細節。果然，他們特別滿意。見到我的時候都以莊嚴肅穆、悲天憫人的表情和聲調對我說：「你的認識很深刻，事實交代的很清楚，思想根子挖的很深，可見你痛改前非、重新作人的決心很大。」所以我只在「山」上呆了一年另半個月，減刑一年，提前釋放。釋放以後三個月，監獄管理人員跟蹤訪問，檢驗他們的成績，找到我。他們一見到我就嚇了一大跳，我的一身打扮說明了我當時的一切。

「妳……妳……這個樣子，八成兒又重操舊業了吧？」

八成兒！還他媽八成兒呢！都十二成兒了。我對他們說：

「管教同志們！我要是把你們當警察，我什麼也不會說。你們沒證據，對我也不能怎麼樣。再說現在我的層次和以前也大不相同了，你們到五星級酒店去抓人還有顧忌，輕則使酒店營業清淡，重則影響投資環境，得不償失。我把你們當朋友，所以我要說幾句真心話。在山上的時候，我沒一天不在做準備，發誓出來了再幹。」

他們問我：

「你不怕二進宮？」

「那就得一看運氣，二看本領了。」

「你應該知道，再一次進去就不止兩年了！」

「知道，我會非常當心。即使失了腳，只當大休息。比起你們來，再長也不算長。因為你們服的是無期。」這句話說得他們七竅放大，心跳暫停。

「……！」

我不懂什麼叫適可而止，我裝著對他們的變臉變色沒看見。

「你們以為是在教育人、改造人，哼！是嗎？有本事你們去改造改造那些來中國大陸投資的老外、港商、臺商還有那些暴發戶和以權釣錢的人物試試？這是供求關係，有求才會有供。你們把一些可憐憐的女孩子當成了禍根，錯了，大錯而特錯！女孩兒只不過是賣她們的身體，總比那些買空賣空的人正派吧？比那些出賣靈魂的人不知道要乾淨多少倍！他們禍國殃民，損人利己。我們怎麼了！怎麼了？根兒在那些人身上，最好把他們每一個人的那條根兒都給閹了！怎麼樣？我的老領導！你們一定認為我說的都是謬論，但我認為這就是真理，真理愈辯愈明，有空嗎？咱們辯論辯論如何？」

他們的嘴吧噠了好一會兒，不知道是覺得辯也辯不贏？還是覺得辯贏了也沒用？他們你碰碰我，我碰碰你，一聲不吭就蔫兒不咭兒拍拍屁股走了。他們一走，我也轉了碼頭。這叫：害人之心不可有，防人之心不可無。」

她一口氣真長，說到這兒總算停住了。我早就想讓她別講了，怕她不高興，以為我有什麼想法。其實我什麼想法也沒有，我怕的是知道了她的底細，自己不向她交底就不合適了。相互交底就會自輕自賤。——這是我媽在我小時候說過一百遍的話。趁她喘氣的功夫，匆忙中沒話找話：

「美珍姐！前幾天我給你打過一次電話，死也大不通，你出門了？」

「哪兒呀，我的那個『皮匠師傅』來了，這個老不死的，長遠沒來，好像吃虧了似的，沒日沒夜在我身上磨蹭，把電話都拔了。他還真有點本事，三天三夜，元陽不洩……」說著說著她笑起來，抱住我問我：「你的老賴怎麼樣？……」我最怕和女人談這種事兒，我的臉一下就羞紅了。她把我摟的更加緊，大聲對我說：「他長遠沒來了，你就不想那事兒？要不要我給你幫個忙，找個……人？你美珍姐絕對保密……」

我嚇壞了！想從她懷裡掙出去，可她的勁兒特別大，我連動也動不得。

「美珍姐！別胡說八道！」

「誰胡說八道了，我是說真的……真的，我一點也不騙你，另找個男人，可是別有滋味兒在心頭。你要是嘗到了甜頭兒，說不定就不再想你的老賴了！」

我掙命地喊了一聲：

「美珍姐！放開我！我要上廁所！」她這才鬆開我。我奔進衛生間就把門關上，好一陣喘。我看見鏡子裡的我，滿臉桃花色。心想：這個陸美珍，不但自己……還要別人也……這時候她貼著衛生間的門還在嚼舌頭：

「丹丹！你那個老賴肯定不中用！只會……」接著唱起來了：「獻給你一枝玫瑰花，親愛的瑪麗雅！」

「美珍姐！你今兒是不是有點兒不正常？」

「丹丹！傻丫頭！不正常的是妳，不是我。咱們都是出門在外的苦女人，咱們苦就苦在太寂寞，還不該相互體貼著點兒？有什麼好掩著蓋著的，妳我又不是他們明媒正娶的太太，還要給他們守貞節？……」她很誠懇地對我說：「好妹妹！悄悄的……誰也不知道，不是嗎？」我被她的誠意感動了，從衛生間走出來，摟著她的脖子，在她耳朵邊兒上小聲說：

「美珍姐！謝謝你！我不需要……」

「不需要？沒的事兒。你又不是石女？」

我更小聲地對她說：

「美珍姐！我告訴妳，妳可別笑我……」

「我怎麼會笑妳呢？我們說的是正經事。」

「我不需要，我……自己……女人自己最懂得自己呀！美珍姐！……」

「自己！」她大聲叫了出來，嚇得我連忙捂住她的嘴，她把我的手扯開。「房裡又沒外人，怕什麼？告訴我，是不是用手？」

我把她推倒在床上。

「我再也不對你說什麼了！」

她一躍而起，趁我不備，抱住我一起倒在床上。

「傻妹妹！自慰只能借助一個幻覺中的人影兒，有時候連影兒也沒有，只是一種物理刺激。哪有一個男人實在的身體好呀，說真的，我不要有情有義，要也沒真的。只要有血有肉，有聲有色就行……」這時候，我們聽見有輕輕的敲門聲。美珍姐束好衣帶，走過去開了門，門外是申喜。他見屋裡有我在，立即恭恭敬敬鞠了個躬。

「陸小姐！您打電話叫我，有什麼吩咐嗎？」

美珍姐板著臉，看也不看他，冷冷地說：

「酒吧是怎麼傳的話？我打電話不是找你，是叫人送一瓶JOHNNIE WALKER,14年的。聽明白了嗎？」

「是！陸小姐，我這就拿了送來。」

她真會表演，這麼直爽的人！我差一點兒驚得把舌頭都伸出來了。幸虧我還沒有在她面前像她那樣直爽……

「美珍姐！我得走了。老賴說今兒上午要給我電話。」

「別忙呀！剛剛說到正題上……」

「不了，看得出，美珍姐還有事。」我特別得意的是：我在門神裡頭捲了一張灶王爺——畫（話）裡頭加了畫（話）兒。

她一把拉住了我。

11

唐　賢

從那天起，我每天傍晚，一出工地就走向蓮蓮的鴨寮。她要我教她認字、念書，日復一日，她學得非常認真，進步也非常快。她每天深夜送我回工棚，這已經成了我們不言而喻的約定了！總是那條路，卻總覺得新鮮。與此同時，沿著海岸，沿著河岸十幾處都在平整土地、勘探、打樁，徹夜燈火燭天。發電機、捲揚機、打樁機、吊車日夜轟鳴。車隊絡繹不絕地拉來水泥、鋼筋、木材。簡易公路上塵土飛揚，像是幾條煙霧的河流。對於我個人，這些就像即將到來的潮水。而我還在半睡半醒的夢中，絕對沒想到滅頂之災正在以驚天動地之勢向我接近。雖然，我也是我自己的災難的製造者。在當時我竟然視而不見，聽而不聞！人間風景的變化，空間飽和的噪音，並不因為我正在對一個小女孩兒的迷戀而不存在。即使在椰林深處的鴨寮，也能聽到，只不過輕些罷了。蓮蓮和她的爺爺很喜歡問工地上的事情，我總是皺著眉頭含混地回答他們：在修大樓。這可是一個不可饒恕的疏忽，正在變化著的一切，以及這個變化對他們的影響是不會含混的！恐怕這個懊惱將一直伴隨我到生命的盡頭……

那是個中秋之夜。滿月已經當頂，由於工人們休假而有了一個難得的靜謐的良宵。我表現得特別愉快，送我回工棚的蓮蓮一定也感覺到了。但我們手拉手走在月光下，都沒說話，連小刺猬也默默地像我們一樣，非常緩慢地走著……我看看蓮蓮，發現她的眼睛裡湧動著亮晶晶的淚水，可又不完全像是悲哀的緣故。她哽咽著求我：

「鹹糖！你能不能給我讀一遍蘇東坡那首在中秋節寫的〈水調頭歌〉？」能不能？怎麼會有能不能的問題呢？當然能！這首詞她非常喜歡，其實她也會讀，但她總要聽我讀。我用手捏了捏她的手，她的淚眼裡立即有了笑意。

「明月幾時有，把酒問青天……」一滴溫熱的水珠落在我的手背上，我知道這不是水珠，是淚。

「不知天上宮闕，今夕是何年……」她向月兒仰起她那月兒般嫵媚的臉，兩條淚河流過面頰，滾落在頸子上。當時我立即萌發出一個衝動的念頭，去吻乾那兩行淚。

「我欲乘風歸去，惟恐瓊樓玉宇，高處不勝寒……」我記得在我為她講解這一句的時候，她特別理解「歸去」的含意。她也認為人本來就來自天上，最後也應該回到天上去。她說她常常夢見自己飛回天上的家，但她卻沒有「不勝寒」的感覺。

「起舞弄清影，何似在人間！」她緊緊地咬著自己的嘴唇，好像怕會突然哭出聲來似的。

「轉朱閣，低綺戶，照無眠……」她仰望著月亮，緩緩旋轉著，把兩隻手輪流著交給我。看得出，此時她有點兒高興。

「人有悲歡離合，月有陰晴圓缺，此事古難全……」她不再旋轉了，她仰面凝視著我的臉。她一定是記起了在我向她講解人生離合的時候，她問過我的一連串問題：你會離開我們嗎？什麼時候離開？離開多少時間？……我做了十分肯定的回答：我不會離開你們。——這是我的心願。她毫不思索地說：我也是。我覺得這只是她的一句孩子話，我反問她：真的？

她嚴肅起來。按當地的習慣，在發出嚴肅承諾的同時，必須喝酒，而且要喝滴血酒。事先我並不知道，也不懂。她不聲不響地從她背在身上的布口袋裡，拿出裝酒的一節竹筒和兩個椰殼酒杯，倒了兩杯酒。看來，她是準備好了的。她拔出小刀就把自己的左手食指割破了，我吃驚得叫了起來。血已經滴進了兩個杯子裡，她把小刀遞給我，我也只好割破自己左手食指，在兩個杯子裡滴了血。她遞給我一個酒杯，我們默默地喝了杯中酒。像是孩子們的遊戲，又像是英雄式的盟約。我相信，又不相信。

「但願人長久，千里共嬋娟。」她緊緊地勾著我的手臂，拿起我的手來擦拭她的眼淚。擦來擦去擦不乾，她索性站住，把臉埋在我的胸前。淚水浸透了我的T恤，我輕輕撫摸著她的秀髮。小刺猬在她的腳下無聲地搖著尾巴，牠好像也理解人在此時此刻的感情似的。很久很久我們才繼續往前走，在快到我住的工棚的時候，她拉著我向海邊走去，海此時正在嘆息。我們翻過一座被潮水堆起的沙礫的山脈，再滑下去。小刺猬跟著我們，卻翻了一個跟頭。我們躺在斜坡上，依偎在一起。大海像是有靈性似的為我們歡快起來，捧著千千萬萬朵銀白的浪花撒向我們。我們當時並不在意大海的殷勤。蓮蓮抬起身子，很近的俯瞰著我。漸漸向我靠近，最後她慢慢把頭擱在我的胸膛上，好像那就是她的枕頭。她抱住我，沒說話，眼睛好像在注視沙。我已經聽見了她的呼吸，想必她也聽見了我的呼吸。小刺猬奔過來，拼命在我們中間擠。蓮蓮捉住牠，親親牠濕漉漉的鼻子，指著在沙灘上橫行如飛的小螃蟹，要牠去追。等小刺猬精神抖擻地奔過去的時候，小螃蟹一起都鑽進了那些小洞穴，每一個小蟹都有好幾個小洞穴。小刺猬努力去扒那些洞穴，但一無所獲。當牠再跑回到我們身邊，在蓮蓮和我中間已經找不到縫隙了。牠徒勞地呻吟著擠來擠去，蓮蓮用手撥開牠。小刺猬是何等的聰明，只一下，牠就知道主人此時此刻已經不需要牠了。牠怏怏地走開，背著我們蹲在沙灘上痴痴地看著海。南海之濱的九月之夜，仍然熾熱如夏。下半夜，遠方吹來的風和海底湧出的冷水，使氣溫低了下來。讓人感到有些涼意，也許是因為冷，蓮蓮更緊地擁抱著我。我突然聞到小姑娘身上有一股椰奶的香味兒，這香味兒打破了我心裡的寧靜，漸漸浮躁起來。我像是剛剛才發現她正在我的懷抱裡，這發現使我震驚，心跳得像遠古戰場上傳來的鼓聲。我從來都不敢有這樣高的奢望。只想被她牽著，千遍萬遍地重複走著那段椰林中的小路，那是一條閉著眼睛也不會走錯的小路，每一遍我都沒有重複的感覺，一遍有一遍的情，一遍有一遍的景。她才是大海和椰林的公主呀！不是畫出來的，也不是想出來的。只有大海和椰林才能生養出這樣的女兒，像是巨大的蚌吐出的一顆珍珠。都怪那椰奶的香味兒，使我把臉貼近她已經蓬亂了的頭髮，我進而在椰奶的香味兒中分辨出海水的鹹味兒來，很快我才意識到是我無意中用舌尖嘗到的。她雖然一直閉著眼睛，似乎比睜著眼睛還要敏感。她有點兒得意的抿了一下嘴，她的這一細微的認可，使我產生了得寸進尺的壞心思。我輕輕地吻了一下她的耳垂，多麼奇妙啊！她像一朵慢慢蘇醒過來的夜來香，笑容先從嘴角、眼角擴展開來。眼睛和嘴一起微微的張開，冷不防她報復了我一下，那不是吻，而是在我脖子上咬了一小口。重到有點兒疼而不至於喊出來的程度。她的這一咬，把我從懦夫咬成了勇士。我大膽地吻了她的額頭、眼睛、鼻子、臉蛋兒和嘴唇……她的臉上最先顯現出的是新奇。我想了想，她的結論似乎是：好呀！我也會。於是她按照我作過的順序吻了我一遍。我一躍而起，瘋狂的擁抱著她，伏在她的身上，深深地吻著她的嘴。我似乎在教她，她學得那麼快。只有一瞬間的停頓，她反過來吻我，比我吻得更深、更忘情。她撒嬌地呻吟著，用一種只有聲音而沒有語義的話表達了她的渴望。天啊！如此單薄的衣服，怎麼能裹得住燃燒起來了的肉體呢！她用牙咬掉了我T恤上的三顆鈕扣，可憐！我赤裸裸的胸膛和她那處女的、堅挺的乳房緊緊地貼在一起了。我像鋌而走險的強盜一樣，當時把一切都置之度外了。我粗暴地銜住了她的一隻櫻桃似的乳頭，她驚叫了一聲，但立即又止住了。我貪婪地輪翻地親吻著兩隻乳頭……小刺猬誤會了，汪汪叫著奔過來，在我們周圍轉著圈子，好像要來搭救牠的主人。我們擁抱著翻滾著滑下沙坡，她再也無法按捺地喊叫起來。我看見她臉上是極為痛苦的樣子，我刺痛了她。我以為我已經很嚴重地傷害了她，想抽身離開她，但她好像察覺到我的想法，她立即更用力地抱住我，尖尖的十指似乎刺入了我的臀肌。我這才知道她臉上的痛苦表情，表現的並不一定就是痛苦，也許歡樂和痛苦的界限本來就是模糊的。我們連連翻滾著，她越來越大聲地喊叫著，用她的小牙齒沒輕沒重的咬我，可我卻一點兒不覺得疼。小刺猬瘋狂地吠著，呲著獠牙，翹著牠那短得不能再短的卷毛尾巴。幸運的是，這時候大海也興奮起來，突然洶湧的濤聲，把我們的撼人心魄的聲音全都掩蓋住了。漸漸，波浪也一次又一次地從我們身上漫過。大海像是一位慈祥而又保守的老人，把一層一層的被子蓋在我們的赤裸裸扭結在一起的身子上。每一次都被我們掀掉。只有那銀盆似的月亮光輝燦爛地笑著、欣賞著我們，用盡量強而柔和的光照耀著大地萬物。她是那樣寬厚、開明。後來，大海在我們身上堆滿了浪花，我們已經沒有力量躲開了，我們只能在浪花與浪花的間隙裡呼吸。當潮水漸漸退去的時候，我和蓮蓮靜靜地平躺在濕漉漉的沙灘上。小刺猬也許以為我們已經死了，呆呆地看著我們。過了很久，牠才發現蓮蓮在無聲地微笑。牠高興地飛快地搖著尾巴，討好地把散落在好幾處的衣褲銜到我們的身邊，蓮蓮氣惱地打了牠一巴掌，牠莫名其妙地喊著冤跳開了。蓮蓮很快穿上衣服，從我身邊跑了。背對著我坐在離開我五十步的地方，慢慢地用手梳理著頭髮。我像小學生做錯了事似的，忐忑不安地遠遠看著她。她一定在怨恨我，我不敢走過去。我最擔心的是我會因此失去她，怎麼辦？怎麼辦？怎麼辦？……我突然覺得好冷，這時，蓮蓮從背後抱住了我，她肯定是掂著腳悄悄走過來的，我一點兒也沒聽見，嚇了我一大跳。我反身把她從背後抱起來，她索性把自己吊在我的脖子上，我摟著她在沙灘上旋轉，小刺猬也學著我們的樣子，獨自人立著轉呀！轉呀！轉個不停……

我們像孩子似的愛情遊戲，在我的傷心記憶中，如同一朵血色玫瑰的含苞——開放——凋謝。在我們心境之外，時間並沒有停止流逝。我自以為我們的日子和世界是絕緣的，這裡只有兩個人的路，兩個人的沙灘，兩個人的椰林和星光。我就像和一個五歲的小女孩一起，用沙堆在修砌一座自以為永恆的、神聖不可侵犯的金字塔。看來我當時也只有五歲。為了那座金字塔，我們曾經常常久久雙手合十，禱告神靈的呵護。好像我根本不知道海邊有潮，海潮會把無論多麼精美的沙堆一鏟而平似的。沿著海邊，沿著河邊，豎起一座又一座高樓大廈。公路不僅送來了鋼筋水泥，也送來了形形色色的人，送來奇妙的音響，送來珍饈美味，送來各種精美的物品，送來了完全不同的價值觀念。高樓大廈不是用沙子堆起來的，是用鋼筋水泥建造的。電不是雷雨天在空中一閃而逝的電，是用高壓輸電線傳送來的。各種奇妙的音響不是自在的天籟，怪誕、強烈、陌生，可以選擇，可以開關，可以調節；所以具有巨大的不可抵禦的吸引。珍饈美味不但是雞、魚、鴨、肉、大米、椰子，而是應有盡有。只要地球上有的，這裡全都有了。這些本來是不應該疏忽的，我卻疏忽了！今天看來，這是多麼大的錯誤啊！這一切怎麼會因為我的不屑聽聞、我的不屑一顧而不存在呢？最大的疏忽還是我對蓮蓮的疏忽，我以為她看到的世界和我看到的完全一樣，我嚮往的世界當然也就是她嚮往的世界……我們應該算是最最親近的人了吧?!是的！我們幾乎每天都能聽見我們同步跳動的心臟。我以為，她在我眼前是一個全透明的小女孩兒。但我沒想到她和我身相向而心相背，無論我們曾經靠得多麼近，一旦分離，就越來越遠而至無限……那些山盟海誓，滴血飲酒，當著日月星辰相向注視著的淚眼……她全都會忘得乾乾淨淨。正像狄更斯在《雙城記》裡說的：「任何一個人對另一個人來說，都是隱晦與神祕的。」我完全失敗了！

12
小娟

那聲嚇死人的一聲喊，把我驚得從床上跳下來。接著在窗口看見河灘上的戴茜，戴茜是我心裡的一個謎。我早就在猜這個謎了，一直也猜不出。酒店上上下下沒聽到過一個人議論這個人的一句話，貴妃娘娘這個綽號是我們這幫子「MII」給她起的，都知道，都只能在私下裡嘰嘰咕咕。我打心眼兒裡想結識這個貴妃娘娘，貴妃娘娘就是不給我們這類人機會。她從不進迪斯科舞廳，也不進任何一個餐廳，她的每一餐飯都是餐廳部主任根據她的意願配好、由專人送到房間裡。只有去年冬天，她到夏威夷旅行回來的當天，董事長陪著她去過威尼斯水榭，那是一個非常精致的水上小舞廳，特別的彈簧地板，柔軟得就像在舟中。有一個小的管弦樂隊，演奏的全是古典舞曲。這個舞廳一週只開放六次，星期一不開放。那天是星期一，很明顯，是專門為了她開放的。她輕易不出現，一出現就是前護後擁，酒店總經理、副總經理和幾乎所有的部門經理，都像眾星捧月一樣圍著她。聽說她只跳了兩支曲子，而且全都是和楊曉軍跳的圓舞曲。等我知道以後趕到威尼斯水榭門口，她已經挽著楊曉軍，在一大群跟屁蟲的包圍下，又到碧波廊吃夜宵去了。我追過去，在走道上正好碰上。那天晚上我還是認真打扮了一番的，穿了一件坦胸露背的白色晚禮服，胸口、肩頭、裙裾全都是花邊，左肩上配著一束鮮紅的花朵。我打心眼兒裡覺得得意，以為準能引人注意，我相信，就是戴茜也不得不看我一眼。我要是真的走近她，她好意思會不抬起手來接住我伸向她的手？等到我看見戴茜的時候，我就明白了。她只在我眼前一閃而逝，我一下就看出她身上的黑色晚禮服非比尋常，後來我才聽識貨的人講，那是大名牌，叫什麼「威莎斯」[1]。並不花俏，穿在她身上，沒有一處不服貼，每一針都是可著她的身縫的。不要說是她，誰也沒看我一眼。她稍稍偏著頭，誰也不看，臉上透著一種高貴的微笑。本來聽人說她的個頭兒屬於嬌小玲瓏型，現在看

---

[1] VERSACE

過去，卻顯得很高大，真怪！我一下就蔫了，像霜打的一樣。沒精打采地走到大堂，咬著牙、硬著頭皮向一面大穿衣鏡走去，我倒是要看看自己哪一點不如人家。我從房間裡走出來的時候照過鏡子，自我感覺還不錯。說不上光彩奪目，總還能算得上亮麗俊俏。看見戴茜以後，再照鏡子就不是滋味兒了。從頭髮兒梢土到腳後跟兒，從裡到外都是值錢的衣裳、首飾，卻沒有一處覺著般配。試著笑笑，媽呀！別提有多土了。繃著還不太顯，一笑就全露餡兒了。活脫一個大街上打花鼓討飯的鳳陽婆娘。是驢糞蛋擦粉的那種醜，眼影兒太重，口紅太深，就像我們鄉下人常說的那樣：吃了死孩子似的一張嘴。可即便是眼影不重、口紅深淺正合適，我就能好看了？美麗了？漂亮了？高貴了？沒把握。想到這兒，我就匆匆忙忙跑回房間，脫了晚禮服，像丟麻包片兒似的扔在地板上。這時候我才發現我沒戴胸罩，這也是一大失誤，我生就一對布袋奶。我最煩戴胸罩，悶得慌。只有我那個倒賣汽車的馬經理一來，我就不得不戴了。這個斗大的字認不出兩籮筐的粗人，最愛窮講究！說他沒文化吧，他對汽車這一門兒，可是一個自學成才的大專家。汽車的廠牌，他一口氣能背出幾十個，像唱歌似的。什麼：林肯、本田、別兒克，福特、藍鳥、雪佛蘭，奔馳、奧狄、凱得那克，富豪、寶馬、大豐田，凌志、三菱、五十鈴，勞斯——勞衣斯身份最高也最值錢。這傢伙！說是外商，實際上他就是一個個體戶加一張玻利維亞護照。你要是問他玻利維亞在哪兒？他一定像一個大字不識的人進考場那樣，連東南西北也說不出。就這麼個蠢貨，要求還特別多，什麼體面啦，儀表啦，品味啦，情調啦……還有什麼神祕感啦！煩死個人的！可有什麼法子呢？端人家的碗，就得隨人家捏弄。我只好去買各種各樣的奇奇怪怪的緊身衣、玲瓏剔透的內衣褲，變色燈泡和輕音樂CD。我真是不情願，買一件罵一句：娘的！還不是為了一張長期飯票！當婊子還不夠，還得當戲子。自從那天從威尼斯水榭門口敗了興致以後，就再也不想高攀戴茜了。我知道我和她不在一個檔次上，我的起點低呀！這是沒法從頭來過的。聽說毛主席有句教育江青的話：人貴有自知之明。那女人就是不聽，強出頭，碰得頭破血流，丟人現眼，到死都不甘心。不甘心也得死，這是命！古人早就說過：人要知足。人家騎馬我騎驢，比上不足下有餘，回頭看見推車漢，不平之心漸寬裕。想當年我們四個同村的小姐妹，從安徽鳳陽鄉下結伴出來，每個人背的小包還沒有豬肚子大。我們家鄉的男孩子膽子都太小，輕易不敢出門。有幾分顏色的女孩都跑出來了，男孩子挨到老大不小的時候還找不到老婆。只好靠人販子從四川、貴州拐女人來，四處借錢去買一個。世上有比我們富的地方，也有比我們窮的地方，只能怨命！想起來，我們四個小姐妹還算有運氣的，沒有一個給人拐賣了，給人拐賣了的小姑娘還少嗎？多的很！我們四個人，也沒有一個給人殺了的，糊裡糊塗給人殺了的小姑娘有的是。我們瞎摸、摸到廣東一個海邊小鎮上，一起在一個叫《發發》的小餐館幫工。晚上收了工，只能把油膩的桌子拼起來當床。幹了三個月，姐妹們合計了一下，每人存在老板那兒的工錢不算太少了，都想支一些寄回家，一方面讓家裡人高興高興，一方面報個平安。誰知道老板用很難懂的廣東話對我們說，三個月的工錢扣了飯費、住宿費、安全費和押金，已經不剩分文了。小姐妹們一聽就傻了，半天說不出話來。我在村裡當過民兵排長，算是有點兒組織能力，真槍實彈打過靶，扔過手榴彈。不是沒經見過響動的丫頭，比她們三個沉著得多！夜裡，我們頭碰頭開了一個祕密會議。我從電視裡的國際新聞裡看到過法國公共交通工人罷工的報導，逼得法國政府很快增加了工資。我們也來個總罷工吧！第二天我代表姐妹們向老板宣布了我們的決定。原以為老板一聽就慌了神兒，馬上向我們賠情道歉，工資照發。怎麼也想不到，老板只哼了一聲，扭屁股就上了街。不到一個小時，他就找來了四個小姑娘，也是從安徽來的。她們一來，我就向她們說明了我們和老板的過節，老板的苛刻和無理。她們也並沒像我想的那樣，階級同情心使她們憤怒不已，馬上向老板提出抗議，扭頭就走。沒想到，她們反而高高興興地留下來了，還特別勤快，一進門就幹活。我們應該想到，在大街上找幾個從內地來的小姑娘，比買幾朵花都要便當。氣得姐妹們都想大哭一場，我小聲對她們說：忍住，一滴淚也不要流出來！姐妹們還算爭氣，眼眶裡的淚硬是憋了回去。我一跺腳：

「找公安！」

老板說：

「找公安！好！去找！快去！」

我們闖進了派出所，值班民警一聽是勞資糾紛的事，就讓我們去找工商管理所，給了我們一張印好了地址的紙條兒。在我們謝了他要走的時候，他對我們說了一句話：

「算了！你們跟有錢的老板是扯不清的！」我們沒理他，心想：有理走遍天下，無理寸步難行。怎麼可以算了呢？我們又直奔工商管理所，找到了分管《發發》那一片兒的管理員，陪著我們回到《發發》餐館。老板一見到工商管理員，倆個人就交頭接耳，握手拍肩，倒茶敬煙。把我們驚呆了，那個工商管理員好半天才回過頭來問我們：

「小妹妹！你們有沒有健康證？」

「什麼健康證？」我被他給問懵了。「沒有……」

「沒有？你們怎麼能在餐館打工呢？」他的口氣還很溫和。

「我們已經幹了三個月了呀！」

「這是要罰款的！」

「罰款？罰我們？」

「不罰你們罰誰呀？」

「我們幹了三個月沒拿到工錢，你還要罰我們？」

「健康證！」工商管理員一拍桌子，兇相畢露，對我們大喊大叫。「沒健康證就是沒健康！罰款！每人一百五！」

餐館老板反過來裝起白臉來了：

「算了，這些小妹妹，千里迢迢，離鄉背井，不容易，你就高抬貴手放她們過去，算了！不要罰了！我認倒楣，這是四十元，趕快走，快點，走！跑！」

我們只好拔腿就跑，跑到一個加油站背後，累得只喘氣。越想越不對勁兒，工商和老板不是合穿著一條連襠褲嗎！工商有權，老板有錢。老板用錢換工商的權，工商用權換老板的錢。受騙的是我們這些鄉下人，累死累活拿不到錢。真叫人氣不過，她們都主張打掉牙齒肚裡吞，可我無論如何也嚥不下這口氣。我用民兵排長的架勢對她們說：

「不行！你們以為再找一個老板就不是王八蛋了？一個樣！天下老鴰一般黑！我們一步退，就要步步退，往哪退？沒有一個戰略決策就別在外頭討生活！」我這個戰鬥動員對大家真還有點兒鼓舞。「大家開動開動腦子，想想辦法……」

人的腦子要是不用就沒用了，一用還真管用。平常都說竹葉姐沒腦子，誰也沒想到她會一鳴驚人，她結結巴巴地說：

「咱們不會……想想……法子，去管住……掌權的人？」

我們四個人當中，最聰明的是最小的鳳珠，她突然咯咯咯地冷笑起來，我在她的背上打了一巴掌：

「這時候還笑得出？沒吃、沒住、沒工作……」

鳳珠笑得更厲害了，捂著嘴、彎著腰大笑。一邊笑一邊說：

「我笑竹葉姐白日說夢話，咱們四個弱女子，窮的叮噹響。憑什麼去管掌權的人？要是有足夠的錢也好買他們的權，要是有比他們更大的權也好管他們的權，咱們有啥？啥都沒有……」

我看竹葉姐脹紅著臉想說什麼，我說：

「人家竹葉姐還沒說完呢！讓人把話說完嘛！」

這才引出竹葉姐的一段隱情來。竹葉姐說：

「我要是說出來，姐妹們可別笑話我……」

「說到哪兒去了！咱們不就是親姐妹嘛！」

「那我可是說了……？」

我搖著她的肩膀催她：

「說呀！已經到了什麼時候了！這就是要命的時候！竹葉姐！」

「我說，」從這時候起，她就只顧說，眼睛看著自己的腳尖兒，不再看我們了。「前年咱家鄉發大水，這是你們都知道的。沖垮了俺家的房子，這也是你們都知道的。後來水退了，這也是你們都知道的。要修房子，就缺幾個立方木料。村裡用各地捐獻的救濟款買了不少木料。俺爹、俺哥都找過咱村的支部書記沈癟子，你們都認識這個人。無論跑多少趟、無論怎麼求他，他一不給俺家配木料，二不賣給俺家木料。一定要買，可以，出高價！無論咋說，沈癟子軟硬都不吃。跑的趟數多了，他還煩，話都說死了：「你們家修房子要木料，就得高價！」房子修不起來就得住觀音合掌棚子，天眼看已經秋涼了，棚子裡四面透風，無論如何這個冬天過不去，這也是你們都知道的。死馬當做活馬醫，俺瞞著爹娘、哥哥，摸黑去找支部書記說理。也真巧，沒走到支部書記家，在堤上碰見了他。他打著一個裝了五節電池的長電筒，咱鄉下人叫驢雞巴電筒……可亮了！他一晃一晃地走著，那股子亮光一會兒在天上，一會兒在地上。俺起先不知道那就是他，等他用電筒直直地朝我臉上一照，嚇得俺噢地尖叫起來。他連忙說：

「不怕，竹葉姑娘！天這麼晚了，黑黢黢的，去哪兒呀？」

「支書！菩薩保佑，找你你就來了，真是菩薩顯了靈……」

「找我?有事?」

「支書!你又不是不知道,還不是修房子要用木料,高價我們又買不起……」還沒等俺說清楚,他就把俺的話打斷了。他把那團亮光照在俺的胸口上,看著俺,又不讓亮光刺著俺的眼睛。

「不就是幾方木料的事兒嗎?沒問題!包在俺身上。」

俺沒想到他會這麼說,原以為他還是對付俺爹俺哥那一套。當時俺的眼淚止不住像檐滴水一樣嘩嘩地流,腿一軟就跪下了。

「別!起來,起來!」

他說著彎下腰把俺抱了起來,抱起來就抱起來吧,他還不鬆手。俺說:

「支書!俺真不知道咋謝你,你的心腸真好!」

他還是不鬆手,一會兒功夫他的舌頭變大了,說起話來像喝醉酒了似的,嗚嚕嗚嚕的:

「竹葉姑娘!一眨眼你咋就成了大姑娘了呢?」

「是呀!支書!俺爹常說:五穀雜糧是皇天后土給咱莊稼人養命的。雖說飽一頓,還是長大了!支書!俺站起來了,你就別再攙著俺了。」

「你別以為俺沒勁兒,俺有勁兒的很!俺抱抱你,是俺疼你……」

「不!……」

俺想從他手裡掙出來，他還是不鬆手。

「咱們還得談談不是?找個地方聽你說說你打算要多少木料……」

「俺自己走，支書!」

「俺不累，一袋麵粉俺抱不動，一個小姑娘俺還是抱得動的，你看怪不怪!一點兒也不累。」

他把俺抱進了沒人住了的難民棚子裡。

「說說，要多少木料?」

「支書!俺家給你寫過好幾份報告呀……」

「說真話，俺都沒看，要不是俺看著你滿乖，俺是不會答應的。」

不知不覺，他的手啥時候就伸進了俺的小衣，按住了俺的奶子。俺生下來長這麼大還沒人摸過俺的奶子，又癢又麻。俺拚命去扯他的手，怎麼扯也扯不出來。

「你是要美國松?還是要柳桉?要啥俺給啥，配給你!不要錢，免費!救濟物品用於救濟!誰要敢放個屁，讓他放放看!?」

俺實實在在被他揉搓得難受，想咬他一口，把他推開，脫身逃回家。一想到推開了他，木料也就吹了。俺只好忍著……後來……他……他把俺按倒在爛草堆上，俺沒他的力氣大，他壓在俺身上，一隻手箍住俺，一隻手把俺的衣服一件一件地都扯掉了。他在俺身上亂啃，咬得俺渾身上下青一塊、紫一塊。那時候，他對俺說：

『腿……腿……別併那麼緊，竹葉姑娘！以後有啥難處，來找俺……俺啥都給你……鬆鬆……鬆鬆……』

他那時候兇的像瘋子，用兩個膝蓋頭來掰俺的腿……俺死也不肯，俺想喊救命。可俺敢不肯嗎？俺敢喊嗎？俺併得住嗎？後來，俺……只好……鬆……了。鬆了，才有木料，不但有木料，還給俺家發了救濟款、救濟糧，比誰家都多。從那往後，俺找他要啥他就得給啥。」

竹葉姐這時候才抬起頭看我們的臉色，雖說是過去的事了，她和小姐妹們都還覺著很不好意思，個個的臉都是紅彤彤的。其實我們在村子裡的時候也隱隱約約聽到一點兒，男人們議論的比較多，小姑娘們尖著耳朵聽，還裝著沒事人兒似的。竹葉姐能這麼坦白地把自己並不風光的私事告訴我們，我們其實是很高興的，只覺得她和我們很貼心。特別是她最後的總結，對我們可是太有啟發了。她說：

「有權的人就像大牯牛，其實他們是很弱的，就看你能不能在他們鼻子上穿根繩子了……」

小姐妹們都很佩服，於是我用了一句軍事名詞對大家說：「對！這就是我們的戰略方針！剩下的就是行動了，向工商管理所進攻！」沒人反對，我就做了分工，一女對一男。我主攻所長，我們四個人還頭碰頭一起小聲念了一段毛主席語錄：

「下定決心，不怕犧牲，排除萬難，去爭取勝利！」

我們出擊了，變主動為被動。果不其然，旗開得勝，馬到成功！我做了一次修正主義，把毛主席的話改了一下。他說：「堡壘最容易從內部攻破。我說：男人最容易被女人攻破，男人一攻就破。」他們被我們攻破了，還以為被攻破的是女人。工商管理所被我們全部占領，全鎮的餐館老板的臉色都變得好看多了，爭著來聘用我們，不但月月發工資，還三天兩頭塞紅包。從此我們勞、資、管三方面和睦相親，大家發財。只不過國家少徵些稅，這麼大的一個國家，少收些就少收些吧，反正又不虧在哪個人的頭上。說良心話，那一段日子真不算難過。我打心眼兒裡感謝竹葉姐，她讓我開了竅。後來我就芝麻開花節節高了！從人家的屋檐下，一步一步住進了一天一百美元的大酒店，我還特別指定要住最高一層。站得高，看得遠嘛……自從那次在威尼斯水榭和戴茜遠遠地照了一個面以後，雖說我還住在三十層，情緒已經一落千丈了！

可今天她怎麼這樣反常呢？一個人兒站在河灘上，怎麼那樣瘦、那樣小呢？我反倒可憐起她來了……

13

楊曉軍

我最了解我自己了，對女人從來沒有長性。雖然我對我自己的這個結論很不服氣，而從多次感情或情欲糾葛的結果來看，我又不能不服。不服是有原因的，因為我在每一次新結識一個可愛的女人的時候，我都真誠地以為這是永久的、不變的！而且我的激情足以使任何一個鐵石心腸的女人信服。的的確確在開始的時候我是認定了的，是她！就是她！永遠是她！但後來的發展總是讓我漸漸發現那不是她，不可能是她！完全不是她！她只存在於我的幻覺之中。可是當下一個女性出現的時候，我又會認定她就是我幻覺中的她，甚至比我幻覺中的她還要完美。也許是上帝提供給我挑選的女性太多了的緣故。

文革後期，父親又恢復了文革前的職務，在一個大軍區任副司令員。按照我黨我軍不成文的慣例，我當然不可能繼續在邊疆生產建設兵團修理地球。父親復職的第一個月，我就調回了城市，入伍，立即成為軍官，在軍區司令部作戰部任參謀。我這個參謀不同於其他的參謀，作戰部部長並不給我分配具體工作，好像一個員外郎。回城的頭三個月，母親不讓我上班，要給我補一補。這三個月我就像個懷胎的月母子，凡是我母親認為好和高級的食物，凡是軍區特供點兒能夠找得到的，都要我吃個夠。廚子做飯的時候，母親就立在他的背後。我吃飯的時候，母親坐在我的對面。她對我的狼吞虎嚥特別高興，不住地笑和鼓掌，好像我才五歲。她那時已經敢於不指名地埋怨毛主席和周總理了，比如，她竟敢私下裡說這樣的話：「那個第一號老頭兒自己的大兒子死了，二兒子瘋了，他就妒忌一切有兒女的人家，把人家的兒女都趕到鄉下去，把人家的家拆的稀巴爛！不得好！第二號老頭兒是個絕戶，說是天下的兒女都是他的兒女，實際上哪個兒女他都不心疼。不過他的日子也不好過，第一號老頭兒用他又得防他、忌他。」三個月在家裡實在太悶的慌，高幹禁區圍牆之內的男孩子，都太沒出息。他們的父母不許他們和地方上的年輕人交往，怕陷入某一派而受到牽連，危及老頭子的地位。既不讀書，又不看報。窩在家裡和鄰居家的女孩、甚至和小保姆通姦。圍牆之內的女孩兒個個都來找過我，可以說：個個乏味！下過鄉回來的，一見面就套近乎，故作粗魯狀：「嗨！上不上床？來個高水平的，怎麼樣，在你家？在我家？」要是真的和她上床，她會跟你在床上憶苦思甜。這樣的兵團戰士我見多了，一點兒新鮮感也沒有。有些回城女公子退而求其次，竟然和司機、警衛員亂搞！完全是一種動物的需要。沒下過鄉的，卻裝著一副紅色貴族小姐的樣子。有那麼一位副政委的千金，你吻了她一下之後，她竟然念了一段毛主席《為人民服務》中的話：「他是一個高尚的人，一個脫離了低級趣味的人……」哪兒跟哪兒呀！乏味透了。還有一位副司令員的小姐，不知道從哪條陰溝裡找到一本幸免於難的《普希金詩選》。好像得到了一本天書，生吞活剝地背了那麼幾首，一見面就用做作而顫抖的聲音對你念起來：

「我愛過你：也許，這愛情的火焰還沒有完全在我心裡止熄……」

我只能冷笑笑，之後，也用普希金回答她：

「不，不，我不該，不敢，也不能再瘋狂地追求愛情的激動……」

她一聽，大吃一驚：

「你們兵團戰士還讀過普希金？」

我嘻了一聲，神祕地告訴她：

「不瞞你講，我們兵團戰士私下傳閱的書多著呢，信不信由妳，連希特勒《我的奮鬥》我都看過，雖然是個殘本，上頭還蓋了省委黨校的藏書章子。」

她只好一臉尷尬，不再表演《葉甫蓋尼・奧涅金》裡的達吉雅娜了。一切都聽從我，我故意在她面前表現粗魯，甚至粗暴，開口就是在兵團裡學來的葷話，把她氣得熱淚盈眶。一連幾次，她就習慣了，徹底打掉了她的驕嬌二氣。同時，我對她也就索然無味了。應該說，一開頭就是無味才要作的遊戲，沒有一分鐘來過真個兒的。以前我還從來沒這樣玩世不恭過，這是絕無僅有的一次。再說，她是送上門兒的小妞兒，何況多少還有幾分動人。

「對不起，楊參謀明天要上班，沒時間伺候大小姐、和大小姐扮家家了，咱們就從今天的床頭上分手！」

這一回她可是動了真情，哭得非常傷心。我的耐心是有限的：

「好了！我頂煩這種煽情的文明戲了！不聲不響，各走各的路，以後或許還有客客氣氣見個面的機會，否則……」

她立即止住了淚，走的時候吻了我一下，說：

「別忘了我。」

多麼可笑！好像我打算記住她似的。

上班以後第三天，部長派我作為首長的隨行人員，陪同我父親到各軍各師巡迴視察。這當然是一項美差，可以到外地看看，接受的全都是好吃、好喝、好招待。沉重的寂寞也就會得到緩解。巡迴視察回來，我主動向部長要求，長期值夜班。這不僅使部長感到意外，所有的科長、參謀全都大吃一驚。值夜班是個苦差，雖說是和平時期，子夜之前電話是不會間斷的，即使下半夜也會突然來兩三次電話，那是值班參謀最想睡覺的時候。值班室裡只有一張硬板床和一套很多人都睡過的簡單的臥具。不能聽廣播，那時候中國的電視還在試播階段，只有北京、上海有電視臺，一千戶市民也未必平均有一臺電視機。按照軍區黨委的規定，不允許女性軍人值夜班。這個楊參謀，這個花花公子打的什麼主意？——我從部長和參謀們的表情上看出了他們的懷疑。但是，部長還是同意了，參謀們也皆大歡喜。部長對我當然有求必應，我估計他唯一擔心的是我會不會貽誤軍機。他想了想，大概覺著雖然毛主席一生都要求全國軍民備戰，實際上帝、修、反短時期內都不會向中國發動戰爭，所以也沒有軍機可貽誤。至於我要求值夜班的真正原因，他們永遠也猜不到。父親擔心的是我背著他在值班室讀禁書，當時除了毛主席四卷宏文和《家庭醫藥衛生手冊》以外，所有的印刷品全都是禁書。我父親文化不高，但他非常清楚意識形態的可怕。歷史上的故事他不知道，可從四十年代初的延安整風開始的歷次政治文化大風暴，給他的印象極為深刻。他記得一個叫王實味的年輕文人，因為畫了一朵野百合花，給槍斃了。其實王實味不會畫畫，他是由於寫了一篇叫《野百合花》的文章，才死於非命的。總之，我父親把意識形態、文字、圖畫……一律當做火。

愛火的人自不必說，一批一批被燒死。即使會吞火的人，照樣被燒得粉身碎骨。不管你在黨內外有多麼高的地位，全都沒有好下場。林彪、陳伯達不是都玩火自焚了嗎？那時候江青、張春橋、姚文元這些人雖然還身居高位、炙手可熱。在我父親看來，他們正坐在井沿上。他引以自慰的是沒有文化，紅小鬼。任何一個朝代的統治者，首先依靠的就是槍桿子。槍桿子是沒有文化、沒有思想的，它的全部靈性就是聽從掌握槍桿子的手。沒文化的軍人最接近槍桿子的屬性。雖然文革開始有些軍隊高級幹部受到猛烈衝擊，毛主席很快就意識到這是在自毀長城。無論江青多麼仇視那些一貫看不起她的軍隊高級幹部，除了毛主席本人懷疑他們脖子裡長有反骨的幾位將帥，永世不得翻身之外，江青也只好眼睜睜看著他們一個個在原來的崗位上復職。這些復職的軍人，當然對毛主席感激涕零，也特別賣力地表現自己的忠心。我父親常說：

「我是毛主席進陝北以後第一批參軍的放羊娃。有一回，黑天在毛主席窰洞門前站崗，毛主席從窰洞裡走出來，跟我說話。還教我識字呢！我的名字就是毛主席為我起的。我本來沒名，人們都叫我羊娃，毛主席說：羊娃，羊娃！你就叫楊華吧。我這次能夠復職，說不定是毛主席在哪一份反黨分子的名單裡看到了我的名字，想起了我。」

所以我父親嚴禁他的獨生子涉足意識形態，不許閱讀禁書，這是三令五申的家規。經過文革，他更明確了：忠不忠是大節，其餘都是小節。他知道在我沒成年的時候就喜歡女孩兒，見了漂亮女孩兒眼睛珠子就不會轉了。這一點他很寬容，從來都是睜一隻眼，閉一隻眼。因為他的某些事我也知道，比如他經常在第一招待所和保健護士小宋幽會，我媽問起來，我總是替他打馬虎眼兒：「爸爸在第一招待所讀毛主席的書。」爸爸因此表揚我懂事。

我主動提出值夜班的真正動機是什麼呢？這就得從我那天隨父親視察長途電話連說起了。長途電話連是個直屬司令部通信兵部的一個獨立連隊，從連長到士兵全都是清一色的妙齡少女，最大的二十二歲，最小的十七歲。相貌、個兒頭都是經過各級兵役部門審查通過以後才入伍的。那是一個穿軍裝最光榮、最受尊重的年代。即使是為了找出路，參軍也是最合算的。三年期間，能夠入黨、提幹，最好。即使復員回家，地方政府也得給分配個工作，從此無需下鄉面向黃土背朝天地去勞動。長途電話連為楊副司令員舉行了分列式，分列式在她們院子裡的球場上舉行。那天，我可是大飽了眼福！當長途電話連成排橫隊正步向楊副司令員行注目禮的時候，我簡直是目不暇接，眼花撩亂。根本看不清哪個盤兒最亮，哪個條兒最順溜。她們穿著一樣不合身的草綠軍裝，雖然有些女兵私自進行過加工，也沒有根本的改觀。一樣的短頭髮，而且按規定全都塞進到軍帽裡。一樣的解放鞋，抬起腳來，真醜！女孩子的腳應該是秀氣得讓你有親它一下的欲望。我只能想像她們的衣服是透明的，可以肯定她們個個都比佳如的整體結構好。分列式很快就結束了，好像一束一束的鮮花從眼前一晃而過，真可謂：香氣撲鼻，秀色可餐。那天夜晚我失眠了！翻來覆去睡不著。我當然知道長途電話連是軍區機關的眾目之的，正因為如此，軍區政治委員明察秋毫，為了防微杜漸，下令為長途電話連修了一道又高又大的圍牆，其高度遠遠超過軍區看守所的圍牆。使得它有了一個綽號——修道院。而且經軍區黨委決定：永遠不許委任男性軍人為長途電話連的指導員或連長。長途電話連的上級機關人員，無論日夜，嚴禁個人出入其大院。長途電話連每周只能准許兩名女戰士同行外出，全連女戰士需要購買的一切物品，必須在周末填表匯總交連部。諸如：衛生紙、月經帶、筆記本、郵票、信封、乳罩、內衣、內褲……政治委員為了讓精力過於旺盛的女兵們在星期日可以發散發散，出出汗，別因為想心事想出女兒癆來，特別撥款修建了一座燈光球場。圍牆以外可以和這些女兵聯繫的唯一渠道就是電話線，這就是我所以敢於異想天開的誘因。深更半夜，在機房值班的女兵常常悃倦得難以支持，但又絕對不敢入睡。因為領班的排長會突然出現在你的背後，她當時並不對你進行批評，到了第二天你就會嘗到苦頭了。班務會檢討，排務會幫助，全連大會批鬥。我從第一天值夜班就開始了我的電波交流試驗。

我撥通了一號臺，接電話的是一位受過標準普通話訓練的少女，聲音圓潤、嬌嫩，客氣、認真。她按照常規對我說：

「請問首長！您要哪兒？」

我壓低嗓門兒對她說：

「妳聽著，別大驚小怪！不方便可以不回答。聽我說，我是作戰部楊參謀，楊曉軍，我父親是楊副司令員，一九五〇年六月出生，所以對人非常熱情……」對方嘻地笑了一聲，我知道她並不反感這樣的談話，而且在仔細地傾聽。「妳能不能告訴我妳叫什麼名字？」

她半晌沒回答我，可想而知她此時不大方便，我耐心地等待著。只能聽見她的呼吸聲，她背後有人？還是在思考著怎麼回答呢？不一會兒，她——應該說是她的聲音又出現了，我就像在雨點和雨點之間俯首等待著的、一棵枯萎的小草，突然振作起來。

「首長，請講！」她在特別響亮但又不甚穩定的聲音裡，反映出她內心的外強中乾。

「我問你的芳名……」

「對不起！首長！我是101號。」

我知道她們嚴禁在電話中洩露自己的姓名，但我故意地問：

「你姓妖？叫羚妖？」她被我逗笑了。

「首長！您知道的，我們不能違反紀律的呀！」

「對我不能來個例外？」

「為什麼？因為你是楊副司令的公子？」

「不！因為我一見鍾情。」

「別說笑話了，首長！您看不見我。」

「我當然看見過妳……」

「首長不應該說謊呀！」她很有把握地問我：「在哪兒？您能說出個時間、地點來？」

「你太健忘了！那天楊副司令員檢閱長話連，我就站在我父親的右側，不但我看見了妳，妳也應該看見我。」

「您只能說看見了我們，不能說看見了我。至於您，對不起，沒注意，也沒法注意，我們這些當小兵的，在大首長面前接受檢閱，集中精力注意前後左右的間距都來不及。連楊副司令員都沒看清，怎麼能看見您呢？」

「妳看見了，還向我微笑來著，妳就是咬定牙關不承認。」

「您太自信了，首長！」

「一向如此。妖同志！不管妳承認不承認，也不管妳看見沒看見我，反正我看見過妳，而且看得很清楚……」

「是嗎？說說我什麼樣？」

「妳呀！年齡在十八歲到十八歲半之間……」她咯兒地笑了，像是我突然撥響了一根琴弦那樣動聽。「身高一米六五……」又是一聲清脆的笑。「皮膚雪白……」

「還有呢？」

「一雙喜鵲眼……」

「還有呢？」

「臉上有一對淺淺的酒窩兒……」

「還有呢？」

「身上是一套經過自己加過工的夏季女式三號軍裝……」

她聽到這兒好一陣笑。

「還有呢？」

「五號解放鞋……」

「那是誰呀？」

「妳呀！」

「您大概眼睛有毛病，或者是想像力特別強，您描寫的那個人還沒生出來呢！首長！對不起，線很忙，我要收線了……」

「明天晚上還能聊聊嗎？」

「那就得看有沒有機會了？」

「不！是緣份。我們不是很有緣份嗎？」

「再見！首長！」

她終於掛斷了。這是我第一次電話線上的豔遇。後來也碰見過幾個調皮的女兵，敢於說我：

「臭美！自作多情！」

或者回答我：

「對！我看見過您，您像一頭大笨熊。」

也有的人回答我：

「您是個小白臉，女裡女氣的。」

當我對她說：

「見見面，想嗎？」

她也會很坦白地回答我：

「很想，可是辦不到。」

我至少問過十個女兵的名字，無論怎麼求她們，沒有一個人敢於告訴我。

14

杭太行

我此刻只能像一頭禿鷲，在高高的岩頭俯瞰著她，這個目中無人的貴妃娘娘。她已經在河灘上徘徊了很久，我能遠遠從她少動的身影上看出一些蛛絲馬跡來。她竟然也會有悲哀！是悲哀！是金絲鳥被趕出鳥籠？還是金絲鳥逃出了鳥籠的悲哀呢？她應該慶幸，沒有死在鳥籠裡。看得出，這隻金絲鳥對世事、對男人太缺乏了解了！她以為錦衣玉食就是她生命的永遠，撒嬌使氣是她難移的本性。她哪裡知道，女人對待自己命運，應該比男人對待他們暗中的敵人還要小心。不小心了不是？妳是一個永遠的小妞兒！我本應該說你活該，現在我說不出了，畢竟我們都是女人。以前妳可能把我也看成像小娟、陸美珍、黎丹……一類的「MI」了。妳哪裡知道，在這座大廈上包房常住的女客中，唯一持有美國綠卡的只有我。我不但是一個美籍華裔進出口商的情婦，還是他在華貿易的第一助手。妳大概即使很了解，也依然看不起我，可我能混到這一步，是不容易熬過來的。我雖然不能算是個強者，也不能算是個弱者吧！忍氣吞聲、屈身人下並不比攻城略地、斬將奪旗容易。妳要知道，我曾經是一個部長的小女兒。共產國家的部長小姐比美國的部長小姐要嬌生慣養得多！衣來伸手，飯來張口，無拘無束，自由自在。七十年代當兵熱，去當兵。八十年代商潮湧動，不失時機地立即退伍，在北京一座中外合資的大賓館當商場經理。兩次婚姻，兩次失敗。第一任丈夫是總後勤部一個將軍的兒子，一張嘴就像百靈鳥，山盟海誓把我騙上手。不到三個月就露了餡兒，我辛辛苦苦上班掙錢，他在家裡辛辛苦苦玩女人，一周一個。也不知道哪有那麼多一釣就上鉤的魚？他只要開著他老子的「伏爾加」到街上一轉，就能拉回一個妞兒來，一個嘣子兒也不用花，只要給她們看一部小電影，照著葫蘆畫瓢，一面看，一面幹。那時候，小電影只在特權階層中間流傳。怪不得，我每天深更半夜回來，他總是疲倦的像條死狗，怎麼撥弄他都軟的像麵條。向我通風報信的就是一個不收費的流鶯，她所以向我通風報信，是因為她幻想我們離了婚，她好跟這個花花公子結婚。她以為這個紈袴子弟趴在她身上說的甜言蜜語是可以兌現的。結果她的幻想只實現了一半，我們離了婚。她去找他，他竟然叫不出她的芳名。她以懷孕相威脅，他給了她三十塊人民幣，那時候三十塊人民幣足夠去醫院進行一次人工流產了，甚至還有得多，可以用剩下的錢買兩斤雞蛋補養補養身子。他怎麼會娶她呢？她有能力去掙大錢供他揮霍？我的第二任丈夫是個副部長的兒子，一副忠厚老實的樣子。和他老子極為相似，卑躬屈膝，脅肩諂笑。直奔目的，不論方式。他們父子二人是第一批對金錢有了重新認識的中國人，文革剛剛結束他們就開始聚斂財富了。事後我才知道，他和我結婚也是他們聚財行動的一部分。他對我可以說是：無微不至。三天以後，他就讓我對他毫無戒備了。一直到我的定期存款和活期存款都到了他的名下，我還沒明白這意味著什麼。他為了打消我的狐疑，對我說：「別人是一生一世，妳我是永生永世。妳不會介意都統一在我的名下吧？因為打雜跑腿這類事當仁不讓，我去！這樣方便。」是的，方便。我也就真的沒在意。最後，他把我的全部儲蓄兌了現，連同我父親給我的十幾張明代名人字畫，悉數卷到了澳大利亞，我都毫無所知。他走的時候說的是，代我把一張大宗煤炭的政府批件送往廣東，給買方，一手交批件，一手交錢。等到他父親假模假式來找我要人的時候，我才恍然大悟！頓悟！我殺到他們家，一陣乒乒乓乓，打了個落花流水。一切能用鐵棒打碎的東西，全都碎了。這兩個老東西要是敢於阻攔我，和我對打，我還好受些。正相反，他們只是一味的討好賣乖，一問三不知，真教人氣憤難平。從他們家回來，大哭了一場。痛定思痛，冷靜地考慮了三天三夜。下決心：出國！父親是個愛國主義者，母親是個溫情主義者。沒有一個同意我出國。按照當時中共核心老頭兒們的邏輯：出國就是賣國！不幾年，這個邏輯又有了一百八十度的轉變：出國就是開放！那是後話。我出國的時候，他們的腦子還沒有軟化。我父親給我的回答是：「通過我出國，休想！」越不讓我出國我越想出國，都想瘋了！今天看來那時候真盲目，對任何一個外國都毫無了解。我在父親面前跳著腳大叫：「一年之內我出不了國，我就死給你看！」他居然說：「死吧！我看著妳死。」他做夢也沒想到，不到半年，我到了美國加利福尼亞的洛杉磯。我故意給我的雙親打了一個電話，是用錄好了的一句話：爸爸！我到了美國。我讓這句話不斷地反覆……我的出國完全是我自己的努力，也是機遇。在賓館商場我搭識了一個美籍華人亨利・李先生，亨利在中國內戰時期曾經是國民黨軍李彌將軍的部下，這是最後撤離大陸進入緬甸的一支國民黨部隊。亨利・李到了緬甸就認識到這支隊伍的艱難未來，當機立斷，藉故提前退伍，五十年代中期到美國經商。他對我的了解很少，可能只知道我是個有點兒姿色的少婦，新寡。我不願意讓他知道的更多，也許是我下意識裡還為我的國家顧點兒面子，因為我爹是國家的內閣成員之一。在亨利給我辦理擔保之前，我們定了一個君子協定：到美國之後，入學不入學，亨利都要負擔我的生活費，並提供住宿。三年以後，為我辦理綠卡。在完成協議那天晚上，我接受了他的第一個紳士和淑女式的吻。他要求MORE，我不許：NO MORE。對男人再不能再(MORE)了！他們得到的越多越輕視你。女人有什麼？只有NO！必須把NO用足。男人使我世故，男人使我狡猾！男人使我懂得討價還價。上飛機的前夜，他多次擁吻我，我有些醉醺醺的，但我很快就清醒了：NO！沒別的，只有NO！我們今天不是已經開始了嗎？何必在乎這一朝一夕呢？雖然他很不愉快，但我知道他會更需要我，他必須忍耐到我和他一起在大洋彼岸降落。到了洛杉磯，亨利沒有食言，他事先已經給我租好了一所小而精的公寓，客廳的窗面向大海。他沒等到晚上，那天下午他一定要要我……我希望在晚上。他不聽我的話，他撕開了我的浴衣，大為驚訝地叫了起來：你太美了！我雖然結過兩次婚，但我的體形並沒有大變，因為我沒有生育過。只是稍稍有些發胖，我原以為在全球性的婦女減肥熱潮下，他會不喜歡曾經被男人認為很性感的豐滿，他的狂喜和讚美使我意外的開心。那天他特別激動、貪婪，在光輝燦爛的陽光下，三面都是十分敏感的鏡子，像奔赴末日一樣的瘋狂，對於我既陌生又刺激，我一下就變了一個成熟的女人，也可以說變成了一個下賤的女人。我竟能在第一次就可以毫無羞恥地和他同步。自己看到自己醉漢似的沉淪，潑婦似的兇猛，並不覺得驚駭。就在當時，我已經發現我再也不能一朝一夕沒有他了。我流了很多汗，也流了很多淚。但我很快就讓自己冷靜下來了，因為我畢竟對他不了解。他很溫柔地擁抱著我，對我說：別減肥……我以吻作答。深夜，我們在一家濱海飯店吃過晚飯回來。他說他要告辭，我感到特別突然。但我此時已經做不到像在床上那樣下賤了。我只有一秒鐘的衝動，想告訴他我離不開他，但我像急剎車那樣止住了。我們面對面坐著，他用公事公辦的方式對我作了進一步的說明。他說了這樣幾句話：

「我很滿意你……」可他為什麼不問我滿不滿意他？「這是第一個月的支票……」他是用支票來說明他和我的雇佣關係，我的心一下就涼了，我鎮靜地看著他。「這是一張注意事項……」我更加清醒了，這是奴隸契約。我貌似平靜地接過這兩張沉重的紙，驀地，渾身像自燃似的火焰熊熊，眼前的一切都變成了一團雲霧。至於他是什麼時候走的？現在是什麼時間，這裡是什麼地方，我全都不知道了。天快亮的時候我才漸漸蘇醒過來，拾起支票和注意事項。兩張紙很容易就能撕掉，我卻不能撕，這就是悲劇之所在，而且這悲劇才剛剛開始。支票是錢，是美金。沒有美金一分鐘也不能留在美國，所以不能撕。注意事項是主人擔保你在美國居留的交換條件，做不到就得滾蛋，所以也不能撕。這兒不是北京，在北京我可以砸了這裡所有能夠砸爛的東西，離婚！拂袖而去。可在這兒，根本不存在離婚不離婚的問題。拂袖而去？連袖子都是人家的。再說去了以後怎麼辦？去哪兒？流落街頭？住哪兒？吃什麼？在街上拉客，和隨便什麼膚色的人到汽車旅館去睡覺？真叫人不寒而慄。我的幾句英語只能對付搭乘飛機用，伸手討錢都不知道怎麼說。再飛回北京？讓人們笑話我，首先是我的父親就會羞辱我，讓我無立足之地。忍！只好快三十歲才開始學忍，我這才知道忍字頭上一把刀是什麼滋味兒！OK！只好OK！我勇敢地拿起注意事項來。開始大聲唸給自己聽：

「得到先生來過夜的通知以後，必須更換床單、枕巾。室內家具器皿要擦拭得一塵不染。

先生喝的是HENNESSY XO，不加冰塊，一進門就要聽見麥當娜的那首《別放過我》。上床之前要和先生共浴。上床之後要給先生按摩，並接受先生的按摩。在床上要按照先生的即興要求變換姿勢……」這些如果是兩廂情願，沒有任何規定也一定可以做到。一形成文字，就完全成了喪權辱國的不平等條約了。怎麼辦？我思考了很久，只有照做！打掉牙齒肚裡吞，心裡有數就行了。我下決心以最快的速度學好英語，有限地結識一些有用的朋友。亨利兩周才到我這兒來一次，有時候也會在我這兒過夜。半年以後，我的語言就不成為問題了。亨利還以為我只會說MY DARLING, YES, NO……之類的單字。我首先花錢通過私人偵探了解到：亨利的確沒有結過婚，但是他現在除我之外，還有三個GIRL FRIEND，美國的所謂女朋友的概念和中國完全不同，他們說的GIRL FRIEND實際上就是SEX MATE。一個是小巧玲瓏的越南女子，一個是瘦骨嶙峋的菲律賓女子，一個是乾癟柔弱的柬甫寨女子。怪不得他又找了我，他曾經是個「搓板」癖，後來又覺得需要找一個豐腴的身體調劑調劑。還有一個重要情報是：在四個女人之中，我的生活費最低，只相當一個女管家的工錢。我已經不再生氣了，對他，我裝著什麼都不知道。我一直在等待一個時機的到來，那就是亨利把目光轉向中國的時候。三年以後，他按照君子協定，他為我辦好了綠卡。正好，鄧小平在一次南中國巡視中，作了一系列對外國投資者的鄭重許諾。使全球的資本家怦然心動，以前歐美資本家對奔走於中國大陸的香港商人非常瞧不起，認為在中國只能做些襪子、絨線之類的小生意。這一下不同了！中國這個特大市場真的開放了，這一次的對外開放是中國人的主動開放，完全不同於一個半世紀之前的被動開放。中國公然告訴全世界的資本家：到中國來，有利可圖。各國大大小小的資本家紛紛前往中國考察，尋求投資的可能。亨利一個月之內三次飛往中國，北京、上海、廣州、深圳，看到的是市場的活躍和別人的熱鬧，自己走到哪兒都像是頂著一個玻璃罩，總也沒法把手伸進去撈一把。只能看著別人一把一把的撈。當我知道亨利第三次從中國回來，四個女人，他一個也沒找。連摸女人屁股的興致都沒有了，可見他的情緒有何等的惡劣！我毅然決然給他打了一個電話，他給我的第一句話就是：

「太累，太累，沒情緒，沒情緒……」他想立即放下電話，我很快就單刀直入地問他：

「亨利！你是不是在找什麼吧！苦於找不到？是吧？」

「妳……我找什麼？我會找什麼？」

「你在找一把鑰匙！」他停頓了三秒鐘才悟過來，突然大聲喊叫著：

「太行！妳等我，我馬上就到！」

不到一個小時，我就聽見急煞車的聲音。我既沒有換床單，又沒擦拭家具器皿，也沒預備HENNESSY XO。在門鈴響的時候，我並未立即去開門。他自己開門進來，我還斜依在床上。見他進來，我故意把音響打開。他一反常態地喊叫著：

「關掉！關掉！」一把抱住我。「MY DARLING！你別和我打啞謎了！鑰匙在哪兒？」

他向我伸出一雙顫抖的手，我著實覺得很愜意。我和他的地位怎麼一下就顛倒了呢？想到這兒我差一點兒笑了出來。我親切地拍拍他的腮幫子，慢悠悠地說：

「請坐，別急，聽我說。」

我這才站起來，擁著他並肩坐在雙人沙發上。

「快說！」他飛快地吻了我一下。我用近一個時期對許多問題思考的結果，給他上了一堂政治經濟學的大課。我的目的是讓他大吃一驚，也是對他長期輕視我、忽略我、刻薄我、貶低我的報復。

「亨利！中國大陸是在走向市場經濟，可西方人只知其一不知其二。在這個轉變的全過程，政權機制並沒有改變。始終都在黨中央和國務院各職能部委領導人的牢牢控制之下。不僅在經濟領域，而是在各個領域內，而且中國的政權是穩定的。從國家銀行、外貿到鄉鎮糧站、菜場。從繁華的大都市到寂靜的荒山古寺，無一例外。行使政權的是大大小小的官員（他們叫幹部），官員，人！毛澤東生前非常強調人在大自然和社會中的重要地位。林彪提出四個第一，人的因素第一。你曾經是個中國人，總還了解一點中國歷史吧？中國幾千年都是個人治的國家，相當長的時間不會改變。一個人在社會上是治人？還是治於人？這是中國人明白事理以後首先要考慮的問題。治人者在古代被稱為食肉者，這是最明白不過的了。食肉者怎麼能丟掉肉去采薇呢？這是中國傳統文化的一個重要組成部分。治人OR治於人，就在不同等級的人中間形成一張錯綜複雜的關係網。這張網的每一個繩結都是一把鎖，鎖是人，鑰匙也是人。」

「可我哪兒去找那把萬能的金鑰匙呢？」

「你不用找，你早就有了。」

「我……？」他的眼睛再一次閃現出第一次見到我時的亮光。

「對，你有，只是你視而不見，那把萬能的金鑰匙就是我呀！」最後那個「我」字是喊出來的。

「妳！MY GOD！妳……」

「你對我的過去從來不感興趣，我……」

「NO！NO！我覺得追問妳的往事會使你不愉快。MY DARLING！」

「我是一個現任部長的女兒，您知道嗎？我的大老板！在您這裡，比起您的另外三位心肝兒來，我是最低賤的……」

他的臉一下就脹得通紅，半晌沒說出話來。他這才突然明白我對他有很多了解，從這一點來推斷，坐在他身邊的至少是一個有心計的女人。他急忙結結巴巴地解釋說：

「我……我……從來都是一視同仁……」

「NONSENSE！我全都了解。」

「MY DARLING！如果以前有什麼對不起妳的地方，我道歉。從今天起改正。好不好？所有的開支全都重新……」

「NO！我只是你的一個傭人，能向你討價還價嗎？亨利！我始終有一個幻想，不管在你的眼睛裡我有幾斤幾兩，我應該和你的命運聯在一起……」

「OF COURSE！……」

「別回答得這麼快，我還不至於傻得向你要什麼名份。『商人重利輕別離！』一個女人哪怕向男人要那麼一點點非物質的東西，男人就要十分警惕。」

「MY DARLING！對妳，我會從長計議。」他緊緊地抱住我，吻我，把我扔在床上。同時按響了音響的遙控開關。妖冶、奔放的麥唐娜喊起來。他扯了自己的領帶，跪在地毯上為我寬衣解帶，熱烈地撫摸我，在我全身每一方寸的肌膚上都印上了他的吻。

第二天我就作為公司董事、特別助理，隨董事長亨利・李飛往北京。果然，他有了我這把鑰匙就一通百通了。久別重逢的雙親，盡棄前嫌，倍感親切。私下裡，父親對我說：「你的路走對了！太行！說明年輕人比我們有遠見。」他小聲地（小到我剛好能聽見的程度）說：「你在外邊，也給我們留了一條後路……」——說真的，這一點我並未想到。其實，我的一切商業活動無需動用我的父親，也不用他說一句話。他的和我的關係網上的人太多了，他的新舊同事、新舊部下，以及他們的親朋好友，加上親朋好友的親朋好友。甚至還包括我的兩位前夫，他們只要有得吃，有回扣拿，他們並不介意幫我跑腿。還有一些聞風而至的人，無一例外都自然而然地站在外商利益的立場上。當然，也就是站在他們個人利益的立場上。非常積極地為我們獻計獻策，諸如什麼是最巧妙的逃稅辦法，最便捷的運輸路線，最低廉的價格……有時候一張政府批文像一把利劍，其鋒芒所向披靡，勢如破竹。使舉世聞名的重重官僚主義關卡一路綠燈，暢通無阻。當切割到國家肌體的時候，個個都不手軟。因為沒有一個人會感到疼痛，反而大有收益。在碰杯的時候，改革開放的高調越高越好。私下裡塞美金的時候，要盡量做到無聲無嗅，無影無形。我們的順利進軍，使亨利・李在得意之餘說了一句很深刻的話：「怪不得日本皇軍侵略中國的時候會出那麼多漢奸！」

為了經營的方便，為了不影響我父親的地位，為了可進可退，也為了我們的愛情生活（這一句是他的話）。我們在南海之濱這個新興城市瓊雅PRIMULA大酒店長包了一個房間。賺錢越多人越聰明，他在來瓊雅的那一天對我說：

「這是一個看不見炮口的前沿掩蔽部，MY DARLING！你就是前敵指揮官。」

15

楊曉軍

我在電話上的感情遊戲，是一種特別美妙的享受。少女的聲音在禁錮中顫抖，她們傳達出的柔情有時是坦率的，有時貌似冷漠的聲調掩蓋著內心的熾熱，有時靜如凍湖冰層下不安的湧動。她們和我有一個共同點，那就是通過電聲波交換著異性的信息。那信息不用分析，不用破譯。兩性的聲頻是那樣絕對的不同，又是那樣絕對的吸引。天老地荒，海枯石爛，凡有色甚至無色，有形甚至無形，有知甚至無知的物體莫不如此。電話上的感情遊戲不單是我的需要，我的享受；也是她們的需要，她們的享受。所以我沒有遇到過一個女兵的拒絕，頂多暫時不回答，聽著，一直等我說完。但我能聽見她越來越急促的呼吸……或許過了一天她會掛通我的電話，繼續聽下去。我除了講我自己，還講她們聽不到的社會新聞，全都是真實生活中的笑話。譬如：我國現在只有一個國際盟友，就是阿爾巴尼亞。外事口語翻譯中，只有阿爾巴尼亞文的翻譯有事可做，其它文字的翻譯只能天天學《毛選》。年年學，月月學。

學到老，學到燒。有的女兵故意裝著聽不懂，一定要打破砂鍋璺（問）到底。我只好說：燒，就是死了燒成灰的意思！然後繼續講笑話：有一次，阿爾巴尼亞貴賓參觀本市市容，看見街上所有電車、公共汽車的門窗全都沒有玻璃。到站以後，根本不用開關車門。所有人——包括老頭老太太都能飛身從門框窗框裡跳進跳出。進去的人，雙腳一併，就像楔子一樣插進吱哇亂叫的人群。實在進不去的，一隻手勾著門框或窗框，掛在車外。有時候車外可以掛三十幾位，非常壯觀。阿爾巴尼亞貴賓們十分驚奇，問陪同翻譯：「這是怎麼回事？」翻譯深恐有失國體，很機智地回答貴賓們：難道你們不知道？偉大領袖毛主席教導我們說：全民皆兵。偉大導師毛主席教導我們說：要準備打仗。偉大統帥毛主席教導我們說：深挖洞，廣集糧，不稱霸。偉大的舵手毛主席教導我們說：召之即來，來之能戰，戰之能勝。所以中國人民隨時隨地都在練兵，你們看到的就是現代城市巷戰演習，怎麼樣？夠水平嗎？」貴賓們連聲叫好：「好極了！」由於這位翻譯同志保全了國家、領袖的崇高聲譽。省革命委員會立即把他提升為外事辦公室主任，並且號召全省外事工作人員向這位立場堅定、善於隨機應變的優秀外事工作者學習。這類笑話使難得上街的女兵們聽了大為開心，在電話裡笑得嬌喘不止。後來這類笑話差不多全都講完了，而且和有些女兵已經比較熟悉，就開始給她們講有葷腥味的故事了。我讀過私下傳抄的一本《笑林廣記》中的若干段落。於是我試著把有些不太露骨的小故事講給女兵們聽。其中有傻女婿不懂人事的一連串笑話。還有姑嫂採茶遇見一個賣麥芽糖的男人，姑嫂都想吃糖，用什麼才能把糖換到手的故事。這樣的故事，女兵很少插話。聽完以後有人還會說一聲：「你真壞！」後來我越說越大膽，把我在邊疆生產建設兵團勞動看到和聽到的，戰友們的性苦悶、性放縱的故事。包括其中最色情的情節，都講給她們聽。我這才聽到對方楚楚動人的哀求：「求你別說了，別說了！」但對方並不掛斷電話。在眾多女兵的聲音裡，87號的聲音對我特別有吸引。87號的聲音很緩慢，清晰，有一種特有的磁性。既能表達最細微的情感，又能接受最微妙的暗示。每一停頓，都是一個遲疑的許諾或默認。我一聽見她的聲音，好像她隨之就站在我的面前，只要我把手伸出去，就可以抱住一個立體的女孩兒。她的個子一定比較高，苗窕而又不失豐滿的身材，帶著耳機斜依在椅子的靠背上。微微笑著很久才發出一個嗯，臉上有倦容，但特別美麗。只有對她，我講不出有色情內容的故事。更多地是聽她講話，我非常喜歡聽她的聲音。開始她很吝嗇，好像一句話是一串珍珠，也許她知道我是真的把她的一句話當做一串珍珠，才故意不讓我得到的太多。後來她經常值夜班，她對我說是幫病號頂班，我則猜想她是為了我。她的話漸漸多了起來，也敢於對我交心。她告訴我：

「你們可能以為我們真的是模範連，模範在哪兒？就是把門關的死死的，見不到任何一個男人，不會出事，這就叫好。他們怕出的事就是男女之間的事，只有男女之間的事才算事。可軍區首長並不了解我們『修道院』高牆之內的事情。其實，長途電話連天天都有事。床鋪挨著床鋪，但不能交心，層出不窮的叛賣、告密……」

我問她：

「能講一件具體事嗎？」

「能……71號和95號很要好，常常摸到一個被窩裡，摟著睡覺。有一天深夜，95號問71號：『我猜想過去妳和男人發生過那事兒……不然你不會……』71號只好對她說實話，她說：『有過一次，在家鄉山西的時候，那年還不到十七歲。一個從北京逃出來的紅衛兵，說是聯動西城糾察隊的人。我幫他在一個麥草垛裡挖了一個洞，讓他躲在裡面。他說他一個人很害怕讓我在夜裡陪著他，我很奇怪，紅衛兵怎麼會害怕黑呢？再說爹媽見我沒回家，不可能不打著燈籠火把來找我。他求我陪他半夜。半夜也不行！他就說兩個小時，我答應了。我們擠在暖烘烘的草窩裡，洞太小，我的腳只能放在紅衛兵的懷裡。我問那紅衛兵：你是紅衛兵，為什麼要東躲西藏呀？我們公社的紅衛兵還奪公社的權呢。那紅衛兵告訴我，他們反對了江青，他們說江青是臭婊子。我嚇壞了，江青是偉大的文化革命的旗手，怎麼好反對呢？還說她是臭婊子？那紅衛兵說我不懂，就別談這種重大的話題了。他已經厭倦了這種驚心動魄的革命。他就開始用手摸我的腳，一遍、十遍、百遍地摸，好熱啊！我想說話，他不讓我說：別說話，我的嘴皮子都說破了，我說服不了人家，人家也說服不了我。接著他又摸我的腿，比摸我的腳還要舒服，不知道為什麼，就是有點兒怕。我不讓他摸，他非要摸，還要一寸一寸往上摸。後來，我也不扯他的手了，隨他。不一會兒，我就受不了啦！就像喝醉了酒似的，一點兒力量也沒有了。這時候他即使把我一刀一刀地刮了，我也不會反抗。就這樣，那紅衛兵就……了我，只有一小會兒，真正的一小會兒。我哭著抱住他：你真壞！你把我的褲叉兒弄濕了！我狠狠地擰了一下他的鼻子，從草窩裡爬出來，跑回自己家裡的窯洞，悄沒聲地睡了。我以為再也不想見那個紅衛兵了，我恨他，恨不能點把火把麥秸垛和紅衛兵一起燒掉。誰知道，半夜醒來我就想起他來了。想到他的那個壞樣兒，一張京片子嘴，每一個字兒都像蹦豆兒那樣脆。一雙手摸著我的腳、我的腿，不輕也不重。像撫琴似的，好美好美的……我天不亮就溜出了窯洞，跑到那個草垛一看，人沒了，只留下一個空空的草窩。我好後悔啊！連他的名字都沒問，這個來無蹤去無影的壞小子！我恨他，可又想他。一直到我當了兵還忘不了他，我好沒出息啊！是不？』她說完了就抱著95號睡著了，做夢她也沒想到，她的密友第二天一清早就向指導員告了密。當天的政治學習就有了實際材料了。指導員非常嚴重地指出：『我們的光榮連隊蒙上了恥辱！感染上了資產階級細菌！是誰帶來的？誰？她自己最清楚！』指導員的眼睛像放電似的直射71號，71號這才知道95號是個卑鄙的小人。此時的95號不僅面無愧色，而且趾高氣揚地看著她。接下來就要71號在班務會上坦白交代，在排務會上坦白交代，在全連大會上坦白交代，接受批判鬥爭。寂寞得發慌的女兵們好一陣子興高彩烈！在會上一面罵她，一面要她在交代的時候把細節講得再細些，更細些。多麼可怕！人原來可以為了刺激、好玩，還為了表現比別人更革命的雙重目的，莊嚴肅穆、理直氣壯地去糟賤、去宰割一隻無辜的羔羊！你知道，中國人現在多麼會上綱上線。把71號的問題提高到攻擊偉大旗手江青，攻擊無產階級司令部，攻擊偉大領袖毛主席。逼迫著一個少女把珍藏在心靈深處的一點點隱私抖落出來，對於她，我想……那其實是神祕而甜蜜的。整整鬧了一個星期。71號瘦了三分之一，受到的懲罰是：下廚房專職洗碗，半年不許進機房。連長、指導員和各排排長有一個默契：連裡的事連裡了，上天言好事，下界保平安。否則71號會因為這點兒小事被關進軍區管訓隊，三年見不了天日……」

我聽完這段話，立即對87號肅然起敬。在一個除了少數幾個人有尊嚴，大多數人不許有尊嚴的時代。她談到了個人的尊嚴，談到了個人的隱私。對於我來說，是非常新鮮的。我不能不承認她比我高尚得多，也比我清醒。我當時只是剛剛從盲從中走出來，進入一個新的境界，那就是：接受頹廢。87號問我：「在你們男人眼裡的女孩兒，一定都是美麗、溫柔、善良的吧？」

「一般來說，是這樣的。」

「在我們女孩的眼裡的女孩兒，並不全都是那樣。很多都是醜的，非常醜，奇醜無比！95號不是很醜嗎？我說的並不是她有沒有一張漂亮的臉蛋兒。許多女孩兒的眼睛對別人特別尖，能看清別人的毛孔，就是看不見自己的醜態。還特別愛顯擺自己。就說那次楊副司令員檢閱長途電話連吧，頭一天，好多人都折騰到深夜。我們身上的軍裝是被服廠用剪刀機剪裁的，按規定，不許改，不許燙。那天晚上，沒熨斗，有人想出了一個新發明，用搪瓷缸子硬是燙出褲縫來。用針線在上衣裡面硬是縫出個腰身的曲線來。還有偷偷地描眉毛……我並不是說這也是醜態，我的意思是：當了兵應該知道，軍隊只有一個整體形象，誰也不能在分列式裡分得出你我她來。我們有一個共同的名字：女大兵。叛賣的根子是妒忌，也就是說，因為妒忌會出賣朋友。只要有人哪怕受到連長、指導員的口頭表揚，這就決定要長期被大家疏遠，甚至排斥。幾乎所有人的面孔，在面對你的時候，都是靜靜的北冰洋。只要她們一轉身就立即冰化雪消、春暖花開了。某某人來了一封家信，就會馬上傳出某某人想提前退伍，回家結婚的流言。還有小氣，如果她送給你幾顆花生米，當兵三年，她就會念道三年：某某人吃過我好大一捧花生米啊！最大的花生米，一顆有三顆那麼大……」

我聽到這兒也笑了。久而久之，我好像和她有了一份友情，甚至是親情。但她仍然不能告訴我她叫什麼名字?籍貫?年齡?有多麼美?有一天深夜她主動給我打了一個電話，告訴我：

「後天我們連會餐。」

「會餐?我也吃不上，你們的牆那麼高!」

「通信兵部有一位參謀，男的，要來參加……」這信息太重要了!我連忙問：

「姓什麼?」

「姓何……」

「好，我想想辦法，說服他把我帶上。」

「可您來了也不會認出我，我也不能去找您說話……」

「如果妳能給我一個信號就好了……」

「信號?什麼信號。」

「譬如說，妳用筷子敲一下碗……?」

「不!如果靠我發信號您才能找出我，我們就不要認識了……」

「對不起，我相信我能在妳們全連一百多人當中認出妳!」

「是嗎?您要是萬一把我認出來，請您不要和我說話，任何表示也不要……」

「這麼嚴格!」

「是的，楊參謀!我相信您不會害我……對不起，不能再講了。今兒不是我值班……」

她隨即掛斷了電話。

16

陸美珍

「丹丹呀!戴茜這個本地妞兒的祕密我可是知道的不算少。她的小名叫蓮蓮。你說她憑什麼?她就憑著蛇一樣光滑、涼爽的身子，畫眉一樣媚來媚去的眼睛，半歲小孩兒一樣天真爛漫的笑容，老鴇子一樣花樣百出的床上功夫。一下就勾上了楊曉軍。楊曉軍何許人?PRIMULA集團的董事長，外籍老板，億萬富翁?不錯!這是他現在的法定身份。絕妙的是：他本來是地地道道無產階級的血緣後代，父親是貧苦農民的兒子，紅小鬼，將軍。母親本來是進步大學生，某大學的校花，一九四九年下嫁老紅軍。這個土洋結合的寶貝兒子，在上山下鄉最革命的時候，他上山下鄉。在參軍入伍最光彩的時候，他參軍入伍。在出洋最美妙的時候，他出國當了駐外使館武官。在外貿可以撈油水的時候，他先入強化英語班，速成學英文，然後進外貿公司當處長。他應該說是個天生的「氣象學家」，看準了中國的大氣候和自己的小氣候。從追求政治實惠一下轉到經濟實惠上。這也可以說是在響應黨中央的偉大號召，隨著黨和國家工作重點的轉移，他對自己做了最及時的調整。他在工作中，對國家，不算經濟賬；對自己，以社會主義做抵押。出售國家的出口權，而利潤歸己。方便到只是一些薄薄的蓋了紅色印鑑的批件，一點負擔也沒有。對於他來說，這真是一個偉大的時代。他輕而易舉地占有了兩個萬能，一個是社會主義的權力萬能，另一個是資本主義的金錢萬能。不到兩年，他出國了。一年之後，他再回來的時候，他已經成為一個因為愛國而回國投資房地產、旅館業和紡織業的華僑大亨。他又兼有了主位和客位的雙重方便。這是一個偉大的轉變，是歐洲資產階級上升時期的王公貴族嚮往而絕對無法做到的。在進入金錢萬能時代之前，他們擁有的萬能的權力已經丟失殆盡了！中國是個出過孫悟空的國家，在「變」這一點上的神通之大，是無與倫比的。只要可以變，就會變得眼花撩亂。楊曉軍是首先能夠進入自由王國的少數當代英雄之一。他曾幾何時還光著屁股在瀾滄江裡打撲通，一轉眼的功夫，他就從長江、黃河游進了太平洋、大西洋。真是：海闊憑魚躍，天空任鳥飛！這是中國最幸運的一代。蓮蓮和他上床以後不到兩個月就辦到了美國。在簽證的時候，美國領事館一看美國花旗銀行為她出示的經濟擔保數額，七位數！就立即OK了。中國有關當局更容易，只要楊曉軍的名片一到，就一路綠燈。說明中國衙門、外國衙門一個球樣！想當初，我也辦過這類手續，別提有多難了。向公安局申請護照，一年半。找擔保倒是很快，跟一個有了點兒年歲的香港大老板睡一覺就有了。人家真正能做到言必信、信必果，一個星期不到，特快專遞就寄到了。到了美國領事館，得！簽證處沒有擺床鋪，卡了殼兒。先是察問我和擔保人的關係，這不是明知故問嗎？『朋友，FRIEND，怎麼樣？不行？』這個黃毛雜種既不說不行，又不說不不行。悶杵杵的給蓋上了一個藍印：6M。這就是說六個月以後再來。我只好在那位擔保人來的時候，再和他免費上床，在床頭上求他為我用他美國公司的名義辦一份公證，證明他真心實意全權負責我在美國的一切。六個月剛到，我就又去了美領館。這一次黃毛雜種又節外生枝，對我的托福成績提出疑問。我的托福成績本來就在水平線之上，但大批中國小妞兒都不約而同地看著美國的月亮比中國圓，不約而同地猛攻英語。長江後浪推前浪，成績越來越高，我的剛剛壓線的成績就顯得低了。經過我的據理力爭，他也不能不認為這種挑剔太過分了點兒。這小子眉頭一皺，計上心來。冷丁地提出一個問題：『你知道你的擔保人是個單身男人嗎？』媽的！我真想告訴他：他是不是一個單身男人關我屁事！先生！你以為我會嫁給這個老頭兒？他即使能夠滿足我經濟上的需要，可他能夠滿足我其它的需要嗎？你難道不懂這個？問題是當時我並沒有這麼回答他，我還抱著希望，只能回答說：『知道。』這兩個字就像兩扇門，抨地一聲關上了。黃毛雜種好像終於戰勝了我似的，在我的申請表上蓋了一行藍字：移民傾向。既然這樣，我就不管不顧了！對著那個小窗口潑口大罵，那才過癮呢！特別是他完全聽得懂中國話。不管我怎麼罵，他都說：『I AM SORRY。』後來，我反倒不生氣了。衝著他微微一笑，向他招招手，讓他靠窗口近些。我小聲用談情說愛的音調對他說：『雜種！你別他媽的裝孫子，我們中國地大物博，姑奶奶不出國照樣能俘虜大鼻子美國佬，有本事你們別到中國來做生意！』說完以後，我把申請表撕得粉粉碎，再扔在他的大鼻子上。我這才算徹底解放，一身輕鬆地在那些排隊等簽證的人們驚愕的注視下，像閱兵的將軍那樣走出美領館。人比人，氣死人。蓮蓮在一個英文字母都不識的時候，就踏上新大陸了。有些人生下來就是語言天才，對於蓮蓮你不能不服，她在洛杉磯只學了一年半英語，就『陰溝流水』(ENGLISH)嘩啦啦了。楊曉軍一有空就帶她全世界旅行，才過了兩年多，當她和楊曉軍回到PRIMULA大酒店的時候，她就是告訴任何人：我是本地妞兒，誰都不會相信。她就像出生在巴黎一樣，一身的歐洲名牌，那口氣，那風度，整個的是一位嬌小玲瓏的貴夫人。看樣子她特別喜歡GIANNI VERSACE 設計的時裝。第一天在PRIMULA亮相就是一件VERSACE，玫瑰紅色的低胸、吊帶、高叉長裙。耳朵上吊著兩滴血一樣的紅寶石耳環，鑲嵌著鑽石的金項鍊。很少言語，頂多用英語的YES或NO來表示她對一些事情的肯定或否定。聽說她在本地有個親人，被楊曉軍用錢買斷了。不許他們見面。這小妞兒好像也樂得這樣，沒有窮親戚上門，乾淨俐落。據說她壓根兒就不知道她的親人在哪兒，實際上，也滿殘酷的。雖然楊曉軍和她寸步不離，但她卻始終沒有一個名份。酒店裡的上上下下都叫她小姐。如今在中國，小姐這個稱呼就像日本話裡的「樣」似的，可尊可卑，無尊無卑。過去中國人稱富家女子、官家千金為小姐，現在，只要是年輕女子就是小姐。有時甚至是鄙稱，暗示某女子和色情行當有關係。如：她是某某夜總會的小姐，她是某某先生帶來的小姐，她是一位小姐……只要把最後那個音——ㄧㄝ往上一挑，就再明白不過了。唉！古往今來，凡是富家男子和貧寒女子之間的結合，無一不是始亂終棄。何必在人生舞臺上去扮演一個與自己實際身份相距甚遠的角色呢？我從來都自稱我是階段演員。我常對我的皮匠師傅說：『我是你的租賃情人。』他要是和我玩兒那種卿卿我我的把戲，我就當面戳穿西洋鏡：『得了吧！通貨膨脹了，我的租金要提價了！』在商言商，我們跟商人打交道，千萬別蒙著一層羅曼蒂克的輕紗。這層輕紗蒙住的不是他，是妳自己，倒楣的也是妳自己。黎丹！我看你那朵紅玫瑰就別每天換了，錢可以讓他照付。不好嗎？——我一口氣說了這麼長一串兒話，黎丹好不容易才等到我的一句問話。她連忙接著說：

「不！我可做不到，在生活中連一點點兒幻想色彩也給抹了去……」

真是個執迷不悟的賣花女，要色彩，還要幻想的色彩。

「聽說你的錢都交給了那個泰國癟三？讓他給你存進了曼谷的銀行？」

「是呀，我覺得存在外國銀行保險些……」

「首先是妳那個賴長生保不保險？」

「看妳說的，美珍姐！你把所有的人與人的關係都看成利害關係，活著多沒意思呀！」

「喲！妳是怎麼了！妳知道不知道？妳要是像我一樣，把人際關係都看成利害關係，就輕鬆了！我的傻妹妹！妳既不用負擔義務、責任、道義；又不用負擔痛苦、傷感、思念和受騙後的懊惱。」

「我知道，以前我碰到的都是騙子，他們騙得我好慘啊！長生可是不一樣……美珍姐！他可是個知情知意的男人，可懂得體貼女人了。只要他在我身邊，別提有多溫柔了。粗魯的是國內的人，那些爆發戶、戴大蓋帽的……別提了！長生可不同……他對我可是真心實意的，全心全意為我好……」

我從黎丹的語氣裡可以聽得出，她被他的米湯灌迷糊了。男人只有在作愛的那一會兒是真心實意的，全心全意的。女人的悲劇是自認為那時男人的誠懇和全心全意是為了她。糊塗啊！男人是為了自己，為了自己的發洩能夠淋漓盡致。所有的一切都如同他在進食的時候要在高雅的餐廳裡，要各種佐料和輕輕播放的音樂伴奏一個樣。我故意逗黎丹，小聲對她說：

「妳能不能講講你和他在床上的事？」

「美珍姐！妳又來了，總喜歡聽人家說不出的事兒。饒了我吧！床上的事兒，妳能說得出口？」

「床上的事兒怎麼說不出口？我說給妳聽聽？我不是給妳講過嗎！在監獄裡，他們要我講什麼，我就講什麼，要我寫什麼，我就寫什麼。男男女女不就是進進出出那點兒事兒嗎？」

「呀——！」她大聲尖叫起來。「美珍姐！別說了，醜死了！」

「妳呀妳！妳不說我怎麼知道賴長生對妳到底是不是真心呢？妳要是不說，以後就別到1810來了！門開著，請吧！我還得睡個回籠覺呢！」

我假裝閉上眼睛，其實我並沒閉緊，我看見她的嘴癟呀癟的就要哭出來了……

17

楊曉軍

我冒然給通信兵部的何參謀打了一個電話，邀請他中午在軍區小招待所小餐廳見面。首先我這派頭就讓他受寵若驚，小招待所的小餐廳是軍區首長招待軍委來人的地方，收費當然是象徵性的。況且能在那兒邀請和被邀請就很了不起。他丈二金剛——摸不著頭腦，結結巴巴、疑疑惑惑地答應了下來。我告訴他，我將在十一點的時候去通信兵部接他。整十一點，我開著我父親的紅旗牌轎車停在通信兵部門口。何參謀笑得合不住嘴，在往車裡鑽的時候，他的頭撞在車門框上。我說：

「撞疼了嗎？」

「不！一點也不疼……」我暗自好笑，能不疼嗎？聽他的口音，是個四川鄉下的農民子弟。進了小招待所小餐廳，我預定的活魚立即由廚師提了上來，我客氣地讓何參謀過目。他連連點頭叫著：

「要得！」

涼菜一上來，一瓶五糧液打開了！香氣撲鼻。我沒有任何開場白，在一次又一次的碰杯中間，我只是漫無邊際地閒談，使一直以為我有要事相商的何參謀漸漸鬆弛下來。當何參謀向我委婉地說到，他在老位置上已經擱淺了十年之久的時候，我也委婉地暗示他：在可能的時候，我一定會向關鍵人物說幾句關鍵的話，讓他有點兒進步。何參謀一聽，感動得熱淚盈眶地高舉酒杯嗚咽著說：

「為楊參謀為人耿直、正義！為楊參謀樂於助人的美意，乾杯！」他不管我乾不乾，他自己一連乾了三杯。我拍拍他的肩膀，對他說：

「我們一見如故嘛！不必客氣。」

在酒醉飯飽的時候，我裝著漫不經心地問了他一句：

「何參謀！你明天晚上有事嗎？」

「明天晚上有點兒事，長途電話連會餐，兵部讓我代表部長去吃餃子。」

「好差事！我陪你去，湊湊熱鬧，嘗嘗女兵們包的餃子。對！我陪你去！不過……聽說這些女兵都是農村兵，她們講不講衛生呀？」

「放心！楊參謀！她們的生活區比軍區總醫院高幹病區都乾淨。農村姑娘一旦學會愛乾淨，比城市姑娘要乾淨得多，她們勤快。」

「好！就這麼決定了。本來我父親要帶我去軍區農場養魚池去釣魚，算了，讓他一個人兒去吧……」

「這……怕不合適吧？」何參謀深為不安地說：「你不去陪首長，首長會不高興的。」

「沒事！我父親對我是言聽計從！只要我高興，他比我更高興。前幾年我父親經過免職、復職的一番反覆，並沒開竅。我媽可是有了深刻的體會，她提醒我父親：你應該長點兒見識了！有權不用，過期作廢。我黨我軍，真正能享有終身制的人，只有一個！老頭經老太太這麼一點撥，從此就開竅了。過去他的車，別說我要開，就是沾光搭搭便車也是萬萬不可能的。如今他開明多了！對我媽敬若神明：她到底是喝過洋墨水的洋學生！」

「對頭！楊參謀！首長前些年夠委屈的了。應該寬鬆些……」

「是的！現在他比以前瀟灑多了。怎麼樣？這頓便飯很不像樣，吃飽了嗎？」

「太豐盛了！非常感謝！……如果有機會，為我美言幾句……我……」

「沒問題，你的事就是我的事，包在我的身上！」我當著他的面，狠狠地拍了拍自己的胸脯。

第二天傍晚，我開了紅旗車到何參謀的宿舍，何參謀已經在路邊等著我了。他誠惶誠恐地鑽進汽車：

「楊參謀！你把車開了出來，首長咋個去釣魚嘛？」

「沒事兒，他又向車隊要了一輛。」

當我們倆個人走到高牆下的小門前的時候，已經聽見了一片鶯聲燕語了。他按了門鈴，好一會兒，小門上的窺視孔才打開。我看見露出一隻少女的眼睛，說不清是驚還是喜。她啊地叫了一聲，立即把門打開了。開門的女兵站在門的右側，直挺挺地立正，目不斜視，嬌滴滴地喊了一聲：敬禮！一隻白白嫩嫩的小手搭在帽沿兒上。我不由得在心裡戲謔地默念出兩句唐詩：滿園春色關不住，一枝紅杏出牆來。心想：青春總是動人的！這個小妞兒難道是她們的標兵？身材、臉蛋兒都很標致。看得出她此刻的心情和我一樣，是那種被無可抗拒的、新鮮而強大力量所吸引，身不由己地洋溢著醉意的快樂。我和何參謀剛走進院子，女兵們正忙不迭地收揀晾曬在燈光球場上的乳罩、三角褲、襪子、月經帶……好一陣慌亂。我覺得怪美的，她們在驚慌中互相交換著的眼神兒裡，有嬌羞，有埋怨，還有一種賭氣的情緒：你們不是看見了嗎？看吧！隨你們看！我聽見值星排長在小聲惡狠狠地責備那幾個小兵。這景象使我詩興大發，一句詩卡在喉嚨眼兒裡，差一點兒喊了出來。那句詩是：啊！我闖進了上帝的花園！……後面就沒有了。因為連長指導員雙雙迎了出來，敬禮、握手，然後把我們讓進一塵不染的連部。牆上除了毛主席畫像和十幾面錦旗之外，一片雪白。一坐下，我就定睛看她們。看樣子通信兵部部長的審美標準不低呀！選了兩個美的標本。年齡都在二十五、六的樣子，指導員白而俊秀，連長稍黑而英武，兩雙眼睛竟都是咄咄逼人的亮，好像一眼就能看透你的心思。在何參謀向她們介紹了我的時候，我才意識到我的失態。我立即調整了我的外表和精神，聽見何參謀正在說著對我的溢美之詞。當他說到我是楊副司令的公子的時候，她們那本來就不小的杏眼更大了，同時向我嫣然一笑，同時叫了一聲：

「楊參謀！」

「我是個不速之客，是來蹭餃子吃的。歡迎嗎？」

「哪裡話！」連長笑的特別甜，怕是她也難得有這麼甜的笑。我聽佳如說過：女人長期生活在一大幫子女人中間，特煩！除非是有同性戀傾向的女人。「非常歡迎！您是我們請都請不來的貴客。三個月之前，楊副司令員檢閱過我們連……」

「我也在場……」

「是嗎！」指導員搶著說：「那次事先沒有通知，臨時接到命令，很倉促，很不像樣子。請楊參謀多提意見。」

「哪裡，我父親歷來的觀點是：非常情況下帶出來的隊伍才是好隊伍，我們又不是訓練儀仗隊。事後他誇了好幾次長途電話連，參謀長就聽到過兩次，沒向妳們傳達？」

「沒有……」

「那是怕妳們驕傲！」在三分鐘之內把一切有形跡的地方都抹去了，好像我今天到這兒來是極為正常的事兒。似乎我是楊副司令員的私人代表，而這層意思又是不言而喻的。小巧玲瓏的值星排長披上了紅綢肩帶，顯得特別精神。她一本正經地喊了聲報告！走進連部，敬禮以後，在指導員的身邊小聲說：

「請入席吧！指導員，戰士們已經在餐廳集合好了。」

「好！楊參謀！何參謀！請吧！」連長在前面帶路，指導員殿後。在餐廳門口，值星排長清脆而響亮地喊了一聲：

「全體起立！」已經就坐了的女兵們齊唰唰地站了起來，每張方桌八個人，總共有十幾張桌子，差不多都坐滿了。「立正！」

女兵們無一例外，把臉轉向剛剛進門的我們。我好像走入葵花田裡，所有的葵花都突然把臉轉向了我，我難道是太陽？一張張相似的女孩兒的臉蛋兒，雖然她們的臉都對著我，卻沒有一雙眼睛敢正視我。我完全不可能在這些相似的臉中間找到真正邀請我來的主人。她是我的主人，她此刻正主宰著我。

「稍息！坐下！」

女兵們齊唰唰地都坐下了。而且沒有一點多餘的響動，哪怕是很輕微的一聲磕碰。連長、指導員把我們兩個讓進主賓席坐定。連長就站起來向大家介紹來客：

「同志們！這位，我就不用介紹了，是我們兵部的何參謀，我們連隊的直接領導。這位……」她把手指向我。我注意到全連的目光都向我射過來，連長還故意製造懸念，停頓了好一會兒，似乎是讓大家好好看看，我這個怪物頭上是不是長了一根獨角？我站了起來，兩手撐著桌面，眼睛也看著桌面，怪不好意思的。「這位是何參謀給我們請來的一位貴賓，軍區作戰部的楊參謀！歡迎！」

連長帶頭給我鼓掌。我這才敢向大家點頭示意，就在這時候，我看見好幾個女兵在做鬼臉。猜得出，她們的潛臺詞一定是：就是他呀！就是那個拿起電話就說——你聽著，別大驚小怪！不方便可以不回答……的楊曉軍！看樣子我不說話不大好，應該說幾句。

「同志們！其實，我並不是客人，更不是貴賓，我幾乎和每一位都講過話。也就是說，大家在工作中給過我很多幫助，借今天的機會，請允許我向大家致謝。」我給大家敬了一個360度的圈兒禮。我這麼一幽默，果然把女兵們逗樂了。贏得了好一陣熱烈的掌聲。我連忙用目光去搜尋，我以為一下就能找到87號。是那個忍俊不已，笑得捂著臉的姑娘嗎？不像，她不會這麼笑。是那個裝著無動於衷，目光裡卻流露著一種期待的姑娘？也不像。冷菜上來了，端菜的女兵衝著我微微一笑，是她！不！是那個若有所思，不斷用手往耳朵上撩著頭髮的姑娘？她有一張很清秀的臉，挺挺的鼻子，面頰一陣紅一陣白，可總也看不見她的正面。不像是，也沒辦法證實她是或者不是？

「對不起！楊參謀！何參謀！軍區首長規定：長途電話連絕對禁止煙酒！所以今天沒有煙酒招待。」

「沒關係！……」我這才注意到連長已經給我斟了滿滿一杯汽水，碟子裡也堆滿了菜。

「沒……沒關係，我並不經常喝酒。」我知道我的目光搜索已經引起了連長、指導員的注意，我必須小心才是。從現在起，我只能用眼角的餘光去搜索了。莫非是那個嘻皮笑臉地看著我的姑娘？不，更不像。熱氣騰騰的餃子端上來了。是她！她從我肩頭上把一盤餃子送上來的時候，她用胳膊肘碰過我一下。不，她的臉太圓了！87號應該有一張我雖然說不出、卻絕不是這樣平庸的圓臉兒。性格應該是很含蓄、很內向的。

「餃子好吃嗎？楊參謀！」指導員顯然是故意地提醒我。

「啊！」我連忙用筷子夾了一個餃子塞進嘴裡，不料想會那麼燙，燙得我呀呀叫著又吐了出來：「好！好！好吃極了！」不一會兒，我又走神兒了。是那個？是那個正在從別人肩頭上偷偷看我的那個姑娘？不！她瘦了點兒。也許是那個故意捨近求遠、繞到我們的桌邊的桶裡來舀湯的那個？她的腿不應該那麼短。或許就是我們進門的時候，給我們開門的那位？可我一張桌子一張桌子地找，也沒找到。我後悔在進門時沒有好好看看她……真難！在眾多同齡的少女中把只存在於想像中、只聽到過她的聲音的那一個找出來。特別是不能問她本人，也不能問任何別人。我只吃了三個餃子會餐就結束了。最後指導員裝著很抱歉的樣子說：

「楊參謀一定沒吃好，真對不起！」

「不！」我明知道我是在演戲的人面前演戲，我還是要演戲。「很好吃，我吃了很多，很飽！」

在我們告辭的時候，女兵們都上了二樓、三樓，洗澡的洗澡，唱歌的唱歌，看書的看書。空氣裡飄散著香皂、汽水和剩菜的油膩味兒，燈光似乎也暗淡了下來，一切都滲透著一種莫名的悵惘。我們，男人們，雖然只是兩個男人，畢竟也是男人們。男人們和女人們的興奮點都低下去了……我不管她們怎麼想、怎麼看我，完全顧不得了！心裡好不是滋味。送我們、給我們開門的是連長自己……

18

陸美珍

黎丹被我嚇住了，他走過來，扒在我的身上，柔聲細語地對我說：

「美珍姐！別生氣嘛！說那些事兒多難為情呀！美珍姐！」

「丹丹！說難為情？你做就不難為情了？做得出就說不出？你又不是剛從鄉下出來？」

「喲！美珍姐！」她跺著腳來撕我的嘴，我一巴掌把她的手打開了。這一巴掌還真狠，她的胳膊肘肯定紅了。我真有點生氣了，把身子背過去不理她。「美珍姐！我說，我說還不行嗎？」

「說就說吧，忸怩個什麼勁兒呀！賴長生是第一個？」她搖搖頭。

「是第二個？」她又搖搖頭。

「是第十個？」

「美珍姐！」她叫著央求我：「我說，我說還不行嗎？」

「我聽著呢！」我把兩個枕頭疊在一起墊著腰，靠在床頭上，半閉著眼睛，擺出一副非聽不可的架式。我看見她用手捂著自己的臉，羞得不敢看我。我真有點兒奇怪，黎丹從幾千里之遙的雲南高原流落到南海邊，盤纏就是自己的女兒身。在家鄉賣花賣了千萬朵，出門在外只好賣一朵花，——就是她自己。早就是一個不折不扣的風塵女子了，還脫不掉賣花女的稚氣。果真有這種女孩兒，這種女孩兒一定很惹男人喜歡。無怪中國古典小說（作者都是男人），總喜歡用羞人答答這四個字。個中滋味真夠男人們品嘗的了……這種女孩兒在西方早就絕了種，在中國也已經少得可憐了。「別捂了，我的眼睛不是閉上了嗎？我是要聽，不是要看。」

她才慢慢把手從臉上放下，側著身子，只用半個臉對著我。

「說說最近的一次……」

她這才開始說，聲音很輕。

「長生來以前總會來個電話：『丹丹！我的小寶貝！妳好嗎？明天我要來看妳，不要接，航班還沒確認。等著我，吻妳！』……第二天他就來了，先在大堂給我打電話：『我來了，可以上來嗎？』……」

我暗暗好笑。就像是一個食客在烹調之前，逗一逗鮮活的魚，目的是為了引起食慾。

「我說：『上來呀！我來接你，長生！』他說：『不，別客氣！丹丹！』『快點兒，長生！』」

這聲叫太嗲了！賴長生準會為了這聲嬌滴滴的「長生」打一陣尿顫。

「我知道他不會馬上上來，他要在大堂咖啡廊喝一杯咖啡，提提神。給我一段化妝的時間。二十分鐘以後，他又給我一個電話：『我上來了！可以嗎？』我說：『我來接你！』他說：『丹丹！妳太好了！』我匆匆忙忙在脖子上噴了香水，走出房門。正好看見他從電梯裡走出來，大堂侍者提著他的箱子。他非常紳士派頭地吻了吻我的面頰，同時塞給我五十塊港幣。進房以後，我把五十塊港幣交給侍者，侍者謝了我就退出了房間……」

這是賴長生出錢，讓丹丹露臉。侍者感激的是丹丹，丹丹感激的是賴長生。這個侍者以後絕不會說他們的閑話，而且會暗暗保護他們。地方政府秉承上意進行掃黃的時候，這裡就會被忽略。於是，丹丹對賴長生的感激之情就自然而然地轉換為水一般的柔情……這是用區區五十元港幣買來的。

「長生這才給了我一個長長的吻，再吻了一下那朵玫瑰花。接下來是打開箱子，拿出送給我的禮物。每次他都要送我一套新款名牌套裝、一套新款名牌內衣、一兩件貴重首飾……」

這種名牌在東亞各國——特別是在香港，地攤上多的是。我太清楚了！受騙太多，眼睛特別尖。我完全可以受聘為大時裝公司的進貨檢驗員了。丹丹身上從來沒一件真正名牌衣服。但我從不掃她的興，只要她自己認為是名牌就行了。我們又沒有機會出席上層名媛們的集會，（好像現在中國還沒有這種集會）真正或不真正，一點關係也沒有。只要花錢養活我們的男人看得過去，看著高興就可以了，他們花錢打扮我們，哪裡會是為了我們呢？

「每一次我都很感動，我知道那都是些很貴的東西，為什麼為了一種牌子要花那麼多錢呢？我好不容易才忍住沒有哭出來。我對他說：『太貴，花錢太多，下次別再買了，我的衣服夠穿一生一世的了。』你猜他說什麼？他說：『最貴的是妳，妳是最寶貴的……丹丹！我總也不能經常來看妳，生意人，身不由己。我不在的時候，妳一定很寂寞……』我對他說：『不，一點兒也不……』他說：『丹丹！妳可以找一個男朋友，跳跳迪斯科，什麼都可以，我能理解……』我一聽就真的哭了，心裡特別委屈。我對他說：『長生！我是你的，你怎麼會那麼想，我心甘情願，為你守活寡都可以……』

我幾乎按捺不住想哈哈大笑，又怕太傷害丹丹的感情，趕緊扯了一張紙巾，捂住嘴假裝咳嗽。

「妳怎麼了？美珍姐！」

「沒什麼，丹丹！就這樣講下去，我愛聽。」我意識到我似乎是在耍弄她，這可能是我與生俱來的毛病。我就喜歡站在和人有一段間離的地位，去審視別人面對險惡的命運那副傻乎乎的天真樣子。從而提醒我自己：無論用多麼冷峻的態度對待這個世界，對待在我面前走馬燈似的、表演著摯愛的那些人，都不算過分。

「他把存款單拿給我看：又給妳在曼谷銀行存進了一千美元。再給妳三百美元，妳不要再存了，要用掉！我把三百美元現鈔接過來，存款單還是由他保管。他也知道，他每次給我的現鈔，大部分都被我以他的名義存進了瓊雅的中國銀行。我的房租都是他給付的，一次付半年。吃飯、洗衣、美容一切日常開支由我自己簽單。我盡量節省，他辛辛苦苦、東奔西跑，賺錢也不容易。我眼淚汪汪地抱住了他……美珍姐！你可別笑話我呀！」

丹丹又破涕笑了！多可愛的小妞兒啊！我要是男人，我就會動真情。也許正因為我不是男人，才會動真情。否則……天知道！貧賤女人給富貴男人的往往是正品，富貴男人給貧賤女人的往往是水貨。

「他幫我拿來化妝品，把我抱在鏡子面前，為我化妝，他是很內行的……」

那當然，他一定給好多傻妞兒化過妝了，自然經驗豐富。

「他一邊給我化妝，一邊親吻我的脖子和肩膀……我和他初相識的時候，我怕他，多陌生的一個人呀！他碰碰我，我就打顫顫，他用雙手一下就扯開了我的腿，我渾身發冷，面無血色……」

是呀！抱著一個戰戰兢兢的裸體女人，形同強姦有什麼味道呢？現在先給你化妝，就是讓你慢慢地習慣他，然後讓你跟他合拍，使他的興致更高、更享受。

「化完妝，他一邊放水，一邊為我脫衣服。再讓我為他脫衣服，我總是閉著眼睛，摸索著給他脫……脫了衣服，他把我抱進浴盆。他給我擦洗，也要我給他擦洗。他拉著我的手，讓我去摸我最怕碰的東西……我一次一次從他手裡抽出自己的手……」

他盡量讓自己能快快發情。

「他又把我臉上的脂粉仔仔細細地擦掉，他誇我的皮膚白裡透紅……」

他要吃的是雨水淋過的番茄。

「他用毛巾把我包起來，抱到床上。他自己斟了一杯白蘭地，坐在我身邊，先讓我抿一小口，他的一隻手摸著我的乳頭，慢慢地把酒喝下去。拉上窗簾，製造出一個黑夜。關了音樂，他使勁兒拉掉我身上的毛巾。俯身向下的我，一下就仰面翻了過來，他這才壓在我的身上……」

以後的事她不說我也知道，但我故意逗她：

「後來呢？」

「美珍姐！你怎麼能讓我說後來的那些……呀！」

「告訴我！一個樣？是嗎？」

「美珍姐！……」

「你不想說？對嗎？不想說就別說！」我把頭別過去。

「美珍姐！都是些說不出口的話呀！……」她見我不理她就軟了。「我說，我說還不行嗎？」

「……」我一聲不吭。她只好羞羞答答地說下去：

「……他關了音樂，是為了聽我的喊叫……起初，我喊叫是為了讓他快活，後來我就身不由己的要叫了……我會在喊叫的時候忘了自己是在一間房子裡，房子外面還有一個世界，世界上還有數不清的麻煩、痛苦、憂愁。我的喊叫一會兒像滔天海浪，把我自己拋得好高好高。一會兒又像萬丈瀑布，把我打下深淵。我以為從此就沉下去了，一直這樣往下沉，往下沉，沒有底……後來，我忽然覺得我的身子既沒有浮，又沒有沉，被一個熱呼呼的男人緊緊壓在塵世間，我知道我的魂兒又附了體。我的眼淚止不住地流了滿臉……美珍姐！我真沒出息！是不？」

「你和別的男人有沒有這種感覺呢？」

「只有過一個男人……」

「什麼樣的男人？」

「一個詩人，是一個很了不起的詩人。」

「啊！那一定是個很浪漫的故事，待會兒再說。」

我當然知道，和這種人的每一次性交都是一次由他們設計好了的放縱，誘使妳接受他的絕對自私的發洩。只不過妳感覺不到他的粗暴和花錢買活人的得意罷了。我隱隱覺得，這個賴長生，和我接觸的那些男人在某些地方有著很多雷同之處，大概男人都是雷同的。但我仍然羨慕丹丹，她有靈魂重新附體的感覺，那感覺是真是假都無關重要，感覺屬於自己。而我沒有，只有沉淪。

「做了那事兒以後，他沒有呼呼大睡……」

這有點出乎我的意外。

「他摟著我，親我的眼睛，告訴我：寶貝！睡吧！妳累了，睡吧！讓我們一起睡吧！一、二、三、四、五、六、……我就甜甜蜜蜜地睡著了。一睜眼，已經是第二天的早晨了，長生還在睡，我有點兒餓，可我連動也不敢動……」

他節省了一頓小別重逢的豐盛晚宴！這吝嗇鬼！

「我真心誠意地覺得他能在我身邊安安靜靜地睡覺，好幸福的……」

一個「MI」還有幸福感？真是太幸福了！

「美珍姐！我……說了，什麼話都說了，你也該給我說點兒什麼……吧！」

「要我說，比你痛快，就是沒什麼意思，說不出那麼多浪漫來。你到底跟一個了不起的詩人睡過覺，詩人向你射的不是精液，是詩氣兒。」

「美珍姐！瞧你說的有多粗！」

「粗？細了你喜歡嗎？」

「呀！美珍姐！你羞不羞？」

「不！不羞！也許正因為不羞了，才沒有一點兒浪漫，才不值錢了……可我到了今天這份兒上，再羞人答答地，那才叫難為情呢！不過，我也會，做唄！誰都會。作愛的時候大喊大叫，我不僅會，還能叫得花樣百出。絕對能讓那些在我身上找刺激的男人受不了。我和妳不同，我得看他給我什麼價錢。一分價錢一分貨，唱功戲、作功戲都是明碼實價。對付出手大方的主兒，唱做念打一起來……」我說到這兒，丹丹的眼睛睜得比核桃還大。我知道人人都說的是人話，但是，我說的人話她不一定就能聽得懂。丹丹可能一輩子也聽不懂我的話，反過來，我也聽不懂她的話。誰也不能說我們說的不是人話，不但是人話，還都是中國話。

「美珍姐！像妳這樣看得透透的，怎麼活呀！」

「傻妹子！自己蒙著自己的眼睛，怎麼活呀！這就是我們的不同。要清醒地活，冷靜地活，警惕地活，有戒備地活著。對誰，不管是誰，即使他說的天花亂墜，妳對他都得留一手。我要是妳，才不讓賴長生替妳把錢往外國銀行裡存哩！都得自己來，租一個保險箱，把金銀細軟、存款單據都鎖進保險箱，密碼放在腦袋裡，做夢也別說出來……」

「活著就是掙錢、存錢嗎？美珍姐！」

「不！看財奴活著才是為了掙錢、存錢哩！我們掙錢、存錢是為了活著，為了活下去。妳以為妳永遠都能做出一副羞人答答的樣子？到了妳的臉上全是電車道的時候，妳再對著那些男人來一個羞人答答的樣子試試。不把活人給嚇死才怪呢！那時候，誰幫妳洗妳那一身的贅肉呀！妳們這些人以為妳們永遠不會老，會老的是別人。傻妹子！不！說不定，哪天一覺醒來，鏡子裡的是一個妳都覺得討厭的老太婆。我絲毫沒有嚇唬妳的意思，嚇唬你也就是嚇唬我自己。你也許認為這個國家是個社會主義國家，是的！她就像一個老婦人，那要看對誰！她是千手千面觀世音菩薩，對有些人他是慈母，對妳我，也許是妳的後媽，也許什麼都不是……我們已經跨出去了！到底是怎麼跨出去的？說不清。一國兩治，並不是將來才和港、澳、臺搞一國兩治，現在就是一國兩治，不，應該說是一國多治。我們和這個國家的唯一的聯繫就是我們的小辮子，他們任何時候都可以揪著我們的小辮子往『山』上拉。豈有它哉！還是《國際歌》裡說的好，『只有自己救自己！』傻妹子！即使退回到毛澤東時代，特供點兒、幹休所也不會對妳我開放！」

她大睜著天真爛漫的眼睛，我問她：

「為什麼這麼看著我，我又不是警察？」

「不知道……」她那神情立即又變成一個可憐巴巴鄉下妞兒了。

我不管她聽得懂、還是聽不懂，只管繼續發表我的宏論：

「從前，越窮越革命、越光榮，腰幹兒越硬。今天，不對了！一言以蔽之：笑貧不笑娼。簡單明瞭，一聽就懂，也可以說，一看就懂。沒吃過豬肉，看見過豬走。如今太多的女孩兒都是看著豬走才開葷的。傻妹子！我們現在什麼都沒有了！如果再沒有一點兒錢，那可就慘了！貧不得！貧了也不是被人一笑就可以了之的！恥笑的內容多著了！包含著一條新的階級路線，一條新的人際關係的法則。沒人恥笑我們，並不是沒人欺負我們、沒人想吃我們。沒人恥笑我們，是因為我們還不算貧！僅此而已！妳以為我很願意聽你講床上的把戲！我還不知道？全是老一套、公式化概念化的玩意兒。對於我，一點新鮮感也沒有了，早就沒有了。把男人發洩性欲的瘋狂行徑都當做恩啊，愛啊！丹丹！將來妳不倒楣誰倒楣呀！有的女孩兒，只要走出了這一步，一夜之間就成了大娘們兒，風騷娘們兒，尖刻娘們兒，成熟娘們兒，潑辣娘們兒，永遠站在上風頭的娘們兒。不才我就是！有些女孩兒永遠是個傻大妞兒，上一百次當都沒有個句號。眼角上有了魚尾紋，腰也粗了，奶子在往下癟。女人啊！笑一陣、哭一陣、鬧一陣就老了。可還是個傻大妞兒，就像妳。傻丹丹！說妳歸說妳，浪漫故事我還是樂意聽的！」

「我哪有什麼浪漫故事呀？」

「詩人，說說你那個詩人……」

他又天真爛漫地笑了，笑得那樣開心，臉上泛出紅彤彤的幸福之光。接著她自覺自願、含情脈脈地給我講開了。我在聽她講的時候儘量不插斷，她講著講著就自我陶醉了，怪有趣的。

19
黎丹

「那是我離家外出後的第一年。在江蘇一個小城裡，擺了一個水果攤。認識了一個詩人，他是個真正的詩人！名字很怪，叫：虛無。是個現代詩人！美珍姐！一般人都不知道什麼是現代詩人，也讀不懂現代詩人的詩……我也讀不懂。他對我說『我不屑於為今天這些淺薄的芸芸眾生做任何事！我的詩是為三百年以後的高智能的人寫的！』我一聽就特別感動，現在的人都恨不能為眼前、為自己。有人不為自己、不為眼前，還要為三百年後的人辛辛苦苦地嘔心瀝血。他真是個美男子，長得一表人才，長長的頭髮披在肩頭，又黑又亮。那雙眼睛總是憂鬱的，像一對被雲彩遮著的星星。我原以為他是個不愁吃不愁穿的人，誰知道，他對我說：『我是從大西北一路行吟到江蘇的。』我一開頭不知道什麼叫行吟，他笑我文化低。說行就是走路，似唱似念就叫吟。他有好多崇拜者，很多都是沒考取大學的中學生，有男有女，全城差不多有七、八十人，都在待業——也就是都在失業中。對他如醉如痴，說他每一行詩都是無價之寶。我傻乎乎地對他們說，那就趕快讓他賣一行呀！有了錢就不再挨餓了，還可以租間房子，安安心心地寫詩。那些人撇撇嘴對我大聲吼了起來：『這是未來人類的無價之寶，怎麼能賣呢?!他要是聽到你的話，一定要罵死你。餓死凍死都可以，他絕對不會賣他的詩!你不懂就別亂插嘴。』聽他們說，他的代表作是：《耳朵眼兒裡的雲》、《石頭的性交》、《滅絕的快樂》、《等於和不等於……》。還有好多，我記不住。他們還把他叫做什麼艾……艾略……特。不管哪個旮旯人家都不許他們集會，說是像蒼蠅似的嗡嗡嗡。街面兒上更不行，警察一看見一幫子人擁在一起就以為要鬧事，再一聽那些詩，一句也聽不懂，聽不懂就可疑!就反動!先收審再說。那些詩不要說警察沒法解釋，詩人自己也說不清。他們可以對我說：『詩怎麼可以用俗人的語言去解釋呢?』可這樣的話他們又不能對警察講。所以他們總是圍著我的水果攤開朗誦會，請虛無朗誦他的詩，別人也朗誦自己的詩。警察一來，他們每一個人都在我的攤子上拿水果吃，顯得我的生意好極了。警察一走，他們又開始朗誦起來。我實在不懂，他們朗誦的聲音一會兒輕得像蚊子那樣嗡嗡嗡，一會兒又像罵街，有時候還有汪汪汪的狗叫。狗叫也有人捧場，他們拼命拍巴掌，叫好，吹口哨。還有人痛哭流涕。特別是虛無朗誦完了以後，叫好的時間比朗誦的時間還要長。還有幾個小姑娘撲上去啃他的臉。最初，我覺得很好笑。後來我也不知道為什麼就跟著拍巴掌。就像聽氣功師作帶功報告一樣，氣功大師說他說的是宇宙語，誰也聽不懂。可就是有很多人為他癲狂，如痴如醉地哭哇，叫哇，笑哇，跳哇……我當然不會上去啃他。有一次我聽完他的朗誦，送給了他幾個橘子。他說他要為我朗誦一首他寫的《橘頌》，說是兩千三百年前的一位叫屈原的詩人也寫過一首《橘頌》。虛無的那幫子朋友說：『屈原的《橘頌》比起他的《橘頌》來，就像小學生的作文一樣幼稚可笑。』他的《橘頌》沒有一句提到橘子，也沒有一句能聽得懂。他一念完，那些年輕人立刻就瘋了！把我的橘子全都拿光，連香蕉、蘋果、梨都沾了光，一掃而空。我不覺得他們是在搶，他們是在愛那些水果。我一邊流著淚，一邊喊著：『拿吧，拿吧，都拿去！』虛無很感動地走到我的面前對我說：『妳的感覺太好了！心有靈犀一點通！妳是繆斯（後來他告訴我：繆斯就是詩歌女神）！妳的水果攤，妳的竹籃子，妳此刻的樣子……所有這切就是一首詩，就是一支歌！』他不管我願意不願意，抱著我就跟我親嘴。我羞死了，當著那麼多人。那些人還拼命拍巴掌，噭噭亂叫。他咬著我的耳朵對我說：『傍晚，河對岸，桃花山上，寶塔下……』說罷他突然扯下自己的一隻袖子，丟在我空蕩蕩的水果攤上，扭頭就走了。我像傻了一樣，一直到人們全都走光，我拿起他的那隻袖子，當著街上的過往行人像三歲小孩一樣哇哇地哭起來。

太陽落了山，我光著腳趟過了小河，爬上桃花山，他說的桃花山並不高，有一片沒有修剪過的桃林。現在不是開花、也不是結果的季節，一朵花、一顆桃兒也沒有。幸好沒有花果，才沒有一個遊人，好清靜！那座一人多高的七級石塔，正躲在綠樹林裡。那晚上我覺得好美好美！火燒雲把土堆、石塔都照得紅彤彤的。我以為他還沒來，誰知道有個人冷不防從石塔背後轉過來，緊緊地抱住我。我從一隻有袖子、一隻沒袖子的手臂上認出了他，他把我高高舉在他的頭上。用一大串三百年以後的人才能懂得的詩句誇我，我聽不懂，可我非常感動。過去聽人說，只有漂亮的公主才會有人給她獻詩，我是個流浪在外，擺水果攤的邋遢姑娘，他卻給我獻詩。他可不是一個一般的詩人呀！他是一個幾百年才能出一個的天才！我一想到這兒，眼淚就像兩條小河似的不停地淌呀淌呀！我的一雙袖子都擦濕了，淚還在流。在石塔腳下，他抱住我，讓我坐在他的膝頭上。我從手袋裡取出針線和那條他扯下來、留給我的那條袖子，要給他縫上。他不許，他說：『這是一個藝術的行為，也是一個行為的藝術；這是一個愛情的創造，也是一個創造的愛情。是我們激情的目光鑄造的維納斯式的殘缺美，其中有一千個必然，有一萬個偶然。不是隨便什麼時候能夠出現的！你怎麼要破壞它呢？』我只好不縫，讓他把殘缺美留在他的胳膊上。他的話我不能全聽懂，可我都記住了。就像我媽，一個大字也不識，他卻能記住好幾卷佛經。他把我帶進一個草棚子裡，這草棚子可能是有花果的季節看林人守夜住的，地上還鋪著稻草。草編的房頂上到處塞著紙片，都是他寫的詩，現在誰也不眼饞、將來那可是無價之寶啊！我問他：『你就住在這兒？』他說：『是的，我的天使！妳不覺得這兒是天堂嗎？多麼輝煌！多麼美麗！……」我只能說：「是的，輝煌，美麗……」我那時候還不知道什麼叫輝煌。天黑了以後，好大的月亮啊！照得棚子裡亮堂堂的。他對我說：「太陽能把人曬黑，月亮能把人曬白，丹丹！」他說什麼我都相信，他說什麼我都依從。他讓我幫他脫掉上衣，我幫他脫了，他的上衣只有一顆鈕扣，一隻袖子，很快就脫掉了。他要為我脫掉小褂兒，我點點頭，閉著眼睛讓他脫。我在幫他脫衣裳的時候，就想到他也要幫我脫衣裳。果然，他開始給我脫衣裳的時候，一雙手直發抖，那樣笨，花了很長時間才解開那些其實是很好解開的扣子。他一邊解扣子，一邊念著一首叫做《月光洗禮》的詩。他讓我和他並排躺在稻草上，他一直小聲念著那首詩，也不碰我。我很想碰碰他，又不敢，怕打斷他的詩句。他的詩很長，我都要睡著了的時候，他念完了！就輕輕地脫掉了我的裙子和短褲。溫柔地對我說：「幫幫我！丹丹！」我知道他要我為他脫掉褲子，我只好給他脫，沒想到他沒穿短褲，我的手碰到了不該碰的地方。他打了一個寒顫，貼著我對我說：「你感覺得到嗎？月光像水一樣，正漫過我們的身子，我們應該用月光洗洗我們的身子。我幫妳洗，你幫我洗……」我聽不懂他的話，回答了一句傻話：「沒有毛巾呀！」他說：「用手』，把月光撩起來就可以了，我先給妳洗。他用手真地撩著月光在我身上搓洗著，什麼地方都搓洗到了。又癢又難為情，我一直都在尖叫。他像沒聽見一樣，又念著另外一首叫《體驗瘋狂》的詩。輪到我給他搓洗的時候，我什麼話也不會說了，特別羞得慌。我的手在他身上飄來飄去，不小心碰到他，吃驚的是我，我會喊叫一聲。後來他用他的雙手抓住我的雙手，使勁兒在他身上搓洗起來。我的手不得不去摸我怕摸到的地方，這時候喊叫的已經不是我，是他了。他突然鬆開我的手，翻身用力壓住我。很快，可是……很好，一下我就把他牢牢地抱住了。我大聲長長地嘆了一口氣，我一生一世都不會嘆出這樣長、這樣痛快的一口氣了。他大聲喘著對我說：『這是古老的，又是現代的，也是未來的男女之間永不厭倦的遊戲。』我心裡想：遊戲？這是遊戲？他好像聽見我心裡說的是什麼，他對我說：『人生不就是一場遊戲嗎？有殘酷的遊戲，有傷心的遊戲，有無聊的遊戲，有野蠻的遊戲……我們現在的遊戲也可以說是美麗的遊戲，說不定它會留在記憶裡。記住！能夠留在記憶裡的遊戲就是最神聖的遊戲。』我一直到現在也不懂他說的是什麼意思。夏天和秋天手拉手過去了，詩人甩著一條袖子已經很難和寒風一起瀟灑了。我把他接到我自己租來的那間小屋裡，和我同住。我給他買了幾件禦寒的衣服，他只好不要什麼殘缺美了。為了兩個人的生活，夜裡我也要出去掙錢。他從來也不問我在做什麼生意，和些什麼人做生意。我不在的時候，他全心全意地寫詩，寫好了詩就大聲念自己的詩。我常常在早晨才回來，手裡提著米、肉和蔬菜，花的都是那些好色的暴發戶的錢。他們一個大字也不識，就是會賺錢，會逃稅，會行賄，會拉幫結派。他越是不問我，我越是難受，要多難受有多難受。問他：『留你一個人在家，好冷清啊！』他說：『一點兒也不冷清，我面對著小窗，一片詩境，風蕭蕭兮木葉下！啊！美極了！』我只能背轉身去偷偷地抹眼淚。他見我提了東西回來，連忙拿起掃帚去掃地。可把我嚇壞了！『你怎麼能做這種事情呢？你的那些朋友要是看見了，一定會罵我，說我是在對全人類犯罪。別這樣！別這樣！你怎麼忍心這樣浪費你的天才？』我抱住他哇哇大哭，他才丟了掃帚。妳猜他怎麼說？他說：『丹丹！我怎麼忍心讓妳為我，為我這個容易消耗熱量的肌體，和消化能力特別強的腸胃……讓那些野蠻人把妳冰清玉潔的身子當做尿桶！讓那些豬狗的臭嘴把妳冰清玉潔的身子當木槽！妳有一顆水晶的心，丹丹！』他也哭了，像我一樣哇哇大哭。我們抱在一起，只哭得天昏地暗，日月無光。後來又一起止住，我知道他已經很餓了，他也知道我已經很累了。我去淘米、洗菜、煮飯。叫他去寫詩，他不去，一直站在我的背後。他對我說：『丹丹！妳在我身邊的時候，妳就是詩呀！我還寫什麼詩呢？』我是詩？我哪裡會是詩呢？詩是聽不懂、看不懂的！我淺得就像淹不住腳面的小河溝。我對他說：『虛無！我在做事，別老跟著我，怪不好意思的。』他說：『妳不讓我跟著你，讓那些俗不可耐的人跟著妳？』我又哭了，對他說：『好吧！跟著吧！』我走到哪兒，他就跟到哪兒。有一天，他忽然對我說：『丹丹！你知道嗎？當前有一條有可能充分發揮我的才華，而且能得到全世界承認的道路可以走……』我連忙問他：『在哪兒？』他告訴我：『向南！』『是廣州？』『還得向南。』『那就是香港吧？』『還得向南。』『再往南不就是大海了嗎？』『是的，大海那邊有一塊土地，叫澳洲。』『可怎麼才能走到澳洲呢？海上沒有路呀！』『海上沒有路，天上有呀！』『啊！我明白了！天上有飛機……』『是的，只要有一張飛機票，就可以像鳥一樣飛到澳洲了。』對呀！我見過飛機票，有一個進出口公司的經理給我看過他的飛機票，是藍顏色的，像天空一樣藍。『我聽說澳洲有很多袋鼠……』『是的，那是一種聰明的動物……』『袋鼠能聽懂三百年以後的人才能聽懂的詩嗎？』『我想，能！』『啊！真的？有那樣聰明的動物？它們吃的一定是靈芝草。』『不知道，去了澳洲才會知道。唉！可惜缺少一張藍得像天空一樣的飛機票……』他很傷心地嘆了一百次氣，念叨了一百次『藍得像天空一樣的飛機票。』我問他：『多少錢才能買一張飛機票呢？』他說：『我想要很多錢才行，除了機票還得花錢買一張學校錄取通知書。』『你還要學習？你這麼有學問！』『不！入學通知書只是進入澳洲的鑰匙。』他很傷心，我比他更加傷心。我第二天就去打聽飛機票的票價，去澳洲的費用，辦理護照、簽證的手續。我把我的積蓄全部都取了出來，在黑市高價換了美金。因為他不是本地人，沒戶口。我為他央求了一百多個有權、有勢、有辦法的人，辦了一百多種手續，還為他置備了衣裳、鋪蓋。送他到上海飛機場。他在上飛機的時候對我說：『丹丹！我一生一世都不會忘記妳對我的這一切……』他哭了，我也哭了。一直到飛機飛上了天，我才知道我和他再也難得相見了！後來，那架飛機就像斷了線的風箏，一去再也沒有音信了。可我很知足，我做了一件了不起的大事，用我的一雙沒有力量的手，把一個本應在天上飛的神人托上了天空。」

20 楊曉軍

一個星期以後，我才在值夜班的時候接到87號的電話。只有她們有主動權，我沒有辦法點著號找人接電話。我真想給她一頓抱怨，又忍住了。我更迫切的是想見到她，想知道她是什麼樣子。就像在猜一個懸賞百萬的謎……她的聲音：

「那天……我……的座位離您很近……」我立即在記憶中搜索我注視過的一個個少女的面龐們。「您始終沒有注意過我，您的目光從來都沒在我臉上哪怕停留百分之一秒……可能我太沒有特點了，太平庸……」我著急了，連忙打斷她的話：

「不，妳不可能是個平庸的女孩，妳為什麼不給我一點暗示呢？……」

「這不是為不為什麼的問題，楊參謀！這是緣份……您的眼看花了，男人很容易眼花撩亂的，那麼多青春美麗的少女……」

「不，我是為了找妳、看妳，才千方百計去的呀！妳應當知道男人進長途電話連，比進中世紀的女修道院還要難得多。」

「我就知道您認不出我，我可是一眼就認出了您。您的確很帥，很有吸引力。你們走了以後，每一個班都在悄悄地議論您，您成了全連的偶像，即使那些罵您、貶您的女兵，都是因為喜歡您、愛您才罵您、貶您的。有個女孩竟會情不自禁地脫口而出：『他不但嘴會講話，眼睛也會講話。』可您的眼睛沒向我講一個字，我被忽略了，完完全全被忽略了，我成了您隨意拋灑魚餌的心理藉口。」

我很委屈地說：

「這能怪我嗎？」

她根本不聽我的話，只管說自己的：

「我應該被忽略，我只是大花園裡的一棵小草，即使我拼命向您搖擺，您都看不見。很抱歉，我沒有向您搖擺過，請原諒！我不是一個搔首弄姿的人。我對書本、對美景、對音樂、對情感，甚至對美食，都有細細品嘗的習慣。特別是對情感，我會用心細細地去感覺，一絲一毫的深淺、濃淡、真偽我都能感覺得到……」

此時，我除了更加珍惜她以外，我確切地感覺到我已經傷害了她，這個敏感到了極致的姑娘。雖然我並不是有意的，而在無意之中我的確放任過我的眼睛，不，還不止是眼睛，還有心猿意馬的放縱。她就在我的近旁，一定是自始至終用熱辣辣的目光注視著我。但我的的確確是為了她我才去的呀！目光四處射獵是為了尋尋覓覓呀！尋尋覓覓的目的不就是她嗎？我預感到我和她的這次交臂之失會成為永久的遺憾……

「我就要復員了，是今天得到的通知……」

「什麼？復員？我能幫幫你嗎？讓你再留一個時期……？」

「不！我想家了，很想……我的家在深山裡，窮，可並不妨礙美，美極了……」

我立即想到她就要走出修道院！太好了！我可以留她在我家住幾天，或更長一段時間！一個在禁錮中解放出來的女孩不就是一團猝燃的烈火嗎？我用最熱烈的語氣對她說：

「妳回家以前在我家裡住幾天，好嗎？我家裡的房子很大，父親母親都很好客。我的客人他們絕不會慢待。妳離隊的時候給我打一個電話，我開車去接你……」

「謝謝楊參謀！謝謝您的盛情！但是，不可能。明天就得上火車，軍區復轉辦公室已經替我們辦好了所有的手續，為每一個復員女兵買好了車票、船票。而且有專人把我們送到家……」

「為什麼會這樣處理?戰士復員應該放幾天假，買買東西，在這個城市服了三年兵役，總要讓你們看看這個城市是什麼樣吧?」

「你不知道?」

「不知道。」

「真的不知道?」

「真的不知道。」

「這是長途電話連的優良傳統，長途電話連所以是全軍區的紅旗單位，就是因為我們連創造的四個負責，所謂四個負責就是:對國家負責、對軍隊負責、對戰士家屬負責、對戰士本人負責。」

「妳不會提意見?請求?」

「個人的意見、請求和領導的榮譽、領導的好名聲比起來，算什麼呢?領導的榮譽和好名聲關係著他們的升遷。那是絕對不能讓步的，您應該知道，您的家庭是個高幹家庭……」

我那時對著這個沒見過面的女孩，真誠地為高幹家庭感到特別羞愧，我為她感到不公平，她比我深沉，比我明白事理，比我純潔，也比我聰明。我想見到她的願望更加迫切了!

「妳能不能告訴我?妳的名字，什麼地方的人，是乘車?還是坐船?告訴我……」

「我現在所能告訴您的還是那個號碼：87號。對不起！我就要交班了……」

「別！妳的名字？」

「對不起！楊參謀！換班的來了！您要的電話她會為您接轉……」電話斷了。她是那樣果斷地把她和我相聯繫著的、唯一的這根線掛斷了。我再要的時候，接電話的已經是另一個女兵的聲音了。

「我是一號臺，哪位首長？您要哪兒？」

「我……」我不知道說什麼好。「不要哪兒！」我使勁兒掛斷了電話，極度失望的我像是掉了魂似地呆坐了一夜。

第二天一早，我把車停在一個街角上，從那裡可以看到長途電話連的小門。八點半，一輛麵包車開來，長途電話連的小門呀地一聲打開了。八個已經摘了領章帽徽的女兵，背著背包，提著網袋魚貫走出來。一個接著一個地向連長指導員敬禮告別，其中有兩個像是在抹眼淚。沒有戰友們的歡送，沒有多餘的話，她們冷冷清清地鑽進麵包車。當麵包車發動的時候，我也發動了汽車。我緊緊地跟著麵包車，一直跟到火車站。我停好車，立即衝進貴賓室，那裡的女服務員都認識我，我向她們打了一個招呼，就穿堂而過了。我很快就看見了那八個復員女兵走進三號月臺，我直奔三號月臺。她們還排著隊，我假裝著和她們的見面很意外。

「還認識嗎？我們見過面吧？我在你們連吃過餃子，忘了？不會這麼健忘吧？真巧！我來車站接人，沒想到碰上你們。光榮的復員戰士！正好給大家送行！」

女兵們一看是我，有幾個很不好意思，因為她們的眼睛已經哭紅了，立即轉過身去。有幾個喜出望外，一臉幸運的驚奇。我向她們伸出手來和她們一一握手，我捏著每一個人的小手不想馬上丟開。一方面是想認出87號，另一方面是我有一個奇妙的感覺：她們已經有很久沒接觸過男性的手了，而且一會兒就隨列車遠去，她們是我生命途中再難相見的一些相識者。我從她們每一個人的眼睛裡得不到任何暗示。我有意和她們每一個人都交談幾句，我想從她們的語氣、聲調、音色和表達情感的微妙方式裡，找到87號。但都不對。那個護送她們返鄉的小軍官，從始至終都寸步不離地監視著我，我能感覺得到，我們的對話他一字不漏地記在他那小腦袋瓜裡了。不用問，他是政治處的一位小幹事。有一個自我感覺特別好的女兵，反過來拉住我的手講個不停：

「我就不會哭，當兵離家的時候哭過。那時候我是老百姓，中學生，哭器啼啼沒人覺得奇怪。現在，我是一個服役三年的老戰士了！目標！正前方！衝啊！能哭得出來嗎？兵，不管是男兵？還是女兵？都是大丈夫！大丈夫有淚不輕彈！就是將來出嫁那天，我也不會哭！

走就走，立正！向右看齊！向前看！目標——傻女婿，衝啊！」她一說到傻女婿，有三個女兵破涕笑了。看著我羞得滿面緋紅，直往別人背後躲。我當然明白，她們都在值夜班的時候聽我講過葷笑話。當我確認在這八個女兵中沒有87號的時候，我立即向她們敬了一個禮，大聲對她們說：

「對不起！我得走了！希望大家回鄉以後，保持軍隊的優良作風。一路順風！再見！」我一轉身就衝出了車站。跳上汽車就向長途電話連的駐地飛馳，在快要到的時候，迎面碰見那輛麵包車，麵包車裡坐著十幾個復員女兵。我立即就地轉了一個180度的大轉彎。差一點兒撞上一輛警車，警車上的警察向我叫著：

「停！停！停！……」

你停吧！我才不能停呢！麵包車這一回開得特快，我又一連遇上了三次紅燈。和麵包車的距離拉得越來越遠。好在我從路線上看出它的目的地是輪船碼頭。好不容易追到客運碼頭，復員女兵已經全都上了船。我剛好被攔在閘口。我掏出我的軍官證朝檢票員臉上劈過去，隨即跳過閘口，衝上躉船。輪船剛剛離岸，正在慢慢掉轉船頭……我看見十幾個復員女兵正扶著欄杆，向岸上依依不捨地凝望著。我極力想在她們中間認出她，找到她，這時候，她應該會告訴我她的名字叫什麼了吧？也許會告訴我她的家鄉在哪裡。她最想對我說的一句話是什麼呢?……我不停地揮手,希望她能看出我的誠意,向我喊出幾個最關鍵的字。但是,她們都是一樣的短髮,一樣的悵惘的情緒。而且最要命的是她們和我越來越遠,越來越模糊。我盡量往前移動,突然,一隻手抓住我的胳膊:

「你還要不要命了?」這時我才發現我的腳已經有半隻踏在空處了,真懸!我只好倒退了半步。這時,她們的身子已經只有火柴棒兒那麼小了,有一個姑娘像是剛剛醒悟過來似的,大喊了一聲:

「楊參謀!——」雖然是很遠的一聲喊,那語氣,那聲調,那音色……是她!是她!但已經看不見是從哪個小人兒的嘴裡喊出來的了。我幾乎哭了出來。人啊,人的膽量為什麼這麼小呢?不僅妳,我也是個膽小鬼!事後,我曾捫心自問:哪個女孩是我愛得最長的一個?我的回答是:87號。哪個女孩最完美?我的回答是:87號。也許正因為她抽象到僅僅是一個號碼,才會如此長久,才會如此美好吧!

在人生的路上,曾是天塹的許多條條框框,過了若干時日,再回頭去看,原來全都是蛛絲,人們竟然會被蛛絲編織的網永遠阻擋在幸福、甚至生命之外。

21 曉霞

我按響了1810號房間的門鈴。沒聽見聲音，我又按了一下，這才聽見美珍姐的尖叫：

「妳他媽的沒手嗎？告訴你沒鎖沒鎖，你還按什麼鈴呀！進——來！」我連忙推門進去，首先賠不是：

「美珍姐！對不起！一開始我沒聽見美珍姐的聲音，我敢貿然進來嗎？萬一……」

「別萬一了，妳看看，我的心上人就在我懷裡，我不怕，你怕什麼？」我這才看見她緊緊地抱著剛才還躲在她身後的黎丹。「這叫同性戀，當今世界上頂時髦的玩意兒，我們也要爭取光明正大的權利！」

我撇撇嘴笑了：

「丹丹也在這兒！美珍姐！妳呀妳！同性戀？我可是太清楚了，同性斷還差不多！同性戀！在沒有男人的時候，偶爾跟女人說說閑話還可以，女人對妳有什麼用？別說女人，就是不怎麼過硬的男人對妳也沒用！」

美珍姐對丹丹說：

「丹丹！妳聽聽曉霞怎麼說話，妳要學著點兒！姐妹們說話，要直來直去，痛痛快快，別吞吞吐吐，扭扭捏捏。妳看看人家曉霞的樣子，從來都是笑咪咪的，有了再大的心思，她都是這樣。俗話說：笑一笑，少一少。笑，是永保青春的祕方。」說得丹丹倒在美珍姐懷裡咯兒咯兒地笑。「曉霞！夜貓子進宅，無事不來。說！什麼事兒？」她這麼一問，我倒覺得奇怪了。我指著窗外的河灘對她們說：

「你們沒看見？貴妃娘娘……」

美珍姐輕蔑地向窗外瞟了一眼。

「妳們一個個是怎麼回事呀？她就那麼重要？見不到她，要打聽她。不認識她，要高攀她。要是真的認識了她，又得巴結她。她尖叫一聲跑到河灘上，妳們竟然會嘰嘰咕咕沒個完，猜呀，問呀，議論呀！得！」她跳下床奔過去拉上窗簾，打開滿屋子的燈。「說咱們自己的事兒，別看她，別理她，別在乎她，直當沒這個人！行不行？曉霞！妳家裡來信了嗎？」

信就在我的手裡，她肯定在我一進門的時候就看見了。每次來了家信，我都要拿來給她看，請她幫我出點兒主意。我把信遞給她，說：

「信是我弟弟寫的，這封信說的才比較詳細些……」

她從信封裡抽出信來：

「這封信可真不短，我能念念嗎？讓丹丹也聽聽？」

「念吧，」我長長地嘆了一口氣。「唉——！」

「妳怎麼也嘆起氣來了呢？這會兒可是醜了！曉霞！」

她故意大聲威脅我，我又笑了。

「念了！……親愛的姐姐！咱爹把咱娘餵了三個月的小豬又賣了，還賣了貼著後牆站著的五棵槐樹。妳放在家裡那件沒上過身的新裙子（尼龍的）也賣了。能賣的都賣了。為了買鍬，買扁擔，買柳條筐，買炸藥、雷管、燈油……咱奶求咱爹別再挖了，咱爹說：『娘！你是咱娘，不錯！妳不還是個女人嗎？女人有啥見識呀？』咱娘求咱爹別再挖了，咱爹說：『妳懂個蛋！』我也求過，咱爹罵我：『滾！兒子管老子，老天要炸雷了！』村幹部勸咱爹：『別挖了，我們請了技術人員勘探過，地底下啥都沒有。』咱爹說：『我知道，沒有是假，你們想挖是真。』洞子挖了兩年多，有一百多米深了。鄉裡的幹部下死命令：封洞子！咱爹說：『你們封吧，俺在洞裡不出來。封吧！』村幹部怕鬧出個人命來，就收回成命了。咱奶一氣就病了，臥床不起，咱爹連看一眼也沒功夫。咱奶去世已經兩個月了，臨死前七天七夜水米不沾牙，沒錢治病抓藥，死在床上，咱爹都沒從洞子裡爬出來看咱奶一眼。咱娘到洞子裡跟咱爹鬧，抱著他的腿往洞外拖，咱爹把咱娘打了一頓，咱娘一氣就跑了。俺給咱爹送飯的時候告訴咱爹：『娘走了！爹！』咱爹連話也不說，往手心裡吐了一口唾沫，只管挖他的土。俺向咱爹大吼了一聲：『娘不回來了！』他又往手心裡吐了一口唾沫，頭也不回，又挖。俺說：『爹！你身邊就剩下俺了，俺是退了學回來的，俺不回來，就沒人給你送飯送水了，爹！俺姐流落在異地他鄉，好壞你不知，死活你不管。咱家就像入了冬的枯草，花也敗了，葉也落了，眼看就要叫你連根都挖掉了！爹呀！現如今就靠俺姐正月裡寄來的那筆錢買糧米、買煤、買油鹽了，爹！俺也想一走了之，狠狠心像俺姐那樣，像俺娘那樣，像俺奶那樣也行呀！離開你不管你。可你兒不忍心，奶奶、娘、姐都能狠得下心，你兒狠不下，狠不下呀！爹！你聽兒一句話吧！兒給你跪下了，給你磕頭，爹呀！沒有黃金，沒有！咱命裡只有黃土！只有祖祖輩輩靠它長幾顆莊稼的黃土啊！爹！那些命裡該有黃金的人，不用挖，金元寶會自己往他們家裡滾！』咱爹這才放下鋤，轉過臉來。油燈影兒裡的那張臉全都黑完了！只有一雙眼睛是紅的。咱爹抱住俺的脖子，讓俺坐在黃土地上，他笑了，笑得好難看啊！姐！你要是看見他那副樣子，你會哭的！……」美珍姐念到這兒，我的臉再也繃不住了，眼淚就像雨點兒似的灑了滿臉。我用手死命地捂住嘴，哭聲還是從指頭縫裡噴出來了！美珍姐用兩個指頭向上戳著兩個嘴角，我明白她是在警告我：要嘴角朝上，笑！我立即咧著嘴笑了，笑得那樣吃力，笑得那樣彆扭，笑得那樣和笑不沾邊兒。本來我的笑都不是因為想笑才笑的。是為了美，不，還說不上美不美，其實是為了不醜。醜對於我並不是美的反面，是活的反面。我突然從鏡子裡看到我那副哭笑不得、死活不能、難看又難受的樣子，心都冷了！我還是強打精神背離鏡子，面對著她們，聽美珍姐念下去：「咱爹的手像銼刀一樣，咯得俺的脖子疼。咱爹這回沒有發脾氣，還挺和氣，咱爹說：『兒呀！你奶、你娘、你姐都不懂天意，沒福份。只有你爹有福份。老天給我托夢，告訴我，這座山裡是一片火，火下面是一條金水河。到時候，多預備些砂罐，只管舀，舀到砂罐裡冷了就是金子。下一步，咱們爺兒倆兒就得在咱們那孔窯洞的炕底下挖地窖，挖地窖，存黃金。偷偷地挖，夜裡挖。誰也別想知道！咱們爺兒倆就睡在咱們的金窖上，日日夜夜守著咱們的黃金。到了那個時候，你就明白當富人的滋味了。俺早就想好了，富了，也不能露富，露富要招搶犯，要招竊賊。以往咱們吃啥，以後咱們還吃啥。以往咱們穿啥，以後咱們還穿啥。你就是娶了親，也不能哪怕給她看見一顆金砂子！兒呀！你是個有福之人呀！』爹說得高興了，大叫一聲：『抽！今兒多抽一根兒煙卷兒！兒呀！抗戰時候，咱們這兒就鬧開紅軍了，那時候唱的歌是……』說著咱爹就唱開了：『陝北出了個劉志丹，劉志丹是清官，他領導咱們上呀嘛上橫山，鬧呀嘛鬧共產……你看，俺還記得。咱們這個村窮，只有一個地主，這家地主逢年過節才到集上割四兩肉。共了產，分到咱們嘴裡的還不夠塞牙縫。再說，好人不長命，劉志丹死的好年輕啊！後來咱們改唱毛澤東了：東方紅，太陽升，中國出了個毛澤東。他為人民謀幸福，呼兒海喲！他是人民的大救星……毛澤東當然是大救星，把咱們從反動政府和地主老財的壓迫下救了出來，救了出來就要吃糧食。毛主席號召咱們大生產，大生產，好！人人都肯大生產，就是黃土地不肯大生產。人口越來越多，還是吃不飽、穿不暖。咱們這兒出產煤炭，一公斤才兩分錢，就兩分錢，沒有一戶人家能買得起！靠山吃山，山上沒草，窮得露著鳥！唉！前些年，有個作家寫過一本書，叫《金光大道》，他硬是說集體化是一條金光大道，那是啥金光大道哇！是精光大道！』爹這回說的話最多，腦筋也挺清楚，不像是一個犯了啥毛病的人。要說有毛病，咱爹生的是窮病。提到窮，他就犯糊塗了。咱爹說：『老天爺憐見咱們，今天給咱們指的才確確實實是一條金光大道，咱不走，能對得起老天爺的一片好心嗎？』俺真想對咱爹說：『這不是老天爺的恩典，這是老天爺給咱們家降下的災難！』俺沒敢說。他這一輩子任甚都沒落著，就剩下這點兒想頭了。人人都知道這是空想，惟獨他不知道。硬要讓他知道，他還能活嗎？不知道。他還在一個勁兒地往深裡挖，再也沒有對俺說啥話了。俺也問過咱爹：『你想曉霞姐姐不？』他說：『沒功夫想！』姐！妳千萬別怪咱爹，千萬別……姐！妳隻身在外，要多多保重！好姐！妳到底在做甚營生？下次來信告訴我……弟。」我一直都憋住沒有再哭過。最後，美珍姐讀到「好姐！妳到底在做甚營生」的時候，我的眼淚像止不住的小河一樣往外淌……

我不住地擦也擦不乾。這回不是美珍姐在提醒我，倒是丹丹在提醒我。美珍姐向她搖搖手說：

「讓她哭一場吧！不哭她會憋死的！」

這句話突然打開了我悲傷的閘門，我撲到美珍姐的懷裡，號啕大哭起來。她緊緊地抱著我，小聲對我說：

「曉霞！你美極了！哭的時候也很美……」

22

楊曉軍

莉莉推走了已經成為廢物的一堆時裝，那曾經是戴茜的一百次驚喜，也是我的一百次賞心悅目。在戴茜走出這個房門那時起，我就決心把她從我的心目中一筆勾銷了。此時，我最難回答的問題是：當初我為什麼會對她一見鍾情？我重新點著一支煙，走到窗前。無意間看見樓下左前方有一個女人，一動也不動的佇立在河灘上，我定睛再一看，她正是戴茜。我對於她從我身邊走開以後的故事已經毫無興趣了，連想也不願意想。她要去哪兒？是死？是活？和我無關。我正要轉身離開窗戶的時候，忽然看見右前方有一個男人，一動不動地佇立在海灘上。很遠，看不清。那男人似乎在注視著戴茜，戴茜雖然低著頭沒看他，我卻覺得她能感覺到那人的目光。如果從我這個點向這兩個人畫出兩條線，再在他們之間畫一條線，就成了一個不等邊三角形。銳角在海灘上那個男人的腳下，最鈍的一隻角在我這裡。我忽然想知道那個男人是誰？急忙從抽屜裡找出一架沒有清除掉的望遠鏡，這隻望遠鏡是我和戴茜在歐洲爬阿爾卑斯山的時候買的，戴茜最喜歡登高望遠，我則喜歡她在高處大聲驚叫。我調好了焦距，那男人的臉部特寫被拉在我的眼前。這人好像有點兒面熟……啊！對了，他不就是在我第一次發現戴茜的時候，牽著戴茜的那個青年男子嗎？一個工地建築工程師。我從這個人聯想到我和戴茜第一次作愛的情景，使我非常驚奇的是：那樣幼小的戴茜竟不是處女，她極為主動、投入、而且貪婪。我問過她，她笑嘻嘻地對我說：是鹹糖教我的。鹹糖？鹹糖！鹹糖是誰？她才告訴我，鹹糖本來的名字叫唐賢，鹹糖是戴茜給他起的一個專用綽號。我原以為聽到她的回答會突然感到索然無味，誰知道恰恰相反，我的欲火反而肆無忌憚地熾燃起來。重新抱住她，瘋狂地向她衝擊。她也瘋狂地用忘情的呼喊回應著我。但從此我記住了這個人的兩個名字，和一份隱隱的敵意。就是那塊鹹糖！他怎麼會還在瓊雅？一個反對現代建築而又攻讀現代建築學的工程師，在建築行業中工作最繁重、工資最微薄。我曾經不止一次在高級企業家俱樂部聽說過這個可笑的怪人，大多數人把他當做笑料……

三年前PRIMULA大酒店落成試營業的時候，我先期把一輛特長ROLLS ROYCE轎車從漢堡海運到瓊雅。恰好在我下飛機前辦完一切海關、交通、稅務等等繁雜手續。我當然知道，在中國衙門多，官員也就自然很多，一個經管官員就是一個難以逾越的關卡。但在金錢這把萬能鑰匙面前，那些關卡全都敞開了。當我乘坐著ROLLS ROYCE轎車從機場駛往酒店的路上，我都覺得這是一場夢幻。在中國，金錢的重放異彩，使許多曾經被迫成為清教徒的中國人耳暈目眩，甚至癲狂失態，好戲連臺。以丑角為主的悲喜劇的成就最大。我和戴茜這齣戲算是什麼戲呢？我很難給它下個定義。姑且把它稱作羅曼蒂克愛情戲吧！如果我不是愛情戲的男主角，誰也不相信歐洲灰姑娘的故事會發生在中國。即使這部戲已經落幕了。我自己都懷疑它是否發生過，也許就是一場七補八綴的夢。當酒店的門童拉開我的車門的時候，我在跨下也許是全中國大陸第一豪華房車之前，躊躇滿志地從鏡子裡看看自己。當時我穿的是那一時期我最喜歡的英國名牌G&H黑色西裝。我覺得給我的職工們的第一印象特別重要。我要讓他們看到一個高貴、威嚴而又有點兒英武之氣的董事長，這只有好處。G&H在上個世紀是個做軍裝生意的廠家，也許我出生在軍人的家庭中，潛移默化地養成了一種審美情趣，不自覺地以軍人風度為男性美。酒店總經理、副總經理們和一些部門經理都在門前迎候我。我注意到莉莉在那些經理們的身後，墊著腳尖在別人的肩膀上看我，看樣子她是經過了刻意修飾得好像沒有任何修飾的樣子。我承認這一眼我就動心了。就在我的右腳跨下房車的那一瞬間，從玻璃門的反射中看到了一個小女孩！就是她，使我在此後的幾年時間裡，神魂顛倒，不可自已。她穿的是一件極短的破汗衫，像是西方摩登少女的乞丐裝，露著肚臍。下身是一條中國式的平腳短褲，赤著腳，十個分得很開的腳趾。披肩長髮上還沾著沙子。論這身衣服，她比灰姑娘還要苦寒十倍；但她的出現使我自慚形穢。她那幾乎一大半裸露著的軀體，由於青春煥發而顯得無可比擬的華貴。在一個矯揉造作的世界裡還有這樣一位天使！她一定是唯一的一位！她的臉正仰望著大廳裡星羅棋布的頂燈，她輕輕地擺了一下頭，我立即想到應該給她戴上一頂珍珠王冠。她的乳房不大，沒有胸罩，自自然然地挺立著。她朝身後一個年輕人眨了一下眼睛，一對星星的熄滅——復明，也不過如此誘人吧！那年輕人穿著一套皺皺巴巴的灰西裝，大概是一位鄉下裁縫的傑作。沒打領帶的襯衣領子已經黑了。那年輕人一直向女孩使眼色，拉她趕快離開這兒。她的回答是撒嬌地扭了一下肩膀，逕直走向大門。但門童攔住了她，不許她進門。她像一條魚似的，從兩個門童中間滑進了大堂。一個門童正要去追她，我擺擺手制止了他。她立即發現我是這裡的無尚權威，側過身來對我嫣然一笑。用哄小孩兒的口氣對我說：

「讓我看看，看看就走，啊？」

「好哇！要我給你帶路嗎？」

「好哇！」她學著我的口氣。同時像一位公主一樣把手伸給我，我牽著她的手，在我屬下員工們一百多雙詫異的目光下，穿過大堂。看樣子，如果我挽著一頭長臂猿都不如牽著她更讓人吃驚。唯獨莉莉鎮靜地站在離我很遠的地方，向我恭恭敬敬地頷首微笑，只有我能看出她笑得有些苦澀。只是一瞬間，一顆更亮的星在我眼前升起，立即使莉莉變得暗淡無光。我自己都不懂，這是為什麼？莉莉的敏銳苦了她自己。真抱歉！我告訴皮特(PETER)總經理，高級職員的見面會暫時不開了，現在只需要他一個人陪同我們參觀落成後的酒店。所謂我們，就是我和這個還沒向我通名道姓的灰姑娘。皮特是個上了年紀的英國人，他皺了一下眉頭，就裝著很高興的樣子遵命走在我們的左前側。首先到地下室參觀了龐大的健身房，這時她已經告訴了我，她的名字叫蓮蓮。蓮花的蓮，是爺爺給她取的。她有一個很和睦的家，家中只有三個人，一個是她自己，一個是她的爺爺，一個是卷毛小黑狗刺猬。她把狗也當一個人，可見那條狗和她的親密關係。蓮蓮對每一種器械都感興趣，都要試一試。可憐的老皮特不得不一一為她示範，再由她自己做。參觀完了健身房，皮特就滿身大汗了。接著又是保齡球場，這項遊戲使得蓮蓮大為開心。她是一個天生的投擲手，命中率高達百分之九十五。後來我才知道，她在河灘上，為了趕鴨子，投擲過成千上萬顆石子。整個球場全都是她的笑聲和滾球聲。皮特很禮貌地問我：

「董事長！您剛下飛機，不累嗎？」

「NO！」我只能給他這麼一個最簡短的回答。

擲了幾十個球以後，她才捨得離開，又轉向迪斯科舞廳。當旋轉燈光打開的時候，她咯咯笑著去捕捉那些雪花般的光斑。等到音樂聲轟地一聲響起來，嚇得她尖叫著撲到我的懷裡，索索發抖。她可能從來也沒有聽見過這樣響亮、這樣怪誕的音樂。我拍拍她的背，她有些羞怯地仰望著我：

「我還以為是老天打雷哩！」

可憐的老皮特為了示範給她看，扭著肥胖的屁股，氣喘噓噓地滿場子旋轉。蓮蓮幾乎在第四小節就會跳了。她那小母鹿似的身子無師自通地扭得花樣百出，使得老皮特大為驚奇。後來，又參觀了商場、酒吧、七個中餐廳——其中分川、粵、京、魯、潮、湘、晉七個菜系。西餐廳、韓國燒烤廳、日本餐廳、泰國餐廳、越南餐廳……她對那些奇奇怪怪的廚具和玻璃器皿特別感興趣。最後參觀各種客房，有標準間、套房、豪華套房、總統套房……在參觀的過程中，她越來越沉靜。當她剛剛走進總統套房的時候，她像是很冷似的，緊緊地抓住我的胳膊。只小聲說了一句話：

「這樣好的房子給誰住呀！」

「給你，給你好嗎？」

「給我？」她搖搖頭，不信任地看著我。「真的？」

「真的！」我十分肯定地告訴她：「真正的！」

23

小娟

我走到1810房間門前的時候，發現房裡有哭聲。我敲了一下門就進去了，一進門就覺得奇怪。明明是個大好的晴天，卻把老天爺免費供應的陽光用窗簾擋住。屋裡開著燈，丹丹和曉霞都在，一天到晚笑呵呵的曉霞在放聲大哭。

「你們是不是在開黑會？怎麼把人都開哭了？」

美珍姐沒回答我，忽然唱起鳳陽花鼓來了：

「說鳳陽，道鳳陽，鳳陽本是個好地方。自從出了個朱皇帝，十年倒有九年荒。咚咚咚嗆，咚咚咚嗆，咚咚咚嗆咚嗆又嗆……」美珍姐對著我說：「鳳陽姑娘！你們鳳陽人雖然窮，可是窮得聰明，能悟到出了皇帝就要遭災。好了，曉霞！可以停止了，鳳陽姑娘來了！說點叫人高興的。小娟！給她們講講，怎麼才能把繩子穿進牛鼻子裡去的？」

丹丹的嘴一撇，飄了我一眼：

「往牛鼻子裡穿繩子有啥稀奇！哪個戳牛屁股的種田人不會穿牛繩？還拿來當古講？」

美珍姐朝我擠了擠眼睛。

「丹丹以為妳要講的是四個蹄子的牛。」她轉向丹丹：「不對，丹丹！小娟講的是兩條腿的牛！」

「兩條腿的牛?!」丹丹當起真來。

「怎麼？你不信？不要說牛，兩條腿的狗，兩條腿的狼……都有！」

「沒見過。」丹丹還沒轉過彎兒來，還要問：「兩條腿的牛，有沒有角？」

「沒有。」美珍姐一本正經地說：「除了沒有角，什麼都有，還有牛鞭！」說到這兒，曉霞破涕笑了，我也笑，美珍姐也笑。我們一起大笑。笑得丹丹丈二金剛——摸不著頭腦。

「丹丹！傻妹子！」美珍姐笑夠了以後才對丹丹說：「你聽小娟講，一聽就明白了！」

「小娟講的是不是兩條腿的牛呀？」

丹丹又把我們引得一陣大笑。

「笑哪樣？」丹丹還是沒明白，她說的「哪樣」是雲南話的什麼。

俗話說：三個女人一臺戲，我們現在已經四個人了，隨便說什麼都會出彩。

「你聽嘛！」美珍姐大吼了一聲，我們才靜下來。

「美珍姐要我說的是兩年前的事，那時候，我們幾個從鳳陽出來的小姐妹，到餐館裡去賣勞力洗碗、刷盤子都沒人要，老板卡我們的脖子，工商管理所和老板合穿一條連襠褲。他們不讓我們活命，不發工錢，還要趕我們滾蛋。我們啥都不會，只會開會，三個臭皮匠，頂個諸葛亮。姐妹幾個召開了一個緊急會議，分析了當前形勢，認清了我們的任務，作出了一個重要的決定：主攻方向——工商管理所。我們還進行了分工。大家一聽，要我主攻所長。所長是個三十幾歲的大胖子，油水太足，禿頭。我最膩味的就是胖子，可這又不是挑女婿！可以，所長就所長！此人我跟他打過交道，他見到我們這些外地來的散工就叫『盲流』，板著臉，口口聲聲政策、原則、上級規定、領導指示、社會主義國家利益……。你一走近他，他的牛眼睛就瞪得像兩隻銅鈴。餐館老板賴帳不給工錢，他不支持我們，反倒偏向老板。吃了人家的嘴軟，拿了人家的手軟。他們都是又吃又拿的能手！他向我們要健康證，拿不出就罰款。狗日的！這口氣不出事小；我們出門在外，活命要緊。那天晚上，工商管理所的人都下了班，只有所長沒出來。我溜進他們的小院，在窗外看見他正在和一個小老板在談私房話。談完，小老板告辭，一轉身，用背在身後的手往桌上丟了一個小紙包，小紙包只有一條洗衣肥皂那麼大。所長把那個小紙包塞進自己的公文包，動作非常俐落，看得出，他至少幹過百把回。當他正要出門的時候，我進來了。他一看見我就火冒三丈：『出去！出去！出去！下班了！下班時間不處理公務。』事不宜遲！我立馬飛了他一個媚眼兒，驚得他一愣。這叫爭取戰爭主動權。狗日的！我叫你跑！『有什麼事呀！』他說話一貫拿腔拿調。『所長！你不是要驗我們的健康證嗎？』『不錯！這是為了對消費者的健康負責嘛！』『哎喲！我的所長啊！我們這些外鄉人，人生地不熟。到哪兒去辦健康證呀！』我的一隻手已經搭上了他的肩膀。『在衛生局。』『哎喲！所長！衛生局在哪條街？哪條巷？坐哪？朝哪？我們兩眼一抹黑呀！所長！再說，辦個健康證要花錢檢查身體，我們哪兒有錢去付費呢？不付費哪個醫院的門都不讓進。』『這些事不歸我管呀！小妹子！鐵路警察，各管各一段！』他提起皮包裝著想走的樣子。我一把就抓住了他的手腕子，再飛了他一個媚眼兒。先穩住他再說。『所長！我想請教您一個問題……』『問題？什麼問題呀！』『健康證，證明什麼？』那還要問嗎？『健康證就是證明你的身體健康狀況的！』『啊！這就好辦了，所長！你給我檢查檢查身體不是……也……可以嗎』『我？』他笑了。『我可不是個萬能人兒，檢查不了。』『所長！謙虛使人進步，你可別謙虛過度了！檢查身體不就是從頭摸到腳嘛！』我一邊說一邊把他的手往我胸口上按，捨不得孩子打不得狼！我一下把我小褂上的五顆扣子都扯掉了，你們都知道，我是最恨戴奶罩子的……』

美珍姐插了一句俏皮話：

「你一下子推出兩門鋼炮！」

「沒等我開炮，他自己就往炮口上撞了，差一點沒把我的奶奶頭兒咬下來。疼的我直流眼淚……」

美珍姐的妙語又來了：

「褲腰以下的事就不用你動手了，對不對？」

「可不是！狗日的！你們別以為我抓住了他的牛鞭，他就老實了？狗日的狡猾著呢！他的那玩意兒還插在你身上的時候，樣樣都答應。隔了一夜，他就翻臉不認賬了？當眾說他從來就不認識我。『我身為所長，清廉自守，像你們這種盲流！竟敢血口噴人！你想幹什麼？污我的清白，壞我的官聲！』我心裡想：好哇！我污你的清白，我壞你的官聲？我貼著他的耳朵對他使了一句悄悄話，他馬上就軟了。你們猜猜，我說了一句什麼話？」

丹丹說：

「你說的一定是：你要憑良心！」

我還沒來得及說不是，美珍姐開口了：

「要這種人憑良心？他的良心在哪兒？他的良心早就扔給狗吃了！」

曉霞說：

「我猜，你說的一定是：我去告你！」

「告？」我幾乎嚷嚷起來。「他才不怕你告呢！到哪兒去告？用什麼去告？告得起嘛？如今和古時候一個樣：衙門朝南開，有理無錢莫進來。你們都沒猜對。美珍姐！你能猜得出嗎？」

「我也猜不出，我只知道，要是我，到了這個節骨眼兒上就不說話了！預備一把刀子，瞅個機會，白刀子進，紅刀子出！」

「不，就是對狼，我也下不了手。我對他說的是……一句悄悄話：『所長！昨兒晚上我的小褲頭兒還留著沒洗哩！』緊接著我大聲說：『我一定按照所長的指示去醫院好好檢查檢查，聽說醫院一檢查就知道該不該給我發健康證了……』你們猜他怎麼說？他當然聽懂了我的話中話。他立刻變得一臉和藹：『太好了！要你辦個健康證，不是為了我，是為顧客著想嘛！我們從來都是全心全意為人民服務，絕不會故意刁難誰。你今天先去富豪酒家上班，就說是我讓你去的。你的健康證已經交給了我。』我也學會了得寸進尺。『所長！寫一張二指寬的條子，對你只是舉手之勞呀！』他馬上給我寫了一張條子。臨走的時候，我一再向他道謝，他親自把我送到大門口。對我說：『髒衣服要勤洗，不然餐館老板就不用妳了。』我對他說：『所長！衣服我會天天洗，您放心！只有一件……我要留個念心兒，永遠不會洗！』這一下才在牛鼻子裡穿上一根繩子。繩頭兒緊緊捏在我的手裡，就是不放！」

丹丹聽我說完，高興得拍巴掌：

「小娟！你怎麼那麼聰明呀？」

「用毛主席的觀點來看，這就是在戰爭中學習戰爭！從此以後我就開始大賺了！」

美珍姐反常地嘆了一口氣，使滿屋子興奮情緒一下就低落了。

「傻妹妹們！即使你得到的是一座金山，也不能算是大賺。我們賣的是什麼？是青春，是命，是我們足以稱得上尊嚴的東西……」

一句話說得大家都不響了，燈光也像是暗了許多……我這才知道美珍姐活得並不像她說的那麼瀟灑……這時候電話驀地響了起來，由於久久的寂靜，鈴聲顯得特別響。

24

蓮　蓮

對於很多人來說，從我被楊曉軍牽著手走進PRIMULA酒店那一刻起，我就成了一個夠人們永遠猜測的謎。很少有人看見過我，因為我的大部分時間在國外。差不多沒有人聽到過我一句完整的話，我有什麼吩咐，總是在電話上向他們說一兩個單詞，往往用英語。當然，我心裡也有很多話，不願說，也沒人說。我並不覺得除了我自己以外，別人能給我什麼有益的建議。不可能，絕對不可能。自己既是鎖，又是自己這把鎖的鑰匙；自己要是打不開，那就永遠打不開了。回想起來，多麼可笑。當我第一次仰望PRIMULA HOTEL大門的時候，我以為那是天堂之門。很長一段時間我都慶幸我和他的巧遇，僅僅那一天就是一個奇蹟。至於後來，對於任何一個人都是一場夢。他牽著我走進了一座金碧輝煌的宮殿，宮殿裡應有盡有，而我好像立即就成了宮殿的主人。參觀以後，在一間叫做「燭光精舍」的餐廳舉行盛大的宴會。四壁點燃著一百支燭光，餐桌上杯盞的縫隙間都鋪滿了鮮花。這個宴會與其說是酒店為他們集團老板舉行的，不如說是楊曉軍為我舉行的。我被安排在他和皮特中間，至今我都為那件極短的小汗衫和髒兮兮的短褲感到臉紅。那時候我——包括他都不覺得有什麼不合適。——這也許就是我所以在以後的日子裡，對他有一種感恩情緒的原因。他和他的中外高級職員都穿著筆挺的西裝或晚禮服，每個人都好像脖子裡撐著一根木棍，一動也不敢動。沒有一個紳士淑女向我敬酒，實際上是他們不知道應不應該向我敬酒。不管誰向他敬酒，他都會用杯子先碰碰我的杯子。紳士淑女們甚至不敢正視我，今天看來，他們一定是怕噴笑出來，對老板大不敬。應該說，楊曉軍對我的確是一見鍾情，使得他旁若無人。當然，也因為他財大氣粗。我後來才知道，他對待任何事都非常勇敢，如果他生長在理想主義的革命戰爭年代，他絕對能夠全身捆綁著炸彈進入敵軍指揮部；這大概是他父親的遺傳基因的作用。他當然能感覺到他的部下們的尷尬樣子，為了我，他特別站起來舉杯提議：

「為最美麗、最純潔的蓮蓮，為大海的女兒乾杯！」

女士們、先生們只好站起來，但並不把杯子伸向我。有人默默地向我瞟一眼，而大部分人的目光都越過我的頭頂，看著壁上的燭光。我很快活，乾杯就乾杯，我喝了很多。當時我並不知道那是REMY MARTIN XO，我只覺得很好喝。楊曉軍不停地讓服務小姐給我夾菜，每上一道菜，首先分給我。我用手抓著雞腿使勁兒地啃，醬汁兒抹了滿臉，我就撩起小汗衫來擦。驚得皮特手中包銀的象牙筷子滑落到碟子上，發出一聲清脆的叮噹，使得他汗流滿面地連連道歉。楊曉軍沒理會他，連忙把餐巾遞給我。我看看他，他的臉上沒有一點兒責備和難為情的意思，好像很欣賞我的樣子。喝湯的時候，我學著我們家小刺猬的樣子，用舌頭大聲地舔並彈撥著，特別發出很大的響聲來。我發現除楊曉軍以外，所有人的嘴都可以丟進一顆大鴨蛋。只有楊曉軍笑瞇瞇地問我：

「好喝嗎？蓮蓮！」

「這粉條湯太好喝了！」那時候我並不知道我喝的是一百多塊錢一盅的魚翅羹。楊曉軍一聽我說好喝，就把自己的一盅原封不動地推給了我。最後上的甜食是巧克力冰淇淋，這是我第一次吃這麼涷、這麼香的甜食，又是一個雙份。我吃得很高興，高興得尖叫起來，使得楊曉軍的部下們不知所措，好幾個人都用餐巾捂住了臉。大概是怕驚叫起來。甜食以後是咖啡或茶，我選了咖啡，因為我沒有喝過咖啡，也不知道咖啡是什麼。楊曉軍問我：

「你吃飽了嗎？」

我把他的手拉過來按在我的肚子上，讓他摸一摸我的肚子吃得有多麼圓。他微笑了一下，很快就把手抽了回去。這個桌子底下的情節幸好誰也沒看見，否則，他們的嘴一定會張得連鵝蛋都能吞進去。飯後，他取消了所有的會見。理由是累了，要休息。但他一點兒也不累。

他牽著我走進總統套房，問我：

「別走了，好嗎？就住在這兒？」

「我住那一間？」

「隨妳挑。」

我拉著他的手走進總統夫人套房，告訴他：

「我住這間最大的！」

「好的！」看樣子他比我還要高興。「你滿意這間就住這間，我會讓人給你拿衣服來，洗澡以後好換。」

「我不要換，我有衣服。」

「你的衣服髒了，應該換了。」

「髒了，髒了不怕，明兒跳進河裡噗嗵噗嗵就乾淨了呀！」

「我覺得還是交給洗衣房去洗好，比你下河洗乾淨得多。好嗎？蓮蓮？」

「我怕乾不了……」

「明天早上絕不耽誤你穿。」

「好呀！」我說著就要脫衣服。他連忙說：

「別著急，等等。」他從掛衣櫥裡拿出一件雪白的絲綢浴衣遞給我。「這是浴衣，等我出去以後，妳放水洗澡，洗完澡用毛巾擦乾身子，先披上浴衣。如果想睡覺，換上睡衣。」說著他又把睡衣給我拿了出來。

「呃！」我心裡想：這麼麻煩。

他向我擠了擠眼睛就帶上門走了。我走進了浴室，兩下就把衣服全都脫光了。跳進很大很大的浴池，可我忘了問他怎麼放水。我只好東摸西摸，亂按亂扭。忽然嘩地一聲，四面八方一齊朝我噴出十幾股很熱的水來。我嚇得大喊大叫地跳出浴池，等我去拉門的時候，怎麼也拉不開。我拼命用手捶門，用腳踢門。喊得嗓子都喊啞了，門才開。穿著浴衣的楊曉軍走了進來，他上下打量著我，我不知道他是驚？是喜？是呆？是痴？他問我；

「怎麼了？」

我當時並不覺得當著男人光著身子有什麼不妥當，我牽著他走進浴室。他一看就笑了：

「啊！」他立即幫我把水調整得徐緩些，水溫調整得溫和些。「好了，這是旋轉流，躺在裡面它會自動給妳按摩。跳進去吧！」

我看看水，看看他，跳起來一把摟著他的脖子對他說：

「我還是怕，你也下來……」

他好像很為難，停了一會兒才說：

「好吧！」他脫了浴衣抱著我跳進浴池。

我們並排躺在旋轉著的水流之中，我又高興了，問他：

「我想叫你，應該叫你什麼呢？董事長？老板？先生？……」

「不！我的名字叫楊曉軍……」

「那……我就叫你楊叔叔……？」

「不！」

「楊大哥？」

「不！就叫我曉軍哥吧！」

「曉軍哥？」我懷疑地看看他，像？還是不像？總覺得有點兒滑稽。再想想，光著身子的他，好像怎麼稱呼都可以。「曉軍……哥！能讓它流得快些嗎？有你在，我不怕。」

「可以。」他馬上把水流調到最快，我狂喜地在浴池裡隨波逐流。他在水裡加了浴液，抓住我，幫我擦洗身子。後來又連著換了兩次清水，等我在水裡玩夠了，他才把我抱起來，用毛巾擦乾我身上的水。他擦著，擦著，漸漸傻了，呼吸聲越來越大，手也在顫抖。他把我抱到皇后寶座般的床上，突然親了一下我那紅櫻桃似的乳頭。癢癢的，這時候我才知道好羞，長長地「嗯」了一聲。我翻了一個身，把臉埋藏在柔軟的枕頭裡，他又在我圓圓的小屁股上輕輕地咬了一口。我扭了一下身子「啊」了一聲，我以為他接著會把我翻轉過來……我等著，等著，等了好久。他並沒有再動一動我，後來連聲息也沒有了。我突然翻過身來，他已經不見了。說真的，我有點失望。不知道為什麼，我和他雖然第一次見面，他對我有一種沒有經受過的吸引。他遷就我，體貼我，寵我，使我很容易和他親近。我很自然把他和鹹糖相比，我當時還不懂得比較他們的財富，財富對於我還非常陌生，還非常不具體。更不知道財富是一個男人自信、瀟灑、慷慨、寬容和勇敢的基礎。所以鹹糖的形象相形之下，立即在我心目中顯得十分小氣和卑微。而他在情感上對我的專一和執著，又被我當做專橫和自私。他總是不願我離開他一步，特別阻止我對近來在我們家鄉發生的變化產生興趣，更不願我和除他以外的人接觸。好像一切陌生的迅速變化著的事，和大量湧進瓊雅來的人對我都是極其危險的。他反而覺得亙古不變的大自然才是最美好、最安全、最珍貴的。那時候，我的思維能力距離對鹹糖的理解可是太遠了，恰恰是人類走向物質文明的整整一個圓。這是一個布景和角色以及角色的身心大轉換的時代，五光十色的變幻曾經使我透不過氣來，新奇的、金光閃耀的東西太多了！這一切，對於一個和五千年以前一模一樣的野女孩的吸引力，是絕對壓倒的強大！後來，當現代文明猙獰的負面形象對我越來越清晰的時候，我的心空了。當財富的華麗包裝一層一層被剝去的時候，我得到的是一顆酒心巧克力。一點點甜，一點點苦，一點點醉……除此以外就什麼也沒有了。現在，我走到了終點，才發現這本來就是我的起點……不！不！不！起點已經沒有了，無論是物質的、還是精神的起點都被破壞得面目全非了！

可那時候我只是個赤裸裸的放鴨子的小女孩呀！如果讓我一開始就能認識到與生俱來、得來輕易的爺爺和大自然對我的憐愛，其價值絕不在金銀珠寶、高樓大廈之下，那豈不是太苛求了嗎?!從沙灘上，一轉眼之間被一雙有力的大手托上雲端，皇宮一般的總統套房，流水一般的珍饈美味……僅僅餐桌上各種刻花玻璃杯，就夠我把玩十天半個月的了。當我第一次在總統套房一覺醒來，以為這是一場沙灘上的夢。我好半天才回憶起我走進總統套房的路徑。我坐起來，第一眼看見的是一套內衣，一件黑色短裙和一件白色短袖襯衫，都是非常柔軟的絲綢製作的。我先穿上內衣、內褲，鏤空抽花的領口和褲腳。當我走到落地穿衣鏡面前的時候，我嚇了一大跳，以為鏡子裡是一個突然闖進屋裡來的一個洋娃娃。她也受了驚嚇。好一會兒才知道她就是自己，我好一陣笑。她也像我一樣傻笑，但很美！我真想過去抱抱她，可……她就是我呀！她——我會這麼好看嗎!?

25

杭太行

陸美珍在電話裡故意給我裝蒜，非要問我是誰。

「我是妳大姑姑，連我的聲音也聽不出來?……妳房裡有人，我聽出來了。還不是一個……當然都是女人，怎麼?女人在一起就準沒事?難說……我不用猜，有丹丹，有曉霞，有……小娟，雲萍這時候不會去，還在做夢哩！……」

「妳是不是在我的房間裡裝了竊聽器?」陸美珍在電話裡一邊笑一邊大叫：「不然，妳怎麼知道?這電話又不是傳真電話！」

「我不僅知道都是誰，還知道妳們一大早聚在一起說什麼……」我裝著咄咄逼人的樣子。

「說什麼？」陸美珍的嘴也不讓人。

「說貴妃娘娘唄！」我非常自信地說：「對不對？」

「錯了！大錯特錯了！誰希罕她？她！有什麼好說的？」

「這麼說，妳們還有點出息，那妳們在說什麼？」

「我們在說怎麼才能把繩子穿進牛鼻子裡……」她這句話一出口，我就聽見她們房子裡一片嘰嘰嘎嘎地笑鬧聲。我問：

「是智力競賽？」我一說出口就知道我說了一句蠢話。顯然美珍的電話外接揚聲器開著，她們簡直是笑成了一團。美珍用話筒把她們的嗤笑盡量逼真地傳達給我。

「笑什麼？妳們瘋了！一群性苦悶造成的性變態患者！」

這句話就像捅了馬蜂窩，她們四個女人的嘴全都對著話筒喊叫起來，一句話也聽不清。可想而知，她們對我一定是來而不往非禮也，一句好話也不會有。我立即把電話給掛上了。

讓她們去嚷嚷吧！嚷夠了再說。她們過得就那麼快活？老娘寂寞得就像躺在棺材裡。如果我真的躺在棺材裡，也許沒有這麼寂寞。開始釘棺材板的時候，還會有一陣強烈的震動，棺材裡還會有很大的共鳴，像一隻大音箱。送葬的時候，有喧天鼓樂，有淒惋的哭聲，有的人能哭出一首長詩來，盡情歌頌死者——也就是我生前的美德。所有的人都變得非常寬容，所有飛短流長都靜止了。到了墓地，又是另一番熱鬧。可以肯定，生前宿敵都會聲淚俱下地講出我是多麼的可愛，多麼的令人惋惜。甚至包括亨利的一瘦、一小、一長的三個女人在內。下葬以後也不會寂寞，小偷、吸毒者、異性戀者或同性戀者、殺人犯、陰謀家都會獨自、甚至成群結隊到墓地來，或獨立思考，或聚會密謀，或是惡狠狠地作愛。你會聽到平庸生活中永遠聽不到的音響和故事。因為你在暗處，他們在明處。你不可能加害任何人，當然，你也不可能幫助任何人。誰也不在乎你的存在，不在乎你能否看見或聽見。你不可能指責他們，揭發他們，傳播他們的隱私。生前大奸大惡，死後成為白毛僵屍驀地從墓中站起來的為數不多。密謀和作愛如果毫無顧忌，一定很有可看性和可聽性，並能讓你產生持久的興奮。最讓人興奮的恐怕是一個盜墓賊光臨你的墓地，我曾在一篇隨筆中看到：全世界的盜墓賊都有一把洛陽鏟，這是中國古代洛陽專業盜墓賊發明創造的盜墓專用工具。無論你的墓穴有多深，洛陽鏟都能探測到你的墓室，打開你的棺材，把你的屍骨翻過來，翻過去。尋找為你陪葬的金銀珠寶，他們會把你的骨頭架子翻得七零八落，痛快淋漓。即使屍骨曝曬在大地之上，也比在五星級酒店整天接長途電話強。電話上談的全都不是人話，全都是電腦上的符號。外匯呀，期貨呀，股票呀，黃金呀，集裝箱的啟運和裝卸呀，進出口指標呀，回扣呀，還有那些讓人作嘔的所謂的公關，也就是和索賄人討價還價。亨利差不多一百多年才來一次，他一下飛機，馬上就進入商業競爭狀態。一次可以向我交代一百多件生意上的大事、小事、要事、急事、特急事……數不清的電話要打，數不清的傳真要發。某要人的生日禮物採取什麼方式送？既不露形跡（絕對避免行賄受賄的嫌疑），又能讓對方確切地知道是誰表達的這點「小意思」。一切都要一條一條地記下來。如果他高興，和你共進一次晚餐；在吃飯的全過程，還是交代他隨時想起來的各種瑣碎的商務事宜。總之，食而不知其味。回到房間，他拿起電話來就是向全球輻射式地通話。一會兒英語，一會兒廣東話，一會兒普通話，一會兒閩南話，虧他都能說。我在他面前不要說是情人，連個女人都不是；甚至連個花瓶都算不上。對花瓶可以不向它說話，至少要在聞到花香的時候看看它。他對我恰恰相反，只對我說話，根本不看我。打完電話，已經是凌晨兩點多了，他一倒下來就鼾聲大作，人事不知了。七點，電話鈴驚天動地地響起來。這是總機小姐按照客人的要求，響鈴提醒客人起床，準備去飛機場。你還得伺候他洗澡、穿衣、打領帶、穿皮鞋；還要幫他整理公文包。最後必須給他榨一杯橙汁，等他喝完橙汁，就挽著你匆匆下樓了。出門就和他一起上了等在門口的出租車，直奔機場。在車上還要不斷地小聲面授機宜，一直到下車、進入閘口。他才想起要和你親熱一下，用沒刮鬍子的臉蹭蹭你的臉，算是一個吻。而且還要說一句讓你情緒惡劣的混帳話：「我最恨的就是給我戴綠帽子的女人！」——那眼神和殺手磨好了刀之後的眼神一模一樣，讓你又怕又恨。他可以養四個外室，我就不能養一個漢子？陸美珍老早就提醒過我：「管他，你應該有你自己的生活？他真的有千里眼？要不，別找固定的，找那些外國旅遊者。」我才不會聽他的話呢！外國旅遊者，一夜風流，再碰巧傳染上愛滋病。死，並不可怕，死之前得活受呀！像陸美珍那樣我也不幹。找個油頭粉面的BOY，先不說能不能接受，這種人，一上床三個月就自然而然地變成詐騙犯，你甩都甩不掉。他要是知道亨利特別在乎這種事，得，天天都會在你脖子上架把刀。三天兩頭兒都得塞錢，成了一個填不滿的無底洞。女人最寂寞的是連男人味都聞不到，逼得你像發情的小母狗似的滿屋子亂轉，恨不能把自己的尾巴咬掉。甚至幻想有人突然按響門鈴，一開門，一個男人衝進來強暴了你，在你身上留下他的臭汗、精液、牙印和仇恨……幻想畢竟是幻想，在我的生活小圈子裡，全都是女人的氣息，全都是寂寞的女人輪流上門，跟你倒他自己的苦水。無外乎就是金錢還太少，青春已不多，男人太薄情，自己不走運……核心是性苦悶。只不過有些女人說不出，即使說得出，也說不清楚。最近我才對小時候看到的一齣東北二人轉《王二姐摔鏡架》恍然大悟。我時時都想摔鏡架，可惜酒店裡的鏡子都鑲嵌在牆上。想摔電視，想摔電話……一想到沒了電視、電話，會更加寂寞。於是就摔另一張床上的枕頭，摔枕頭沒有聲音，沒有重量，沒有衝撞，沒有碎片要收拾。你就是用腳死命的踢，你的腳趾頭也不會疼。我從來不歡迎客人進我的房間，女客也不例外。

生意上的朋友要見面，約在咖啡廳、酒吧間。我有點兒喜歡和陸美珍交往，這種交往大部分是通電話和上舞廳。在電話裡我們可以肆無忌憚地說粗話，說葷話，講淫穢故事，或是大聲罵人。一陣發洩之後，掛上電話進浴室，用很熱的水淋上半小時，仰著臉，讓熱流覆蓋著全身。再拿起噴頭，讓有力的水柱衝擊著自己的胸、背、腹、腋下和所有最敏感的地方。然後，把浴缸裡放滿水，平躺在水裡，一動也不動。做一個雲蒸霞蔚的夢。爬起來，用熱風機把周身吹乾。躺在床上，想大哭一場，又沒力氣哭。朦朦朧朧睡到電話吵得你非接不可為止。和陸美珍去舞廳是一次放鬆，每一次都很過癮。維也納廳不大，有點兒像袖珍鬥牛場。三面是一排比一排高的情人座，一面是演唱臺。經常有一個菲律賓三人演唱組，兩男一女。那個菲律賓歌女的膚色介於黑種人與黃種人之間，身材極好，細腰豐臀。寬而厚的嘴唇塗抹得腥紅，吐字特別清楚，而且最容易自我陶醉。她一點兒都不在乎口型是不是美，大而奇醜，反倒顯得非常性感。維也納廳的燈光很暗，音樂——包括歌曲比較抒情，彌漫著濃厚的懷舊情緒。特別是那些探戈舞曲，能把你的魂兒都勾出來。陸美珍在舞場上具有男性的瀟灑，帥極了！經常有外國男人邀請她和我跳舞。她只給我當舞伴，我只給她當舞伴。我可以讓她擁抱著跳到天亮，隨心所欲地把她幻想成最完美的男人，我和她能共同在拉丁美洲古老的節奏裡，滑翔出一個夢境來。夢醒的時候，她還是一個女人，我也還是一個女人。但是我沒有失望，因為我本來就沒有希望過。

電話鈴響了。我猜想是陸美珍，拿起來，果然是她。我問她：

「她們都走了？」

「沒有！談得正熱鬧呢！」

「熱鬧比冷清好，有事嗎？」

「晚上去跳舞吧？」

「妳不說我就猜到了，當然可以呀！」我故意問她：「我跳累了，只能拔了電話蒙頭大睡，妳就不同了！下半夜……」因為她對我並不隱瞞她和申喜的關係，我暗示下半夜申喜會去她的房間。

「別跟我打啞謎了，花錢的大爺是我，要他來他就來，不要他來他就不能來。來，也行！反正我不會出大力，出大汗，我最善於以逸待勞了。」

「你真有福，也會享福。」

「這算什麼福啊！討飯化子敲瓦碴兒，苦中作樂吧！」

「可你苦中還有樂可作呀!大妹子!」

「妳不是歸妳自己管轄嗎?可妳願意畫地為牢,有什麼辦法呢?」

「別胡扯了,晚上十點維也納見!BYE!」

26

唐賢

蓮蓮怎麼一下就被那個老板牽走了呢?——可能到死我也想不明白。那麼輕易,那麼簡單。他是個陌生人呀!你怎麼會一聲不響就跟著人家走了呢?我也真糊塗,為什麼不跟得緊些呢?我應該奔過去拉住她。這一步之差,鑄成了也許是我終生懊惱的大錯!那些拉門的門童,惡狠狠的攔住我,不讓我進去。如果不是蓮蓮進去了,我永遠都不會有進去的念頭。我對這座大廈太熟悉了,它的華麗外表之內的骨架,每一個關節都是我指揮著接上去的。就像是紙紮店的工匠們對他們自己紮繪的紙人兒一樣,我對我經手建造的高樓大廈一點兒興趣也沒有。紙紮店的工匠們看到的永遠是些麻稈兒紮的骨骼,我看到的永遠是些鋼筋水泥凝結的骷髏,呆板、枯燥、猙獰。世上大部分人不是紮紙人兒的工匠,大部分人不是建築工程人員。大部分人生來就是看外表、湊熱鬧、乘風光的。我以為蓮蓮很快就會出來,她怎麼會在酒店裡呆很長時間呢？酒店和出入酒店的那些人，與她怎麼能組成一個協調的風景呢？我坐在可以看見酒店大門的河灘上等她。出乎我意外的是，我目不轉睛地盯著每一個出來的人，一直到天黑都沒見她出來。我只好去鴨寮，沮喪地告訴爺爺：

「蓮蓮被一個大老板牽走了。」

他笑了，說：

「不會的，她又不是小刺猬，怎麼會一牽就牽走了呢？」

「是我親眼看見的！那個從豪華汽車裡走出來的大老板牽走的，我在河灘上一直等到天黑。」

「她會回來的！唐先生！」老人很有把握的說：「你放心，這兒是她的家。在這個世上，她只有我一個親人。她媽媽死在她生的時候，她爹死在她剛剛開口喊爸爸和媽媽的時候。那天是個大風大雨的日子，她爹和那條船都沒漂回來。後來，她叫爸爸，我答應；她叫媽媽，還是我答應。她會回來……」

我和爺爺談到雞叫，其實什麼都沒談。我一遍一遍地自言自語：

「她該回來了……」

老人一遍一遍地自言自語：

「她會回來……」

天亮的時候，我不再說什麼了，老人也不再說什麼了。他背靠著蔑片編的牆，閉目養神。我一直注視著蓮蓮回家的椰林路，只看見小刺猬在這條路上跑去又跑來，跑了無數個來回。我當然知道，它想迎回它的主人。又不放心那些見到一線光明就騷動不安的小鴨子，它們緊貼著籬笆的內緣瘋狂地奔跑著，越跑越快，越叫聲音越響。小刺猬回來一次，向它們吼叫一次，它們只老實一會兒就又跑、又叫起來。很顯然，它們想早一點出去，奔向朝陽，奔向清涼的河水，快去捕捉那些已經在水面上跳跳蹦蹦的小魚小蝦。當陽光從高高的椰子樹的頂端像金瀑布那樣傾洩下來的時候，老人揉揉眼睛，爬出鴨寮。我幫著他打開竹圈，小鴨子急不可待地撲打著還沒長出硬毛的翅膀，嚶嚶叫著奔向女兒河。它們跑得太快，一路跌跌撞撞，甚至還翻著跟頭。既可愛，又可笑，但我和老人都沒笑出來。老鴨子由於臀部過於沉重，一搖一擺，幾乎擦著了地面，所以都被壓在後面。但是，它們一出鴨圈就展翅從小鴨子的頭頂上低飛著搶在前面去了。小刺猬癲狂得騰空翻滾。相形之下，我們倆顯得死氣沉沉，默默地跟著這支歡樂的隊伍之後緩緩地走向河灘。我學著老人的樣子，跪在河邊，把臉貼著水面，用輕柔的微波洗臉。老人一遍又一遍地洗著，他似乎不是在洗臉，而是在用涼水拂面，讓自己盡量早一點清醒過來。我也機械地學著他的樣子，用手一遍又一遍地往臉上兜水。很久，老人才抹了抹臉站起來。我們先聽見「得兒」一聲笑，是蓮蓮的笑聲！但是站在我們面前的卻是一個陌生的姑娘。

「爺爺！鹹糖！」還是她的聲音，但這個姑娘仍然是陌生的。她穿著一身質地非常高貴的衣裙，是耀眼的黑與白的對比，黑色的超短裙，白色的無領無袖露臍短衫。短衫的一角繡著只有細心人才能看見的三個字母：YSL。它們是疊在一起的。我想，老人即使看見了，他永遠都不會知道這三個字母所代表的身份、價格和現在對於蓮蓮的涵義。頭髮修剪過，吹過，像絲一樣柔和光亮。腿上穿了一雙黑色長統絲襪，腳下是一雙雪白的平底皮涼鞋，手裡提著一個印著PRIMULA HOTEL的彩色塑料袋。蓮蓮回來了，是蓮蓮回來了嗎？我為什麼會身不由己地一再問自己呢？爺爺第一句話就是問她：

「妳自己的衣裳呢？」

她笑吟吟地從塑料袋裡把洗過燙過的小褲叉和汗衫拿了出來。

「這不是？還有這……」接著又從塑料袋裡拿出一疊百元一張的人民幣。「說是這些錢能把我們的鴨子、鴨寮全都買了去。」

「多少錢？」老人有些惱怒地問。

「一千塊。」

「一千塊?!」爺爺驚奇地大叫了一聲:「是假鈔票吧?」

「哪能是假的呢?我在路上對著太陽看過,每一張都有一個毛主席的影子。」

「他為什麼要給妳這麼多錢?」我也不知道我為什麼會用這麼大的聲音對她說話,甚至我從來都不知道我會有這麼大的嗓門兒。她睜大著眼睛看著我,不明白我為什麼會這麼激動,但她仍然笑吟吟地回答我:

「我也問過他,他說:不為什麼……」

「不為什麼?!」我控制不了我自己的憤怒,竟厲聲大叫起來。把她嚇著了,她走到爺爺身邊,抱著爺爺,驚愕地看著我。我當時的樣子一定很難看,恐怕眼睛都是血紅的。爺爺溫和地摟著她,有點責備地對我說:

「給錢也不都是非要為了什麼,我想,八成是因為我的蓮蓮逗人喜歡吧!」

「是的,爺爺!他很喜歡我。」蓮蓮的口氣有一點按捺不住的得意。我的腦袋轟地一聲爆炸了!我一輩子都要為那時的失控和失態後悔不已。我當時為什麼能那樣對她嚷嚷:

「他是誰?」

我瘋了似地厲聲責問,使得蓮蓮也惱怒起來。

「你管他是誰!他喜歡我!」

「喜歡妳就可以把妳留下？妳，妳怎麼會整夜睡在人家那兒？」

「我是睡在我自己的房裡，我自己……」

「你自己的房裡？一個人？撒謊！」我越來越理直氣壯了。

蓮蓮不回答我了，把臉轉向爺爺。老人對我的瘋狂態度當然很不理解。他對我說：

「唐先生！我的蓮蓮從來不說謊……你……你是我們家的外人呀！有我在，蓮蓮該是你管的人嗎？」

「這……」

老人很為難、又很嚴厲的幾句話，使我汗流浹背。我驟然明白了我對自己的失控的後果是什麼。是的，我是他們家的外人……不是嗎？我支撐著沒有立即倒在沙灘上，強忍著沒有流出淚來，我當然知道淚水早就在眼眶裡急速旋轉著了。這個小妖精！她看出了我的疼痛，我不知道她是在安撫我？還是給我一個暗示？抑或仍然是向我顯示她的任性和得意？她朝著我眨了眨眼睛。看來我不能再呆在這兒了，再待一會兒我就會真的變成瘋子。讓老人感到詫異，讓這個小妖精笑話我的愚蠢。她不可能理解我的痛苦，所以也不可能理解我為什麼憤怒和因為憤怒而吼叫的醜態。我竭力心平氣和地說：

「我走了，去上班……」

沒有人理睬我。老人正在用手醮著嘴裡的唾液數錢，小妖精雙手拎著她那短的不能再短了的裙裾，偏著頭向我嫣然一笑，還是那種天真無邪的笑。但此刻我把她的這個舉動看作是對我的示威。除了示威，還能作什麼別的解釋呢？我走了，拖著沈重的腿，我第一次感覺到在沙裡行路是那麼艱難。

「鹹糖——！」

我已經走得很遠了，才聽見她的這聲喊。我真想重新跑回去，抱住她，告訴她：「別再去那個地方去了，再也別接受那個人的錢了。我再也不會發脾氣了，世上只有我是真心愛著妳的！妳應該聽我的勸告。我走過很長的路，到過很多地方，看見過各種各樣的人，想過很多很多事情……我不會騙妳。最珍貴的、並與世長存的絕對不是金錢和那些層出不窮、誘人心慌意亂的現代奢侈品，甚至也不是看來高大堅固的建築物，雖然有不少建築物在地球上矗立了幾千年。一位日本高僧良寬在絕命詩裡寫道：何物長留人世間，春花秋月山杜鵑。他說的多好啊！我還得加上兩句：還有無價真情愛，無私無償無猜嫌。因為他是僧人，他不能談情說愛，只有我這個凡人可以作這樣的補充。這些金玉良言，我都用最通俗的話對妳說過，以前妳聽不懂，現在只怕是妳連聽都不願聽了！一千塊錢，對於蓮蓮和他的爺爺來說，這是一筆很大的款項。但在那個老板的手裡，只是一筆小錢。那身衣服也不過千把塊錢。問題是老板為什麼一擲千金？他也許真的是一個無意義的舉動，也許是好玩，也許是因為過分無聊的緣故……一千塊錢在今日中國，還不能改變一條小河的流向，卻能很輕易地改變一個人的觀念。蓮蓮會改變嗎？她是一個多麼寶貴的姑娘啊！正因為她不知道金錢的可愛，也不知道金錢的可怕，對於她才特別危險！水愈清，則愈易染。她是一條最清最清的泉水……

27

楊曉軍

我的本意絕非是：用一千塊錢去訂購一個少女的青春。那是褻瀆神明的念頭。我敢發誓，當時完全出於真誠的疼愛，我從她的衣著就知道了她的家境。我本想給她一個稍稍大的驚喜，可讓我非常意外的是：她並不在意。因為她並不太清楚這個數目的錢有多麼大的價值，這也許正是她的可愛，和對我具有特別吸引之處。我到死都會承認，她剛剛離開酒店我就在想她了，而且不是一般地想，像是時時都會轟然而起的火焰那樣，它燃燒著我，使我所有的時間和空間都充滿著她。即使在我處理最重要、最緊迫的事務時，她的影子都疊印在所有的人和事之上。念中的她不是一幅平面而靜止的美女肖像，而是她瞬息萬變的神彩。許多無知、粗俗的舉動，都因為她童稚的憨態變得不僅不覺得可笑和討厭，反而特別生動可愛。擁有越來越多財富的人，似乎必然越來越迷信；我也不能免俗。經常有一些相士、氣功師、和易學專家圍繞在我身邊轉來轉去，成為我的座上客。我在進行每一宗比較大的商業、金融活動之前，都要聽聽他們的意見；為此我專門列出了一筆經常的特別開支。但是關於這件事——我指的是這個小姑娘，這個小美人兒，這個小妖精，我決不會去請教任何一位代天預言的人。我已經直接從她那裡得到了幸福的啟示。她就是神，神就是她！就是那個光著腳丫兒的小姑娘、小美人兒、小妖精。她說她來自椰子林中的鴨寮，我覺得她應該是從天上掉下來的，剛好掉在我的面前。這些年，我見到過各種各樣雍容華貴、含情脈脈、——也可以換一句話來說，就是忸怩作態、賣弄風情的女人們。她們會用非常得體、非常動聽的語言告訴你，她們欣賞你的風度、你的儀表、你的文化修養、你的果斡作風、你的風流倜儻、你的溫文爾雅……唯一不說她們真正矚目的東西——你所擁有的億萬金錢。惟獨這個小姑娘，這個小美人，這個小妖精，她既不逢迎我，也不讚美我。她根本沒有所有女人天生都具有的攫取和聚斂金錢的謀略。她大概永遠都不會有。我等她再來，她答應過我，和我勾過小拇指，是她右手那根冰涼而粗糙的小拇指。一天、兩天、三天、四天，一連串的會議和應酬：董事會、經理會，為招待瓊雅黨、政、軍、警、工商、稅務、新聞、衛生、交通、電信、氣象、環保……方方面面而舉行的大大小小的酒會、宴會。這是非常必要的，用如今中國社會生活中湧現的新語言來說，叫著：擺擺平。就是說，要一切可能攔路的單位和人為我們大開綠燈，要一切可能給我們出題目、做文章的單位和人在我們的白卷上打滿分。當我在做這些事的公開場合裡，表現得心不在焉，所答非所問。常常情不自禁地看著門外，希望酒店的大堂副理突然把我的仙女兒帶進會議室、宴會廳。我曾經一再告訴在大堂執事的所有人員：不要阻攔她，請她進來，不論何時，只要她走進大堂，都必須立即把她送到我的面前。算來我在瓊雅的時間已經很有限了，集團的業務要求我在最短的時間內趕到紐約。我很想親自去找她，又沒辦法去找她，因為我不知道在哪兒能找到她。我最後悔的是沒有和她一起去看看她的鴨寮，認認那條去天堂的路。正在這個時候，父親和母親不請自來，使我的情緒十分煩亂。他們都已經離休好幾年了，什麼時候都可以來，為什麼偏偏在這個時候來呢！我曾經在電話裡阻攔過他們，希望他們在我下一次回國的時候再來，或許是由我抽點時間專程去看他們。他們的年紀都很大了，長途飛行，非常勞累。不！——他們的態度十分堅決，而且刻不容緩。只來兩天，往返機票都買好了。我只好像小時候那樣默默不語，以抗命的情緒被迫遵命。他們畢竟是我的生身父母，我還得親自到機場去迎接。瓊雅的機場是新建的，我曾經以集團的名義贊助過很多設施。所以機場主管和海關、安全檢查等各部門對我非常禮遇。特許我的座車直接開到機翼之下。當父親母親互相攙扶著走出機艙的時候，父親那稀疏的白髮在風中像一蓬衰草。肩上披著一件手織的咖啡色絨線衣，貼身穿著的還是五十年代軍隊供給的粗布襯衣，一條七十年代的軍褲，腳上還穿著士兵的橡膠底解放鞋。媽媽好像在學時髦，一頂小白帽，斜壓著染黑了的頭髮。繡花邊的白綢襯衣，一條紅黑相間的長裙，像是尼龍針織品。腋下夾著一隻人造革手袋。叫我大吃一驚的是，在他們的身後走出機艙的是二姨，二姨也來了?!她更「時髦」，這麼大一把年紀，還穿著一件領口束蝴蝶結的粉紅襯衣。他們走下舷梯以後才發現，我和我的ROLLS ROYCE轎車就在他們的眼前。這使得他們特別感到意外，我聽見二姨小聲對我媽說：

「沒想到軍軍這麼……按規定中央政治局委員才能享受這種待遇。」

「你……不是軍軍嗎?」父親指著我愣愣地看著我。

「爸爸!媽媽!二姨!」我和他們一一擁抱。媽媽哭了，抱怨地說：

「軍軍!發了財，連老子娘都不認了?我們想看看兒子都沒資格?」

「媽!又來了!」我抱著她打哈哈。看來父親也有氣，像我小時候那樣，用手重舉輕放地拍了一下我的頭。

「軍軍!你媽說的不對?你就是不願見我們這些行將就木的老人，即使是你親爹娘!忙呀，沒時間呀，商場就是戰場呀!想當年，中原突圍那時候，皮定均，皮旅長在大別山遇見他討飯的娘，那是什麼時候?敵人前堵後截，死裡逃生。他可沒說不見，他說：『娘!我背著你老人家走吧！』是他媽深明大義，說：『兒呀！兒！你娘啥時候當過你的包袱哇？你幹你的革命，我要我的飯。只對你有一個提醒：以後遇見了討飯的苦命人，你千萬別給他們冷飯吃，常吃冷飯心口疼呀！兒！』你老子在指揮作戰的時候，不比你現在清閑，家屬學校照樣在戰役之間、休整的時候到前線和主力匯合。」

「你們不是來了嗎！我不是來接了嗎！上車！」我像哄小孩似的為他們打開車門。父親這時繃著臉上下打量著我，用手肘碰碰媽媽，問我：

「你這算不算是改變了階級成分呀！」

「爸爸！請上車！」我把他們讓進後座。在汽車啟動的時候，媽媽忽然大聲喊叫起來：

「飛機上還有兩隻箱子！」

「媽媽！」我對她說：「沒事！有人會取了送來的。」

不一會兒媽媽又叫起來：

「軍軍！這車比你爸爸過去坐過的紅旗車還要高級？」

「媽媽！不是高級和低級的問題，這車更現代，更舒適。」

「可……紅旗到底是個身份的象徵呀！」

我不願和她當著司機繼續討論一些愚蠢的問題，我按了一下電動掣，後座和前座之間的隔音玻璃立即升了起來。我想起父親剛剛退位第二天的一件事：也真靈驗，整整一個上午，三部電話全都沒有聲音了。那天之前，電話鈴此起彼伏，很少有五分鐘的安靜。父親臥室和辦公室裡的電話總是關閉著的，來了重要電話才經過祕書接轉進去。那天，父親早早就坐在書房他那張大靠背椅上了，所有的電話都啞了。母親一會兒在樓上，一會兒在樓下。看得出，她的注意力也全都集中在電話上。她甚至懷疑電話都已經死掉，只剩下紅的、黑的、黃的軀殼。每一個聽筒她都拿起來聽一聽，她發現電話還活著，都有聲音。這空前的寂靜使父親和母親詫異、苦悶、甚至驚恐不安。突然，一陣電話鈴響。滿屋子都是奔跑的腳步聲，父親、母親、祕書、警衛員都忙著去接電話。結果是司令部作戰部來的電話，要祕書接。通知祕書說：首長現在已經休息，不需要那部紅色的直通作戰電話了，從今天起，撤除！祕書問：要不要請示首長？回答是：不！從此那部紅色電話就真正死亡了。父親就像是三魂丟掉了兩魂似的，蜷曲在靠背椅裡，人像是縮小了一半。又過了一個多小時，父親忽然振作起來，大聲叫著：

「把我的車叫來，我要到司令部！」

「是！」祕書急忙給司令部車隊打電話。車來的還是滿快，等父親剛剛走出門，就聽見母親一聲尖叫。我走出去一看，父親已經昏倒在母親懷裡。祕書說：

「快！扶首長上車，送醫院！」

「車在哪兒？」母親向祕書大發脾氣：「哪兒是首長的車？」

「這就是！」這個新派來的司機我從來沒有見過，小個子，即使不張嘴，左右兩個嘴角也會一邊呲出一隻豹牙來。他幸災樂禍地用一種尖厲的、男不男、女不女的聲音說：「管理局說了，首長已經休息，按制度必須把紅旗換成華沙……」

「放屁！開回去！」母親轉身對祕書大叫著：「還不扶首長回去！」

我走過去摸了摸那輛灰色的破華沙，狠狠地盯了那豹牙一眼。豹牙卻毫不客氣地呲著牙對我以眼還眼，讓我好一陣心裡也不是滋味。——今天看來，最可靠的還是在私有制得到確認的時候，占有盡可能多的財富。誰敢用任何一輛破車換走我的ROLLS ROYCE？那一次父親被氣昏，給了我很深的印象。也許後來我的突然轉向、取得今天的成功，和那次換車事件有很大的關係。

從機場到酒店的路程很短，車速又快，一轉眼就到了。

酒店全體高級職員幾乎都在大堂列隊迎接。我在門外曾向三位老人一再叮嚀，請他們不要講話，有話到房間裡再說。所以他們還能不失體面地、默默和職員們一一握手，接受他們的問候。進了總統套房，服務小姐上過參湯茶以後，兩隻用麻繩捆著的破箱子被送上來。我用電話通知莉莉：所有服務人員全部退出，晚上的家宴送到總統套房來，有事會叫他們。我們在歐式廳坐下以後，才開始家庭內部的談話。我問他們：

「你們這麼火燒火燎地要馬上見我，真有什麼要緊事兒嗎？」

「要緊？」母親說：「可以說沒有比這事更要緊的了！老頭子！你說。」

「讓你二姨說吧，你二姨知道的事多，叫她說。」

二姨從進房以後就沒有說話，目光一直都被室內的豪華陳設和窗外的海景所吸引。一聽說讓她說，這才把目光收回來，瞇著眼向我微微一笑。滿臉的皺紋突然破壞了薄薄一層脂粉敷抹的平滑。一對鍍金的耳環隨著腦袋的不停晃動而晃動，那是一種老年人的疾病。二姨和母親相差一歲多，一九四九年都在金陵女子大學讀家政系一年級。那年春天，南京解放，解放軍進城。她們像所有的女學生一樣，解放軍在她們的眼裡是從天而降、光芒四射的英雄。第二年，父親和姨父都從戰後的部隊調到南京軍事學院高幹班學習。軍事學院俱樂部經常組織交際舞會，金陵女子大學的學生就成了這些高級學員們的舞伴。雖然這些女大學生們的腳被踩得生疼，心目中的英雄仍然光芒不減。軍事學院俱樂部組織舞會是有意為首長們做紅娘，而女大學生則是真心誠意的英雄崇拜。於是，造就了一對對雙方文化水平差異極大的夫妻。

父親曾經講過二姨和二姨父的笑話，說的是：二姨年輕的時候很有點兒情調，當二姨父派警衛員給她往學校裡送去一本《步兵師野戰條例》作為禮物的時候。二姨非常興奮，要警衛員在宿舍門外等著，她要寫一封情書。情書寫好，警衛員誠惶誠恐地帶回軍事學院，雙手交給首長。首長看完以後，伸出手來要警衛員把他隨信帶來的東西交出來。警衛員說：他帶來的只有這封信，除了信什麼也沒有。二姨父不相信，指著信說：信上明明寫著——給你一個「勿」。「勿」在哪兒？警衛員都急哭了：沒有「霧」呀！「霧」能帶來嗎？首長！二姨父這才暫時放過警衛員。在他和二姨見面的時候，正式地把信拿出來向二姨核實，這一下，把二姨問了個大紅臉。「那是『勿』嗎？你再看看！」「這不是『勿』是什麼呀？」「你沒看勿字邊上還有個口嗎？」「可那勿字邊上有個口是啥東西呀？要不要我去問問文化教員？」「你瘋了！這個字能問得的嗎？」氣得二姨幾乎和二姨父吹了！二姨的命運多舛，她跟二姨父只生了一個兒子，兩歲半得了小兒麻痺症，不僅雙腿致殘，而且呆痴。三十歲了，生活不能自理，日日夜夜都要有個專人侍候著才能活下去。文化大革命初期，二姨父在南方一個省當省委書記。1967年「一月風暴」被殘酷批鬥，最讓他不能忍受的是：勒令他嘴裡銜著一條死蛇遊街。他不堪羞辱，跳樓自殺。二姨被迫提前退休。此後她的全部生活、奮鬥就是為了請求上級黨組織下達一紙公文。承認她的丈夫是被迫害致死，而不是當時的結論：叛黨自殺。她年年、月月、日日、時時都在向一任又一任的新貴苦苦哀求。受到了無數次喝斥、訓教和婉言謝絕。她也曾不斷上書中央各部委和中央政治局第一至第八號人物。郵票累計耗費達一千二百六十元零二角四分，那時的市內郵票才四分錢，外埠郵票才八分錢。文革結束以後，胡耀邦當了組織部長。中共中央才算有了一個傾聽堂鼓的人。二姨總算得到了一紙公文：某某同志在文革中由於受到殘酷鬥爭，加上自己對運動的不夠理解，不幸以身殉職。雖然這個結論比較含混，在當時，胡耀邦已經盡到了最大的努力。他告訴上訪的二姨說：「我對你愛人很了解，他是個好同志。第一步只能做到這樣了！以後看形勢的發展再說吧！這不是我們個人的得失問題，重要的是我們的黨今後能不能接受教訓，以實踐為檢驗真理的唯一標準……做為你個人，也就可以適可而止了。今天，在文革後，黨能夠承認錯誤就很不容易了！家屬憑這個結論完全可以到民政部門領取一張革命烈士證書，要求發還被抄沒的物資，按老紅軍家屬分配住房。」二姨也就此作罷，算是認可了。根據這個結論，二姨到民政部門領了一張革命烈士證書。證書捧回家，二姨嚎啕大哭了一場。為了配一個合適的鏡框，托了許許多多人，跑遍了大街小巷。那時候我剛剛從雲南生產建設兵團回城，還沒上班。在雲南我學過木工，就自報奮勇給她按照那張紙的尺寸定做了一個鏡框。我把鏡框交給二姨的時候，二姨感動得又哭了一場。我對二姨說：

「您也別太重視這玩意兒！不就是一張紙上蓋了個紅圖章嗎？一切神聖的東西都會隨著時間的流失而發生變化。就拿文化大革命初期毛澤東給我們親筆提的「紅衛兵」三個字為例，文化大革命還沒結束就暗淡無光了。誰能想得到？文化大革命剛剛結束，收破爛的小孩都敢高聲吆喝：『收——舊衣裳舊褲，酒瓶子破布，爛鍋子爛壺，還有——毛——主——席——語錄！』曾幾何時，人手一冊，高高舉在頭頂上的聖物，成了垃圾!?我雖然不是文化大革命的受惠者，也很為他老人家憤憤不平。既然平反昭雪了，您該要的就要，不要白不要！給就行！您不就是為了風光風光嗎？就掛在大門楣上。要是您還嫌不夠，我可以給您翻拍一個底版，印上千而八百張，分送親友、故舊、二姨父的部下，和批鬥過、陷害過他的所有人。費用您就別操心了，我有的是一等公民的哥們兒。一等公民全報銷，別說印相紙，就是擦屁股的衛生紙也能報銷。」

從那以後我再也沒功夫跟二姨講過這麼多話了，一晃就又過了十幾年。她——不僅是她，顯然她還代表著我的父母，預備向我說點兒什麼呢？

28

蓮　蓮

我幾乎忘了我是怎麼走到河灘上來的，為什麼一大早站在這兒。我極力想在思想裡弄清楚的是什麼呢？現在，我的頭腦裡是一片真空。我是誰？是蓮蓮。但我好像還曾經是另外一個什麼人……？是嗎？除了任性的蓮蓮，我還會是什麼人呢？已經很模糊了！全都是一些熱鬧和寂寞的碎片。

此刻，遠遠看去，在海邊上孤零零的站著一個人，那個人很像是他，雖然我還看不清他的臉。但是我無需看清他的臉就知道一定是他！即使他看來只有小麻雀那麼大，我也能認出他。他是那塊鹹的糖，我一想起鹹與糖的矛盾和統一來，就覺得非常溫馨、同時又非常辛酸。從那年、那天、那時，我再次走進PRIMULA以後，我就把他冷酷地遺忘了。後來他多次來找過我，我聽見過小刺猬在房門外叫門的聲音，但我把他們拒之門外。他也來敲過我的房門，叫我蓮蓮，我怒目以對，毫不羞愧地回答他：「MY NAME IS DAISY!」當然，他們不知道我和我的主人簽訂過一個什麼樣的賣身契。但是，無論什麼都不可能成為我絕情的藉口。而且我當時甚至認為和以前的我、以及與我有關係的一切全都割斷，是為了進入一個很高的社會層次所必需。今天我才知道，那時的我是多麼可笑！多麼醜陋啊！我手裡拿著的是一柄雙刃刀，刺傷了你們，也刺傷了我自己。此時，你正在向海鷗拋食。你是多麼富有啊！還能給予。我只能向我的主子乞討，卻無權給予……我是一個多麼貧困的人啊！雖然我曾經揮金如土，一襲時裝，價值萬金。我今天又赤著雙腳了，我還有和你在沙灘上並肩夜行的時光嗎？小刺猬忠誠地護衛著我們，它興高彩烈、煞有介事地跑前跑後。你還記得嗎？我總是要你為我講故事。你講過一個卡通片裡的故事，故事裡有個公主，有個獵人。後來我有了文化，讀了很多書，才知道那是一個很普通、很普通，而且並不遙遠的故事，五大洲許多民族都有類似的故事。當你講到主人的小鞋夾破了她的腳，她扔了鞋，赤著腳在城市裡的瀝青路上奔跑，一直跑，一直跑。我想到她的腳流著血，一定很疼。我流了很多眼淚。當你說到完了的時候，我以為公主死了。你說是片子完了，但我還是很傷心。沒想到，你講的故事竟是一個針對我的預言，不幸而言中！現在，該是我赤著腳奔跑的時候了！一直跑，一直跑，一直要跑到「完了」，我的「完了」在哪兒呢？你的預言沒有結論，看來，結論要由我來做了……你像是開始在注意我，身子在向我轉動。現在你已經在向我移動腳步了……你為什麼移動得那麼慢呢？不僅慢，而且猶疑。我覺察到一種久違了的歡愉湧上心頭，直到嘴角眉梢。隨著你和我的距離的漸漸縮短，往日的蓮蓮也漸漸在蘇醒。我的腳步也在情不自禁地向他移動，我能感覺得到我的每一個腳趾都確切地觸及到涼涼的細沙。我又習慣了這鬆軟的沙路。啊！我的軀體還是那麼輕捷！沈重的反倒是我的靈魂，不，應該說是靈魂的負荷太重了。我的靈魂不僅負荷著沈重的失望，還負荷著我走過的路，學習到的語言、知識，以及我所涉獵到的、人類文明中最美好與最醜惡的結晶。還有日漸增強的自尊帶來的憤懣、屈辱，也包括為滿足物欲而處心積慮、永無厭足的追求。從前，多麼遙遠的從前啊！我一旦發現了你，你一旦發現了我，我們都會跑著、跳著、飛著撲過去。現在我才知道什麼叫做寸步難行……幾隻海鷗翩然飄落在我的面前，它們都偏著頭，用諷刺的目光看著我。我走近它們，它們再飛起來，在我的周圍盤旋幾圈，又落在我的面前。你們想要做什麼？一個個不懷好意地看著我，跑幾步再停下來。甚至學著我的樣子，慢慢地向前移動著寸步……你們的意思是不是想對我說：「飛呀！你怎麼不飛呢？一張開翅膀就能飛到他的身邊。跑也可以呀！跑呀！你向他跑，他也會向你跑。他會一下把你抱起來。你只要說幾句話，就能把昨天以前的一切都說得明明白白，甚至什麼話都不說，他從你的淚眼裡全都可以讀到。」唉！鳥兒當然可以這麼想……把人類最複雜的問題都看得非常簡單！雙雙從相反的方向和歲月飛來，落在同一塊岩石上，一下就依偎在一起了。他們從來都不相互詢問，雲霧阻隔的日子裡你在哪裡？此時，一對海鷗在他的頭頂上繞了一圈，再飛到我的頭頂上繞一圈，然後落在我們倆人的正中間。一隻向他慢慢走去，一隻向我慢慢走來。當它們同時到達他和我的腳下的時候，它們又幾乎是同時轉身迎面相向走去。這是在體現著一個願望嗎？鳥兒的？我的？他的？還是神的呢？冥冥之中有神嗎？我和他之間的距離是在縮短？還是在拉長呢？那兩隻海鷗來來回回走了好幾趟，我才完全看清了他，他像是也看清了我。他像是打了一個寒噤，扔了手中最後一塊饅頭，定睛地看著我。兩隻手在褲子上機械地擦著，向我移動的速度越來越慢。我不知道，當我們之間這條虛線被我們的腳步填滿的時候，我該怎麼辦？我早就放棄了與他重逢的任何機遇，所以也從來沒想過我們將要如何重逢。該笑？還是該哭？是驚？還是喜？我能看得出，他的目光裡不斷交替變幻著兩種神情，那是接近希望的喜悅和重重疑慮的迷惘。我是用一聲呼喚？還是用一個親切的笑容來開始我們的隔世重逢？我們相隔的何止是一生一世啊?!這時，他加快了腳步，也許是我在他加快腳步之前已經加快了腳步，給了他某種暗示，提醒了他，或者說是啟發了他……鼓勵了他？我不由得緊張起來，不知所措。我嘗試著微微一笑，其結果是，無論如何都沒能做到。我的情緒一定是非常淒楚和冷峻，這副臉對於他來說，實在是太陌生、太陌生了！這時候我才知道人在某些瞬間非常無能。我就像一隻重生的小海鷗，曾經飛翔過，如今又是一身濕漉漉的絨毛，柔軟的小嘴敲了一下蛋殼，沒有響聲。我相信，只差一秒鐘，在一秒鐘以後，我就會更強壯些，我的小嘴也會更堅硬些。蛋殼會被我敲得發出破裂的響聲，我的眼前會豁然開朗。又回到了那個熟悉的、風和日麗、海闊天空的世界。但是，一切都在我所需要的一秒鐘之前決定了：他痛苦地咧了一下嘴，臉上的表情從疑慮的迷惘變為清醒的冷漠。就這樣，我們錯肩而過……當時我很想轉過身去，像海鷗那樣，重演一次……但仍然是由於我的軟弱無力，連回頭的力量都沒有。他走了，我聽見他在我身後越走越快，好像他已經得到了一個確切無疑的結論，或是告別了一個縈繞心頭多年的煩惱那樣，斷然地走了！腳步聲既輕快又有力量。一會兒就毫無聲息了……等我有力量轉過身來的時候，人影兒全無。海浪正在舔著我們倆人的腳印，兩行相接而又交錯分離的腳印。一個最後的、唯一的、無比珍貴的交點，和一個無比珍貴的瞬間無可挽回地消逝了！本來，從那個交點之後，完全可能並行以至無限。從那一瞬為轉折，重新開始一段完全不同的人生……。但那交點已經被海浪抹去了，那一瞬已經被時間淹沒了……。

29

楊曉軍

「軍軍！」二姨這才把正在四處掃射的目光收回來，她儼然以我父母親的謀士的身份對我說：

「我們早就聽說你在國際上經商，很發達。而且已經是外僑身份了。你的爸爸媽媽提起這一點，很得意。但是！」她把「但是」這兩個字提高了八度，而後，為了強調她的出語驚人，來一個大停頓。「……咱們是中國人，孩子再大，當父母的也有責任對他進行指導。至少要在大方向上提出自己的建議。我不客氣地批評了他們，批評他們對你太放手，對你的關心太少……」

「怎麼了？二姨！」我大笑了起來，心想：你們到底要對我指導些什麼？「我有了什麼差錯嗎？」

「差錯？大錯而特錯！」

「錯在哪兒？二姨！」

「他們兩口兒也是這麼問過我：錯在哪兒呀！經過我一分析，他們也就明白了。這才當機立斷：去！去看看軍軍，跟他搗咕搗咕……你爸爸下起決心來，依然是統帥風度！不管你歡迎不歡迎，我們這三個衰老的臭皮匠，說來就來！軍軍！我們加起來還是一個諸葛亮。別看你二姨多年不工作，正因為沒工作，才有時間，有時間就串串門兒，也打四圈小麻將，打的很小，一個滿貫也不過五塊五。牌友們都是些離休老幹部。你可能以為這些老骨頭已經快要成了灰的廢人，懂得什麼呢？不然！軍軍！不然呀！他們有些人還通著天呢！你二姨是個女人，可我注意的全都是黨國大事……」

「啊？」我說了一句笑話：「這麼說，沒讓二姨進政治局，整個的就是黨國的一大損失！」

「可不！」二姨也會湊趣兒，哈哈一笑之後就又嚴肅起來。「軍軍！你可能不知道吧？

小虎子，你何伯伯的老三。何伯伯？你爸爸的老搭檔，你爸爸當師長的時候，他是師政委。你爸爸當軍長的時候，他是軍政委。他有個調皮搗蛋的小虎子，你可能不記得了……」

「記得，小虎子和我有什麼關係？」

「什麼關係？你們瞧！他的口氣有多大！你可是不知道！小！虎！子！當上了省委書記了！」

「他當上了省委書記？」

「可不！你魏叔叔的老五也當上了山東省一個地級市的市長了！」

「二姨！」我把窩在沙發裡的身子重新擺擺好，找個舒服的角度坐好。「還有什麼？都給我說說……」

「就是你李伯伯的小女兒，數學老是不及格的小黃毛都當上了省委常委、宣傳部長……你汪叔叔的兒子牛牛，在中央一個部裡擔任副部長，眼看就是部長。你秦叔叔，就是在抗美援朝時候你爸爸的警衛員小秦，他的兒子在空軍授了少將銜。老同志的子女就應當參政當權，老一代九死一生打出來的天下，必須交給自己的、可靠的、嫡親的後代手裡。萬萬不能大權旁落。聽說，中央也就是這個精神，王鬍子經常說：『自己的孩子不掌權把權交給誰呀！』說的多好，要多好有多好！可惜你二姨父沒給我留下一個胳膊腿齊全的子女，否則，你二姨像當年為你二姨父平反那樣，鬧到京城去，至少也要給我的兒子謀個司局級以上的幹部當當。你爸爸當軍區司令員那時候，我求過你爸爸，讓你表弟參軍入個伍。你父親執意不肯，怕人家說他的後門寬大無邊，連殘疾孩子也能入伍。那時候你爸爸也不是不知道，在他的軍區管轄之下就有三個殘廢新兵入了伍，一入伍就進了軍區總醫院，一直養到退伍。退伍以後在地方還得享受殘廢軍人待遇，坐在家裡拿補助。不說了，現在你爸爸也有點兒明白了，有權不用，過期作廢。不說了！根據目前形勢，我們考慮到了你！憑你爸爸的資歷、功績、山頭，你都應該在我黨我軍擔當重任。所以我力主你爸爸媽媽來說服你，叫你棄商從政，殺個回馬槍，搶先撈個要職。一個蘿蔔一個坑，位子有限，要幹就要握實權、握大權。你可是不知道，如今一個在位的小處長，不用說話，要什麼有什麼。自然有人為你安排，要房子有房子，要票子有票子。逢年過節，臘肉、風雞、火腿、板鴨……連鞭炮、焰火都給你預備的停停當當，應有盡有。我知道你不在乎錢，你有，我一看就知道你如今的事業有多大規模。可你無論如何都得參政，管理國家！你說說，軍軍！這是不是頭等大事？」二姨一口氣說了好大一段話，十分得意地扭了一下她發福了的腰，向我爸爸媽媽使了一個眼色，撇了撇嘴，表示：你們聽聽，我的話多有說服力！他能不聽嗎?!我只微微一笑，說：

「您三位飛來找我，就是為了這？二姨！爸爸！媽媽！」

「就是為了這?」二姨不大滿意地說:「聽你的口氣,就是為了這,不該來,是不?」

我慢慢騰騰地說:

「還有別的事嗎?」

「有!」媽媽說:「我,你爸爸,你二姨都有自己的事兒找你談。那都得個別談。我們三個要給你談的頭等大事,你二姨已經代表了。你得認認真真地考慮考慮。軍軍!你應該知道,世上的首富不是也要受當官的管麼?」

「是呀!」爸爸語重心長地說:「古往今來,至關重要的是江山。不然,我們為什麼前仆後繼,把腦袋拴在褲腰帶上幹革命呀!」

我從沙發上站起來,按捺住因為我感到滑稽而想大笑的欲望。很平靜地說:

「首先,我要謝謝二姨和爸爸媽媽的一番好意。你們說的當然有道理,……但是,那只是一方面的道理。我還有另一方面的道理。我國改革開放以來,市場經濟的成分必然一天一天擴大。在這個過渡時期,財產的再分配是按權分配的原則,表現為以權換錢。以前,誰都用馬列主義、毛澤東思想為武器,去打擊自己的政敵。今天,誰都用共產黨的旗幟來掩蓋錢權交換的野蠻、骯髒的方式和過程。對不起!爸爸!媽媽!二姨!我要盡量說得坦率些,坦率就可能比較難聽。事實上,往往是,用髒話才能說出見不得人的真象。正像二姨說的:只要你有權，自然有人給錢給物。目前，中國的權利的象徵是門，是一座一座的門，各式各樣的門。開前門，開後門，半開門，不開門。——當前中國的政治經濟學就這麼淺顯。不管來敲門的是誰？即使明明知道你是強盜、小偷，只要雁過拔毛，坐地分贓，不留痕跡，給你開！可以說掌權就是掌門，掌握國家大權，就是掌握國庫大門。名義上他們是為人民掌權，實際上是為自己和盜賊掌權。有了權，必然就有人來爭權。大的爭權就是政變，林彪生前說得非常透徹。爭權的形式極其殘酷、你死我活、六親不認，可以置億萬生民於不顧……這樣的新故事、老故事要多少有多少。今天的中國，所以要接受現代資本主義，就是因為現代資本主義式的財產再分配並不一定要流血。這就是我要說的另一方面的道理。你們只知其一，不知其二。權換錢，比起錢換權來，風險要大得多！弄不好就得連人帶錢、帶權，全完兒完！經常是：螳螂捕蟬，黃雀在後。權能辦到的事，錢照樣能辦到。就我現在擁有的財富，只要我願意、需要，雇一個內閣大臣當我的小走狗可是太容易了，只要扔給他一根骨頭，他就會死心塌地的替我說話、辦事。就像用一隻機械手替我伸進一千度的坩堝裡撈金子那樣方便。」我這一席既坦率又清楚的話，說得三位老人個個大張著嘴。看得出，他們將信將疑。「如果您們願意，今兒晚上就可以請您們看一個活生生的例子，我立即讓他們打個電話，叫本地的市長來吃晚飯……請你們看看錢和權的關係，怎麼樣？」

「是嗎？」二姨瞇著眼把臉幾乎伸到了我的懷裡，看看我，再把臉轉向爸爸和媽媽。她對我的話顯然有點兒懷疑。我拿起電話，接通了莉莉。請他通知金市長，七點半到酒店總統套房參加宴會，沒外人，是董事長的家宴。

「我看軍軍說的也有道理。」媽媽好像有點兒懂了。爸爸還是不大想得通，主要原因是名份問題。他說：

「說起來，總是不大好聽，商人，怎麼也不如部長、將軍、書記聽著威風。」

「爸爸！」我笑了。「您這是舊觀念。」

不到十分鐘，莉莉來電話。告訴我：張市長欣然應邀，將準時到達。他認為讓他來參加董事長的家宴，是他的榮幸。我把這些話轉告給三位老人以後對他們說：

「怎麼樣？離吃飯還有一段時間，您們先休息休息。爸爸媽媽住總統臥室，二姨住總統夫人臥室，我擔任警衛，住在侍衛長室。」

「我不累，」爸爸向兩個女人揮了一下手。「讓她們去休息，我在飛機上睡過一覺了，我要跟你個別談談。」

媽媽撇撇嘴，向二姨使了一個眼色：

「老頭子有私房話要找兒子談，走！我倒是要在飯前睡上一覺，飛機上那股暈乎勁兒還沒過去。」

二姨也神祕地笑著站起來：

「我去享受享受總統夫人的待遇，待會兒見。」雙手抬了一下，步子顛了一下，走了。

媽媽和二姨走了以後，爸爸和我單獨相對。這幾乎是從我出生那天起，沒有出現過的場面。嚴肅得近於緊張。特別是爸爸，兩隻手下意識的搓著膝蓋。花白的鬢角流著一條條的汗水，弱巴巴的，半天說不出話來。哪兒像是一個在戰場上叱咤風雲幾十年的英雄？我由衷地可憐他。父輩的英雄業績，是我孩提時期聽不厭的神話，我至今都毫不懷疑。爸爸在抗日戰爭初期的百團大戰中，是彭德懷元帥的一名小號兵。他曾經一個孤人、一支馬槍、一把軍號，在一個山頭上堅持了整整一天一夜。一會兒吹調兵號，一會兒吹衝鋒號，一會兒吹休息號，一會兒吹起床號。讓山下一個旅團的日本兵不知所措，既不敢進又不敢退。我軍主力趕到，才解了這個孤膽小英雄的圍。後來在東北，爸爸是排長。日軍大規模清鄉掃蕩，爸爸竟帶著自己的一排人潛入日軍占領下的一座小城裡，太太平平地進行了十天的修整，吃飽了，喝足了，還學習了文件。最後，順便綁架了日軍留守部隊的小隊長。嚇得正在清鄉掃蕩的敵偽軍趕緊殺回城來。在鬼子回城的時候，爸爸正帶領全排，壓著日軍小隊長松板一郎，早已進入冰天雪地的大森林，圍著篝火吃狍子肉、喝日本清酒了。在我童年和青少年時代聽到的戰爭神話裡，爸爸是英雄中的英雄。後來他老了，特別是從領導崗位上退下來。說來也怪，幾乎立即還原為一個無知的農民。但即使他說些無知的話，做些不文明的事，我都能諒解。關於二姨父，也有很多神奇的傳說。當年他在白洋淀打游擊，完全像是《水滸傳》裡的阮氏兄弟。神出鬼沒，所向無敵。最讓我感到悲哀的是：父輩們的勇敢全都是聽說來的，而父輩們的怯懦卻都是我所親眼目睹。

30

唐　賢

這一次又認錯了，原來不是蓮蓮。還是一位貴夫人，也許還是那次我和小刺猬認錯的那位貴夫人。說真的，真像。看來，世界上確有相貌非常相像的人。這位夫人就像一尊蓮蓮的蠟像，但這位蠟像大師太熟悉蓮蓮的外形，而太不熟悉蓮蓮的內心了。它只有和蓮蓮一分不差的外貌，卻沒有蓮蓮那活生生的靈魂。在那錯肩而過的一瞬之前，希望的火焰漸漸在我的心裡升起，越來越高。本來那是幾經死滅了的風中燭火。當我和她離得很近的時候，我以為她的眼睛裡一定會閃射出我非常熟悉的、純真的光輝。哪怕只是一閃而逝，我也會毫不猶豫地抱住她，大聲喊叫她的名字：蓮蓮！即使她否認，我也不會放過她。我已經很害怕我自己的希望的火焰了！它會釀成一場和她同歸於盡的災難。現在，希望的火焰又將熄滅……我甚至對這個希望本身已經產生懷疑：在這個世界上，現在、未來，包括以往，有過蓮蓮這個人嗎？想到這兒，我的渾身發冷，冷得發抖。如果希望真的熄滅了……？我真不敢想……

蓮蓮離開家鄉以後，一直有一個不願暴露身份和姓名的人，安排老爺爺的生活。我給這個人起了一個名字，叫做：錢。爺爺住過半生的鴨寮早已經拆除了，那裡將要修建了一個水上樂園。錢把爺爺搬到了青雲島上，青雲島是一座只有三平方公里的小島，終年青翠欲滴。錢為爺爺買了一座農戶的舊院落，再經過一番修整，就很像個樣子了。因為爺爺如果聽不見小鴨的叫聲就不能入睡，錢在院落的門前開掘了一個水塘，還不斷放養幾隻小鴨。錢無所不能。最初，我常常去看望爺爺。雇一艘小船，划過一道海峽。只有小刺猬陪伴著他，他像是很滿足，雖然蓮蓮從來都沒有來過一封信。錢告訴爺爺：蓮蓮在外國念書，念得很好，生活很愉快。她有花不完的錢，請放心。我告訴爺爺：這很可疑，蓮蓮是不是被人拐騙了去？該不會有什麼不測吧！我的話使爺爺很不高興，罵我：狗嘴裡吐不出象牙來！我越想越是害怕，蓮蓮如果真的是在國外念書，那她就應該會寫信呀！無論如何也該來一封信吧！我天天念叨著：蓮蓮或許已經不在人世了。我的同事們都說我：你怎麼像祥林嫂丟了孩子似的呢？有一天夜晚，海上風疾浪高、月黑星稀。我被一個至今我都不敢重複一遍的惡夢驚醒。我立即奔到海邊，找了好幾戶漁民，沒有一個人願意在這個倒楣的時候出海。最後我以十倍的價錢雇了一個酒鬼，駕了一條破船，靠上了青雲島。拍開了爺爺的門，爺爺的情緒和興高彩烈的小刺猬完全相反。他非常生氣，還沒等我把夢裡的可怕故事說到一半，他就把我推出了房門。還大喊大叫地罵我：瘟神！倒楣鬼！你再也不要來了！我站在海邊，風浪掀了我一身的水。我大哭了一場，只好隨船回來。在回程中，我們的破船兩次幾乎傾覆。為我撐船的那個酒鬼特別兇狠地罵我：「你是個瘟神！倒楣鬼！死蟹！下一次你就是再給我一百倍的錢，我也不會送你這個瘟鬼！我要告訴所有的撐船人，都不要理你！誰理你，誰就要倒血楣！」我是個瘟神？我是個倒楣鬼？是的！後來，我很久都租不到船，也不敢去青雲島。大概過了兩個月，我才搭了別人的便船上了一次青雲島。但是爺爺一聽見我的聲音就把門關起來了，任憑我怎麼敲門，怎麼叫他，他全不理睬。我只好嘆著氣走了，還是小刺猬不忘舊情，每一次都把我送到海邊，看著我上船，不斷地搖著尾巴，像是在安慰我。我也高高舉起手來向它告別。一直到我看不見它擺動著的尾巴，我才把手放下來。我成了一個真正的孤兒了！有很多次，我都可以要求設計院給我分配到另外的地方去工作，我總也沒說出口，我覺得我不該離開這兒。像是命運給我出了一道用任何方法都解不開的數學題，我每天都想解開它。但這道數學題的已知數和根據太少了！海邊上那些熟悉和不熟悉的海鷗飛來飛去，卻對我一點啟示也沒有。我記得一年前的某一天，我必須去那個我特別不願去的地方——普瑞瑪娜大酒店，找一個房地產投資人會談。剛剛走進大堂，我在眾多的人群中，一眼就看見了一個熟悉的背影。是她！只是百分之一秒的時間我就認準了是她。真可謂：驚鴻一瞥。她顯然長高了，比以前豐滿些。她在行路時的一個短暫的停頓中，側著頭片刻遐想的動作，使我熱血沸騰。這正是她的習慣動作！我情不自禁地啊了一聲，想快步追上她。突然，她身上穿著的高貴的黑色晚禮服使我動搖了！不是她!?一眨眼就在我的視線裡消失得無影無蹤。我像著了魔的哈姆雷特一樣，嘴裡念叨著：是她？不是她？是她？不是她？我想把這個不能肯定的發現立即告訴爺爺。當天我就渡海到了青雲島，爺爺還是不開門，無論我怎麼講，他都不回答，像是聾了似的。我只好怏怏地回到船上，當我再一次和小刺猬告別的時候，我突然靈機一動，產生了一個奇想：帶上小刺猬，讓它去找、去認。狗的眼睛絕對不會認錯！為此我高興得發抖。我把小刺猬叫到船邊，把它抱上船，它不僅不反對，反而很高興，拼命地搖擺著它的尾巴。我帶著它走進普瑞瑪娜大酒店。剛一進大門，它的耳朵就豎起來了。它只用了一秒鐘的判斷，就飛快地奔向剛剛關上的電梯，它用它的爪子抓著電梯門。我注意到電梯停在21層，我和小刺猬馬上進入另外一個電梯，在21層走出電梯。小刺猬直奔2102房間，我按了門鈴，但無人應。小刺猬叫著用爪子抓著房門，也無人應。這時，兩個酒店保安人員急急跑到我的面前，用專門套狗的夾棍套住了小刺猬，使得小刺猬連叫都叫不出。保安人員把我帶到一間辦公室裡，大聲訓斥我：

「你怎麼敢帶一隻野狗進入客房？騷擾貴賓！行竊？搶劫？謀殺？」

「我是帶著小刺猬來找人的，它是個非常懂事的家狗，不是野狗。」

「你要找什麼人？為什麼不到總臺去查？」

「我們來找蓮蓮。」

「你們騷擾的房間裡根本沒有這個人，她叫戴茜。」

「到這個房間來，是小刺猬的主意，狗是不會認錯人的。」

「對不起！你都會認錯人，狗更會認錯人！」

「狗絕對不會認錯人！」

「笑話！沒功夫跟你胡扯蛋！走！請下樓！」

他們帶著我，夾著小刺猬，把我們趕出酒店大門。我帶著小刺猬坐在海灘上，撫摸著它的傷痕。我們的四隻眼睛都仰望著普瑞瑪娜大廈，我從它的眼睛裡看到了我的悲哀。我對它說：

「小刺猬！你也跟我有同樣的毛病，太自信了，太自信了！我還看見了一個相似的影子。你連影子也沒看見，就斷定她就在那個房間，你比我還要自信。要麼，我們認錯了人，要麼，我們認錯了時間、地點、場景。總之，我們認錯了某一種東西。可你怎麼還能認識我呢？正因為你沒認錯我，你才會跟著我過海來。正因為我沒認錯你，我才會帶著你去找她。小刺猬！現在也許是一個單靠眼睛已經看不清人和事的時代了……」

小刺猬滿面愁容地看看我，再看看酒店，最後把目光轉向青雲島，它又掛念起爺爺了。我只好為它雇了一隻小船，專門送它回島。在船上，它始終依偎著我，好像在思索著什麼似的。船靠了岸，我就讓它上島了。我不想上島，但是，小刺猬又想隨著我回去。它連續三次跳上船，第四次我把它抱上岸，它才再沒上來了。在我離開岸邊的時候，它仰天長吠不已……一直到看不見的時候，我還能聽見它的吠聲。那一夜，我萬難入睡。奔到沙灘上，仰望著星空。我並未死心，第二天，我又大模大樣地走進普瑞瑪娜大酒店。上了電梯，在21層走出電梯。按了2102房間的門鈴。門打開了！只打開一個小縫，使我首先看到她的一雙眼睛。她的眼神兒有點驚慌，是她！是蓮蓮！是那雙眼睛！我快樂得發瘋。我立即把一隻手插進門縫，這時，她的眼睛在一秒鐘的恍惚裡，閃現出往日朝霞般柔和的光輝。

「蓮蓮！」我脫口而出叫了一聲，那霞光立即就消失了，消失得毫無蹤影。

「NO!MY NAME IS DAISY!」她狠狠地瞪了我一眼，那是我一生一世都沒有看見過的最兇狠的目光。我的手立即縮了回來，她隨即關上了房門，接著我還聽見上門閂的聲音。這樣的目光是真正的陌生目光，我弄不清這張臉是怎麼變的？比川劇裡的變臉還要快得多，川劇裡的變臉還得轉個身，她沒有轉身。我面對木然無聲的房門，糊塗了！也許，也許是真的認錯了人。如果她是蓮蓮，她能不認識我嗎？對！這麼一想也就明白了。不是她，絕對不是她。是我太莽撞了！所以，後來我不再試圖到人叢中去尋找蓮蓮了，就是看見非常相像的背影或側影，即使是真的她本人正面向我走來，我都不會再去呼喚她、追蹤她了。我確信我已經失去了分辨真假的能力。我開始懷疑我的眼睛，它們已經屈從於某須有的幻覺，這大概是由於我的痴情想思和執迷不悟造成的。

31

楊曉軍

文革初期，爸爸參加北京的軍以上幹部會回來。像得了一場重病似的，面色如土，魂不守舍。我偷偷地把我的直感告訴媽媽：爸爸怎麼忽然變矮了？變小了呢？全家都不知道出了什麼事，那是什麼事都會發生的年月，媽媽和我都不敢問他。媽媽像服侍病人那樣把他扶進臥室，給他沏了一杯熱茶，讓他躺在床上。我躲在門外，把耳朵貼在門縫裡聽。

「闖禍了吧！在你臨走的時候，我是千叮嚀、萬囑咐，不要講話，不要講話！你就是不聽，怎麼樣？闖了大禍了吧？」我最討厭女人那副得理不饒人的樣子，哪怕她是我媽，我也受不了。她還越說越來勁兒！「我還拿一九五九年彭老總在廬山會議的下場警告過你。你這個人呀！就是沒記性！共產黨的會是好開的？會場既是公堂，又是戰場，有時候就是刑場！北京那地方能去得的？完全不能去！你非去不可。說什麼，不去就是對毛主席不忠。歷朝歷代，倒楣的都是忠臣，越是忠越是倒楣，掉腦袋的忠臣千千萬萬！你的嘴上又從來不貼封條……」

爸爸今天是怎麼了？要是往常，他早就跳起來了，他從不受女人的教訓。這時候，他只長嘆了一口氣。

「別叨叨了，饒了我吧！」爸爸的聲音嚇了我一跳，我從沒聽到過他會這樣有氣無力地講話。「我根本沒講話！我連屁也沒有放一個……」

「話都沒講，有什麼罪呀？我的老天！」

「在會上，江青看見了我……」

「她看見了你！唉！叫你別出頭，別出頭。叫你在開會的時候往後坐，躲在旮旯里，縮著頭，把帽沿兒拉低些！你大概又得意忘形了！一個軍區副司令官，還了得！讓那個婊子看見了不是？」媽媽說婊子兩個字的時候輕得幾乎聽不見。

「我是坐在最後，躲在吳胖子的背後，哪個曉得吳胖子要拍馬屁，站起來走到前頭去給江青同志的杯子加水。他也沒想到，拍馬屁拍到馬蹄子上了。江青同志疑心特大，把滿滿一杯水都潑在地上，搞得吳胖子灰溜溜地退回來。江青同志的眼睛緊跟著他，正好，她看見了我。江青同志用手一指：『你，我說的是你！你不是楊某人嗎？』我一聽，腦子轟地一聲就炸開了。我身後的老劉用手戳著我的脊梁骨給我遞話：『老楊！立正！』我馬上站了起來，還喊了一聲：『到！』江青同志說：『你不是彭德懷線兒上的人嗎？給彭德懷當過號兵，是不是呀！別以為我長期不參政、不議政，我是秀才不出門，能知天下事。你呀！你可真是彭德懷的吹鼓手！你！你們從來和毛主席的革命路線格格不入！』……我什麼話也沒說……」

「唉！這……這不就算完了嗎！這個吳胖子！怎麼不早死呀！胖成那個樣子還要捧江青的臭腳。人要是倒了楣，樹都要躲開你！怎麼得了啊！這個刀頭會本來就該司令員、政治委員去參加，他們都鬼得很！裝病，讓你去當替死鬼。」

「這時候說那些有什麼用啊！準備個行李卷兒，大不了，到大別山戳老牛腿去！……」

「你哪兒是彭德懷的人呀！給彭德懷當過兩年號兵就是彭德懷的人了？你索性就該頂那

個婊子幾句：偉大旗手江青同志！我是毛主席的人，我是黨的人呀！我為了保衛黨，保衛毛主席，至今我的身上還留著三顆彈頭，一顆是在華北抗戰留下的，一顆是保衛延安留下的，一顆是抗美援朝留下的。你怎麼不說呢？要是我，我敢把軍裝一脫，給她看看你身上的槍眼。問問她：江青同志！你身上有幾個眼子？大概只有一個眼子，就憑你那個爛眼子還想君臨天下？」世界上女人罵女人，罵得最毒。爸爸立即制止了她：

「好了，你就會躲在房子裡充英雄，你到軍以上幹部會上去試試！比我的地位高的人，比我的功勞大的人多的是。一個個都像秋後的螞蚱，誰也不敢動一動……」

「你在會後不會找總理談談？」

「總理？總理這時候能說什麼？江青同志出了口，他敢說一句跟江青同志不一致的話？總理從來都像個驚弓之鳥，別看他在人前腰桿兒挺得筆直……」

說到這兒，媽媽也就沒話好講了。

事情的結果並不像估計的那麼糟，爸爸只是被撤職，沒有察辦，也沒有押送原籍勞動改造。過了幾年，軍委辦事組再向江青提起楊某人的時候，江青居然不記得有這個人和這件事。我爸爸這才官復原職。至於二姨父，我一想起來就覺得難過。那年紅衛兵大串聯，我到二姨家，二姨對我說：

「不得了！你二姨父成了我們省最大的走資派了！今天下午是十萬人大會，批鬥你二姨父。他已經瘦得皮包骨了……」

二姨腦袋晃動的毛病就是從那年開始的。我對她說：

「我知道。」我一下火車就看見全城鋪天蓋地的大字報、大標語上，都是我二姨父的名字。名字倒著寫不說，每個名字前頭不是打倒、炮轟，就是絞死、碎屍萬段……等等。可憐的二姨，我無法給她任何安慰，因為我必須站穩立場，想毛主席之所想。毛主席指向哪裡，我就打到哪裡。大義滅親，絕不為私情左右。要顧大局、創大業。要使中國成為全世界人民永恆的革命燈塔，首先要革自己的命。我不得不坦白告訴二姨：「我們戰鬥隊就是為了參加這個批鬥大會才日夜兼程趕來的。」

二姨欲哭無淚，她的嘴癟了一下，啞聲問我：

「軍軍！你吃了飯沒有？」

「吃了，二姨！我們是毛主席的紅衛兵，走遍全國都有人當貴賓接待，吃得可好了！」

「你不在你二姨家住下？」

「不了，我們戰鬥隊的人很多，都住二中。」

就這樣，我告別了扶著門才不至於倒下來的二姨。我那個表弟已經有十幾歲了，坐在一輛特製的童車上，對著我不斷地傻笑。離開二姨，我就直奔二中。和戰鬥隊的一夥戰友，排著隊，高舉毛主席語錄，高呼口號，跑步進入省體育場。因為我們是外地來的紅衛兵，被主持大會的人安排在靠近主席臺的最前方。臺上是各路英雄的代表組成的主席團。執行主席宣布開會。首先讀了幾條有關階級和階級鬥爭的語錄，接著由一個紅衛兵某一派的司令——是個只有一米六的小女孩兒——宣讀了走資派的罪狀，罪狀冗長無比，臺下幾乎沒有一個紅衛兵在耐心靜聽，一片嗡嗡嗡。好不容易算是唸完了。接下來才是讓人振奮的一聲高喊，就像古代公堂上專門喊堂的衙役那樣：

「把我省最大的走資派黃——明——勛——押——上來！」

這聲喊的效果非常強烈，全場為之一震。一切聲響都嘎然而止。毛澤東曾經說過：群眾是真正的英雄。「真正的英雄」從來都不喜歡冷靜的思考，他們特別喜歡的是轟轟烈烈的宣洩和刺激。二姨父被兩個高大的籃球運動員提著手臂押了上來，第一眼，我根本就不認識他是誰。這絕不是他，這哪兒是他呀！我的二姨父是一個面色紅潤、體態魁梧，很自信，很瀟灑，很有風度的大幹部。每一次見到我，總是先哼一聲，再摸摸我的腦袋，說：要好好學習，走紅磚道路，可別走白磚道路。小時候覺得這句話很有趣，我從沒見過用紅磚鋪的道路，更沒見過用白磚鋪的道路，城裡的路都是灰色的瀝青路。聽人說，他在主管政法工作的時候，是非常嚴厲的。對有言論過失的知識分子，從來都是從嚴從重打擊，毫不留情。現在，這個人只有他頭上那頂高帽子的一半高。面色如土，瘦成了一條兒。他就像一隻被抓到宴席上的一隻小猴，脖子上套在木枷裡，準備剃光了頭，敲開天靈蓋，讓人用小勺舀它的腦漿，就著上好的老抽分吃掉。他兩眼不住的眨動著，乞憐地環視著人海怒潮。據當地紅衛兵戰友介紹，他現在頭上戴的那頂高帽子足足有二十五斤重。當他被運動員按在臺上跪下的時候，全場響起了一陣陣口號的狂濤。喊得最響亮的就是毛澤東年輕時代那句最情感用事的話：「把他打翻在地，再踏上一隻腳！」兩個彪形大漢每個人都在二姨父的背上踏上一隻腳。二姨父哪能經得住這麼大的力量呀！他完全癱倒在臺上了。高帽子也脫落下來。臺下立即高呼：

「不要讓他耍死狗！」運動員一隻手就把他又提了起來。這時候的二姨父就像京劇折子戲《活捉》裡的張文遠，被閻婆惜的鬼魂用兩個指頭一拎，衣裳裡像是沒人似的，晃晃蕩蕩地在空中飄來飄去。在這種亂哄哄的場合下，哪裡是要批判他？他也無法交代罪行，認罪服罪。他只能反反覆覆有氣無力地說：

「我有罪，罪該萬死！毛主席萬歲！萬萬歲！……」那是一種完全失去人格自尊的怯懦，我從那時才知道，怯懦能摧毀人性中最後一線光明。他從靈魂到肉體都墮入黑暗的深淵了。我開始思考著一個問題：人的怯懦是絕對的麼？人的自信和威嚴是相對的麼？當你是強者的時候，你的魅力就像天神頭上的光環一樣。我知道，成為一個強者是很不容易的，而首先是他戰勝或震懾住了許多弱者。一旦他奠定了強者穩固的地位，他是那樣得心應手，所向披靡。當毛澤東是個強者的時候，只要他的手向你一指，不管你的地位有多高，資格有多老，也要應聲倒地。而垂危的毛澤東，僅僅是看到天安門廣場上，為追悼另一個人，泣聲震天，白花遍地。他一下就衰弱了。他生來就是不能低人一籌的人，特別是在人格上低人一籌。一個特別強的人往往只要稍稍失去一點點兒自信，就像盈水決堤一樣，全都一洩而空了！看來一切大智大勇者的心理基礎不是別的什麼東西，而是人格意義上的自信。失去了人格自信，你就會是一個軟弱的嬰兒。二姨父當然還不能和毛澤東相提並論，但我們的上一輩當權者，在意識形態上太頑固了！用一句老百姓的話來說，就是：認死理。對別人認死理，可以置人於死地。最終自己也會死在自己的死理上。正因為如此，他們無法真正理解：福兮禍所伏，禍兮福所依。特別是奪取政權以後，一切變化並非事出偶然，但對於他們每一個人來說，都是突發事變。要麼手足無措，要麼萬念俱灰。或者是得意忘形，再不然就是：得志便猖狂，對逆鱗者堅決實行鎮壓，不計後果。總之，他們很不智。說得好聽點兒：他們太老實了！即使是毛澤東也還是太老實了！不夠狡猾。為了硬，就必須同時做到軟，別以為你是劍，你的硬度就夠了。還有比劍更硬的東西，能使劍寸斷！無怪戰國時代的鑄劍大師，不僅要把劍鑄得削鐵如泥，還要能柔繞如帶。他們大多數都不會表演，即使是林彪的演技也是非常拙劣的。否則他不會那麼早就暴露無遺，落得個粉身碎骨，死無葬身之地。世界上許許多多大強人，最終都要回歸為怯懦和無能為力的嬰兒。西楚霸王從垓下聽楚歌時起，就注定了他的英雄末路，敗走烏江是他的必然結局。力可拔山，卻經不住故鄉人那雙失望悲戚的目光之一瞥。諸葛亮當初身處天下紛爭之外，作為一個旁觀者，在精神上是個智慧的強者。一旦進入天下紛爭之中，最終仍然由於怯懦和無能為力而作清醒的垂死掙扎，生命之火被輕風一吹，就熄滅於五丈原了。范蠡就很不同，他非常高超地表演了一個轟轟烈烈的角色，左右了吳越兩國的興亡。但是，他能夠適時進退。他就是一柄既可削鐵如泥、又可柔繞如帶的寶劍。范蠡既保持了人格的光芒，又保持了軀體的完整。所以，我想要扮演的就是一個既可以投入，又可以間離的演員。內中的道理我已經無法向變得非常怯懦的爸爸、媽媽、二姨和他們那一代的老人說清楚了！說也無益！

32

小刺猬

人是一種多麼奇怪的動物，記憶力之差，實在讓我震驚。我的小主人蓮蓮不但應該認識我的皮毛、嘴臉，也應該認識我的聲音。就是我的氣息，你都應該一聞就能知道：啊！小刺猬來了！不要說我那樣拼著命狂叫，即使我輕輕地哈一口氣，你都應該聽出是我。我真不明白，這是為什麼？我們狗類的眼睛非常特別，不管你的皮毛怎麼換，我一眼就能把你認出來。因為我們壓根兒就不看皮毛，即使你的臉上畫成鬼臉，我們還是能一眼認得出你是一個人。反之，一個鬼扮成人的樣子，我們也能一眼把它認出來。我們一生下來就視皮毛如無物，不管你的皮毛有多麼珍貴，我們都不會眼花撩亂。我們辨認的是生命的神彩、個性、氣息、聲音和風度，一認一個準。從來都不會有絲毫差錯，特別是曾經朝夕相處的主人，我怎麼能認錯呢？我隔著房門看得清清楚楚。蓮蓮的裝束和過去的確是大不相同，我已經說過，皮毛對於我是特別次要特別次要的。鹹糖的裝束像我的皮毛一樣，總也不變。你如果真的已經不認識我了，可為什麼你連鹹糖也不認識了呢？你總是和鹹糖黏在一起，舔他，他也讓你舔。別人不知道，我還不知道嗎？你們那樣黏乎，曾經引起我很大的誤會。我以為他在欺負你，你是在掙扎。我以為你們也像我們狗類一樣，抱在一起用嘴死命地撕咬。你忘記了吧？你們每當黏乎在一起的時候，什麼都顧不上了，海浪幾幾乎把你們完全淹沒。後來還是我把你們滿沙灘亂扔的衣裳銜到你們身邊，那時我才知道你們為什麼要穿衣服，因為你們渾身上下都非常非常光滑，毛非常非常少。所以你們不穿衣服就害羞，可你們抱在一起互相舔、互相咬、喊叫著在沙灘上翻滾的時候，為什麼就不知道害羞呢？

鹹糖可是認識你，他是專程把我從青雲島接出來，讓我來認你的。我原以為，你會一聽見我的腳步聲就把房門打開了，讓我跳進你的懷抱裡。不管我的鼻子乾淨不乾淨，你都會讓我親你的小臉。你還在那間會上升和下降的小房子裡的時候，我就看見了你。你好像從那時就害怕我了，也許是害怕鹹糖，為什麼？我們從那座高樓上被人趕下來，坐在海灘上，鹹糖向我說了很多話，每一句我都能聽懂。但是我知道我的話人是聽不懂的，所以我什麼也沒有說。即使人能聽懂我的話，我有什麼好說的呢？才只有幾年的時間呀！鹹糖說：我們或許是認錯了時間、地點、場景，認錯了某一種東西。——事情有那麼深奧嗎？你向我談哲學問題，別人會笑話你的！沒人笑話你，是因為沒人在我們旁邊。想起那些穿制服的人，我又好氣又好笑。他們動不動就使用武力，不問青紅皂白，先套住我的脖子，使勁兒勒，勒出了血。其實他們和我的職業是一樣的，可我絕不會像他們那樣粗暴。每當有陌生的動物或人走近我們的鴨寮的時候，我懂得先察言觀色，盡量弄懂它的來意。大多數應該是善意的客人，是想和主人交朋友的。當然也有盜賊和心懷叵測的人。我只是為了警告它才吼叫幾聲，也可以說這是提醒、勸說或者是詢問。不聽，而且主人下令，我才會呲出牙來嚇唬它。如果它敢於打我、踢我，小看我的戰鬥力，對不起！我會撲過去，咬斷它的喉嚨。在船已經靠上青雲島的時候，鹹糖三次把我抱上岸，我都很不甘心。我還想奔上那座高樓，到蓮蓮的房門外去喊叫她。一直到她開門出來和我相認。我還會給她翻筋斗，轉著圈兒咬自己的尾巴，我還會像人似的兩腿直立，給她作揖。這些都是蓮蓮讓我經常表演的絕技，每一次你都會賞我一些很好吃的東西。你認出了我，自然也就會認出鹹糖和爺爺。你一定會回到我們中間來，我們的共同的時光又會像以前那樣美好快樂，爺爺和鹹糖又會和好如初。我們再飼養好多好多顏色不同的鴨群，我保護著它們的白天和黑夜，在它們中間是非常有趣的。我可以管束它們，警告它們，和它們逗著玩兒。鹹糖還是每天傍晚來，深夜回去。我護送著你們，蓮蓮還會舔那塊鹹糖，不斷地舔。你們如果還要在沙灘上互相撕咬，請放心，我再也不會把你們這種死命的親熱誤認為打鬥了。爺爺絕不會像現在這樣：睡眠時間比走動時間多，憂愁的時間比開心的時間多，糊塗的時間比清醒的時間多。他越來越不願意出門了。按月有人給他送來糧食、雞魚肉蛋和一疊印著同樣圖畫的紙片兒。那人每一次來送東西的時候，手裡總是擎著一根鐵棍。站在老遠的地方就開始喊叫了：我來了！看住狗！爺爺這才從床上起來，抱住我，開門，把那人讓進來，把我關在門外。只有一會兒功夫，那人就出來了。爺爺把他送到門口，再把我抱回來。那人來過好多次，總也喚不起我的好感。我特別恨他，他一來，我就要在門外喝西北風，而且很不體面，好像我在老主人面前突然失去了固有的重要性似的。他很清楚地知道我對他的不諒解，所以他從來到去都舉著鐵棍。他對他的鐵棍的可靠性並不那麼踏實，我在他右腿肚子上留下牙印兒的那一次，他的手裡就拿著鐵棍。他剛剛把鐵棍舉起來，我就鑽進了他的襠裡，等他要把鐵棍掄下來的時候，他的腿肚子已經流血，手也抓不住鐵棍了。有一次，我偷偷地溜出屋，跟蹤他到海邊。我才發現他坐的是一艘靠放屁前進的小船，小船用不間斷的屁打起波浪來往前飛，飛得真快，一會兒就不見影兒了。我懷疑他騎的是水怪。每一次爺爺收到了東西，都要高興一陣兒。一遍一遍地數著那些印著同樣圖畫的紙片兒，用秤稱著雞魚肉蛋，還要把雞蛋拿起來對著太陽一個一個地察看內中的黑影兒。他在藏那些印著圖畫的紙片兒的時候，連我也不許在屋裡，而把我關在門外。這對於我的自尊心是個極大的傷害！我真不知道那些紙片兒為什麼那麼寶貴？好像有了那些紙片兒，什麼都可以不要似的。沒有蓮蓮，沒有我，沒有鹹糖……全都可以。但我卻始終如一地愛他，忠心耿耿地保護著他，親親熱熱地陪伴著他。現在他的身邊，除了我還有誰呢？可以說他是舉目無親。我說這話的前提是：除了我。

人不像狗，他們容易受外在事物的影響。想當初，我們住在鴨寮上的時候，爺爺睡在蓮蓮的身邊，非常安穩。即使鴨群驚叫起來，他也不會驚慌。他知道我會去保衛它們，安撫它們。現在只養了幾隻鴨子，白天、黑夜，只要有一點兒響動，他就會去摸他枕頭下面的那把長刀。那把長刀，以前是擺在天臺上劈柴和砍椰殼用的。就因為他把長刀擺在枕頭底下，才使得我不敢和他靠得太近。有一次，我聽見窗外有一隻松鼠跑過，突然豎起耳朵。他立即從枕頭下面抽出長刀，如果不是我及時叫了一聲，我的腦袋已經被他劈成兩半了。真玄！從前，爺爺不是這樣的。我記得很清楚，有一次，深夜，一條比人還要長四倍的蟒蛇爬進鴨寮。我嚇得只會圍著它嘰嘰嘰亂叫。爺爺一個箭步撲上去，一隻手抓著蟒蛇的脖子。蟒蛇連著繞了幾繞，立即把他纏得緊緊的。他哼了一聲，用另一隻手把還冒著火星的煙袋鍋子插進蟒蛇的血盆大口之中。蟒蛇一下就鬆開了，爺爺並不就此罷休，把它硬是拖到天臺上，用長刀的尖鉤住蟒蛇的喉嚨，用力一拉，把那麼大的一條蟒蛇劈了個兩半。我能做到的只是咬住蟒蛇的尾巴尖，蓮蓮也只是及時把長刀遞給了爺爺。從前的鴨寮日日夜夜都不關門，也無門可關。現在，爺爺出門撒泡尿都要鎖門。回到屋裡，關了門，還要加門閂，加頂槓。有時候，深更半夜不放心，還要爬起來再摸摸，看頂得牢不牢。一根枯枝風吹斷落的聲音都能嚇得他打寒顫。我常常忍不住想笑，又不敢笑，而且不會笑。人們！誰看見過狗是怎麼笑的嗎？我們也不會說人的語言，人也不懂狗的語言。狗和人之間只能靠互相猜測來溝通，而這種溝通是非常粗糙的、簡單的。所以人類就簡單化地誤認為我們的智商很低。人有一句俗話說：狗眼看人低。此言大謬！應該反過來說：人眼看狗低。我們的眼睛在最黑的暗室裡能夠明察秋毫，甚至隔著牆靠嗅覺能嗅出看不見的輪廓、色彩和聽不見的聲音、動作。人只能靠不可靠的想像。特別可惜的是：我們不會寫作。如果我們會寫作，我們一定能寫出世界上最暢銷的黑幕小說、公案小說、偵探小說、警匪小說、艷情小說和性濫交小說。中國各大都市的書攤兒上絕不會擺滿諸如《廢都》、《騷土》之類的書，取而代之的將是署名小刺猬的系列名著了。

33

楊曉軍

爸爸很久都沒說出話來。我只好問他：

「爸爸！您有話只管說。這兒只有您和我……很嚴重嗎？」

他那已經有了白內障的眼睛茫然地看著窗外的大海，又停了很久，才長嘆了一聲：

「唉！沒想到，沒想到啊！軍軍！」

「您應該想得開，爸爸！年紀大了，一切都要澹泊些。沒有職位更超脫，離休老幹部在中國也還算是特殊階層。生活、醫療，國家全都包了。您的脾氣我知道，一看電視，一看報紙，一聽廣播就生氣。看不慣這些在位的人，他們那豪華奢侈的排場，他們那飛揚拔扈的態度，他們那趾高氣揚的聲調。黨風、民風和軍隊的老作風蕩然無存，軍隊居然公然經商，槍桿子與民爭利，後果不堪設想。可這些，你就是氣死，能夠改變嗎？別說您是一個不在位的老幹部，即使是毛主席再活轉來，他也無能為力。爸爸！您就不聽廣播，不看電視，不看報紙。吃的好些，穿的好些，到處旅遊。您想坐什麼車？只要說一個牌子、型號，我在一個月之內從美國給您運到北京。雇傭司機的費用由我來負擔……您也可以學學打高爾夫球，趙紫陽、萬里不也是老幹部嗎？他們能學會，您就能學會。他們靠特權打高爾夫球，咱們有錢！一樣可以打高爾夫球！……」

爸爸慢慢地搖搖頭，用沙啞的聲音小聲說：

「軍軍！你想到哪兒去了……我退下來以後，想得開的很。想開了，沒有車就沒有車，中國百分之九十九以上的人沒有車。好歹我出門看病還能打電話向幹休所要車，比起普通老百姓來，當然也還是特殊階層。你也別給我買車，我要車有啥用呀？還打高爾夫球呢！現在的問題是——你爸爸還處於飢寒交迫之中！」

「什麼？什麼？」我以為他說話用詞不當，或是思維混亂。「爸爸！您再說一遍。」

「你……你連你爸爸的話都聽不懂了？我說的是飢寒交迫！」他真的急了。「就是沒吃沒穿！懂了吧？」

「沒吃沒穿？」我哈哈大笑起來。「怎麼說起呢？我年年都給媽媽匯款，每年都不少於一萬美元，補貼家用。加上你們自己的工資，在中國應該說，可以過得很不錯，不算最闊綽，也不至於飢寒交迫呀！」

「什麼？」爸爸目瞪口呆地看著我。「你每年都給你媽匯一萬美元？也就是八、九萬人民幣。我不知道，一點兒也不知道。」

「您會不知道？我所以匯款都寫媽媽的名字，是因為您從來都不過問這些事情，我想您應該理解……」

「好哇！這不是日本鬼子對付我們八路軍的辦法嗎？你媽對我搞經濟封鎖！我一直都蒙在鼓裡。我的工資從來都是她去領，買什麼，吃什麼，穿什麼，都由她決定。簡單說，她專了我的政！不許我吃肉，說是動物脂肪增加膽固醇。不許我吃魚，說是『刺兒多，卡住喉嚨要開刀。』不許我吃甲魚，你知道我頂喜歡吃的就是甲魚。說是『太貴，差不多要一百元一斤。咱們不能生活得太奢侈，要保持老革命的晚節。』不許我吃雞，說是她在報上看見過一位權威醫生的文章：『吃雞可能致癌。』雖然只是可能，為了保險起見，不許吃。可吃什麼呢？新鮮蔬菜不許吃，『剛上市，太貴。』可以吃的是罷園的黃瓜、結了子兒的茄子、發芽了的土豆……再說穿衣，我穿不慣西裝，也怕打領帶。天冷了，想把以前的呢子將軍服拿出來擋擋風寒，不許！你媽說：『簇新的呢子衣裳，你竟然忍心拿出來穿!?五十年代的舊軍裝都還沒穿破，離休在家，擺給誰看?』你想想，我還能說什麼?軍軍!水電煤氣都由她來控制，她有她的標準，不許超過一度。這個月超過了，下個月一定得省回來。一天只能抽兩次馬桶，上午一次，下午一次。這不是飢寒交迫是什麼?!」

我聽著一直都以為他是在說笑話，聽到後來，爸爸的聲音越來越大，情緒越來越激烈，最後，眼圈兒都紅了。

「至於嗎?媽媽她是怎麼想的?」

「怎麼想的?鬼知道!我能為這事兒跟她談思想?廚房門上掛根秤，買了菜回來，樣樣都要複秤，缺個一兩、半兩，她就提著秤上菜場去找菜販子爭吵……」

「錢都到哪兒去了?」

「錢都送進了銀行，她有了九分錢，就想方設法補足一毛。有了九毛，就想方設法補足一塊，補足了一塊就往銀行裡跑……」

我搖著頭，不斷地嘆氣：

「這是真的嗎?這是真的嗎?這是真的嗎?……」

「我是你爸爸!我可以拿黨性保證!」

爸爸氣得眼淚都流出來了！唉！不僅我沒看見過他流淚，誰也沒見過他流淚。聽說，他在當師長的時候，淮海戰役一場惡仗下來，全師傷亡過半，自己也躺在擔架上，可他一滴眼淚都沒流過。

「媽媽可能不知道，銀行的利息最大是千分之八，中國的通貨膨脹率是百分之二十以上。這個賬是很容易算的嘛！」

「我對幾分之幾一竅不通，我只知道人起碼要有個溫飽，連個溫飽都沒有，存錢幹什麼？」

「爸爸！這樣，讓我來說服媽媽……」

「不行！不行！」他連連搖手。「這種人是能說得服的嗎？連試也不用試。你要是把她說急了，她會說：『你以為我快樂？我比你還苦！』是的，她比我苦多了。我曾經向她提出過一百次存錢為什麼？她的回答是：『我怕！』可她怕什麼？鬼才知道……她怕什麼？」

我沒有再說什麼。我想，每一個時代有一個時代的病症。八十年代以前，中國年年月月都突出政治，突出到夫妻之間都要搞階級鬥爭，搞得死去活來、心驚膽顫。到頭來連毛澤東本人都惶惶不可終日，而且特別荒誕的是：他又何嘗知道無窮無盡地突出政治是為了什麼呢？突到哪兒才算完？那是一種恐白症。因為白被認為是反革命的象徵，紅才是革命的象徵。所以人們恨不得用自己的或是別人的鮮血把自己染紅。現在人們又都在突出掙錢、攢錢、撈錢、搶錢、騙錢……同樣是死去活來、心驚膽顫，許多人也都不知道為什麼？可能只是隱隱約約地感覺到，一個金錢至上的時代即將要取代革命至上的時代了！這是一種恐窮症。和恐白症一樣，都是不治之症。我苦苦思索了好久才說：

「爸爸，是不是具體問題具體解決？我給你辦一個長城卡，或者牡丹卡，你用錢就方便了！」

「你給我的卡藏在哪兒？」

這似乎真的是個難題，我說：

「不要藏，就放在衣服口袋裡。」

「我沒有口袋。」

「沒有口袋？」我很奇怪。「你的衣服上不是有口袋嗎？」

「我身上的口袋是我的嗎？我的口袋裡要是有一分錢，也要被她拿走……我叫她把我的口袋統統縫上，她又不幹。你替我想想，我算個什麼東西？！」他聲嘶力竭地喊叫著老淚橫流。

「別激動，爸爸！想想辦法，想想辦法……要麼，您跟我到國外去住一段？」

「到國外，要我吃麵包、生菜？」

「不，爸爸！現在國外到處都有中國料理，有些還相當不錯。」

「你以為她會讓我放單，她也要去。她早說了：「你到哪兒，我到哪兒。一副手梏兩個圈兒，一個圈兒套在你的右手腕兒，一個圈兒套在我的左手腕兒。咱們倆是生死冤家。」我說：「我是要死的！」她說：「你死就訂做一隻大棺材，一起躺進去。」我說：「現在只有火葬。」她說：「一把火燒成灰更好，就不分你我了。」我說：「那你的錢怎麼辦？你怎麼帶走？」我這麼一問，她反而衝著我大喊大叫起來：「我哪兒有錢？那麼點兒錢是為了防老的。」我說：「我們已經老了！沒幾年好活了！」她說：「且不會死呢！粗茶淡飯，能活百年……」你聽聽，她跟你胡攪蠻纏，你有什麼辦法？」

「這……」真是很難設想，他們的兒子主持著一個年利潤差不多一億美元的商業集團。他的父母卻過著畸形的貧困而又痛苦的生活！而且他們的兒子居然束手無策。「爸爸！讓我想想，問題總是可以解決的，您放心！」

「兒子！算了！我根本就沒有指望你能解決，根本就解決不了！你也別想了。就這麼過吧，吃不飽也餓不死……」

「恐怕還是要找媽媽談談，我們三個人在一起談談？」

「那還了得！她會說我沒出息，向兒子告狀。在這兒她當然不會大發作，回去以後就夠我受的了。他會鬧得天翻地覆慨而慷。她會把一大堆帽子向我扔過來。什麼老幹部蛻化變質呀！擋不住資產階級糖衣炮彈的襲擊呀！羨慕資產階級的生活方式呀！老貪饞！老不成器！老不正經！非得把我罵得連門也不敢出。左鄰右舍都是歷任的司令員、政委。他們還以為咱們家出了什麼醜聞哩！我丟不起那人！」

「爸爸！別著急，媽媽肯定也要找我談的，先聽聽她的，然後再想辦法……只好這樣……」我正說著，媽媽從她的臥室裡出來了。一面笑，一面說：

「這床太軟了，太乾淨了，反倒睡不著。你們爺兒倆的話還沒說完？你爸爸總是說：就是你們女人的話太多！怎麼樣？不但是女人吧！」

爸爸沒作聲，歪著膀子斜著眼睛走進了臥室。

「老頭子怎麼了？」媽媽奇怪地看著爸爸的背影，說著在我身邊坐下來。「唉！你爸爸的脾氣越來越壞了。對他百依百順都不行。你都看見了，越老越小。小得就像三歲孩子！你娘的命苦哇！想不到老了還要哄孩子。」

「媽媽！我看爸爸還好嘛。」

「還好？那是對你！甭提有多『好』了！」

34

陸美珍

這會兒申喜應該來了。一般情況下，我的房間裡有沒有人，他都了如指掌。所以他敢於乘虛而入，在這麼多的枯井中找到了我，說明他決非等閒之輩。我也知道，他的目的不只是為了上我的床，順便賺我一點兒小錢。人人都說我的眼睛是一雙醉眼，可很少有人知道，我的這雙醉眼是和一雙最清醒的眼睛重合在一起的。我就像一條鱖魚，整天都好像睡不醒似的沉在水底。有些魚游到它身邊，以為它很遲鈍，企圖吞掉鱖魚身邊的魚卵，結果卻被鱖魚一口吞進腹中。當它吞進一條比它小一圈兒的偷襲者以後，顯得更加蠢笨。申喜以為我真的是一條醉魚，終於有了動作。在事後的兩天之中，他時時都想進來試探我，觀察我，我都把他打發走了。那天我在酒吧裡喝酒，一瓶人頭馬COGNAC喝了一大半。我把房間裡的鑰匙交給了申喜，讓他去為我拿醒酒藥，醒酒藥是裝在一個極小的紅色玻璃瓶裡。玻璃瓶放在衣櫥裡的右下角。我的那個鑲嵌貝殼的珍寶匣就在它的旁邊。匣裡裝著我最珍貴的金銀首飾的複製品，個個逼真，價值卻都很低。真的卻都藏在另外一個地方。我曾經特意給申喜欣賞過那些贗品，我從他流露出的神情裡，看到了他隱藏得很深的貪心。醒酒藥拿來以後，我並沒有吃，又把剩下的半瓶酒喝得光光的，但我沒有醉，實際上酒精對我沒有作用。而我特別願意沈溺在醉意之中，更便於靜觀世態人情。子夜一點，申喜把我扶進我的房間，我藉著酒勁兒倒在床上，像是不省人事的樣子。因為酒吧裡還有很多客人，他就又回去了。他一走，我就把我的珍寶匣拿了出來，打開一看，果然，他拿走了一只鑲藍寶石的金戒指。顯然，這是他的第一次的試探。第二天我去酒吧的時候故意對他說：

「昨兒晚上我是自己回去的嗎？」

「是我送您回房間的，陸小姐！」

「我什麼都不記得了……」

「是嗎？」他有點得意地笑了。「陸小姐！您今兒少喝點兒，別傷了身子。」

「沒事，一醉方休嘛！我醉了，一不發酒瘋，二不嘔吐，三不亂說話，而且醺醺然好像騰雲駕霧。我的醒酒藥也不知道弄到哪兒去了，索性不吃醒酒藥，也好，可以長醉不醒，舒服極了！」我半閉著眼睛睥睨著他，我注意到他在我提到醒酒藥的時候有一陣止不住的輕鬆感。這小子！你得手的多麼容易呀！

門鈴響了，我知道是申喜。打開門，果然是他。他剛剛帶上門，就迫不及待地撲過來，首先來一個長長的吻。對於女人他真是個老手，一個長久、溫柔而深深的吻就能讓你激動得天旋地轉。讓你想立即把他整個兒地吞進去，讓你覺得非他莫屬，讓你自動就範。我不能自持地軟癱在地毯上，他的力量很大，一下就把我抱了起來，風捲殘雲地脫去我的和他自己的衣服。他知道我喜歡半強暴式的序幕，接著要的是溫柔而悠長的纏綿。今天他很用功夫，他對我太熟悉了，這一次他完全在俯就我。細膩、堅挺、弛張交替。我似乎已經忘了他的卑鄙、貪婪和陰險，享受著他在我身上精心表演著的角色。從相貌、聲音到性技巧，他都算得上一個一流的情種。他，只有他能讓我把他分解開來對待。那個為我厭惡和警惕著的人，此刻已經退避三舍。為我喜愛、並為我的幻覺粉飾著的另一個正擁著我。他每給我一個吻都要加一聲讚美，還不斷地輕輕地問著我的感覺，就像往火焰上吹氣一樣。後來，他也真的扔掉了另一個自己。多麼可笑，兩個申喜，一真一假。這時，情人申喜是真的。當他從我身上滾下來的時候，情人申喜就成了假的，盜賊申喜才是真的。在他穿好制服，正要出門的時候，我已經很累了，不想動，但我還是叫住了他：

「等一等！你過來！」

他回到我的床邊，敷衍地給了我一個吻。我裝著不經意地小聲對他說：

「那件東西是很值錢的，別弄丟了……」

「什麼？」他太沒思想準備了，失聲大叫起來：「你……你說什麼？陸小姐！」

「你的耳朵今兒是怎麼了？我的話你都聽不清了？我說：我怕你不懂那件東西的價值。」

「什麼東西呀？陸小姐！」

「別大驚小怪好不好？我累了，去吧！去吧！」

「我真的不知道是什麼東西，我……怎麼會……」

「別緊張！小喜子！是件很小很小的東西……」

「不管多麼小的東西，我什麼都不知道呀！」

「保存在你那兒也一樣，替我保存著吧，只要別丟了。什麼時候我要用，我會向你要。去吧！」

「陸小姐！」他已經按捺不住自己的恐懼了。「別開玩笑呀！陸小姐！您真會開玩笑，我……我可是吃不消……」

「我告訴你別緊張，別緊張，你非要緊張……」

「陸小姐！這種玩笑是不能開的！您的什麼貴重東西丟掉了？陸小姐！我不能不清不白地離開這間房子呀！……」

我翻了一個身，把臉背著他說：

「我不是說過嗎，是一件小東西，不就是一個鑲藍寶石的金戒指嘛……」

「啊！」他立即呼天搶地地大叫起來。「天啊！您怎麼能開這種玩笑呀！」

「小喜子！你知道，我從不跟你開玩笑，你是什麼人，我是什麼人，跟你開玩笑？」

「我敢發誓！」

「我當然相信你敢發誓，別這個樣子！你這麼一鬧，把剛才我享受到的那點兒樂趣全都給破壞了，你應該讓我有個想頭呀！」

「我……從沒拿過您的任何東西，哪怕是一盒火柴。」

我懶洋洋地說：

「比火柴盒小一些。」

「如果您一定要這麼說，請拿出證據來。我真急了！陸小姐！您不要讓我蒙上不白之冤好不好？」他跪在我的床沿，搖晃著我的肩膀。

我沒理睬他，坐起來，用遙控開關打開錄像機和電視機。屏幕上很快出現一隻戴著手套的手捧著珍寶匣，一張得意的臉——任何人都可以準確無誤地看出這就是申喜的臉。只一分鐘，我就又關上了。他一時沒說出話來，噎住了。我平平地、舒舒服服地躺下來，翻個身，背朝著他，咕嚕著說：

「戴著手套，當然不會留下指紋，你叫我去哪兒找證據？」

申喜不叫也不鬧了，我能聽得見，他的呼吸漸漸急促。我知道，這不是性衝動。接著，我聽見他「噗通」一聲直挺挺地跪下了。我輕聲警告他：

「我的小錄像機正對著你哩！別再留下你那難看的樣子，噁心我了！再說警鈴的按鈕就在我的手裡。」

又停了一會兒，他才說話。

「陸小姐！我是跟您開玩笑的……」

「這就對了，我是個從來不會開玩笑的人，只有你會跟我開玩笑。」

「我馬上給您送回來……」

「不了，存在你那兒不是很好嗎？走吧！我累了，要歇一會兒。」

又等了一會兒，他才說：

「那……陸小姐！我……去了？」

「去吧。」他這才拉開門走出去。後來，我就進入了夢鄉。

不知道過了多長時間，我朦朧中感覺到有一個有鬍子的嘴扎了一下我的臉——蘇薩來了。我努力睜開眼睛，看見他正在解鈕扣。他和我只能用英語對話，他解釋說：

「寶貝兒！我是特意到瓊雅轉飛機來看你的，只有四個小時的時間……」

「四個小時？」我一躍而起。「蘇薩！趕快去客房部去一趟。」

「做什麼？」

「去把明年全年的房租交了，快！」

「還早哩！再過兩個月也不遲呀！寶貝兒！」他一邊說、一邊脫衣服。

「快去！不把明年的房租交了，你就別想上床，蘇薩！」我一邊說，一邊穿衣服。

「寶貝兒！你怎麼……現在才是八月呀！」

「去交了！」我毅然決然地跳下床。「提前交房租可以打折扣！你會不懂？你這個臭皮匠！」最後一句話我是用中文說的，他聽不懂，但知道是罵他的話。

「這……等一會兒不行嗎？」

「等一會兒？這次來，只有四個小時，你肯定會在床上磨蹭三個半小時。半個小時要用在去機場的路上，你的花樣我太清楚了！蘇薩！」

「寶貝兒！一會兒也不能等嗎？現在最重要的是愛情……」

「蘇薩！你一會兒也不能等嗎？現在最重要的是經濟問題。」

「好的！」他看我毫不讓步，就只好穿上褲子，我就脫了裙子。他再穿上襯衣，我就脫了襯衣。他套上夾克，我解開胸罩。他打上領帶，我鑽進被子。他恨恨地說：「寶貝兒！寶貝兒！你太殘忍了！」

「寶貝兒！寶貝兒！如果我對你不殘忍，對我殘忍的人就會把我吃了！這當然是你所不樂意的。寶貝兒！我等你。」我給了他一個飛吻。

35

楊曉軍

我看著已經很衰老了的媽媽，心裡有一種說不出的難過。我雖然不可能看到她和二姨在大學裡，一對姐妹校花的時代。但我看到過她們那時的照片，不僅光彩照人，而且是一派大家閨秀的風範。她們當初所奔赴的，是一種她們並不完全懂得的理想。她們當時認為：她們心中的理想比她們自己要美麗的多。人當然會在歲月的流逝中發生變化，可為什麼她、也包括爸爸的變化會如此奇特呢？艱難時事，坎坷人生應該使人更透徹、更達觀、更自由，為什麼會剛從政治的枷鎖裡鑽出來，又鑽進物質的枷鎖呢？我沒有先說話，我想聽聽她的。她用憂心忡忡的語調平靜地娓娓道來：

「我，當母親的，對你，是盡到了責任的。當兵可以讓你及早離開農村，我及時讓你當了兵。出國能讓你開闊眼界，我想方設法讓你出國。每一次你爸爸都臭硬，死也不肯出面求人。你老娘只好腆著臉挨著個兒去找總長和副總長的夫人，總算讓你當上了駐外武官。等到外貿工作熱門的時候，我又到處奔走。先求軍委下命令，批准你脫了軍裝。再到國務院外經委找你爸爸的老部下，有時候，打通一個關鍵人物，要拐十幾個彎子。這才把你調到外貿部，先到外貿學院學進修外語，又活動外貿部的人事部門把你派到駐外貿易機構擔任職務……後來，當然是你自己很爭氣，沒有辜負我們當父母的期望。通過國家外貿這個臺階，——其實只在開創時期借助了一下國家的資金和各種關係。一步跨上獨立外資的道路，這就自由多了！前一陣子，聽你二姨一叨叨，我們還真有點兒不踏實。覺得咱楊家也應當在政府舉足輕重的部門裡，有個一官半職才對。見到你以後，經你那麼一解釋，我們也就不那麼擔心了。你，兒子！我不是當面誇你。你繼承了你爸爸的帥才，也繼承了你媽媽我的人緣兒。——按如今的說法，就是公關才能。你真不簡單！幾年功夫就開闢了這麼大的局面，說句傻話：就像變魔術一樣。雖然我們也有過顧慮，你畢竟是革命後代，資產階級的帽子還真不大習慣。後來聽說小平同志對於時至今日還在辯論姓「資」、還是姓「社」？很生氣，我們就完全放心了。我們過去太重視標籤兒，從來都不知道標籤兒是可以任意貼的，貼了，還可以揭、可以換嘛！再說，你是你，我們是我們。我們一如既往，過著清貧澹泊的生活。你也知道，離休人員的收入是死的，不會減少，也不會增加。可物價在不斷上漲，青菜、蘿蔔天天都在漲，更不要說雞魚肉蛋了。不節約，今後的日子怎麼辦？……」

我不由得插話了。我說：

「媽媽！我不是每年都給您寄一筆生活補助嗎？」

「是呀！那是你當兒子的孝心。可那是美金呀！美金怎麼能花呢？美金是不會貶值的……」

「不，不！美金也會貶值，自從有美金那天起，一直都在貶值。」

「至少比人民幣好得多呀！」

「如果美金您捨不得花，我以後就把美金先換成人民幣再匯給您。」

「你瘋了！軍軍！千萬別幹那種事！美金換成人民幣，可是吃了大虧了。我只要有了多餘的人民幣，就要到大街上去換美金……」

「媽媽！這麼說，我給您們寄錢不是等於白寄了嗎？」

「兒子！怎麼是白寄呢！軍軍！錢存起來，你媽媽就心定了。你看國際形勢多亂！暴力！戰爭！民族主義分裂！國內將來到底怎麼樣，誰也說不清！哪一次改朝換代不是一次劫難！這不？老爺子都快要有九十的人了。沒存款怎麼行呀！你總不會認為你爸爸媽媽很快就要死吧？」

「媽媽！我會年年給您們寄的！月月寄都辦得到。」

「以防萬一呀！軍軍！在這個動盪的世界上，中國又是個什麼怪事都可能發生的國家！千萬不能看表面現象！貧富的懸殊越來越大。金銀珠寶都明擺著在商店裡買賣，這不是誘發犯罪是什麼呢？軍軍！我過去也學過物理，河水的落差越大，瀑布的力量就越大，聲音也越響。社會經濟的道理和物理是一樣的，可怕得很！上面那個一號老頭兒……一旦百年之後，中國不是一鍋粥才怪哩！軍軍！你在外面，肩膀上插著翅膀，到處飛。你爸爸媽媽就像是一對掉光了毛的老鷹，早晚都得死在窩裡……」

媽媽跟我談起國際國內形勢來了。應該說，不管對與不對，不糊塗。可一涉及到錢，她就糊塗了。而且不是一般的糊塗，是很糊塗，簡直是認死理。

「媽媽！這個世界時時刻刻都存在意外，任何一個大政治家也不敢打包票。可我們在意外沒有發生之前，總還得生活吧？」

「是呀！不活怎麼辦？中國人有句俗話：好死不如賴活著嘛……」

「我是說，爸爸媽媽上了年紀，必要的營養還是應該保證……」

「營養?:」媽媽警覺起來。「肯定是你爸爸向你告了我的狀!:他呀!:高血壓,能吃什麼?他這個人是:狗咬呂洞賓,不識好人心。你在愛他,他覺得你是在害他。這麼大的年紀,還像孩子那樣饞。你在孩子的時候就不饞嘴,給你買的點心你總拿去餵雞。這老東西!我去把他叫來,三頭對面,講講清楚。」

「別!」我連忙阻止她說:「媽媽!爸爸什麼都沒有對我說。完全是我自己的意思。」

「我知道,他一直對我有意見,因為我要保持艱苦樸素的老革命傳統,他有牴觸情緒。他忘了,小時候在陝北黃土坎坎裡爬,冬天連條褲子也穿不上的日子是怎麼過來的!?」

媽媽的思維已經陷入一個難以自拔的怪圈了,很難把她引出來。我只好轉移話題。

「媽媽!您放心,錢,我照常給您寄。這次還要買點什麼?:您和爸爸的衣服?:家用電器?:」

「軍軍!你看這樣好不好?:衣服呀,電器呀,都別買。把該花的錢交給我,由我來根據輕重緩急去辦……放心不?:」

我真想笑,但我還是忍住了。

「好的,媽媽!你們不打算在這兒多住些時?:這兒的氣候多好呀!」

「不!明兒就回去。把家交給一把鎖,我不放心。現在不比以往了,連軍隊裡的哨兵都有當賊的。防不勝防呀!你爸爸有些話還是對的,握槍的手絕對不能給他們有撈錢的機會,那樣就要出大亂子！如今整個軍隊都是一個商業大集團，什麼都賣！從坦克、大炮、導彈，到軍銜、軍服、軍車牌照……還開辦飯館、舞廳、娛樂城……說個不好聽的話，除了沒公開開妓院，什麼生意都做！」

「媽媽！這些您就別操心了，在我小的時候，爸爸常對我說：別管閒事，咱們有英明的黨中央，總書記又身兼國家主席和軍委主席，他無所不知，無所不曉，又無所不管，當然知道怎麼辦合適。您就安心在家裡照顧好爸爸和您自己的生活。這次好不容易來了，就別著急！媽媽！既來之，則安之。多住幾天。到海裡去游泳，乘遊艇到附近的小島上去觀光，附近有好多美極美極的小島！怕累就在酒店裡休息休息，洗洗桑拿浴，跳跳舞，酒店裡有十五個餐廳，每一個餐廳都應該嘗嘗。好嗎？」

「不，這是我們三個人來之前就定好了的。雖說酒店是你開的，接待我們也是一筆不小的開支，省下這筆開支不是也可以給媽媽了嗎！」

這回我再也忍不住了，大笑起來。媽媽的病症真的是已經無可救藥了！我立即藉口去看二姨，就趕快走了。我走進二姨的房間，她好像一直在等我，從沙發上一躍而起。

「軍軍！何用你來，二姨正要出去找你哩！」

「這間臥室還可以吧？二姨！」

「太好了！好的到了頂了！」

「二姨！這些年，我一直都在國內國外忙，很少去看望您，請二姨多多原諒。」

「哪兒的話，你二姨可是不敢當。單單從小就對二姨好，二姨心裡有數。文革中，二姨家正遭難的時候，你來看望二姨。雖然你不會說什麼寬慰我的話，你能來，對二姨就是莫大的安慰和支持……」說著說著她就抽泣起來了。我怕她太傷心，連忙打岔兒：

「二姨！您找我有什麼事嗎？」

「啊！對了。」她立即擦乾了眼淚。「沒什麼大事兒，我這回出來，我們幹休所一幫子寡婦老太太托我打聽一件事兒，不是我，是她們……」

「二姨！什麼事兒？您只管問。」

「是這樣的，單單！」她極為神祕地低聲對我說：「老太太們手裡有些古董……」

「古董？」

「是的，我說的古董可不是商鼎周爵，我說的是第二次國內革命戰爭、抗日戰爭、第三次國內革命戰爭的參加者得到的勛章、獎章、烈士證，戰爭時代的紀念章、錢幣、象章、領章、肩章、油印小冊子……等等，聽說有些外國人很有興趣。不知道是不是真的……？」

「您是不是說，她們想找個渠道把這些東西賣掉？」

「是的，是的！你真聰明，一猜就中，就是這麼回事。」

「她們這麼幹，可是不太合適呀。二姨！她們的親人都是戰爭的參加者，這些紀念品是各個時期的遺物。和每一位已經去世的人走過的道路，有著很多情感上的聯繫。他們都不是輕易就能走過那段路的，槍林彈雨、風霜雨雪。有時候，一步就是一個跟頭。現在，拿出來賣給外國人？這……連我這個標準的生意人都覺得不太好……」

「那些人不是都死了嗎！軍軍！」

「他們在老伴兒的心裡也死了？在子女的記憶裡也死了？我看未必吧！」

「有什麼法子呀！軍軍！都是孤兒寡母的，有些人的子女有出息，像你這樣有出息的老革命後代，不是太少了嗎！沒出息的占多數。人在人情在，人不在人情怎麼還會在哩！誰來扶他們一把？都是幹部子弟，老的活著的和老的死了的可是大不相同呀！有些孩子在父親活著的時候，不學好。文革時打派仗，文革後打麻將，國門開放迷錄像，深化改革嫖暗娼。人總是要死的，但是，對於活著的人來說，什麼時候死，都是措手不及的。一旦父親亡故，這幫子紈袴子弟，一沒學歷，二沒托福，三沒海外親戚朋友擔保，四沒國內當權的長輩願意幫你活動安排外派……他們大事幹不了，小事不願幹。當娘的愁哇！迫不得已才出此下策。反正那些東西又沒什麼用處，賣點兒美金也好貼補貼補家用……」

「可如果子女不成器，那就是無底洞。別說是把父輩的榮譽賣了，就是把骨灰賣了，也無濟於事。」

「是的，這都是她們的主意，我只不過受人之托、忠人之事罷了。婦道人家的見識，也算是無奇不有的一種想法。問一問，我回去對她們也好有個交代。」

我發現二姨的臉有點兒泛紅，我問她：

「二姨！您也有吧？」

「有，你二姨父還留下幾枚勛章、獎章，還有一張烈士證。不過，我……我……我是沒有考慮過。」

「我記得二姨為了那張烈士證，多次上訪，求了無數的要人，拜了無數衙門，才算爭取到這張紙。還是我幫您配的鏡框，我當時對您說過：不要看得太重……」

「是的，那時候真可笑，看得比什麼都重。」

「現在又看得過於輕了吧？二姨！」

「算了，不用問了。軍軍！我回去以後就說：沒打聽到不就得了。」

「只能這樣了，二姨！您已經為她們打聽過了……」說話之間來了電話，是莉莉打來的。說是金市長在大堂已經恭候多時了，不知道什麼時候能上來？我立即告訴莉莉：現在就可以請了！放下電話，我就叫醒已經睡著了的爸爸。我拉開客廳的門一看，四位服務小姐已經候在門庭裡了。我向她們頷首示意，她們立即進來在餐廳裡鋪起桌布，擺上餐具。不一會兒，門鈴就響了。小姐拉開門，個頭兒不高、四十上下年紀的金市長一步從門外跨進來，向我伸出雙手。

「楊董事長！我能參加您的家宴，實在是特殊而又特殊的榮幸呀！令尊和令堂大人呢？」這些已經消滅了半個世紀的客套話，又在共產黨的官員嘴裡復活了！好生疏！我說：

「金市長！別客氣。」我帶著他走進歐式廳，給他介紹了我的父母。

「這是金市長！這是我父親，這是我母親。」

「啊！」金市長誇張地叫起來。「老太爺！太夫人！」

我爸爸愣住了，只見他的嘴咕嚕了一下。聲音很小，只有我能從他的口型上「聽」出他說的是：

「革了一輩子命，怎的倒成了地主老財了呢？」

金市長硬是豎起耳朵來聽也沒聽清。我代爸爸對他說：

「我父親說：多謝市長的問候，多謝市長的光臨。」我接著轉過身為市長介紹二姨。「這是我的姨媽。」

「姨媽！」市長也痛快響亮地喊了一聲姨媽。把二姨喜得抿不住嘴，連連說：

「不客氣，不客氣！」

「請坐！請坐！」

我讓金市長落了座。金市長主動地開始了他的即興演說：

「老太爺！太夫人！姨媽！」大概他還不知道姨媽這個詞兒舊時的尊稱是什麼。「諸位光臨瓊雅市，為我們瓊雅市增光！好好看看！多多指教！瓊雅市只能說是初具規模。仰仗令郎楊董事長來本市慷慨投資，大手筆！普……普瑞瑪娜集團」我很理解，他還不大習慣念洋名字。「在本市的投資算得上是外資的半壁江山！」他走到窗前，指著河海交接處。「女兒河出海口的水網地帶，包括幾個還處於原始狀態的島嶼都由本市政府批租給了令郎——普……普……普瑞瑪娜集團董事長楊曉軍先生。楊先生將要修建兩座電腦工廠，三座旅遊酒店，一座娛樂城，五座渡假村和一座五十層的綜合商業大廈。建成之後，這裡儼然一個普……普瑞瑪娜王國！我這個市長是為楊董事長跑腿的市長！是為普……普……普……」

我只好給他提詞兒。

「PRIMULA集團……」

「對！我就是為這個集團服務的。」

「哪裡，哪裡！你是我們的父母官。」

「董事長！您說這話就太見外了嘛！你摸摸我的背，都汗流浹背了！」他為他又能在語言裡加進一句成語而非常得意。「有事只管吩咐，我一定照辦。」我見餐桌上的十冷盤已經擺好了，就對他說：

「請入席！金市長！」

「老太爺！太夫人！姨媽！請！」

「金市長！您是客！」

「董事長！我要是客，我即刻退席，因為這是家宴。」無論怎麼推，他都不願先入席，只好請三位老人走在前面。進了餐廳，又為了入座謙讓了好半天，最後還是市長和我敬陪末座。

為了遷就爸爸的愛好，上的是茅台。市長反賓為主，一再向我父親敬酒。還說了很多順口溜兒。例如：

「感情深，一口悶。」

「不見外，喝的快。」

「自己人，喝一瓶。」

「小敬老，千杯少。」

「一杯不成敬意，兩杯不夠誠意，三杯才算滿意。」……等等。最後，說得我父親非常高興，酩酊大醉。市長也是東倒西歪，胡話滿篇。

「兒子！」爸爸突然對我說：「金市長的口才好得很！請他給我們講個笑話聽聽。你說行不行？」

我正要說不行的時候，金市長比我說的快：

「可以！太可以了！」答應以後又覺得腦子裡是空的。「讓我想想……有了！就講講我爸爸的笑話吧……」他還沒開始講就自己先笑起來，一發而不可收拾，笑得前俯後仰。足足笑了一刻鐘，他才止住。「不笑了！我講……我爸爸……爸爸……哈哈哈哈哈……」又笑開了。我父親給他斟了一大杯酒。

「喝了！喝了你就不會笑了。」

金市長一飲而盡，果然不笑了。

「我講到哪兒了？」

「你爸爸！」我父親看來比他清醒。

「我爸爸從十五歲就是個專家，那還是土改時期。他是個什麼專家呢？他是個憶苦思甜專家。從五十年代到七十年代，在歷次運動中，本村、本鄉、本縣……包括外縣的各行業、各系統都請我爸爸去做憶苦思甜報告。所以他成了我們家鄉的一個大名人……大人小孩都認識他……。他的憶苦思甜報告，不但他自己倒背如流，好多人都能倒背如流。到了後來，每當他講到背著老娘——也就是我奶奶，外出去要飯要過一座小橋，我奶奶喊餓的時候。聽講的人就哄堂大笑起來……哈哈哈哈哈哈……」席上的人都沒笑，金市長自己笑得一洩千里。我們只好耐心等待著，等他笑夠了，我父親問他：

「這有什麼好笑？」

「因為大家都知道，我奶奶一喊餓，我爸爸就把我奶奶『噗通』一聲……扔到河裡……哈哈哈哈哈哈……」金市長又笑了好一陣子才止住。「我爸爸一看自己把奶奶扔到河裡了，這可不得了啦！他隨即也『噗通』跳下了河，把奶奶撈起來。我爸爸問我奶奶：還餓不？我奶奶說：不餓了，水都把肚子撐圓了！……哈哈哈哈……多可笑！……」

「不怎麼可笑。」我爸爸拍著他的肩膀說：「不過，你爸爸的辦法不錯。你爸爸這麼聰明，沒混個一官半職？」

「說起來也真不公平，幾十年的階級鬥爭積極分子，到了頂才當了個鄉長。」

「現在還活著?」

「托福，家父還健在。」

「退休了?」

「沒有，在我們鄉裡的開發公司當董事長，當然，他那個董事長可不能跟令郎相比，每年利稅才有幾十萬……小買賣。」

「哼!」我爸爸的臉忽然陰沈了下來。

「老太爺!」金市長有些緊張。「您……」

「我……想知道，你的聰明爸爸在每一次開董事會的時候，是不是要先作一個憶苦思甜報告?」

金市長的笑話沒有讓我們笑起來，我爸爸的一句嚴肅的問話，倒是把我們逗得全都大笑起來。我笑得幾乎把飯都噴了出來!金市長愣了一下，也和我們一起笑了，直笑得滑到了桌子底下。總之，笑成了一團。窘得那些服務小姐都背著身子、貼著牆。看得出，她們也在笑，肩膀不住地抖。只有我爸爸不笑，他反而連乾了三杯之後，雙手把金市長從桌子底下拎了出來，臉對臉地問他：

「你真的是市長?」

「是呀！這還有假嗎？我當然是市長！」

「你是真市長？還是假市長？」我爸爸的樣子非常嚴厲。

「你不信？老太爺！我有國務院的正式任命！要不要我去市政府取來請你過目？」

「爸爸！」我想結束這場鬧劇，輕輕拍拍爸爸的肩膀。但他甩開我的手，抓著金市長的領帶，繼續對他嚷嚷：

「不——對，不對！你說說，如今什麼是真的？什麼都不是真的！連治病的藥都是假的，還有酒，假的！這茅臺也真不了！兒子！」他說到這兒，拍著我的頭。「連你都是假的，假洋鬼子！什麼都是假的！假鋼鐵，假木料，假礦泉水，假笑，假哭，假胳膊假腿，假面具……假假假假假，數不清的假……你這個市長會是真的？……給我跪下！」

我急忙過去解圍，沒等我伸出手來，市長大人已經『噗通』一聲跪下了。他捶胸頓足地叫道：

「我金步煥是個絕對真實的市長！貨真價實、不折不扣，人民代表投票選舉，一致通過……」

我再一次去攙他起來，他硬是不起來，我只好由他繼續跪著。我爸爸接著問：

「人民代表是真的嗎？」

「真的，真極了！全都是黨委提名、等額選舉、最後再由黨委批准的合法的人民代表。」

「那……黨委是真的嗎？」

「當然，黨員大會選舉，上級黨委任命……假不了！」

我還是全力把金市長抱了起來。

「那……」我爸爸的話已經漸漸不能連貫了。「那……上……上級……黨……」

「爸爸！」我覺得再讓爸爸說下去就太不像話了。「您喝多了，歇著吧！」

「他……他說他是真的！真市長！哪有真……」我只好把他硬拖進臥室，他又扭轉身來，抓住門框，指著金市長說：「什麼都是假的！只有……只有……只有騙子是真的!!」爸爸大喊一聲，接著狡獪地一笑，才跌跌闖闖地撲倒在床上。

「媽媽！」我把媽媽叫進來，請她照顧爸爸。媽媽好不情願地走了進來，小聲對我說：

「軍軍！那麼多好吃的菜都剩下了，多可惜呀！不能打包？」

「媽媽！哪有住總統套房的客人吃剩下還要打包的？明天有明天的，你願意吃什麼都可以。」

「要值多少錢啊！」媽媽極為惋惜地自語著說：「一個菜就要百把塊……」

等我從他們的臥室裡退出來的時候，金市長搖搖晃晃地向我一躬到地：

「董事長！多多感謝！十分榮幸！萬分榮幸！十萬分榮幸！告辭了！」

「金市長！怠慢！請經常光臨。」

「董事長！呼之即來！再見！」

我讓兩位服務小姐把市長攙了出去，一直到關上門，才把市長樂不可支的笑聲隔斷。

36

蓮　蓮

我意識到：我已經錯過了人生最後的一個交點，我的面前沒有路了，只有沙。

我腳下通向未來的那條線將要向哪兒延伸呢？今天我自己應該說算是完全屬於我自己了，——這是一種非常陌生的感覺。我把目光轉向右前方，黑色的海浪上靜靜地浮游著一隊小船的影子，沒有一丁點兒燈光。我不由得打了一個寒噤，這難道是一個命運的啟示嗎？

我立即想起一年前，楊曉軍和我從美國回到瓊雅。一個夜晚，他突然很神祕地告訴我，要我陪他去作一次海上夜遊。而且他讓我女扮男裝，使我又怕、又驚、又喜。他並不向我說明原委，難道是去入伙海盜船？我立即把他從酒店服裝店拿來的男裝換上，我意外地發現，我穿男裝並不難看，像個儒雅的貴族少年。他告誡我說：從穿上男裝這一刻起，就不要說話了，連咳嗽一聲也不行，因為他怕我一出聲就現原形。我原以為是去一座浮在海上的非法賭城，因為我注意到他帶了不少現金。我們乘車到海邊一個小艇碼頭，那裡有一艘手划舢舨等著我們。我們默默地登上船，一個筋骨很壯的水手立即把船划動了，像箭似地駛向外海。很快就悄然加入了一個無聲、無光的船隊。都是清一色的手划小艇，只能聽見船頭拍水的聲音，只能看見船上的人影。我的手緊緊地抓住他的臂膀，也許是海風冷，也許是由於緊張的緣故，我的上下牙齒磕碰得發出叮叮叮叮的響聲。他吻著我的耳朵悄聲說：你的膽兒就這麼大嗎？我悄聲回答他：是冷。因為我太熟悉這一帶的海域了，不久我就看出我們的目的地是玉簪島。我曾經跟爺爺上過很多次玉簪島，那是一座荒無人煙的石島，只有向陽的南側有一片灌木叢和一排椰林。我們當初上玉簪島是為了拾鳥蛋，每一次都頂多拾一籃子，而且我們只拾那些被粗心的母鳥誤丟在岩石縫隙裡的鳥蛋，因為那是一些永遠也不會出雛的蛋。去玉簪島？這時候去玉簪島做什麼？我問他，他笑而不答。當小舨舨繞行著快要接近玉簪島南側的時候，我的眼前驀地閃現一片朦朧的燈火。隱隱約約的音樂聲，隨著我們的漸漸靠近而漸漸清晰起來。啊！大概是一小片仿古樓船連接成的一座水上娛樂城。我問他，他依然笑而不答。不一會兒我們的小船靠上了一排浮寮，一座樓船上立即迎出一位中年婦人。一身南方沿海舊時鴇母的打扮，圓領的白紡綢衫子，不長不短的袖子卻很寬大，衣襟上別著一條粉紅手絹兒，寬褲腳的黑色真絲長褲。赤著一雙大腳，頸子上掛著一串橡子念珠，念珠的最下端墜著一顆佛像珍珠。已經發福了的臉上堆著媚笑，一顆金牙在右嘴角上閃閃發光。她向我們伸出帶著一大串玉鐲的雙手，叮噹發響。我非常奇怪，這樣打扮、這樣忸怩作態的婦人在半個世紀以前就絕跡了，我只在書本兒上和舊電影裡看到過。為什麼那麼容易就復活了呢？真讓人百思不解。這裡難道是拍電影的外景地？她是電影裡的某一個人物？

「歡迎大駕光臨！二位先生！」

我首當其衝，她接過我的手，把我從跳板上牽過去。不管我樂意不樂意，她閃電式的用舌尖兒舔了一下我的手心兒，使得我打了一個冷戰，真噁心。她當然不知道我是個女人。當她把他拉上浮寮的時候，她在我們倆人中間，用雙手摟著我們的腰擁進船艙的上層，她的手一直都在捏我們的腰。我想，也許男人們很喜歡這種隨時隨地的按摩。這是一個日式的客廳，一座透明的冰櫃，可以看見各種酒類和飲料。我們脫了鞋子，走上榻榻米，被讓在柔軟的座墊上，燈光調得很弱。

「先喝點兒什麼？二位先生！」她插在我們的中間，摟著我們的脖子。我注意到曉軍並不喜歡這種粗俗的親暱。他為了早一點兒擺脫她那隻手，隨口用英語說出：

「ICE SCOTCH! ❶」

「YEA GENTLEMAN! ❷」她應著，十分麻利地斟了三杯加了冰塊兒的威士忌。兩杯給我們，一杯給她自己。然後又插在我們中間，用一種既卑微又得意的語氣慢悠悠地對我們說：

「先生！要開苞嗎？我手裡有兩隻花骨朵。」

這句話對我來說，完全是開黑店老板的黑話，我被她說傻了。我看看他，他微微一笑，以一種內行人的樣子，向老板娘很瀟灑的用兩個手指打了一個榧子。

「真的？」

「真的！」她的聲音很輕。

「真正的？」

「真正的！」她用的是那種能讓人的皮膚驟然發麻的氣音。

「啊？」

「啊!?」她看看我對他說：「先生！看得出，這位少爺是個乖寶貝兒，是個雛兒，還沒濕過腳。懵懵他還可以！對您，敢嗎？這又不是霧裡看花，陪陪酒，陪陪唱，伴伴舞。我們

---

❶加冰威士忌

❷「是，先生！」

的生意是全開放的，開放是硬道理。貨真價實，一分價錢一分貨！開苞只要一個整數，一千塊人民幣。在泰國，您先生是知道的，至少是這個數的一倍。在臺北至少要兩至三倍。在香港，您就是出伍萬港紙，給您的也是水貨。當然，也一定會讓您聽幾聲慘叫，擠幾滴透明的露水珠和……一片紅。那都是技術處理嘛。先生！我是信得過的！」

說罷，她還分別給了我們一人一個媚眼兒。她越說我越糊塗，他們到底談的是什麼生意呢？軍軍一直都是穩坐釣魚臺的樣子。

「信不信得過，現在還不能斷定。你的價已經實了，你的貨真不真？第一步總得過過目吧？」

「當然，我保證二位的眼睛會為之一亮！先生！是單打？……還是雙打？……混合雙打？……二對一？一對二？只要您二位高興，二對六都可以。甚至也可以做到仿古：肉屏風，我們都辦得到。」她好像很自豪的樣子。

他笑了，笑得上氣不接下氣。

「肉屏風太刺激了，也不實惠。這樣吧，……」軍軍伸出兩個手指。「兩個，骨朵……一對一，這樣比較太平……」

「您是個真行家！」

她說完起身就下樓去了。我趕緊搖著他的肩膀問他：

「你們都是在說什麼呀！我一句也聽不懂，為什麼買一隻花骨朵要那麼多錢呀？酒店裡不是有很大一個花圃嗎？」他用手拍拍我的手，笑而不答，我再搖他、問他：「你打什麼啞謎呀？軍軍！」

他仍然是拍拍我的手，用一根手指放在自己的嘴上，向我示意：別出聲！這時艙內突然大放光明，電燈調到最亮的程度。一對披著大毛巾的女孩赤著腳走上來。她們的臉上、頭上，包括她們的表情、步子、聲音，看得出，都經過了老板娘的精心設計。老板娘用兩隻手同時從兩個女孩兒身上揭去大毛巾，隨手搭在自己的肩上，以魔術師的誇大的姿勢高高舉起一隻手。立即有一陣廉價香水味兒撲面而來。她以為我們會驚喜過望。我的確是驚了，但沒有一點兒喜。倆個女孩兒大約只有十四、五歲，臉上施過很淡很淡的脂粉，瘦削的肩，個子矮小，窄窄的髖骨。她們不自主地用手捂住似乎已經凸起了的小小的乳房，其結果就是在頭上挨了老板娘的一個爆栗。她們立即把自己的手放下來。她們每人都只剩下一條透空縷花比基尼短褲，她們的皮膚還不習慣完全裸露在空氣中，明顯地起了一層雞皮疙瘩。她們那很幼小的身子總也挺不起來，佝僂著，讓人寒心。我很自然想到了雞，而且是落湯雞。雞，無怪人們把妓女叫做雞。那麼，這就是雞寮？直到這時，我才恍然大悟：她們是兩個雛妓，這兒原來是一個非法的水上妓院！我忽然身不由己地渾身顫抖起來，我一下緊緊地抱住他，他輕輕地把我推開，大聲對我說：

「老弟！不是你要我帶你來見識見識的嗎？你看多美的小妞兒！也許你這個童男子受不了，太激動了吧⁉哈哈哈哈哈！」這是我第一次發現他有如此高明的表演才能。他看見我仍然皺著眉頭，故意摟摟我，暗示我再忍耐一會兒。

「先生！我們懂規矩，不便問您們的名字。請原諒！我知道您們很重視質量，質量是可以擔保的！如果不見紅，我說的是真紅，不見真紅，分文不取。奉送！怎麼樣？讓小姐們自己說說。」

兩個女孩兒馬上戰戰兢兢地同聲複述著老板娘事先教她們的話。

「請先生相信我們都是……處女……」

我如果沒有離開過瓊雅，沒有在國外讀過書，沒有接受過人類文明中那些最寶貴的思想，（那些思想中最讓我引以為驕傲的就是：人人都有自重和尊重別人的權利。）我一定也像這兩個自稱處女的雛妓那樣麻木，那樣愚昧，那樣任人擺佈。想到這兒，真讓人不寒而慄。我再一次抱住軍軍，心裡由衷地感激他。這次，他沒有推開我，也許他理解了我此刻的心情。我當然知道這是在開玩笑，但這個玩笑開的太大了！他應該知道：即使有一萬條藉口，都不能拿人的尊嚴來開玩笑。軍軍把酒杯放在我的唇邊，我抿了一口。老板娘看出了我的神情不對，但她誤會了，他以為我害怕掃黃的軍警。她小聲說：

「二位先生！這兒非常安全。給您們說實話，邊防和公安部門裡就有我們的人。他們的巡邏艇很少，這座小島從來都在他們的巡邏路線之外。萬一，我是說萬一有人一定要和我們過不去，沒等靠近，我們的眼線早就用對講機給我們通了風了！只要五分鐘，所有的船都會斷電、啟錨分散開走，無影無蹤。客人照樣在我們的船上快快活活、安安穩穩地尋歡作樂。做這行生意的人，誰都懂得忐忑不安是成不了好事的！二位先生盡管放心，在我的船上弄得她們像刀架在脖子上的豬玀那樣喊叫，都不要緊。連我都不會大驚小怪地跑進來。話說到這份兒上，怎麼樣？放心了吧？再說，我沒有金鋼鑽，就不敢攬這堆爛瓷器。不瞞二位，我是從山上❸下來的，三上三下。這不？一挺就挺過來了。可惜的是女人的青春，就那麼一小段兒，在陰影裡一溜就過去了。自己的貨色不值錢了，只好賣別人的。我當然也不會虧待她們，三五年，總會幫她們掙個十萬、二十萬。對不起！春宵一刻值千金。告辭了！祝二位快樂無邊。需要喝什麼飲料自己動手，明碼實價。有事只管叫我，我叫金芳。」

老板娘向我們使了個既淫穢、又曖昧不明的眼色，把兩條大毛巾丟給軍軍，咬了咬兩個

❸監獄

女孩的耳朵，就扭著大屁股出去了。金芳一出門，兩個女孩就把頭扭向身後，艱難地脫下比基尼短褲。先蹲下，然後再躺在席子上，慢慢展開四肢，像兩個大字。這時我才真正地認識到幼小女子的極度悲哀。由於缺乏營養，躺下來，把瘦骨嶙峋的軀體的全部醜陋暴露無遺。他們的皮膚是那種沒有光澤的灰色，腋窩和兩腿之間只有稀稀拉拉的幾根淺黑的毛。男人從不厭足地渴求的那塊三角地，只是兩層可憐巴巴的皺褶。從小腹往下是一個斜坡，而不是豐滿女性通常凸起的一座小丘。這！這就是某些男人不惜用高價購買的東西？處女身上的什麼使他們受到如此強烈的吸引？是美？不！是溫柔？不！是風騷？不！是善解人意？不！也許是羔羊第一次受到襲擊時的、絕望的悲哀和恐懼。鷹爪下的戰慄，豹口中的呻吟，給男人以獸性的滿足。我立即聯想到自己，好像我也和她們躺在一起似的，讓陌生的男人用豺狗的眼睛注視著赤條條的身子，每一根目光都是一束鋼針。此刻，我情不自禁地仇視起軍軍來了，因為他是這裡唯一的男人——野獸——敵人。女孩在這裡只是橫在砧板上任人宰割的一堆肉，可悲的是：她們自己都不知道，這種交易從形式到內容是何等的殘酷！她們也許都曾夢想過愛和被愛，甚至也夢想過接受男人的性愛。現在的一切和夢想中的一切完全相反，沒有心動神搖的眉目傳情，沒有綿綿春雨般、近於無聲的傾訴，沒有溫柔體貼的撫摸，沒有由於激情的需要才給予或回報的親吻。只有大睜著眼睛忐忑不安地等待著，已經由於野性衝動而變得兇狠了的男人，隨時向自己猛撲過來。她們十有八九來自農村，一定都看到過牛、羊、豬、狗的交配。即使它們，也都還有近乎溫情的前奏……。如果她們倆個真的還是處女，她們的老板娘一定向她們傳授過捐棄童貞的經驗，告訴她們：那只是短暫的疼痛，短暫得一咬牙就過去了……接著就向她們講到錢，金錢！在今天的中國，金錢竟然如此萬能！它不僅可以買得到世間萬物，而且還可以醫治心靈和肉體上的羞辱、疼痛和創傷！她們為了錢，可以去經歷無論多麼醜惡、多麼疼痛的那一刻。我慶幸，我的童貞沒有去交換什麼，給了愛。但遇到軍軍以後的這一切，是不是由於金錢才使我漸漸趨於平衡的呢？僅僅是不和爺爺見面這一代價就夠昂貴的了！——這是我在此之前從來沒有考慮過的問題。我一直相信不和爺爺見面是為了爺爺的安靜，以及我和軍軍自由自在的生活。我和這倆個女孩不同之處也許就在於：我得到的錢比她們得到的多，交換的方式也沒有像這麼赤裸裸和野蠻。一直都掩蓋在多彩多姿、溫文爾雅的文明色彩之下，顯得非常高貴、溫馨，還使得許多人豔羨不已。當我突然想到這些的時候，除了一陣疼痛的心悸以外，就是從此再也排解不開了的莫名的恐懼。我也曾經常反駁自己：我把我自己給的是一個尊重我、愛我、而且也是我喜歡的人，沒有強迫，我從軍軍那裡得到的不僅是錢，還有愛、情和溫柔體貼……自從我陪著他面對那兩位躺在地上、岔開雙腿、無權羞澀、無權拒絕的女孩兒以後，我就多了一份憂思。對軍軍就開始多了一份戒備，多了一份間離。我們之間像船和岸一樣，聯接著我們的那根繩索上的麻絲，開始一根一根地被扯斷了……甚至我在很久以後才意識到這個冰凍三尺、非一日之寒的危機。當時，我的目光從地上躺著的兩個女孩兒身上，驀地轉向軍軍的時候，他很可能看出了我按捺不住的仇恨。他連忙對那兩個女孩兒說：

「別這樣，小姐！起來，快起來！……」

她們倆立即惶恐地坐起來，而且不敢合起她們的腿。那個更小些的女孩兒說：

「先生！我們真的是處女，龜兒子才哄你。」從她的口音裡聽得出，她來自四川，那裡曾經被稱為「天府之國」。另一個接著說：

「先生！我們就是瘦些，家裡頭窮，跑了幾千里，又沒撈得到休息。」又是一個川妹子。「我們一起來了十幾個，都說自己是處女。老板娘請來醫生一個一個檢查過的，那些人都是瞎說昏說，在路上她們挨不了餓，早就用那……換燒餅吃了。後來她們曉得失悔的時候，已經來不及了，只好認倒楣。只有我們兩個是真的，男人沒有碰過。先生不信，你們來試嘛！來嘛！」說著她就抱著了軍軍。那個小些的撲過來抱住我，我們同時用力掙脫了她們。軍軍把大毛巾裹住她們，告訴她們：

「先坐下，喝點飲料。」

那個稍大的川妹子說：

「這兒的飲料貴得很！先生！老板娘叫我們要你們開愛克斯歐❹。我們覺得人要講良心，不該叫先生們太破費。開苞費就要付一千塊，兩個人就是兩千……」

「不怕，」軍軍尷尬地看看我對她們說：「你們願意喝什麼就喝什麼……」

「給我們一人一罐可樂就可以了。」

「自己拿吧，想拿多少就拿多少。」稍大些的那個川妹子試著走過去，打開冰箱，拿了兩罐可樂，分了一罐給她的同伴。她倆幾乎同時拉開鋁罐，那嘭的兩聲響，使她們輕鬆了很多。看得出，她們很渴，也很少喝得到這種飲料。一口氣喝了半罐，再一口就喝完了。

「再去拿……」軍軍鼓勵她們再去拿。

「不了，先生！謝謝你！」那個稍大些的川妹子把大毛巾扔在席子上，又叉開腿躺下了。

「來吧！先生！……」

那個稍小些的川妹子也學著樣兒躺下了，還用手指著自己的兩腿之間。

我想哭，想叫，想聲嘶力竭地喊！我強忍著、強忍著，還是沒有忍住。軍軍聽見了我的喉間湧出的一聲哽咽，他立即走過去，用大毛巾把她們的下半身蓋住。

---

❹OX

「不著急，小姐！我們先談談不好嗎？」她們倆再一次坐起來，用非常失望的目光看著我們……漸漸她們變得恐慌起來，轉坐為跪，伏地不起。那個大些的川妹子哭泣著說：

「先生！先生！求求你們，莫嫌我們人小，莫嫌我們身上沒得肉。先生們不是巴巴的來開苞的嗎？人不小，哪裡會是處女呢？我們欠了老板娘好多的飯錢、脂粉錢、落腳錢、鋪蓋錢……她押了我們的身份證，我們走也走不脫。今天的生意再要做不成，她更是不會叫我們吃飽，不吃飽，哪裡能長得出肉來呢？沒得肉，生意又難做，做不成生意，更加……先生！可憐可憐我們吧！我們乖，不喊疼，任你咋個搞……來嘛！」軍軍也有點不安了，看著我，好像向我求援。我沒出聲，伸出手來，從他口袋裡掏出他的錢包，抽出一疊大額人民幣丟在她們身邊，扯起軍軍就往外逃。你不能不佩服那些黑道上的狗男女，他們的工作效率真高，我們剛剛跨出門，老板娘已經堵在門前了。她的身後站著兩個彪形大漢，老板娘用諷刺的口吻說：

「怎麼了？拍拍屁股就走了？客人們來這兒是找樂子的，我們來這兒是找票子的。客人找到了樂子，我們找到了票子，咱們大家就沒有什麼不痛快了！是不是？先生？」軍軍正要推開她的時候，兩個光溜溜的川妹子捧著錢奔了出來。老板娘一見鈔票就立即由母夜叉變成了觀世音菩薩。用一種讓人汗毛直豎的狐媚聲調說：

「哎喲！二位爺！怎麼？這麼快就要走？多玩兒會兒，小姐太小，不懂事，沒伺候好二位爺。再給二位爺找兩個稍大點的，怎麼樣？在這一大排船上，識情知趣、功夫到家的小姐有的是！二位放心，在這座玉簪島上，找兩個能讓二位爺滿意的小姐，絕無問題。」

那個稍大些的川妹子告訴老板娘：

「二位先生都沒上身……」

「二位爺！這……」

軍軍憤憤地說：

「錢夠不夠？」

「夠夠夠！太多了！二位爺！」老板娘不用數就知道這疊鈔票至少在五千元以上。

「搭跳板！」軍軍大喝了一聲。老板娘和她的那兩個保鏢馬上搭好了跳板，我挽著軍軍，匆匆從跳板上跑到來時乘坐的小艇上。

「快划！」我說了這句話以後就再也說不出話來了。

回到酒店的房間裡，整整一夜，我都在軍軍懷裡索索顫抖、哭泣。

即使事隔百年，我仍然還會記憶猶新。

眼前這支靜悄悄的船隊，是一隊志同道合的嫖客通向溫柔鄉的水上道路，他們正駛向那座神祕的玉簪島。玉簪島的另一面有一片暗淡的燈火……我當然還記得所有我看到的一切……難道那時他帶我去玉簪島，是有意提前對我的警告和威脅?當我今晨跳窗不成、奪門而出的時候，我沒有想到玉簪島，更沒想到島背後那一排浮在水上的、慘無人道的雞寮，我完全沒想到。我跨出了他用金錢給我圍起的獄牆，剩下來的問題就是：向何處去？？？……除了去玉簪島那些影子似的小艇以外，在這個人世間難道一個女人就無船可搭了麼?這時我的眼眶裡反倒沒有一滴淚水了……

37

楊曉軍

幸好三位老人一天也不多留，按他們來時買好的回程票飛回去了。他們乘坐的飛機剛剛衝上天空，那個得而復失的小美人、小妖精又有聲有色地充滿了我的全部思維。我匆匆地走出機場大廳，正要上車的時候。迎面走來一個西裝筆挺的小老頭，腋下夾著一個特大的皮包。他那袖口上沒拆掉的商標告訴我，他是一個沒文化的暴發戶。我沒有特別注意他，只想從他身邊繞過去。但不管我從左或從右繞，他都特意左右逢源地擋著我，非要讓我注意他不可。我不看他，冷冷地說：

「對不起！請讓我過去。」

「怎麼了？不認識我了？小楊！」

我這才抬起頭來仔細地看著他，我沒時間去想他是誰，連想也不想就脫口而出：

「很抱歉，我不認識你。」

「想想，你這傢伙！」他竟然伸出他那短小的胳膊，當胸給了我一拳。一拳打得我火冒三丈。這時我猛地想起來了！不開口就呲著的一對暴牙使我認出了他，他就是在我父親卸任第二天開著一輛華沙車，來噁心我父親的那個司機，那個勢利小人。是他！沒錯！使得我又好笑，又好氣。他怕我還認不出他是誰，又輕輕地給了我一拳。「你不是楊副司令員的小單嗎！怎麼連我都不認識了？」

「認出來了！你不是司令部的司機……你？姓什麼……我說不出。」

他看出了我對他的蔑視態度。舉起短胳膊一揮，說：

「嗨！早他媽的過去了！現在我有五個司機。」他立即從皮包裡取出一張名片來遞給我。是那種一疊為三的名片，密密麻麻印了五十多個頭銜。全是大陸、香港兩地各種公司的董事長、總經理、顧問之類。誰知道這些頭銜是怎麼來的，在香港登記註冊一個公司非常簡單，花點小錢兒，填張表就得了。而且其中有些公司到底存在不存在，誰也不會去核實。即使編造或假冒一些公司的名義去印製名片，也沒人會提出訴訟。在他的諸多的頭銜裡，有一個頭銜讓我差一點噴笑出來，那就是：《中港文化》社長兼總編輯。「這就是我現在的情形，忙！忙！忙得一塌糊塗！馬上就要上飛機。你要是有什麼困難，給我發傳真、打電話。每個公司都有一個祕書小姐，差不多有五十位，所以我根本不需要結婚，要老婆幹什麼！……」他說到這兒，捂住他的嘴和他的暴牙嘻嘻笑個不停。忽然，他止住了笑，從皮包裡拿出機票。「啊！不得了！不能再跟你談心了。該登機了！你看，頭等！頭等！我總是坐頭等，頭等比較舒服些，這是不言而喻的嘍！」他能說出不言而喻這句成語來，的確嚇了我一大跳。我以為他可以走了，沒想到他還不走。而且用手抓著我的袖口，和我貼得更近地說：「我真想請你吃頓飯，可惜沒時間……這兒有個普瑞瑪娜大酒店，他們的魚翅盅很不錯，你大概還沒吃過魚翅吧！很可惜！沒時間了！……還有小姐，也很漂亮！在瓊雅，夠水平的酒店就是普……瑞瑪娜！豪華，舒適，真是個有錢能花得出的地方。你大概是剛到，無論如何要進去看看，吃不吃飯，住不住店，都可以進，沒人問，你一定要去看看，長長見識……」

「好的！」我的態度盡量卑微。

「來不及了，雖然說頭等艙的乘客不到，飛機不能起飛。咱們怎麼能讓那麼多的乘客著急呢？太抱歉了！楊司令員還活著？他呀！要是氣量大些就會長壽了……」說著往我手裡塞了一張紙幣。「叫輛計程車。後會有期!」說罷,他一轉身,兩條短腿像小豬的一雙後蹄一樣,快速交替往後蹬著消失在人叢中了。我看看那張紙幣——一百元。不管怎麼說,我佩服他的自信,雖然是盲目自信。我隨手把這張百元鈔票遞給一個推行李的紅帽子,他先是一驚,說了一句:

「是真的?」他再對著陽光看看,馬上對我鞠了一躬。「是真的!先生!謝謝!」

在回酒店的車上,我忽然有一種對三位老人的深深歉疚。爸爸提出的問題看來是極小極小的夫妻生活中的矛盾,我卻始終沒能想出一個妥善的辦法來。是錢的問題,又不是錢的問題。在和爸爸分別的時候,我輕輕地對他說:

「爸爸!真是太抱歉了,我真不知道……」

爸爸推了我一把說:

「算了!就這樣湊合過吧,一輩子都過來了,沒幾天了!最後幾天怎麼也能過得去……」

他的這句話說得我的眼眶都濕了。媽媽的問題比較簡單好辦,她的問題是一個純粹的錢的問題,她要求我給她的存款湊足一個整數。雖然我知道今天湊足的整數,過些時,又會多出個零頭來。但至少眼前她可以感到滿足了。二姨這次是帶著大問題來的,經過和我的交談,以及她親眼所見，她和爸爸、媽媽也就放心了。二姨一語中的：

「現在有錢人（我說的當然是有很多很多錢的人）比有權人活的瀟灑、自由！可以預見：如今那些當權人的子女很快就會醒悟過來，一手抓權，還得一手抓錢。說不定有一天會紛紛棄官經商。」

她的預言當然是準確的！二姨這次來瓊雅沒什麼要求，只想到美容室去做個頭髮。這事我只能交給莉莉，因為我知道二姨肯定還有別的事要做。果然，據莉莉事後給我的報告，二姨終於通過莉莉找到了一個有收藏癖的英國遊客。以一千二百美元賣掉了二姨父的兩枚勛章和一張烈士證。一枚三級八一勛章，這是第二次國內革命戰爭的有功者才能得到的。另一枚是二級獨立自由勛章，這是抗日戰爭的有功者才能得到的。買主還記錄了這些遺物的歷史背景，和擁有者的故事。二姨按照買主的要求如實地做了回答，但是，她杜撰了一個假名假姓。聽莉莉說二姨在一手交錢，一手交貨的時候，後悔了，哭了。買主又加了一百美元，算是勉強成交。當然，莉莉對於二姨和我的關係守口如瓶。她告訴買主：

「這筆交易要絕對保密，因為政府對這種買賣，比對走私戰國的青銅編鐘還要看得嚴重。買賣雙方在交貨以後就要立即離開此地，您不必詢問我的來歷。」

我聽完莉莉的報告，只長長地嘆了一口氣。我是一個內心十分矛盾的人，我知道，用道德的原則去裁判一切歷史事物，都很難做到恰到好處。但我還是忍不住對於二姨的這個行為感到遺憾，並且有一種淡淡的哀愁縈繞在我的心裡，久久不能散去。死者已矣！只要與死者心靈相繫的未亡人能夠安心，也就罷了！而且生者不久也會變成死者，不是麼？時間太緊，我連給可憐的表弟買點禮物的時間也抽不出來。只好在二姨的手提袋裡塞了三千元人民幣，算是表示一點心意吧！

即使在和三位老人輪番應對的時候，我的意念中仍然會不斷閃回那個小妖精、小美人兒的影子。這個野公主是個見面熟，留她，她就住下。那樣坦然、自如，好像我是她的一個兄長，她呱呱墜地時就見到過我。我只看到她有過一瞬間的嬌羞。那是我按捺不住，突然吻了一下她的乳頭的時候。那深紅色的小乳頭只有一顆紅豆那麼大，她嗯了一聲，翻過身把臉埋在枕頭裡。只要我一分神，她就會在我的記憶的屏幕上翻個身，粉紅色的、圓圓的小屁股正對著我，我真受不了！

在此期間，她沒有來過。因為全酒店各部門都得到過我的指示：不管什麼時候，她如果走進酒店，立即把她帶到我的面前。雖然這個指示使全店上下大感驚訝，我還是不斷重申這個指示。但是，她再也沒來過了！明天我將要飛美國，這是半年前安排好的一個重要的商業約會。我真想自己去尋找她居住的那個鴨寮。可是，在女兒河入海處，一片星羅棋布的小島，到哪兒去找呢？這時，我在車裡已經看見了酒店。當我無意之中把視線轉向河灘的時候，老天有眼！一下就看見了她！雖然她在很遠很遠的地方，頂多只有三寸高。而且蹲在沙灘上，低著頭，好像在沙上寫字。所以，我無法看見她的臉。一條小狗坐在她的背後，專心致志地注視著它的主人正在做的事情。我讓司機老劉把車停在路邊。我對他說：

「等我一下，我到沙灘上去散散步，就回來。」

也許真有「心有靈犀一點通」之說，當我走近的時候，果然是她！她好像有了感應似的突然轉向我。她不好意思地用沾著沙子的手撩起頭髮，偏著頭朝著我笑。她一定不知道自己的笑有多麼美，多麼甜！那是鮮花盛開式的笑，是她自身成熟的自然輻射。她臉上的表情好像是在說：我沒去找你，怎麼了？不可以嗎？小狗看見它的主人在對我笑，它也高興地搖著尾巴站了起來。

「你怎麼說話不算話呢？」

她甩了甩手上的沙子，抿著嘴半天沒說話。我送給她的衣服已經髒了，皺了。連我都覺得非常奇怪，我的心跳越來越快。我，竟會為一個在河灘上玩沙子的小女孩兒醉心到如此地步?!她說話了：

「我想過，去你那大房子找你，可……那塊鹹糖黏住我，不要我去找你。」

「鹹糖？」我覺得很奇怪。

「你不懂，是個人，他本來叫唐賢，我叫他鹹糖。他在工地上，是個工程師……」

我立即想到第一次和她見面的時候，她身後有個年輕人，皺皺巴巴的灰色西裝。他一直都在向我的小美人兒、小妖精使眼色，要她趕快跟他走。

「你歸他管？」

「誰也管不了我，他求我……」

「求你？求你什麼？」

「求我別見你。」

「為什麼？」

「說你是個大老虎！」她哈哈大笑著，拍著手尖叫：「啊！——」

「我是個大老虎嗎？」

小狗看見它的主人和我談笑得這麼歡快，立刻一躍跳到我的懷裡，我把它抱起來。

「你要是個大老虎，小刺猬會咬你。你看，它咬你了嗎？」

「走吧！」

「去你那大房子？」

「對！我明天就要走了……」

「不回來了？」

「還回來，要一個月以後才能回來。」

「一個月？昨天晚上月亮是圓的，要到下一個月亮圓的時候才能回來，是不？」

「是的，我們走吧！」

「爺爺說，下回別叫人家花錢，不好意思……」

「不好意思？」我覺得這句話出自她的口中很奇怪。他還不懂這句話的意思。「不花錢了，在酒店裡不用花錢，都是我的……」

「我早看出來了。」

她真聰明，這時我有一種親吻她那一雙大眼睛的衝動。

「走呀！」

「我叫你什麼呀？」

她那雙大眼睛正挑戰地看著我。

「你就叫我楊曉軍吧……」

「楊曉軍？軍小羊，小羊君，」她覺得很為難。「叫你小羊羔吧？」

「不，不好，我哪兒像個小羊羔呀？」

「是不像。那……？」她自己也笑了，看看我，笑笑。又看看我，又笑笑……「你就沒有小名嗎？」

「你說呢？」

「軍軍！軍軍！我就叫你軍軍！那你叫我什麼呢？」

「有哇！我的小名叫軍軍。」

「我叫蓮蓮，你只能叫我蓮蓮。」

「好，就叫你蓮蓮，以後我再給你起個更好的名字。」

「還有比蓮蓮更好的名字？」她非常自信地看著我。

「我想，會有。走吧！蓮蓮！」

「我得讓小刺猬回家去。」

「帶它一起去不好嗎？」

「不，它可調皮了，不能讓它去，它見到鏡子會咬鏡子裡的自己。再說，爺爺也離不開它。小刺猬！」她把小刺猬從我手裡接過去，丟在沙灘上，告訴它：「回去！小刺猬！乖乖地回去！」

小刺猬賴在沙灘上不肯走，蓮蓮覺得它的不聽話使她很坍臺，惱怒地說：

「回去！你不回去試試看！黃鼠狼要是吃了小鴨子，看爺爺會饒了你！」

這句話的效力很大，它不僅意識到懲罰，還意識到自己的神聖職責。它立即人立著讓蓮蓮親親它的鼻子，拍拍它的頭，才一步一回顧地迎著河流走了。蓮蓮把手伸給我，我牽著她，踏著細沙走上公路。上了汽車以後，我好心提醒她說：

「蓮蓮！你的頭髮上還有沙子呢！」

「軍軍！」她狡黠地看看我的頭，說：「你的頭上也有沙子呢！」說著就用她那滿是沙子的手在我頭上一陣撥弄。我把她的小手拉過來，輕輕地打了三下。她說：「你的鞋子裡也有沙子呢！不信你脫下來看。」

我脫下鞋子一看，果然有不少沙子。我為了回報她，用她的話來提醒她：

「蓮蓮！你的鞋子也有沙子呢！不信你脫下來看。」

她鼓掌大笑起來，把一雙光光的小腳舉在我的面前。

「你的鞋子呢？」

「放在鴨寮裡了，爺爺說，那雙鞋子很值錢，不能在沙裡水裡跑，會穿壞的。」

「鞋子就是穿的嘛！蓮蓮！穿壞了再買新的……」

「我喜歡光腳丫兒，光腳丫兒，腳不臭，你聞聞。」

我真地抓起她的一雙小腳丫兒聞了聞。這時，我在後顧鏡裡看到，老劉那張想笑又不好意思笑的尷尬面孔。

38

黎丹

賴先生的突然到來，真地讓我好歡喜、好歡喜啊！他一進房我就雙手抱住他的脖子，吊在他的身上。可……馬上我就發現不大對勁兒了。他這次來，預先都沒有打個電話，到了酒店就直接上來了。我親他，他連嘴都不張。兩眼無神，面色灰白。

「長生！你……你是怎麼了？」

他一言不發，像是變成了一個傻子。我用手狠狠地拍著他的臉，叫著：

「長生！到底出了什麼事嘛！你是在嚇唬我？是嗎？別嚇唬我！我求求你了！你是假裝的吧？一定是假裝的……是嗎？長生！你聽見我說的話了嗎？」他還是一言不發，我又打他的臉，他還是不說。我把他扶在沙發上坐下，再問：「喝點兒什麼？咖啡？茶？」

他連搖頭點頭都不會了。

「病了嗎?長生!告訴我,哪兒不舒服?」

他這才嘆了一口氣。我坐在他的膝頭上,搖著他問他:

「告訴我!長生!哪兒不舒服?我陪你去醫院,好不?」

「丹丹!」老天爺!他總算開口了。「如果是生病就好了……」

「出了什麼事?」

「丹丹!我這次來是要和你……我的寶貝兒告別的……」

「啊!告別?」我都傻了,眼淚珠兒止不住地滾落了下來。首先想到的是沒了他,我活著還有什麼意思。接著想到的是:即使活著,沒了他,我該怎麼辦?馬上就成了一個LA。流落街頭,搬進一個下等旅館。一夜一夜地進出各大酒店的酒吧、舞廳去釣魚。有時候,還要給那些小餐館、地下夜總會當魚餌,為他們去引誘臺商、港商和老外。夥同那些黑心的小老板去斬客,一杯XO要人家三百塊。不得已的時候,只好冒險在下等旅館接客。要是被警察當場抓住,客人罰款了事,LA就得進勞教所。有錢打通關節,三五天就可以出來了。否則,最短要關你三年。三年的苦役啊!三年出來,想不開的小女孩兒,年輕輕的頭髮都愁白了。即使運氣上上的好,再能找到一個新主人,他也有錢把我包起來。那個人有長生好嗎?有他這麼溫柔體貼?有他這麼慷慨大方?我的天一下就暗下來了!我早就懂得什麼是我的太陽,早就知道為什麼人們在唱到「啊！我的太陽」的時候，用那麼大的激情。房間裡的一切一下就變得陌生了！這會兒，不會說話的不是他，是我。我的心都揪起來了，揪得好疼啊！雖說我的積蓄應該有差不多伍萬美金，可這是無源之水呀！無源之水，很快就會乾涸。就是租一間民房一個月也要幾百塊錢人民幣。我親眼看見好多個MI突然變成LA的慘劇，她們都是被主人拋棄的。——這也許只有一分鐘，我就想了這麼多。從天上想到地上，從地上想到深淵……

「丹丹！」是他在叫我。「你怎麼了？」

「……」我想的是：你要拋棄我嗎？我不相信你會拋棄我。他好像看出了我的心事似的對我說：

「絕對不是我要離開你，丹丹！只要有一線希望，我都要和你在一起……」

「你……到底出了什麼事呀！」

「我的全部家產都給曼谷警方凍結了！丹丹！」他絕望地攤開雙手。

「什麼叫凍結？」

「就是我的錢，我的房，我的車，我全都不能動用了呀！」

「為什麼？」

「我就是告訴你，你也聽不懂。丹丹！你要相信我的清白！」

「我相信，長生！我相信……還有沒有辦法呢？」

「我現在連律師費都出不起，能有什麼辦法呢？」

「是不是請個律師就好了呢？」

「那當然嘍！請一個律師，跟他們打一場官司，在法庭上就可以搞得一清二楚了。可打官司要花錢，我現在哪兒來的錢呢！我的億萬家產不是都凍結了嘛！」

「是嗎？」我大聲喊了起來。「長生！是嗎？」我不僅看到了一線希望，簡直覺得這已經不是什麼問題了。不就是錢嗎？「我有錢，長生！」

「可憐的丹丹！你能有多少錢呀！我怎麼能去花你的錢呢？丹丹！花女人的錢是最沒出息的男人。」

「長生！我自己存了一些錢，不多，加起來有一萬多美金。你前後替我存了三萬多美金。先拿去請律師把事情擺平再來，我不能沒有你，長生！」

「丹丹！你太讓我感動了，但這是不可以的，我絕對不能動用你的存款，一分錢也不能動用。」

「長生！你愛我嗎？」

「當然！丹丹！你是我唯一的人呀！老婆、女兒我都不愛，我愛的就是你。丹丹！我的美人兒！」

「你既然這麼愛我，為什麼你剛才一來就要拋棄我？」

「我是沒辦法嘛！沒辦法才想到不得不離開你呀！離開並不等於拋棄呀！丹丹！我寧肯拋棄曼谷的豪宅，妻子兒女，也不會拋棄你的！丹丹！」

「那你就把你替我存在外面的存款拿出來，我這裡的錢也全部交給你，還有幾件值錢的首飾，你全都拿去。」

「丹丹！你真是救苦救難的觀世音菩薩！可我不忍心啊！」

「長生！這不是救急嗎！你要是破了產，我還指望誰呢？」

「丹丹！你對我這麼好，我在後半生作牛作馬也得報答你的大恩大德……」

「長生！你怎麼說這種話呀！」我一聽他這麼說，我就急了。「你還要發達的！發！發！發！」

「是的，官司一打就贏，贏了官司就等於發大財了！我會馬上回到中國來繼續發展，以後我們就永遠不要分開了！」

「我的長生！」我馬上抱住他大哭起來，把眼淚抹了他一臉。他也哭了，大聲哭著。一個男人的痛哭真讓人感動，我緊緊地摟著他不放。

「丹丹！你這裡的房租還有兩個月才到期，我希望用不到一個月的時間把事情辦好，立即來看你，以後我在中國為你買一幢別墅，我和你永遠生活在一起……」

「謝謝你的好意，可現在我只希望你能很快把事情辦好。別的以後再說。……」

聽我這麼一說，他的情緒一下就轉過來了，臉上的愁容消退得乾乾淨淨。我覺得很安慰，因為我這麼一個可憐的女人，第一次有力量幫助別人，而且是幫助了一個富翁。特別因為他是一個愛我也是我愛的人，他的困難也就是我的困難。可他忽然要和我上床，我當然不能拂了他的興致，趕快把臉上的眼淚洗掉。盡量顯得高高興興的樣子，脫了衣服抱住他。但我還沒有這麼快就像他那樣急切，那樣投入。我發現我在做這種事情的時候還能這樣冷靜。或許是因為我的情緒還沒從驚嚇和恐怖中轉過來。我只好把我的身子交給他，任憑他……正因為冷靜，我才突然想起美珍姐對我說過的話：要清醒地活，冷靜地活，要戒備地活，警惕地活，對誰——無論對誰都要留一手……想到這兒，我不由得打了一個寒顫。我直楞楞地看著他，他是那樣用勁兒，一身大汗淋漓。我也是，但我的汗是冷汗。賴長生並沒覺察到我和他的不合拍，這時我才明白他從來都只為自己，只不過我以前在這種時候都不清醒。是的，在這種時候，女人不是、或者不願是妓女，她怎麼可能是清醒的呢？在他從我身上跳下去，到浴室洗澡的時候，我好像一下就變成了聰明人了！一萬個怎麼辦全都集中到腦子裡了。我又想起了美珍姐的另一句話：我們現在什麼都沒有了，如果再沒有一文錢，那就太慘了！

在嘩嘩的流水聲中，賴長生大聲對我喊著：

「丹丹！我的寶貝兒！我今天不能在這兒過夜了，我得趕第一班經香港到曼谷的飛機走，事不宜遲呀！我不能讓你等得太久。丹丹！你聽見了嗎？你得把存款單找出來交給我，還有那些首飾……」

我全身的血好像都湧上了我的頭，我回答不出話來，也動彈不得。我覺察到——看來我還是能覺察到的，他太心急了！如果稍微沈著點兒，稍微放慢點兒，我就會高高興興地把存款單、首飾全都交給他。現在就另當別論了！賴長生從浴室裡走出來，看著我。他那雙眼睛使我想起小時候看到的一雙貓眼，那隻貓正在判斷它眼前的一隻小老鼠要往哪個方向逃。我對他說：

「長生！這次就不要把我存在國內的錢帶走了，先用你替我存在外面的錢，要是不夠，打電話來，我給你匯去。我在國內的存款今天去取……不方便……」

「是嗎？丹丹！並不多呀！」

「是的，在你看來是不多，在我看來就不少了。你也知道，我這點兒積蓄，來之不易。

就像我的一個女朋友講的那樣：「即使你得到一座金山，也不能算是賺了。我們出賣的是什麼？是青春，是生命，是我們能夠稱得上是尊嚴的東西。」

我真是個沒涵養女人，我這段話裡明顯透著怨和怒，讓那隻貓判斷出我這隻小老鼠心中的小算計。他覺察到我的覺察，所以立即放慢了他的動作。

「也好，丹丹！原諒我太著急，其實我也是為了你。因為你為我的事很著急，我才不忍心讓你為我的事懸著一顆心……這樣吧！我把票退了，先不走。」

說著他走到袖珍吧那裡調起酒來。這時我想：是不是把美珍姐找來？我注視著電話，腦子裡一片真空，竟想不起美珍姐的房間號來。是：1801？是：1802？還是：1208？一個從來不夠清醒、不夠冷靜、不夠警惕的活人，想要做到清醒、冷靜、警惕，可真是太不容易了。他在我不注意的時候塞給我一杯酒，我不經意地呷著。猛一抬頭，看見他不自覺地笑了，他笑得很奇怪。在我還沒來得及想清楚他為什麼這麼笑的時候，美珍姐的房間號跳進我的記憶：1810！對！沒錯！我伸手就把電話抓在手裡，撥通了1810，剛剛聽見美珍姐的一聲「喂！」我就突然虛脫了。渾身一兩的力量也沒有了，說不出話，連一根指頭都動彈不得。美珍姐在話筒裡的「喂喂」聲越來越弱，很快就斷了。

一陣急速的眩暈，再清醒過來的時候就是一個完全不同的黎丹了。人啊！人！你知道，當你從習慣的主觀的角度一下變成客觀的角度的時候，你有多麼輕鬆愉快嗎？也許那就叫做解脫。到了這個時候，你就能做到人所絕對不能做到的清醒和冷靜，但再也不需要戒備和警惕什麼了！我的注意一直集中在賴長生的身上，這是另一個賴長生。我曾經一直相信他是泰國排在前五十名的大富豪，擁有億萬家產。這個大富翁現在從他的旅行袋裡拿出一雙手套，戴在手上。第一件事是把那張印著「請勿打攪」的牌子掛在門外的門柄上，鎖上門，加上門鏈。接著就是打開壁櫥和所有的抽屜，以及箱子。他並沒馬上翻箱倒櫃，而是先到盥洗間把我用過的酒杯沖洗乾淨，再把自己的杯子斟滿一杯白蘭地。坐在沙發上，把一雙腳擱在茶几上。一小口一小口地像品酒師那樣品嘗著「拿破侖」。他的沈著和我的迷糊都屬於頂級的水平。他喝完一杯酒才站起來，「我」無聲地跟在他的身後。也想看看一個來自遠方鄉下的風塵女子到底有多少積蓄？我曾經知道個大約數，從沒細算過。他首先打開一個包紮了好幾層布的包袱，這是我好幾年沒有打開過的珍藏。他以為我的珍藏就是他要找的珍藏。他從包袱裡抖出的第一個東西，是一件人們早就不會穿了的尼龍裙。第二件是花布短袖襯衫，本來是鮮豔的紅花，現在那些花朵已經淺淡得看不清是什麼顏色了。我記得這是我賣了一個月鮮花以後，阿媽扯布給我做的。第三件是一條平腳大紅褲叉，熱天在家鄉的時候就穿那樣的短褲。到了外面才知道有三角褲，才覺得三角褲穿著舒服，就再也沒穿過平腳褲了。雖然這些衣服我都不會再穿它們了，我還是捨不得丟掉。偶然打開看見都要流好一陣子傷心淚，這些衣服上的花朵一下就又鮮豔起來，我昧著良心忘記了的家鄉，又好像回到了我的眼前。他又抖出了一疊紙，這是那位天才詩人留給我的手稿，我曾經為了那些看不懂、聽不懂的詩句淌了好多好多的眼淚，因為我能看懂、聽懂他心裡的苦悶。賴長生重又把包袱包紮起來，我現在才知道，他對我特別心愛的東西特別沒興趣。他接著把壁櫥裡掛著的衣服一件一件地拿出來。每一件衣服都能讓我想起他來瓊雅的時間，從第一天起，直到今天，我把每一件衣服都看成永遠不會過時的時裝。每一件我都愛得不捨得上身，確認都是價錢很貴的歐洲名牌。現在我才看出不僅做工粗，面料也低劣。他當然最清楚這些冒牌貨的來歷。他拿出來的目的是檢查每一個可以藏東西的口袋，他這會兒特別細心，連邊邊角角都摸了個遍。放在抽屜裡的內衣他也不放過，一件一件地抖開，再疊好，按原來的樣子擺好。打開箱子的時候費了十幾分鐘的時間，他從旅行袋裡拿出大小十二件工具。他很有耐心地撬開我唯一的一只箱子，幾乎像用鑰匙打開的一樣，沒有在箱子上留下一點兒挫傷的痕跡。我知道，我的存款單和一些現金都藏在箱子的夾層裡。第一遍，他查看的是那些衣料和擺在衣料中間的真假首飾。他真是行家，我以前都不知道哪一件是真的，哪一件是假的。他揀出一對紅寶石耳環，這是一個南美來的畫家送給我的。他又揀出一條金項鏈，這是一個美國打鼓佬送給我的。他認出了那尊小玉佛是真的，所以他笑了。這尊小玉佛是一個臺灣僧人送給我的，他是個花和尚，為了他自己的罪孽，對著這尊玉佛念了好一陣子「南無阿彌陀佛」。他不要的全都是他自己送我的東西，我要是早一天知道就好了，我會把他送我的假玩意兒全都扔進大海裡。人世間的事情總是這樣：吃不完的後悔藥。誰都會說這句話：早知今日，何必當初！接著，他才用小刀剖開箱子的夾層，十分快捷。他發現一疊鈔票，有一千多美元，有五百馬克，這五百馬克是一個漢堡水手給我的，那時我在湛江港當LA。我記得他的渾身都是刺青，兩隻胳膊上刺著兩個完全一樣的裸體女人，他晃一晃胳膊，那兩個裸體女人就開始扭動，怪性感的。還有八百澳元，給我錢的是一個澳洲農場主，很像一個中國北方農民，喜歡吃生蔥、生蒜。還有三千港幣，這是一個香港打工崽給的。他是個老實誠懇的年輕人，告別的時候紅著臉對我說：小姐！對不起，我只有這些！當賴長生看見那張一萬元定期存款單已經到期的時候，他喊了一聲：上帝！到期了的定期存款誰都可以取。他為了萬全，把我的身份證也拿走了。賴長生最後從夾層裡摸出來的是一張中國地圖，地圖上有一條從西向東的藍色曲線，像一條由西向東的河流。那是我自己的一幅離家出走的路線圖，也是我自己的一幅墮落圖。我沿著地圖上的路線可以回憶起哪一段步行，哪一段乘火車，哪一段乘汽車，哪一段乘船。真是！有路就有坎坷，哪一段受氣，哪一段挨餓，哪一段生病……一顆汗珠子落在路上摔成八瓣兒，一顆淚珠子吞進肚子裡能把心燙得掀起來。和我同行的小姐妹們，一個個像潑在路上的水一樣，全都乾在人們的腳底下。想到這兒，我的淚水就像小河似的順著我的臉往下淌。此刻，我遠不如一個剛剛出生的嬰兒，嬰兒大哭的聲音還能把全村的人驚醒，還可以亂踢亂打。我已經發不出一點兒聲音了，連睫毛都不能動一動。只能大睜著眼睛看著一個賊，慢條斯理地在我的東西裡挑挑揀揀。他偷走的不只是我的財產，還偷走了我對人世間的希望。我原以為窮極了的人才會搶、才會偷。看來，我錯了。賴長生把他要拿走的東西都收進他自己的旅行袋裡，然後，又斟了一杯白蘭地。一邊喝，一邊笑咪咪地走向我。把臉湊得很近，他欺我不能動。如果我能動，我真會用手指先把我自己的眼珠挖出來。幾乎所有的如果都不存在了，正因為所有的如果不存在，人們才常常會想到它。他用一種甜得膩人的聲調輕輕兒地對我說：

「丹丹！我知道你恨不得殺死我，以命償命，以血還血。可是，你已經奈何不得我了！老實告訴你，我並不是一個泰國大亨。你本來是可以看出來的。沒看出來，這也是情理中的事。因為你從來都沒有看見過大亨。即使把我算作曼谷前五十名爛崽，我也還不夠格兒！不敢當！很不敢當！我只能排在三千名以後。我曾經在東南亞各國的演藝界風光過一陣兒。專在三級片裡扮演性伙伴，你很幸運！我至少從幾十個女人的性感受那裡吸取過豐富的經驗。我能讓各種各樣的女人感到滿足，你不是很滿足嗎？我本來以為你的積蓄還要多些，應該是我對你的投資的三倍，結果還不夠一倍半。可以了！比放高利貸享受，當然，你也享受了我。何況我下的注並不是你一個。在中國，像你這樣的傻女孩兒，我還交了三個，分別包在不同城市的酒店裡。我很清楚，這種多桿釣魚的作法，即使是被黑道上的朋友知道了，也看不起我。第一，我只會釣你們這些出賣皮肉的可憐蟲。第二，誰也不知道。在外面，朋友們都以為我在做進出口生意。這麼說也對，我幹的當然是進出口生意……嘻嘻！我所以要告訴你，是要你死也死得明明白白。我不會讓你有一點兒痛苦，可以說這是一種安樂死，安樂死在當今世界非常時髦。如果你願意，此時此刻我還可以和你作一次愛。可以嗎？你現在全身都動彈不得了，只有眼睛可以閉合。你可以閉一閉眼睛，就是說你同意。你應該知道，這是你有生之時最後一次作愛了。真可以說：機不可失，時不再來。我等著你的回答……？」

我沒有別的辦法表示我的憤恨，我只能大睜著眼睛，算是我最後所能做到的抗爭了。

「好的，我尊重你的意願。同時，我也必須告訴你，你不必指望有人會緝拿我，替你報仇雪恨。第一，當地的公安部門還沒有足夠的技術力量，查出你的死因。第二，我留在酒店裡的一切資料都是假的。我是一個國際人，我有五本護照，一本護照一個名字。」他從號碼箱裡把五本護照全拿了出來。「請看！這是港澳同胞回鄉證，這是新西蘭護照，這是塞班島的護照，這是澳大利亞護照，這是泰國護照。從現在起，這本泰國護照就算作廢了！」他說著就把泰國護照撕得粉碎，送進盥洗間，丟進抽水馬桶，呼隆一聲就進了下水道。過了好一會兒，他才出來。他已經是一個有鬍鬚的紳士了，臉上堆著一派和藹可親的笑容。他最後一次束緊他的領帶以後，向我飛了一個吻：「BYE!BYE!」他提著旅行袋，用跳探戈舞的輕快而又賣弄的步子走出門，再輕輕兒地帶上門，一點兒聲息也沒有。我知道門外的手柄上掛著那塊印著「請勿打攪」紙牌子。我的目光落在那朵鮮紅的玫瑰花上，含苞待放的玫瑰啊！她會乾在瓶子裡的！——這是我最後對這個世界的一個憂慮，多麼奇怪！已經到了這個時候，我擔心的卻是那朵玫瑰花!?

玫瑰花漸漸模糊了……

一片模糊的血色又變成一片空白……

一片空白又變成一片灰暗……漸漸又變成一片黑暗……

後來，就再也沒有變化了……

39

唐　賢

那是一幅烙在我心中的圖畫。

那個闊佬從他那豪華的加長車上下來，向正蹲在沙灘上玩耍的蓮蓮走去，和我當時的行動一樣。我猜想他就是曾經把蓮蓮帶進酒店的那個老板，我預感到不好，但我卻無論如何也沒想到，結果會比我的預感還要壞一千倍。讓我後悔終生的是：因為我的猶豫不決，沒有提前一步趕在他的前頭。那樣，也許蓮蓮會留在我的身邊，而不會再一次跟著他進入酒店。誰能想得到，這一次他從我眼前把蓮蓮牽走，竟然是我和她的永訣。我站在一棵椰子樹的後面，我不是故意躲避，只是正好走在那兒，我就停下了。我看見他們臉對臉地講話，講了好一會兒，越講越快活。當我意識到我像個賊、想走出來的時候，已經晚了。他們手牽著手正向那輛汽車走去，雖然我已經走出了椰子樹的陰影，她也看不見我了，因為她再也沒回過頭。被丟下來的小刺猬發現了我，還特意向蓮蓮叫了幾聲，好像是提醒蓮蓮：鹹糖在這裡！我知道，像這樣豪華的汽車，關上車門以後，車裡的人很難聽見車外的聲音。小刺猬緊挨著我的腿，像孩子似的仰望著我。我哪有心思管它呢！我這時才知道我是多麼的懦弱！多麼的沒血性！多麼的沒力量！當時我應該追上那輛絕塵而去的汽車！我相信我那時的速度要比汽車快得多，一定能追上它！超過它！迎著它，把它擋住。它撞在我的腿上，就像撞在岩石上。破碎的不是我，是它！帶走——不，應該是——騙走蓮蓮的那個人，被撞得渾身是血。但蓮蓮卻奇蹟般安然無恙，笑眯眯地從破車上走下來，奔向我。唉！不幸的是這只是我一瞬間的幻覺。

眼前的現實是：那輛汽車已經變得很小很小了！我要是此刻手裡有一支手槍就好了。我當然不會瞄準人開槍，我先要擊穿它的輪子，讓它癱在路上。使那闊佬狼狽不堪，攙著蓮蓮從汽車裡鑽出來。蓮蓮看見怒目金剛的我，立即甩開他，哭叫著撲到我的懷抱裡。那闊佬為了報復我，報了警。十幾個警察包圍了我，和我進行了一場激烈的槍戰。我一手摟著蓮蓮，一手單臂舉槍還擊。但最終還是由於寡不敵眾，被擒，入獄。在獄中，那闊佬派人到獄中求和，自願撤訴，還要給我一筆很可觀的金錢。唯一的條件是：永遠不作他和蓮蓮之間的障礙。我當然不會同意，而且激昂慷慨地發誓：要把所有用金錢引誘中國女孩兒的境外客統統殺死！即使敗露了，我只是私自攜帶槍支和破壞他人財物（一只輪胎），兩罪並罰，(而且中國法官肯定會因為我的動機而同情我）頂多也不過是一年徒刑。我會很快出獄！我會是你和蓮蓮之間永遠的障礙！——這又是一個一閃而逝的幻覺。那天夜晚，我和小刺猬同病相憐抱在一起，坐在沙灘上。海濤不厭倦地一遍、十遍、百遍向我奔來。我想起我和蓮蓮倆個人兒的那個初夜……我忽然大聲尖叫起來，嚇得小刺猬也狂吠不已。它也許以為我看到或想到了什麼恐怖的景象，才會如此瘋狂！其實恰恰相反，我想到和「看到」的正是最美的景象。赤裸裸的蓮蓮正坐在我的身上，她向後仰著頭，扭動著她那細膩平滑的肚子，一對花蒂剛剛脫落的桃兒似的乳峰挺向星空。她甩著她的長髮，小嘴一邊叫著，一邊像在咀嚼著什麼，一張一合。突然我覺得她的身下不是我，是他！是那個乘坐豪華汽車的闊佬！我受不了！我想立即死去，因為我實際上不會、不能、也不敢讓除我以外的任何一個人死去。中國人為了從貧困的泥沼裡爬出來，最先廉價拋售的是我們的姐妹，而且還是她們之中最美、最單純、最無知的那一部分！對於中國年輕男子來說，這是一段最痛心的歷史。我如果從小不是習文，而是習武就好了。我一轉念就站在嵩山少林寺的山門前了！我走進了少林寺，見了主持和尚，納頭便拜，哀求他收我為徒。長老居然破格把我收留在寺中。從此，埋名隱姓，削髮為僧。拜師苦修，學會使用冷兵器，學會飛檐走壁，在梅花樁上奔跑如履平地。學會金剛罩、鐵布衫，刀槍不入。學會霹靂掌，學會隱身術，來無蹤去無影。然後告別少林寺，雲遊四方。要成為一個驚世駭俗的冷血大俠，專門懲戒那些用金錢來和貧困的中國男子進行不公平競爭的外來人（也包括在內地借助權力在一夜之間成為暴發戶的那些野蠻人）。他們簡直是在擄掠，和十三世紀蒙古騎兵一般無二！特別要嚴懲那些多國多妻的老外和一國兩妻、數妻的臺商、港商。我要用「獨行大俠」的名義印刷傳單，光明正大地莊嚴宣告我之所作所為的正義性。勸告年輕的中國大陸女子：人人要捍衛愛情的純潔，要知恥，要明白貪財是醜惡的秉性。還要告訴她們：青春不再！也不能常在。我還要引用唐代大詩人白居易「商人重利輕別離」的詩句。請求她們要自尊自重，不要把自己的青春當商品。我要向她們宣告：雖然大陸女子像千萬條溪水那樣流向東南，勢不可擋。而流水的盡頭是什麼？你們想過沒有？是茫茫大海！你們為什麼不留在故土上？一滴水能養活一棵樹，來年就是一片森林。一條溪能綠一條山谷，能青兩座山！於是我的俠義行為使全球震驚，國際刑警都無法制止我。我運用隱身法和他們辯論，他們只能聽見我的聲音，看不見我的身體。由此引起世界各國的法律界、哲學界、社會學界、心理學界和民族學界的廣泛討論。結果，形成截然不同的兩大派。一派認為這根本不是俠義行為，是暴力！是謀殺！是狹隘的民族主義！是心理變態！甚至是性壓抑狂！等等等等……而另一派則人心大快，他們主要是大陸的年輕男士。他們被迫多次在報刊雜誌上和電視裡刊登自己的照片、啟事，公布自己的年齡、學歷、身高、特長、愛好和菲薄的工資。被迫用大量溢美之詞宣傳自己，諸如：英俊高雅、溫柔多情、熱情專一、風流瀟灑……即使他們完全實事求是，也無法和那些一臉橫肉、談吐粗俗、但可以一擲千金的大款們抗衡。對於有些大陸女性來說，一根不到一OZ❶的金項鏈，比一位年輕英俊的博士的雙臂要有力量的多。由於中國政府規定一對夫妻只准生育一個子女的政策，加上農民溺死女嬰的惡習；未來中國男子中的「王老五」越來越多，前景更加暗淡。不可調和的兩大派從文鬥發展到武鬥。前一派罵後一派為保守派，後一派罵前一派為拜金派，追逐銅臭的走狗。前一派對我展開猛烈的批判，

❶一啢Ounce。

後一派對我極盡歌功頌德之能事。唯我沈默如海，血案不斷。每一血案發生，後一派則以各種形式慶祝勝利。前一派則動用一切輿論工具，大肆聲討……當我被海浪驚醒、知道這又是一場白日夢的時候，我沮喪得用拳頭擂自己的腦袋。蓮蓮！蓮蓮在哪兒？……我的夢有多麼荒誕啊！在我進少林寺削髮為僧、苦練武功的時候，那擄走蓮蓮的闊佬有足夠的時間帶她飛往國外，他的金屋安置在何處我都無法知道。我不是有絕技在身嗎！我可以展開全球大搜索，上窮碧落下黃泉……最後終於在太平洋上一座小島上找到了她。那裡已經是一座屬於那闊佬的樂園，有天然游泳場，快艇俱樂部，高爾夫球場，世界美食城，賭場，舞場……在熱帶雨林中散落著他的各式各樣的豪華別墅，每一座別墅上都停著一架直升飛機。我首先發現那闊佬，他正在海水裡游泳。蓮蓮站在沙灘上，全裸。雙手放在腦後，無恥地挺著肚子，欣賞著那闊佬的自由式。我情不自禁地喊了一聲：

「蓮蓮！」

她先是一驚，轉向我，定睛地看著我，很快她就認出了我。我的樣子一定很怪，禿頭，僧袍。手持古老的寶劍，一臉古怪的怒容。她不僅不怕，反而大笑起來，笑得前仰後合，雙腳亂跳。那個闊佬聽見蓮蓮的笑聲，立即從水裡跳出來，奔向蓮蓮。蓮蓮指著我笑得在沙灘上翻滾。我一個箭步衝到那闊佬的面前，一個單鳳展翅，劍尖正要直穿對方的心房。蓮蓮像一條小魚似的一躍而起，撲向那闊佬，緊緊地抱住他。我渾身的力量立即衰竭，手中劍墜落在沙灘上。我也隨即失去了知覺……等我醒來時，海濱已是清晨了。待舉起手來一看，手裡握著的不是劍，只是一把黃沙。小刺猬也離開了我，想是它不放心爺爺和他們的鴨群，在夜間回去了。我這時才意識到，從蓮蓮再一次被那闊佬牽走到現在，才只過了一個夜晚。抬頭看去，PRIMULA大酒店巍然屹立在朝霞之中，每一扇窗戶裡好像都有兩對眼睛在嘲弄地看著我。一對是那闊佬的，最可怕的不是這一對。是另一對，那是蓮蓮的一對……我像逃命似的，盡可能快地躲開PRIMULA大酒店任何一面窗戶裡的視線……在我奔跑的時候，我最想大聲喊出的話是：

「我為什麼不是個潑皮？為什麼不是個無賴？為什麼偏偏是個知識分子？萬般無奈是書生！百無一能是書生！束手無策是書生！」我終於以最大的聲音喊出了一句我從來都沒有喊出過的話：「操——你——媽！」

40

蓮蓮

許久我都不知道，為什麼我和楊曉軍那樣快就沒有了距離。我們的年齡、文化、財富、地位的懸殊太大了！奇怪的是，不但是我，一開始他也沒覺得這些懸殊的存在。我從來都不注意客觀上怎麼看，在我越來越大的時候，我才越來越多地想到在客觀上一定有很多議論。首先是：蓮蓮因為什麼？這個問題人們幾乎不用想就會說：因為錢。這真是一個有口難辯的天大的冤枉，正因為有口難辯，即使是到死，我都不會去作徒勞的辯解。我因為什麼？好像不因為什麼。後來我慢慢地才明白，唯一可以作為藉口的是：當時我太小了！也太無知了！他呢？他因為什麼？也只能說是因為蓮蓮太小了，他所迷戀的也許正是我的稚嫩和懵懂。我們之間到底有愛嗎？不！我曾經對我們所經歷過的一切作了仔仔細細、一個細節都不放過地回憶，我的結論是：與其說是愛，不如說是舒適和方便。當我第二次被他牽進PRIMULA大酒店的時候，在總統套房，他為我放水洗澡，我已經懂得不好意思讓他和我共浴了。在我洗澡的時候，他去了酒店商場，為我買了一大堆衣服和鞋子。他對女人是很細心的，好像為我量過尺寸一樣，全都十分合身。我不懂乳罩是什麼，怎麼戴？我只好請他告訴我，並且幫助我，給我戴上。他提出的條件是吻一下我的乳頭，我不情願地嗯了一聲，但還是把手從胸前放了下來。那天白天我們都呆在總統套房裡，他讓各個餐廳把飲食送進套房。一會兒是兩份西餐，一會兒是一桌中餐。還不斷地送來各色點心。後來才意識到，他的第一目的並不是讓我吃，而是教我怎麼吃。比如怎樣使用餐具？各種進食的程序和通常的習慣，以及規矩。當我突然把餐刀含進嘴裡的時候，他嚇壞了，他既不敢立即從我嘴裡把刀抽出來，又不敢大聲喊叫，怕我一慌張，反而割破了舌頭。他溫和地對我說：

「蓮蓮！你能讓我看看你的舌頭嗎？」

當然可以呀，我在伸舌頭以前，很自然地就會把餐刀先從嘴裡抽了出來。然後他把餐刀拿過去，在自己的左手中指上故意割破一道口子，血慢慢從那道口子裡滲出來。他告訴我：

「多危險呀！也很不雅觀，不是嗎？」

我當時很感動，把他那根受傷的手指放在嘴裡含了很久。他乖乖的，一動也不動，用他的淚眼目不轉睛地看著我。後來，像那一瞬間寶貴的時刻就越來越少了，那是鑽石一般透明的一瞬。

那天晚上，他替我打開電視機，我要看美國卡通片《米老鼠和唐老鴨的故事》。他只好陪我看。我並不太喜歡米老鼠，而特別喜歡唐老鴨。雖然它不是我和爺爺養的那種鴨子，但可愛就可愛在它通人性，而鴨性也未改。卡通片看完，他讓我陪他看一部美國愛情影片，我太累了，只打瞌睡。因為電影裡的男人和女人說些什麼我都聽不懂。只在那個男人親了一下那個女人，那個女人立即昏倒在地的時候，我才笑了一下。我不明白她為什麼要昏倒，而且還嗷了一聲。我記得當時我的頭正靠在他的肩膀上，等我一覺醒來的時候，我已經睡在床上了，衣服脫得光溜溜的。這一覺睡得很沈，我睜不開眼睛，想翻個身再睡。這時候，我聽見了腳步聲才睜開眼睛，我看見他披著浴衣從浴室裡走出來。他發現我已經醒來了，就笑著走到我的床邊坐下。問我：

「蓮蓮！我睡在你的旁邊，好吧？」

我微微笑著，看著他，沒有回答，只打了一個哈欠。他一下就撩開了我的毯子，跳上床抱住了我，一股熱騰騰的香水味和強壯男人的氣息，把我的睡意全都沖跑了。我調皮地把他壓在我的身下，我的臉貼著他的臉，他開始吻我。吻得很輕柔，他的擁抱卻非常緊。他點燃了我從來沒有過的興奮，我用貪婪而熱烈吻來回報他。他承受不了我的這個光滑、輕巧的身子，當然不是因為沈重。他猛地翻過身來，把我壓在他的身下。接著他從頭到腳地親吻我，一遍一遍地吻。吻得我大聲尖叫，我非常驚駭，非常刺激，非常痛快……後來我情不自禁地舒展開我的四肢，伸出手來引導他，哀求地告訴他：

「輕點兒……」

他猝然坐了起來，氣喘噓噓地問我：

「你怎麼會懂……？」

「鹹糖……他教我的……」我連眼睛也沒有睜開，不知道他當時的情緒，我只管摟住他輕聲求他：「給我！給我！給我！……」好像等了很長的時間，實際上也許只有一小會兒，他就給了我。我們一起陷入瘋狂，把枕頭、毯子、被單全都踢到地毯上。他用遙控開關打開了所有的燈，就像在中午的沙灘上那樣，滾了一身被太陽烤熱了的細沙。千百隻海鷗在我們的上空翻飛，一片喧鬧的鳥叫聲、風聲、濤聲……我以為我可以毫無顧忌地大喊大叫……潮水一陣一陣地衝擊著我，那樣有勁兒，我的心都幾乎從胸膛裡跳了出來。大海一次、十次、百次地把我淹沒，我希望大海永遠不要停止向我噴射波濤！

當驚濤駭浪突然停止的時候，他從我的身上滑下來，躺在我的右側，偎著我，在我耳邊說：

「蓮蓮！你喜歡我嗎？」

「我……」我已經很疲倦了，睜開眼睛看看他，他正等待著我的回答。「我有點兒喜歡你……」我用一隻手攬住他的脖子，把他拉得更近些，親了一下他的嘴。

「我希望你不要再和那個鹹糖見面了，好嗎？答應我嗎？蓮蓮！」

我笑了，笑得好久都止不住。

「笑什麼？」

「你們都說一樣的話，他不讓我見你，你不讓我見他。你們……咯咯咯咯兒！」

「我對你說的是真話，蓮蓮！不是開玩笑。」

「他也這麼說，真怪！你們不是一樣的人，為什麼都說一樣的話呢？」

「蓮蓮！你答應我嗎？說呀！答不答應？」

我狡猾地搖搖頭，見他不高興，我很快又連忙點點頭。他高興得抱住我狂吻，只一會兒，他就像大海一樣，精力恢復得非常快，立即又開始了潮起潮落的湧動。轉眼之間，波浪滔天，風呼海嘯。等到再一次風平浪靜的時候，他對我說：

「蓮蓮！我想讓你去念書。」

「爺爺已經說過了，要用你給的錢送我去上學、讀書。」

「不，我說的是把你送到美國去讀書。」

「美國？是不是用刀子、叉子吃飯的地方？」

「是的。」

「我看見過美國人，他們成群結隊的來瓊雅看風景，說是叫旅遊……藍眼睛、黃頭髮，怪嚇人的。」

「不怕，我在美國有很多房子，也有幾個佣人。你就住在我的家裡。上午去學英語，下午在家裡學中文，我給你請兩個教師……好嗎？」

「什麼是英語？什麼是中文呀？」

「英語就是英國人的話，美國人講的也是英語。中文就是中國的文字，學了英語和中文你就可以看中文和英文書了。」

「好呀！我聽說書裡有好多好多道理，還有好多好多有趣的故事。我早就想讀書了。」

「那好，一個月以後我來接你，你要讓爺爺同意……」

「我知道，不要告訴鹹糖？是不？咯咯兒！」

「你爺爺捨得你嗎？」

「放心吧，他巴不得我去……」我故意對他說：「鹹糖可是不會讓我去，他一定說：『我來教你，哪兒也別去。』他真的教過我，教我認字，念詩……」

「不要聽他的，他是個怪物！」

「他不是個怪物，是個怪人。他說不要蓋高樓，不要修公路，不要讓汽車開進來。天、地、人都應該是自自然然的，不要去改變。住鴨寮最好，吃烤小魚最好，走小路最好……」

「只能說他可笑，我真懷疑他是瘋子。」

「他哪兒是瘋子呀！也不是個壞人。心可好了，他從來沒有勉強過我，我要是不聽他的，他只會流眼淚。」

「你覺得住高樓好嗎？」

「這兒好……」我只是一個平平常常的鄉下小女孩兒呀！我那時當然不會有別的回答。

「你覺得要修公路、機場嗎？」

「要……」

「你還要住鴨寮嗎？」

「嘿嘿！軍軍！鴨寮涼快……」我向他吐出舌頭來。

「蓮蓮！難看！你再要把舌頭吐出來，我就要咬斷它！」

「你敢!?」

「我當然……」他看見我不高興就改口了。「不敢呀！」

「我知道你不敢，你要是敢咬我，我就不來了。」

「所以我才不敢呀！下次來，你帶我去看看你爺爺好嗎？」

「也看看鴨寮？」

「當然！」

「鴨寮的軟梯你上不去，不信？鹹糖就不會上。」

「別再提他了，蓮蓮！你不累嗎？」

「累……都怨你！」

「對，都怨我……」他讓燈光一盞一盞地慢慢弱下去，很長一段時間才全部熄滅。好像天空漸漸進入黑夜那樣奇妙。「睡吧……」他的聲音小得不能再小了。他的手摟著我，我的小小心眼兒裡還在想：他是個什麼人呢？他什麼都能辦到。這麼大的酒店，還開辦了好多的工廠。一會兒飛來，一會兒又飛去，像長了翅膀似的……那些像模像樣的先生小姐們，在他的面前連口大氣兒也不敢出。為什麼他有那麼大的本領呢？可是，他在我的身邊又和我差不多，說的都是和我一樣的孩子氣的話。現在比我還要像個孩子，簡直是一個柔弱的嬰兒。可憐巴巴地把頭歪倒在我的肩頭上，我都不忍心移動一下身子。

應該說，我們開始得很美，很豪華。雖然那時的我並不懂豪華是什麼？它的社會意義？它的心理意義？它將在我的命運中的影響？終極會給我帶來什麼？我沒有任何不祥的預感……

41

雲萍

門鈴？是門鈴！這麼急？誰？我真不想醒來，更不願動彈。這肯定不是易六發，不是他我也得把浴衣披上。萬一是一個陌生男人，看見我赤條條的，那不就是一場災難麼！很可能是一次大爆炸。我不知道我的身子裡裝著多少炸藥，可我知道男人的燃點有多高。既高又快，比一寸長的導火索還要快。我束上腰帶。這是誰呀？我真是太不情願了，睡得甜甜的，把人家喊醒。我半睜著眼睛拉開了門，隱隱約約覺得是個女人……不管是誰，我都要躺在床上跟你說話。我正要轉身再回到床上睡下的時候，聽見一聲喊：

「姐！」——這是一個真正的爆炸，我自己的三魂七魄被炸得粉碎。是小錦！滿面笑容小錦站在我的面前。送她來的那個大堂門童臉上掛著不懷好意的譏笑，那譏笑笑得恰到好處，既讓你能感覺得到，又不太過分，而且很快他就退一步帶上了門。小錦一定不明白，為什麼她的姐姐見到千里迢迢趕來相會的妹妹，一臉的愁容。小錦穿了一件淺藍色的彈力短袖衫，一件超短裙，一雙半長不短的襪子，全都是尼龍針織品。腳上是一雙冒牌的貝福萊旅遊鞋，鞋帶打了個很花俏的結。她自己一定以為這是再時髦不過的裝束了。說真的，要是不挑剔打扮，是個男人看見她都會動心。彈力衫緊緊的，曲線畢露。這奶子既豐滿又苗窕。一對青春奶子，不戴奶罩子也照樣高高挺起。我的奶子已經快要扶不起了，再過兩年怕是看都看不得。小錦就像我那年出來的時候一樣，是一朵剛剛才開的大理菊。極光彩，極俏皮喲！她那兩條腿是那樣長，是那樣均勻，連一個芝麻大點兒的瘢疤都沒有。正因為她出挑得這樣漂亮，才叫我心驚膽戰，才叫我愁死！我都沒有力氣喊一聲：小錦！你可不像我啊！我是生就的夢中人。在這個醉生夢死的世界裡，我就像一條閉著眼睛的魚。管它水有多渾，我連游也無需游，只隨波逐流。沉也是活，浮也是活，由它去！小錦你可是不行呀！你是個有形有靈，有血有性的真人兒。愛的真真兒的，恨的也是真真兒的。我在你的眼裡就像是你手掌心裡的一隻蝴蝶，每一種色彩，每一條花紋都看得清清楚楚。只要蝴蝶不飛走，你的手就一動也不動地托著，臉上的笑容也不會變。我自己都沒看清我自己身上有幾種顏色，更不要說我身上有些什麼花紋了。可你哪裡知道，我從自己的窮鄉是怎樣飛到這兒來的？這麼綃薄的一雙翅膀，一陣微風都能把我的翅膀吹得粉碎。你以為這裡是個四季皆春的花園，有我吃用不盡的花粉和蜜糖。是呀！也怪我在家信裡沒向他們說真話。封封信都是好好好，還附著好好好的證據，那就是錢。錢能說明好好好嗎？能！今天百分之九十九點九的中國人都承認錢能證明。這不是！你來了。因為你的姐姐在這兒樣樣都是好好好！可是，我在每一封家信裡，說了好好好以後，不是也說過：小錦！莫來！莫來！莫來呀！你還是來了，笑嘻嘻地來了，熱乎乎地來了，懷著好大的希望啊！妹子耶！你為什麼要來呢？你站在我的面前已經等了很久，你等什麼呀？我一時還弄不明白。你哪裡知道，你一來，把我的心緒攪得亂極了！總想快一點梳理清楚，就是沒得辦法梳理清楚。你以為你的到來，讓我高興傻了。你的一雙手臂向我伸出來，我當然曉得你是想抱抱我，久別重逢的姐姐也應該抱抱妹子呀！我向前跨了一步，小錦一下就緊緊地把我摟住，我和你都身不由己地哭了。你流的是喜淚，我流的可是悲淚呀！

「姐姐！你在信上說的一點也不錯，這兒好啊！家鄉多貧苦呀！活得極難……」我沒有說出話來，你也許以為我是高興得說不出話。我從你的手裡接過塑料袋，塑料袋裡是你吃剩下的半塊發餿了的饅頭。我拿起電話，要了餐廳。點了四菜一湯，一碗飯，四個炸小饅頭。我知道，這些沒有一樣是你吃過的。想起我離家出走的時候，兩年的行程從來沒有吃過一頓正而八經的飯菜。我和你坐在床上，你像一隻走失了很久的小貓，卷臥在我的懷裡。你一定以為沒有比在姐姐的懷裡更安全的地方了，沒有比在姐姐的懷裡更舒心的地方了。就像一條在激流險灘上顛簸了一萬里的小船，總算滑進了一個能避風的港灣。我就像岩石的岸，你緊緊地靠著我。你哪裡知道，我只是一塊浮在水面上的木板，沒有根，也沒有襻。小錦竟然睡著了，還打著小呼嚕。你許是太累了，太緊張了。一下子放鬆了，就再也支撐不住了。餐廳侍者送飯來，我把你放平在床上，起身去開門，你醒了！我「聽」見你的眼睛在說話：啊！飯菜好香啊！米飯怎麼會這麼白！有這麼小的小饅頭！我對你說：

「這是一碟蘸小饅頭的煉乳，這是乳鴿，這是清蒸鱸魚，這是芥藍菜……」

「那麼綠！像是剛才從園子裡拔起來，只洗了洗，鍋都沒有下。啊！還有一盤紅燒肉，紅彤彤的，好饞人啊！這碗湯裡都是些什麼寶貝呀！姐姐？」我只好告訴你：

「有海參，有魷魚，有鮮貝，還有海蜓……這叫海鮮湯。吃吧！」我知道這些只夠你一個人吃的，因為我也曾經一頓吃過這麼多。那是我流落在街上做LA的時候、遇到易六發，給他看中了。也是四菜一湯，一碗飯，四個小饅頭，那回我沒吃飽，因為他吃了一大半。當時我真希望易六發點了菜別坐在我的面前，他要是不在，我會一口氣統統吃光。誰知道他一邊吃一邊看著我，我只吃了一個小饅頭，小半碗飯，一樣菜只動了兩箸，喝了一匙湯。這個吝嗇鬼，一個勁地誇我：好秀氣呀！我眼巴巴地看著他狼吞虎嚥，肚子餓得咕咕叫，嘴裡還得說：飽了，很飽了！他吃的很響，兩個嘴角直往外流油，吃著說著：

「錢大把的有哇！但是，我最恨的是浪費。在美國，你知不知道美國？美國的億萬富翁上飯館吃飯，盡量吃得光光。有人還要舔盤子哩！實在吃不完就打包帶走。我的肚子有伸縮性的嘛！不用另外打包，自己打包。」他朝著我拍拍肚子。「我知道你的心思：有情飲水飽，你對我有情，不吃也會飽嘛！我看得出嘛！你對我的情太多了！從眼睛裡和眼淚一起流出來了嘛！我有眼嘛！你真是我的小寶貝兒。」他用他那油膩膩的嘴在我的腮幫子上啜了一口。我哪裡是對他的情太多，多得往外流呀！我是委屈，委屈死了！覺得自己沒志氣，低聲下氣地生怕人家嫌棄我，連飯都不敢吃飽。真是不能想！我對眼前的小錦說：

「我吃過了，你吃吧，我去洗澡。」說著我就進了浴室，放了水，把自己浸在水裡。好舒服！心想：等我洗了澡出去，房間裡根本就沒有小錦，也沒有四菜一湯。你沒來過，只是我許多夢中的一個夢。小錦不該來，也不會來，你根本沒有來。我閉上眼睛，只能感覺到水，就像一個愛我愛得不曉得怎麼辦的男人，輕輕輕地抱著我，讓我感覺到他，又感覺不到他。我們一動也不動，水漸漸不那麼熱了，我好像睡在被窩裡，又有了睡意……竟會睡著了。一直到我被一陣遙遠的喊聲驚醒。哪兒在喊叫？誰在喊叫？像是小錦！小錦真的來了嗎？接著我聽見碗盤落地破碎聲，都很遙遠。只有一記撞門的聲音特別近，我才意識到有人在撞浴室的門。我立即從浴盆裡跳出來，來不及擦乾身子，披上一條毛巾就奔出了浴室。我眼前的一切向我證明：小錦來了，小錦的來是我最擔心的一場惡夢。我早就不是一個因為吃驚大喊大叫的人了，這時我卻死命地尖叫起來。赤身露體的易六發已經抓住了你，你身上的彈力衫和超短裙被他撕得粉碎。你已經精疲力盡了，顫抖著把身子緊緊地縮成一團。地毯上全是破盤子碎碗，菜湯濺在牆上，像是那些現代畫家畫的畫。看來，你經過了一場多麼艱難的拚搏啊！我這個當姐姐的真該死！易六發竟然對我大叫：

「不要過來，不要過來！等一等！你先到浴室裡等一等，完了以後，我還是要和你作愛的，你應該知道我的能力嘛！」

我撲過去抓住易六發，不知道為什麼，我一下就變成了一隻母狼，上去一口就咬住了他的手，第二口正要去咬他的喉嚨的時候，他鬆開了緊緊抓住你的雙手，我才放開了他。他上氣不接下氣地對我說：

「我會給你增加一倍的錢的嘛！房間可以不用再租了，省下來的錢也給你們姐妹倆嘛！我們三個人完全可以和和美美地生活在一起，我牟（無）所謂呀！不是很快樂的嘛！」

我的力量已經全都使用光了，跌坐在地毯上。我不明白的是：易六發怎麼會嘻皮笑臉、一絲不掛地說出這麼一番話來，他那個是非根還能挺著!?不知道為什麼我沒有哭，沒有鬧，沒有叫，也沒有去安慰你，我情不自禁地笑起來了，笑得我滿地打滾，想止都止不住。我笑得好苦哇！笑得心裡絞著疼。

「姐！」你大叫了一聲，才使我止住笑。接著，你仇恨地指著我。「你——也不——是——人——！」你叫了這一聲就從床上跳下來，拉開房門，瘋叫著跑了。我正想爬起來追，易六發把門關上了，把我抱到床上，對我說：

「她會回來的嘛！沒有衣服，沒有錢，沒有可以投靠的人，餓了，凍了，她就會回來的嘛！放心……」他居然還會壓在我的身上，我居然沒有力量把他推下去。至於他正在我身上做什麼，我已經無所謂、也沒有知覺了。隨他去，反正我是他按月租用的。

你不會再來了，只有我知道：你不會再來了。但我還抱著一線希望：這是夢，你還在家鄉，根本沒有來過。只是因為我身上壓的毯子太重，人說胸口壓得太重是會做惡夢。等我一覺醒來，地毯上是乾淨的，牆上是乾淨的，我的身子、我的心境也是乾淨的。房裡就是我一個人，我光著身子走到窗前，把自己交給說是無情倒有情的陽光和海風……

42

楊曉軍

戴茜這個人以及和她相關的一切都被我清除掉了！儘管戴茜自己絕不會這樣看，她會認為是她遺棄了我。我做的的確非常果斷和決絕，也很瀟灑。瀟灑倒是很瀟灑，瀟灑以後呢？又是一次愛情的褪色，真誠的異化，永久的夭折。其實，在我身上，這好像並不是新鮮問題。為什麼苦心孤詣、一磚一瓦建立起來的樓閣一次一次地毀於一旦呢？我強迫我自己安靜下來，進行一次認真地思考。我從來沒有對任何一個女人被我趕走或離我而去，進行過認真的思考。我只會為一個一見鍾情的女人突然走進我的生活，興致勃勃地認真去籌劃我們的永久。並自信我可以把她塑造成一個更適於我的完美的形象。我對戴茜是最最用心、最最認真的一個。在她身上花費的精力和財力是空前的，遠遠超過在中國大陸從無到有建起一個聯合化工企業。因為塑造她，從圖紙到完成不可能和任何人商量，必須靠我自己。我一開始就把她看做空前絕後的最可愛、最美麗的女孩兒。正因為她那時還是一塊粗糙的頑石，我才覺得只要稍稍加工就是無價之寶。的確，她的天資過人，有非凡的語言天才。不到一年就精通了英語對話、書寫、講讀。比我學英語的時候差不多快十倍。一通百通，通過英語的橋梁，他輕巧地從近於原始狀態步入文明的領域，全方位地適應了現代文明。應該承認，她後來具有的貴族儀態好像是先天帶來的，多麼奇怪啊！難道讓我對她由摯愛轉而為厭惡，是因為她完成了從原始到文明的轉變？是因為她失去了野性的率真？我到現在也說不明白。她的這種轉變正是我所希望、並由我一手造成的。我們第一次發生口角是在哪兒？對，是在巴黎，我們在圓頂餐廳進餐。圓頂餐廳在近兩百多年以來，因為有許多大名鼎鼎的文化名人（如薩特……等等）光顧過而聞名遐邇。戴茜看見我喝咖啡的時候，杯子裡的小匙沒有拿出來，她低聲地提醒我：

「SPOON……」我當時並不以為她是在提醒我，而認為她是在指責我。使我反感的不是她的指責對還是不對，首先是太突然，在這類問題上，不是我指責她，反而是她來指責我！多麼可笑！她大概忘了，她光著腳丫子到處跑的樣子。我有點兒不高興地回答她：

「我知道！」

她應該聽出我的不高興，可她還要繼續盯著我，又低聲說了一句：

「你知道，為什麼還不拿出來?」

她激怒了我，我大聲對她說：

「窮講究！」我隨即把調羹從杯子裡拿出來丟在桌上，發出一聲很大的響聲，使周圍的人都側目而視。她的眼眶裡立即湧滿了淚水，但她盡可能挺直著腰，既不擦淚，又不讓眼淚流出來。事後，我曾經向她表示過歉意，她也原諒了我。可是，像有鬼似的，有了第一，緊接著就有了第二。那是在漢諾威——漢堡的火車包廂裡，我拿出香煙來，對她說：

「我要抽煙。」我知道她不喜歡我抽煙，以前我都是這樣向她說一聲，告訴她，就是尊重她的表示。沒想到，她會說：

「出去！」只有兩個字，這兩個字就像兩顆向我射擊的子彈。我的臉立即漲得通紅。為了還擊，我立即按著了我的打火機，大模大樣地點著一支香煙，大口大口地抽起來，而且噴著煙圈兒。她拼命咬著嘴唇，好久好久才站起來，默默地走了出去。我的一根煙抽完，心境也漸漸平復了下來。我在車廂走道上找到她，她正面向著窗外，這一次她的眼淚流了下來，我是從玻璃窗的反射中看到的。我十分認真地向她一再地道歉，她始終沉默以對。我在她的背後，非常有耐心地回憶了我們相愛之初的許多毫無嫌猜的故事，雖然那時候我們各方面的差異比現在大一百倍。而後我再三地求她，她才又原諒了我，破涕為笑，還吻了我。我記得那一吻使我既有點慚愧，又有點感動。在漢堡的第一夜，我們一直從月光中擁抱到陽光下。起初，我並不在意，因為這樣的小摩擦是任何一對夫婦或情人都在所難免。我們倆的摩擦往往都是我引起的，後來又連續發生了多次衝突，都以我的讓步而和解。加上我們之間從不衰竭的性吸引使我們的情感得以重新彌合。我記得，從前我在雲南生產建設兵團勞動的時候，已經無法看到少數民族的頭人了。有時候也會聽到關於頭人的故事，一個娃子會因為在主子面前直著腰桿子講話，被頭人砍斷了雙腿。有時候，我也意識到，我在靈魂深處似乎埋藏著一顆封建諸侯的自尊心，像炸彈一樣，一觸即發。以前的許多次，都只是小的衝撞，還不能說是感情的破裂。這一次算是破裂了！她可以破窗跳樓，不成，毅然決然地奪門而出，永不回頭。我現在幾乎忘了是為了什麼？為什麼？為什麼？為什麼？啊！我想起來了！起因依然只是一件小到不能再小的事情。

清晨，戴茜從浴室裡走出來，只穿著內衣，坐在化妝凳上，用毛巾擦拭自己的腳。我忽然發現她的十個腳趾分得很開，整個腳型顯得短、闊而且很平。多麼醜！我過去為什麼從來都沒有注意到呢？怪不得她在意大利很難買到合腳的鞋子，必須定做。我未加思索地叫了一聲：

「咦！戴茜！你怎麼有一雙野人的腳呀！」她並沒有回答我，我只顧看她的腳，而沒有注意她的情緒。「大概是從小沒鞋子穿的結果吧？」

她把毛巾往地上一扔，非常鎮定，非常冷峻地說：

「楊曉軍先生！您也太健忘了！曾幾何時，您不是讚美過這雙野人腳嗎？還吻過……忘得真快！」

「戴茜！你怎麼了？」我這才注意到她的眼神裡充滿了絕望的憤怒。「我只是說了一句笑話呀，我道歉，行了吧？」

「道歉？道歉！夠了，你的道歉太多了！」

「道歉都不行了嗎？戴茜！你要我怎麼樣呢？」

「我敢要您怎麼樣呢？您高高在上，我仰望著您都覺得萬分榮幸，怎麼敢要您……」

我這時才感覺到問題的嚴重，才感覺到我並非一日的疏忽。但我並不服氣。我對她說：

「戴茜！你怎麼為了一句話能扯這麼遠呢？你想過沒有，你，今天……」

「今天！今天！我知道您要說的是：我蓮蓮——對！我叫蓮蓮，不叫DAISY！我叫蓮蓮！DAISY是您——我的君主賜給我的名字。您要說的是：我蓮蓮所以有今天，全都是您楊曉軍先生的恩賜。您以為我需要今天嗎？您以為我留戀今天嗎？我告訴您！我恨不能留在昨天，留在沙灘上。那樣，我會快樂得多，我會自由得多，我會幸福得多！在沙灘上連鞋都不需要，更談不到名牌鞋了。我的手指甲和腳指甲為什麼要塗指甲油？為什麼要染上顏色？為什麼要抹眼影？為什麼要在身上噴灑香水？為什麼要修飾眉毛和睫毛？為什麼要無休止地忍受您的指責、諷刺和道歉？為什麼要無休止地忍受您的熱烈和冷漠？為什麼要討您的喜歡？為什麼要讓您覺得好看才算好看？」

「這……全都是你說的，我從來都沒有說過這樣的話……我總是為你好……」

「可您的臉上時時刻刻都掛著那些話！為我好？謝謝！可為我好是您的終極目的嗎？您的終極目的是為了什麼？是為了您自己！這個道理是我在沙灘上趕鴨子的時候所不可能了解的。您第一次給了我一千塊錢，當時我真不知道一千塊意味著什麼，而我的爺爺卻高興得不知道把這麼多錢往哪兒藏才好！那時候我從心靈深處感激您，毫無疑義地認為您是為了我。即使是您對我提出了最苛刻、最無理的條件：不讓我和爺爺、鹹糖和小刺猬見面。我都答應了，而且沒有感到這是多麼無恥的出賣！現在不了，這又得感激您，您教會了我拐一個彎兒、懂得了另一個道理。那就是：在一個金錢越來越占有決定性地位的世界，對於一個女人來說，靠別人，無論他多麼有錢都是靠不住的。這和感情無關，感情只是一種色彩漂亮的包裝。如果包裝裡的商品本身失去了價值，包裝精美的商品很快就會丟進垃圾箱。這是一個很冷酷的結論，但它是科學的結論，誰也推翻不了。今天的女人不直接掌握金錢，就沒有獨立的地位。名份、尊嚴、美貌、文化素養……等等一切，比起金錢來全都是極其次要的。我並不喜歡錢，可以說我越來越憎恨金錢，恨透了！但是在眾多把錢看得比命還重要的人們中間生活，必須掌握金錢，——掌握自己的命運！昨天夜裡我跟您有過一次實質性的談話，您好像睡著了，沒聽見。我可以重新把最核心的意見再重複一遍，那就是：為了證實您說的『對我的真摯永恆的愛情』，我可以給你愛情，事實上我早就給了你。只不過以前我不知道愛情也是商品，既然是商品，也就有質量問題，行情問題和暢銷和滯銷的時間性的問題。雖然已經很晚了，我還是要亡羊補牢，向您提出：您必須向我——您與之交易的乙方提供一項可靠的信用抵押，您是一位大商人了，您應該明白，這在商場上是一個常識性的問題，每一筆交易都必須辦的一道手續。我的條件是：我必須是PRIMULA集團的一名常務董事，並擁有百分之十五的股份。聽清楚了吧？楊董事長！」

「聽清楚了。」我非常吃驚，我的眼睛一眨也不眨地看著她，她完全變了一個對我十分陌生的人。她在沙發上正襟危坐，眼睛直視窗外的天空。一種讓我透不過氣來的寂靜，我第一次聽見我的手表秒針的移動聲。我沒有時間去探究，她從當年的放鴨女怎樣變成今天敢於和我分庭抗禮的「商業對手」的呢？那要回顧這些年在時光流失中我的過失和疏忽。我竟然對她如此地不了解！

她很冷靜——甚至是有點親切地提醒我：

「您沒有回答……還需要思考的時間嗎？我可以給你。」

我很想劈頭蓋臉地罵她一個狗血噴頭，但我還是忍住了。我故作輕鬆地說：

「DAISY！你覺得你提的這種要求有必要嗎？我所有的一切不都是你的嗎？」

「都是我的？」她好一陣冷笑。「您真是太抬舉我了！除我以外，也許有很多女人相信您說的話。許多貴夫人一直到死，都傻乎乎地相信她和她的先生共同擁有一切。對不起！我不是您的夫人。請問，人類社會什麼時候存在過兩個人兒共同擁有的獨立地位？比如說：從今天起，按照我自己的意願，赤著這雙醜陋的野人腳，在酒店的上上下下，在這個城市的東西南北走來走去，讓所有人都來欣賞我的這雙腳，您會給我這個自主權嗎？」

「你敢！」我的忍耐已經到了極限。

「對呀！我不敢，因為我是楊董事長的姘婦！楊董事長不許我丟了他的面子！」她跳著腳大叫著衝到我的面前。「『一個人的靈魂和肉體應該屬於他自己！』這是幾百年來浩如煙海的哲人在它們的論述中，高舉過一千遍一萬遍的旗幟。」

我，是我花錢讓她學習中文，學習英文，學習歷史、地理、文學、哲學，甚至繪畫。啊！

我的本意是要把她塑造成一個天使，而不幸的是：事與願違，我竟然把她塑造成了一個潑婦，一個魔鬼！她繼續說：

「在我活著的時候，您當然有權支配我。但我可以像風箏一樣掙斷這根線，從天上落在地上，雖然粉身碎骨，可我的脊梁骨上再也沒有那根繩索了！死！是我最後擁有的特權，楊先生！不是嗎？！」

她的最後一問很輕、很愴涼。說罷，在我還沒醒悟過來的時候，她轉身拉開窗戶，一躍登上窗臺。這時我才明白她剛才說的關於風箏的那段話。我猛撲過去，幸好抓住了她的一雙腳，她用全部本能的力量發出一聲我從未聽見過的尖叫：

「呀——！」

我還是把她拖下來了。不知道她從哪兒來的這麼大的力量，只一下就把我推開了。赤著腳的她，只穿著內衣就奔出了房間。我氣得發抖，打心眼兒裡痛恨她，這個給臉不要臉的女人！

只要有可能，我就要淋漓盡致地報復你！非得讓你自己，再拐個彎把你的道理擰回來不可。你！離開我，無路可走！

43 蓮蓮

我還能目中無人、自由自在地在沙灘上留連一整天，我真高興！他們——PRIMULA大酒店的人們一定以為我無路可走，以為我是在等待楊董事長的憐憫。管他們怎麼想！我乾脆躺在細沙上，仰望著傍晚的天空。好美呀！像是一位絕望的仙女，毫不吝惜地拋灑著自己的鮮血。使得天空上、海水裡、椰林中，處處都是玫瑰色的血污。我以往為什麼從來沒有見到過如此淒慘的美呢？太粗心了！我枉自痴活了二十多年。就像河流那樣，只顧流，不知道還有盡頭，盡頭在哪兒？當狂濤飛濺的大海撲面而來、迫在眉睫的時候，已經無法止住腳步了。在漫長——實則短暫的道路上，我到底看到了什麼？記住了什麼？所有在眼前一閃而過的只是一團模糊的色彩，在夢幻中的光影中交錯、旋轉……唯一清晰的圖像只有爺爺的剪影。夜晚，他獨自坐在鴨寮的天臺上，長久地抽著草煙。使得夜空中多出了一顆閃爍不停的星星，鴨兒間或會驚叫一聲。爺爺在這時往往會說：「瞎叫，自己嚇唬自己。」一想到爺爺的音容笑貌，我的心就一陣陣疼痛。我竟然答應楊曉軍提出來的魔鬼契約：不僅割斷和鹹糖的關係，還要割斷和爺爺、小刺猬的關係，只是為了他說的「愛情」。交換條件的確是優厚的，除了培養我成為一個有教養的女人以外，就是用最妥善地辦法贍養我的爺爺。他的確沒有違約，他一定全都做到了。但是，我卻越來越深刻地認識到，他剝奪了我心靈裡的最美、最寶貴的東西，而且把我扭曲為一個冷酷無情而不自知的人。「愛情」呢？他給我的「愛情」呢？其全部內容只是：你要適應我的需要。許多次，他對我簡直是粗暴的強姦。我是怎麼了？我為什麼還在想他？對於我，他就那麼重要嗎？他的陰影還在籠罩著我嗎？不！決不！他可能還在等待我的回頭，等待我的懺悔。他哪裡知道，我是一條河！即使是一條很小、很弱的溪流，也不再會回頭了！

我信步向前走著，沒有目的，沒有方向。海風推動著我，曾經在我非常幼小的時候就推動過我的海風，溫暖得就像爺爺的手掌。眼前幾棵搖搖擺擺的椰樹告訴我：這裡就是往日的椰林了。再往前走，一堆已經腐爛的竹片擋住了我的去路。這是哪兒？這是什麼？這塊地方，每一方寸都應該印有我的小腳印，現在我卻認不出它的面貌了。當我猛然悟到這兒就是往日的鴨寮的時候，我的腿就軟了，我撲倒在那些腐爛的竹片上，讓竹片刺痛我的胸、腹和四肢。我此刻才懂得苦行僧為什麼要殘酷地自虐，罪孽深重啊！爺爺！您的蓮蓮罪孽深重啊！我匍匐在這裡，心裡舒服多了，好像我就伏身在爺爺瘦骨嶙峋的膝頭上。時間對於我已經失去了任何意義，我不在乎我在這兒待了多久，我也失去了對於飢渴的敏感。忽然，我發現有一個活著的東西在扯我的衣服，我以為是什麼小野獸，嚇得我尖叫著跳起來。一聲熟悉的犬吠使我平靜下來。這是小刺猬的聲音，它這時已經人立著站在我的面前。它長大了很多。我羞愧地摟著它，它為了我對它的擁抱，大叫了幾聲，好像說：「你還是能聽出我的聲音呀！為什麼那一次我和鹹糖找到你的門前，你都不理睬？把我們拒之門外呢？而且讓那些兇惡的人用鐵棍夾著我的脖子，把我和鹹糖趕出那座比山還高的大樓？」我抱著它大聲哭泣，而心裡反而平靜了好多。它好像原諒了我，忙著用它的舌尖舔我面頰上的淚。我問它：

「小刺猬！爺爺呢？」

它馬上就從我的懷裡掙開，向海邊跑去。我明白它是帶我去見爺爺。我跟著它跑，跟不上，因為我已經長久沒有光著腳走路了，碎石子扎著很疼。它時時轉回來領著我往前走，非常耐心。它把我帶到海灘上的一條小船旁邊，自己先跳進去，我緊跟著也跳進去。船上有一對槳，小刺猬面向西南汪汪叫了兩聲，我知道它在向我指引方向。我解了纜繩，划動了槳，小船很聽話地就滑行起來。啊！就像是昨天才划過船一樣熟練。我的一隻腳蹬著小船的一根龍骨，身子向後仰著，一下一下地向前划著。我覺得好痛快啊！好久沒有這樣舒展過周身的筋骨了，我大口大口地呼吸著鹹腥的海上空氣。血紅的天地早就已經變成了深深的黛色，星星越來越多，像是我每划一下槳就能划出一片星光來，而且星光越來越亮。只要小船的方向有了一點偏差，小刺猬就會向我叫一聲，提醒我。不一會兒，我就看明白了，我們是在駛向青雲島。我當然記得，那是一座非常綠、非常綠的小島。從前我和爺爺一年總要去幾次。島上除了鳥鳴，就是當你走近村莊時的雞叫狗咬。每一戶人家日夜都不關門閉戶。每一眼水井邊都給行人搭了一座涼亭，亭子裡有歇息的竹凳，有飲水的水盆和舀水的葫蘆瓢。亭子裡還供奉著一間神龕，神龕裡是木刻的土地公公和土地婆婆。神龕兩旁刻著一副對聯。那時我還不認字，爺爺告訴我，上聯是：美不美家鄉水，下聯是：親不親故鄉人。橫幅是：一方樂土。他們前幾年，還是用古老的方式和島外的人進行交易。我和爺爺用鴨蛋和鴨子去換他們的碎米，我們把碎米拿回去喂小鴨雛。他們不計數，也不討價還價，更不稱重量。只要看見對方的臉上有了笑容，就知道他滿意了。我曾經對爺爺這樣說：

「青雲島真好，島上的人真好！」

「那就把你嫁到青雲島上來。」

「好呀！」那時我還不知道嫁是什麼意思，以為嫁就是搬到島上來，找個男孩子當玩伴兒。「我要是嫁到青雲島上來，我就是孩子頭兒了。你聽聽，爺爺！他們連響動都沒有。」

「沒響動的人心裡實沉。」

一個島上的癟嘴老婆婆在旁邊笑吟吟地說：

「沒響動的人在枕頭邊上的話多。」

我覺得她的話好奇怪，我也聽不明白，只對她翻了翻眼睛。

「枕頭邊上的話那麼多，還叫人睡不睡覺了？」

「枕頭邊上的話甜，青雲島上的小媳婦！」

「耳朵才不管甜不甜哩！我喜歡嘴裡銜著甘蔗睡覺……」聽我這麼說的人都笑了。我那時候真傻，別人笑，我也笑，比別人的笑聲還要大。唉！如果這兒的人一直都生活在封閉之中，寂靜、平淡、自然，和世界沒有聯繫。仍然是木船、絲網，近海捕魚，河邊養鴨，旱地種薯，水田栽稻。我很可能是青雲島的媳婦，穿自己手織的老土布衣裳。終天每日在地裡挖木薯，曬木薯，磨薯粉。起五更，睡半夜，生兒育女。不知道、也不管世界有多麼大。分辨不出什麼是銅，什麼是金。什麼是砂礫，什麼是鑽石。更不知道什麼是VALENTINO，什麼是VERSACE，什麼是MONDIAL ATELIER。做木薯飯的時候，看著窗外的兒女們在樹蔭下爬來爬去，壓根兒就不知道什麼是滿足，什麼是不滿足。男人從島外帶回一束五彩絲線，能讓自己的女人高興一年多，一直到繡出各種紅花綠葉、飛禽走獸，把絲線用完為止。那不也是一種幸福嗎？可那種幸福只有銜著甘蔗睡覺的我才能得到，當我走進PRIMULA大酒店那扇金碧輝煌的大門以後，這條淳樸、天然的幸福之路就被隔斷了。此刻的我，就像一隻候鳥，飛遍天涯，在驚弓之後，又回頭來尋找往日出生的窩巢。再也無法重新回到混混沌沌的蛋殼裡、享受母體的溫暖和無憂無慮的朦朧了！在有知覺的第一天，我就已經啄破了孕育我的蛋殼兒。唉！什麼是幸福？這是一個仁者見仁、智者見智的問題，世界上有各種各樣的答案。在政治高壓之下，幸福好像是屬於具有優越政治條件的人。在拜金主義興起的年代，幸福好像屬於擁有巨大財富的人。得到一箱金銀珠寶的貴夫人，真的比往日島上得到一束五彩絲線的貧婦更快樂麼？根據我的生活經驗：也未必。

小刺猬的一聲叫，才使我從思索中醒過來，船頭差一點撞上了岸邊的岩石。我好不容易才穩住小船。小刺猬一躍跳上岸，我把纜繩丟給它，它銜著繩頭兒，圍著一棵樹繞了五圈。——這是爺爺教給它的拿手好戲。

我從船上跳到岸上。爺爺住在這兒？

44　爺　爺

什麼時候了？刺猬呢？哪兒去了？鴨籠關了沒有？野貓會鑽進去糟害小鴨仔兒的！野貓第一口就會咬斷小鴨仔兒的脖子，一隻一隻地拖走。刺猬如今也老了！唉！像我一樣，耳朵也不管用了，以前它有多麼靈啊！真的是風吹草動它都能聽見。人聽不見聲音像半死一樣。現在我才知道，人世間要是沒有聲音是多麼憋悶。我真懷疑這個人世間還有沒有了？多麼可怕！就是房子倒塌了，我都不知道。沒有雷就閃電！讓人措手不及。下雨天，只看見雨絲，我都不相信那就是雨水，以為是神仙從天上放下來的釣魚線，數不清的釣魚線從天上掛到地上。我身邊幸虧有個刺猬，我這條老命都交給了它。今兒它到哪兒去了？半天都沒有它的動靜了。我爬不起來，昨天我還扶著牆壁跟著刺猬出過門，今天就不行了。人們常說：富足富足，我今天算得上富足了。墊褥底下全都是一百元的大票子。我計算過，這些錢要是買耕田的水牛，能買一百多條。我記得日本人投降那時候，我們女兒河兩岸的首富，大地主海天王被仇家連著毒死五頭老牯牛，他們的家業就破敗了。四九年以後，海家的祖孫三代窮得連木薯都沒得吃，還是把他們家當地主狠批、狠鬥了一番，過了四十年腦袋夾在褲襠裡的日子。我今天的財產少說也比他多二十倍，要是擱在五十年前，要多威風有多威風，要多風光有多風光。做夢都能笑醒：哈哈！我有一百多頭老牯牛！等等！我的耳朵怎麼又能聽見聲音了呢？我聽見窗外有風吹樹葉的響聲。想是大樹站得高，看得遠，它們看見了海底的太陽快要升起了？等等，有人在說話，你是誰？大點聲，再說一遍……什麼？我的錢是用我的寶貝孫女兒換來的？風光不起來？……又沒聲了，你怎麼能只說一句話？說的是屁話！我的錢怎麼是我的寶貝孫女兒換來的呢?是呀!也可以這麼說,我為什麼要急著罵人呢?你的話不是沒有道理!我的錢不就是用我的寶貝孫女兒換來的嗎?也可以說是我把她賣了!可不是?賣得還很徹底呀!我這個老糊塗!連她的聲音——音信都賣斷了!刺猬是不會說話,它要是會說話,忽然問我:「爺爺!蓮蓮她在哪兒呀?她快活不快活?她還記得咱們的鴨寮嗎?她還記得你嗎?她還記得我嗎?」我真的沒法回答它。我記得在鴨崽兒出殼的時候,一片讓人心愛的鵝黃,蓮蓮小時候喜歡一邊拍手、一邊笑、一邊叫……賣斷了!賣斷了!人家的錢多呀!一百多條老牯牛的高價。我一直以為我占了好大的便宜。你,經你這麼一提醒,我才明白過來,划不來的是我!用一百多條老牯牛怎麼就換走了我的蓮蓮呢?連她的靈魂兒、影子……全都賣斷了!再說我要一百多條老牯牛有什麼用呢?要是真的把一百多條老牯牛買來,我不就成了牛的長工了嘛!……等等!我的耳朵又聽見了聲音,一隻鳥叫著飛過去了。想是它覺得冷,飛起來迎太陽去了。又有人在說話,還是那個人。什麼?你說什麼?我快要死了?是嗎?你說我的日子已經很短了……?不是今天,就是明天?可能你是對的,我的年紀已經很老了。八十四歲!俗話說:七十五,八十四,閻王不請自己去。是的,也該輪到我了。我一直以為我好像永遠也死不了似的,不,以前我是沒想到。我小時候就聽老輩子講過:有錢人總是想不到自己會死,他們死的都是措手不及。我沒想到,也就是我有了錢的緣故。死就死吧，我又不能不死。除了蓮蓮這根腸子割也沒割斷以外，我也就別無牽掛了。刺猬會再找一個主人，那個主人也一定會喜歡它。我就要死了！一個有錢人就要死了！也該知足了，我好歹是躺在一百多條老牯牛的背上死的……怎麼？我的耳朵又聽不見了！真怪，一會兒能聽見，一會兒又聽不見。我活了八十四歲，差不多有八十年我的心為飢寒揪著。每一天都像漂在海浪上的一條破船，總在想方設法補那些裂縫，不停地往外舀水。拼命地想把這條破船靠上一個實實在在的岸，上了岸，就丟掉它。躺在花崗石上，向風浪大聲吼上幾聲：風！你再刮大些吧！浪！你再瘋狂些吧！把海底的五臟六腑全都翻騰出來吧！你們就是一萬次鋪天蓋地地向我撲打，也奈何不得我了！我身子底下的石頭連著一眼看不到邊的大陸！這幾年，我就是躺在很結實、很沈重的岩石——一百條老牯牛一動也不動的脊背上。可我經你那麼一說，我又覺得不踏實了……等等，我又聽見聲音了。刺猬在叫，很遠，好像在海邊上……又有人在我身邊說話，你說什麼？你說我現在還是窮人？比過去還要窮？為什麼？我很有錢。什麼？這些錢在我嚥氣以後就不是我的錢了？不！錢還是我的，因為錢都壓在我的身子底下。你說什麼？你說任何人都可以把我的屍體掀在地上，連坑也不給我挖，把我的錢全都卷走。我不能不承認你說的有道理，以往，歷代皇帝都要有個後代，頂好是一個嫡親的後代，也就是這個緣故。難道我一閉上眼睛就不是個人了？只能算是一具屍體？就是最兇最兇的皇帝，死後怕也保不住自己屁股眼裡的一顆玉塞。這又是早就應該想到的。無怪你責備我沒記性，是的，我早就聽說過生不帶來、死不帶去這樣的話。可不光是我聽說過呀！人人都聽說過，人人都沒有特別在意，人人都覺得自己應該例外。是呀！我的確還是個窮人，比過去還要窮……我原以為我是在爭最後一口氣，看來，全都是空的。我什麼也帶不走，這一點，現在我已經想到了，我也認了。可我到底留沒留下點什麼呢？如果孫女兒不懂事還好些，她會為了她喜歡的人把我忘得乾乾淨淨。如果她越來越懂事，爺爺在她的念心裡越來越清楚，她會越來越憂愁。我留給她的遺產只能是憂愁？一想到這兒，我的眼淚就淌出來了，罪孽呀！臨了我給蓮蓮留下的竟是沒完沒了的憂愁！……我要是現在閉上眼睛，身邊連親人的一聲哭叫都不會有！我要是能把我買得起一百多頭老牯牛的錢，去買一聲親人的哭叫，該有多好啊！我把蓮蓮賣斷了！連她最後在我靈前的一哭也都賣斷了！

刺猬！你回來了！你在叫——我看見你的嘴在動。跟著你後面進來的她是誰呀？天已經大亮了，我看得清清楚楚，可我不認識她，一個年輕輕的闊太太。比蓮蓮的個子稍稍高些，我一眼就能看出她是個高貴的太太。太太！我也很有錢，我的錢能買一百多條老牯牛。可我知道，你一眼就能看出我是個窮人，受過一生一世窮困，辛苦了一輩子的窮人。你怎麼哭了？太太！你哭得那樣痛，還是那麼漂亮……你的嘴在動，在說話。我聽不見，耳朵全都聾了，一點兒也聽不見。你的小嘴很眼熟，好像在哪兒看見過。你是誰？我不可能認識你，我從來都沒有福氣認識有錢的闊太太。太太！你的手好細滑啊！太太！別摸我的手，我的手像馬牙石，會磨破你的小手。太太！你的淚滴到我的臉上了，太太！是溫熱的眼淚。我不明白你為什麼要哭？請別這樣，我還沒死。在活人面前像嚎喪似的哭，不吉利，很不吉利！你要是蓮蓮就好了，在我將要死去的時候趕來送終，該多好！我的蓮蓮也很漂亮，如果不漂亮，也不會叫有錢的老板看中。可她是個野姑娘，沒有你這麼文明高貴。你怎麼越哭越慟了呢？我是個放了一輩子鴨崽的老人，用得著你的可憐嗎？我還不能算是個孤老頭子，我還有個蓮蓮，我的孫女兒！此刻她不在我身邊。她不知道我的身子不好，她要是知道了，她不會不來。什麼？你問我什麼？你是不是問我她在哪兒？她在哪兒？我也不知道。好多年都沒有她的音信了，她只讓人給我捎錢，沒捎過信，連口信也沒有帶過一個。我問那個帶錢的人：我的蓮蓮在哪兒呀？那人說：放心吧！她在享福的地方，在穿金戴銀的地方，在不知道陰晴、不知道風雨的地方……天底下有那樣的地方嗎？太太！你是從那種地方來的嗎？怎麼回事呀！太太！你怎麼哭得這麼慟呢？你的淚就像雨點兒一樣落在我的臉上。是我讓你傷心了嗎？為什麼？我說的是我的孫女兒，沒說你。我一點責備她的意思都沒有，更沒有責備你的意思。我收了人家的錢，拿人家的手軟，吃人家的嘴軟。我……我都不敢對那人說：我想我的蓮蓮！

也不敢對他說：讓我看看我的小蓮蓮！我的小花骨朵！更不敢說：讓我的蓮蓮來看看我，我老了……不敢說，因為這是我答應人家的條件。說個沒出息的話，我後悔了！我真想把蓮蓮找回來，回到我的身邊。我寧願把人家給我的每一分錢都還給人家，回到原來的日子。和我的蓮蓮回到鴨寮上去，孵一群小鴨崽兒……太太！你不知道，你不知道我們原來的日子有多好！我在今天以前也不知道。我小時候就聽老輩子說：身在福中不知福。真是！人常常身在福中不知福呀！太太！我一直以為原來的日子很窮，很賤，很不體面，很土氣……為了改變原來的日子，我把我的蓮蓮，我的心肝兒，我的眼珠子交給了有錢人。我把孫女賣了！太太！賣斷了！剛才有個不顯形的人對我說：你賣了你的蓮蓮。多謝他對我的點化，我才知道我這個一輩子從不做買賣的人，老來做了一筆見不得人的骯髒買賣。是的，我得了很多錢，得了能買一百頭老牯牛的錢。太太！你不知道。我的蓮蓮知道，我從不花錢，也沒處花錢，錢對我的用處實在不大。可以說，錢越多對我越沒有用。可憐！太太！我為了這些對我沒有用處的錢，把我的無價之寶賣了！賣斷了！這筆買賣，我賠慘了！太太！誰要是能讓我見蓮蓮一面，我願意把能買一百多頭老牯牛的錢全都給他……太太！你能嗎？太太！

蓮蓮

爺爺！我能！我就是您的蓮蓮呀！爺爺！別再叫我太太了！我是您的蓮蓮！爺爺！您的耳朵怎麼一點兒也聽不見了呢？可您的眼睛是好好的呀！您應該認出我，爺爺！我的變化就那麼大嗎？爺爺！我的爺爺！我回來了！我用這麼大的聲音喊您，您怎麼就聽不見呢？我的爺爺！我壓根兒就不該離開您，我壓根兒就不該走進另一個世界。我太小了，爺爺！有一種人是永遠長不大的。今天的我無權責備昨天的我，也不能用今天的我去交換昨天的我。我曾經那樣輕易，糊裡糊塗抬起腿就走了。我哪裡知道，從一個世界走進另一個世界，要脫胎換骨，要把靈魂和肉體全都賣給魔鬼。決不僅僅是換幾件衣服，換一種生活方式，換一種語言的事。爺爺！那時候太兒戲了！輕鬆愉快地光著一雙腳，就走進了一個陌生的世界。現在，我卻非常沉重的、光著腳走回來了，一直走到您的面前。我想要告訴您的是：您是我失去的那個世界的全部！爺爺！當然還要加上小刺猬和一群小鴨雛……小刺猬！你聽懂了，真聰明！可最讓我傷心的是您不接受我，您不接受我，就是這個世界不接受我。沒想到，走回來也會這麼難，難極了！我當初就像一隻小鴨雛那樣，在啄開蛋殼的時候，既隨意又驕傲，那樣柔軟的嘴能自己敲破走向世界的大門！現在……唉！我們住過的鳥巢一樣的鴨寮已經沒有了，那塊地方也早已被人用錢收買了去！現在重新去找是找不到一塊搭鴨寮的地方了！得買。一切都得買。要是能買一小塊地，再買一些竹竿，就可以搭起一個寮了。您是高手，我是幫手，只要半天就夠了。但是，爺爺！我們即使能搭起一座和我們原來那座鴨寮一模一樣的鴨寮，也找不到從前的樹蔭，從前的清靜，從前的隨和，從前的快樂了。這不是我們的意願就能辦到的，首先是您已經不認識我了，您不認識我，就是說我已經把您丟掉了。這全是我的過錯呀！爺爺！全是我的過錯。您不認識我，就當然不知道我想要什麼。小時候，我不說話，只眨眨眼睛，您不用問就知道我在想什麼了。那時候我需要的很少，一塊甜粑粑就能讓我笑半天，一串紅玻璃珠子項鍊套在脖子上，能燒得我一夜一夜睡不著，經常爬起來，對著月亮，在每一顆珠子裡尋找霞光。我第一次懂得嫉妒，是看見青雲島來的姑娘們都有一張紅彤彤的臉。我轉過身來噘起嘴來不高興，被您看見了，您故意對我說：那有什麼好看的！個個的臉上都像猴兒屁股似的。我一下就開心了，真解氣！可我並沒有從此就寬容了她們，也沒有從我的小心眼兒裡把嫉妒挖了出去。有一天，偶然看見她們賣完魚等船回去，坐在沙灘上吃粑粑，吃完粑粑，每人都從懷裡掏出一面小圓鏡來，又拿出一小塊紅紙來。就是過年寫對聯的那種紅紙。先用舌尖把紅紙舔濕，再往臉上輕輕地抹，從上往下均勻地抹，一會兒，她們的臉蛋就鮮亮起來了。自從她們的祕密被我看見以後，我就不再恨她們了，也沒了嫉妒。

因為那種紅紙很好找，哪戶人家的大門框上都能撕下幾塊來。小鏡子是爺爺您給我買的，有一次，在我睡著了的時候，您悄悄塞在我的手裡。早晨醒來，我就像是得到您給我從天上摘下來的一顆星星。現在，任何人即使是給我一串由名家設計、價值連城鑽石胸飾，也不能讓我的嘴角稍稍往上翹一翹。在您身邊的時候，我的需要是多麼少啊！可我得到的幸福卻是那麼多！

爺　爺　太太！你在說什麼呀！你還有什麼苦情嗎？你或許是在講一個別人的故事吧？你是一位善人。我看得出，你講別人的故事就像在講自己的故事，訴自己的心事……

蓮　蓮　不！我是蓮蓮！我講的是自己的事，是自己的！您都知道的事呀！爺爺！我用這麼大的聲音喊叫，您就聽不見嗎？我的爺爺呀！爺爺！

爺　爺　你別喊了，就是打雷，我也聽不見。你是在講蓮蓮？她莫非是遭了什麼難了吧？它還活著？啊！我懂了，你點頭，我就知道她還活著。她活的好嗎？啊！我又懂了，你在搖頭，這麼說，她活的不好。她想不想爺爺？你又點了頭，想，是的，我知道她一定會想我。她從小就是個有良心的孩子，她決不會忘恩負義。她在哪兒？在哪兒？你怎麼指著自己？我明白你是說你知道她在哪兒。好哇！等我好點兒，等我能走的時候，你帶我去看她……

蓮　蓮　在這兒！爺爺！蓮蓮在這兒！就在您的面前！我就是您的蓮蓮呀！爺爺！您再看看，摸摸我的手，摸摸我的臉……

爺　爺

太太！我不懂你的意思，你是不是告訴我，你的手拉過蓮蓮的手，你的臉親過蓮蓮的臉？你搖頭了，不是？怎麼？你又點頭了，是？啊！我知道了。你見過蓮蓮，喜歡她。她是很討人喜歡的，她的心就像一汪清水，水底裡時時都有一輪月亮。太太！不用我來誇她，因為你跟她很相熟，拉過她的手，親過她的臉，就不用我來誇她了。她的心地那麼好，為什麼會活得不好呢？是的，我現在也不相信好心有好報的說法了。她在外地活得不好就該回來，回到爺爺身邊來。她怎麼不回來呢？太太！你哭得太傷心了，難道我的蓮蓮回不來了？是嗎？告訴我！發發善心！我的蓮蓮是不是回不來了？是不是？

蓮　蓮

爺爺！我該怎麼說呢？我已經回來了！回來了！實際上我又永遠回不來，回不來了！爺爺！就是您的耳朵能聽見，我也說不明白。我回不回來，不是我能不能，是您要不要？是您知不知道：您的小蓮蓮已經回來了！您不知道，您已經不會知道了！所以您的蓮蓮回不來了！永遠回不來了！我的可憐的爺爺呀！您怎麼連您的小蓮蓮都認不出來呢？我再也回不來了！我的爺爺！

爺 爺

太太！你回答我呀！你怎麼不回答我呀！回答我！求求你，太太！讓我知道，別讓我的心懸著，懸在半空中，怪難受的。讓它落下來，落下來，落下來……太太！回答我，我的蓮蓮回不來了，是嗎？回不來了？是，你點了頭，很輕，可我看見你點了頭，真的點了頭……我不再問你什麼了，也不讓你回答什麼了，我懸著的一顆心落下來了，落到底了！我可以閉上眼了……太太！一顆懸了好久好久的心落下來了，我的心像是平靜了？又像是死了？我想，是死了……

蓮 蓮

爺爺！別，別閉上眼睛，再看看我，我是你的蓮蓮呀！爺爺！您看，您看呀！我是老虎！嗚——哇！我是老虎！爺爺！睜睜眼睛，您應該認出來了吧？我早該這樣像小時候那樣，用手把嘴拉得大大的，學著老虎的樣子嚇唬您，您裝著怕老虎，抱著頭……認出來了嗎？我知道您認出來了！您有點想笑的樣子……快！您把手遞給我，叫叫我，叫叫我，叫一聲蓮蓮！

爺爺！您怎麼了？您的眼睛怎麼沒神了呢？您的目光是散的，爺爺！看著我的臉。您的嘴在動，為什麼沒有聲音了呢？爺爺！我是您的蓮蓮呀！我的嗓子都喊啞了，您都聽不出我的聲音來……啊！爺爺！您的手好涼啊！剛才還是溫熱的呀！爺爺！您……可別……我是老虎……

……

爺爺

你……你不就是我的蓮蓮嗎？是的，我認出來了，我現在才認出你就是我的蓮蓮。你在裝老虎……可為什麼只看了你一眼就再也看不清了呢？眼前的霧越來越重，你越來越遠……別再離開我！我在叫你，就是舌頭越來越拐不過彎來……耳朵，我的耳朵又像是能聽見聲音了，蓮蓮！你在哭，哭得喘不過氣來。我還能聽見小刺猬在叫，是一種我從沒聽到過的怪叫，怪極了！你是怎麼了？小刺猬！為什麼怪叫呀！……我又聽不見了……眼前的霧越來越重，變成了雲，烏雲……一重一重的烏雲把我埋住了……好重呀！我動彈不得……可怕？又不怎麼可怕……這……就……是……死……麼……？

45
莉莉

董事長電話召見！現在？——夜間十點半。我沒有馬上去見他……這一次我可是真的猜不出，他現在召見我是為了什麼。

當前全酒店每一個人都想議論而又不敢議論的一件大事，就是：戴茜被董事長趕走了！——這是酒店上上下下根據現象得出的結論。只有我和眾人的看法不同，我的結論是：戴茜拋棄了董事長。董事長這些天怕見我，有時候見到了，他也像沒看見一樣。我當然也不會硬湊上去，討個沒趣。董事長很自尊，但他沒想到，還有比他更自尊的人。戴茜一去不回頭，是董事長非常意外的結果。他原以為戴茜一定會在走投無路的時候，飢寒交迫地回到他的面前。——這是順理成章的必然。他可以痛痛快快地對戴茜進行狠狠地打擊報復。讓這位曾經被全酒店員工私下裡稱之為貴妃娘娘的戴茜小姐，身穿PRIMULA大酒店的制服，住女工集體宿舍，她被迫只好降格以求，屈身酒店要求打一份工。當吧女、房間清潔工、美容師的助手、桑那浴室裡的按摩女，用她的手腳去舒展男人的筋骨。讓她長期受污辱，讓每一個員工的目光都變成刺傷她的鋼針。但讓他非常失望的是：戴茜沒有回來，沒有向他痛哭流涕地懺悔；

而是悄然失蹤了！我和董事長都知道：戴茜曾經去過青雲島，看望過她那瀕死的爺爺，親手掩埋了這個唯一的親人。後來，就不知道她的去向了，誰也不知道……。

電話鈴又響了！我知道這還是董事長的電話，果然，我一拿起電話就聽見他劈頭蓋臉地向我喊叫起來：

「你怎麼能這麼沉得住氣呀！還沒動身？怎麼了？是個人都比我橫！我不是要你馬上來嗎？」

「董事長！我就來，我處理了一件事情……」

「什麼事情比我這兒還重要？」電話猝然掛斷了。我並沒有立即出門，梳理了一下頭髮，淡淡地在唇上補了一抹口紅。我的心裡升起一絲模糊不清的幻想，幻想什麼呢？多無聊！我罵了自己一聲就匆匆走出了房門。在21層，2102房間的門敞開著，我還是叩了叩門。得到的回應是董事長的大叫：

「進來！敲什麼？」我默默地走進去，輕輕掩上門，沒做任何解釋，我知道解釋是無用的。他正在看電視，見我進來，他用手拍了拍沙發，讓我挨著他坐下。我遵命坐下了，等待著他的指示。但他很久都沒說話，他正聚精會神地注視著電視屏幕。他讓我坐得離他這麼近，這是前所未有的距離。可又不說話，也不看我，電視就那麼吸引他？據我知道他很少看電視，特別是中國大陸的電視。有時候他只看看CNN的新聞。我只好也把目光轉向屏幕，看了一會兒，我才知道正在播出的是一個中國電視劇。或許他的目光雖然注視著電視屏幕，而心靈的電波正在向另一個方向發射。我是個從不想入非非的人，這會兒竟然有了一點非非之想，難道是煩悶、寂寞中的他忽然想到我，想在我身上尋找安慰？我將如何對待呢？又等了好久，他仍然沒有說話。我不得不跟著他欣賞這部沒頭沒尾的電視劇，好像說的是一個山鄉妹，在開放地區一個紙箱廠打工的故事。那女主角長了一副小樣兒，一雙中國式的杏眼，臉蛋兒上還有一對淺淺的酒窩兒。表演比較樸素，不太會作戲，也許這正是她的動人之處。她扮演的是一個純潔得近於無知的女孩兒。在戲裡處處受人欺侮，在戲外肯定會處處受人憐愛。是一個現代翻版的《德伯家的苔絲》。董事長突然用一隻手摟住了我的肩膀，我的第一感覺是驚異，但在兩秒鐘以後就平靜了。因為我終於準確地猜到了他要我做什麼，因為他的情緒一直隨著那個現代「苔絲」的情緒變化而變化。我先開口了：

「董事長！您是不是要我盡快找到電視裡的這位小姐？」

他更緊地摟住我，點了點頭。我的沈重的失意和得意剛好抵消。這時，屏幕上出現了演員表，第一個就是丁曉雯。我對他說：

「好的，我可以走了吧？」

他關了電視，用雙手的食指做了一個「十」字。

「你也有同樣的一份……」

「我懂了，董事長！」我站了起來。他也站了起來，冷丁的抱住了我，我把臉扭到一邊，因為我不能推開他。我溫柔而又冷冷地說：「董事長我會很快找到她，也許明天她就會飛來了。」

「LILY！你跟我說話可從來都沒有這麼低的溫度……」

「董事長！您對我也從來沒有像今天這樣『熱烈』過呀！」

他當然聽得出我的弦外之音了，輕輕地吻了一下我的面頰就鬆開了我。我立即匆匆走出房門，正好，一按電梯就來了，不需要等，因為我知道他還站在房門口看著我的背影。我跨進空無一人的電梯，在電梯四壁的鏡子裡，我都看見一個和我酷似的女人。左眼角正好滴出一滴眼淚，一副好委屈的樣子。我很不喜歡這種女人！但當我意識到她不是別人、就是我自己，而且電梯裡只有我一人的時候，那女人的眼淚像斷了的珠串那樣散落下來……我對她從不喜歡變成了憎恨。太沒出息，太讓人討厭。多麼可怕，她竟然就是我。

找這樣的明星，對於PRIMULA大酒店來說，並不困難。只要通過黨、政、軍、商各行各業的關係戶（我們這樣的關係戶很多），多打幾個長途電話，就能找到了。眼前中國這樣的星兒很多，她們很難在人們的心目中留下一個生動的角色，卻熱衷於利用各種媒體搔首弄姿地宣傳自己。加上不少觀眾的浮躁和淺薄的追星熱，他們只喜歡一閃而逝的彗星。即使出了一位天才的GRETA GARBO，不但得不到觀眾的認同，連當前的某些導演也會不認同。所以，應運而生，才會有不少女人把青春拿來賤賣、快賣。因為她們對於自己青春以外的一切都沒有自信。我的祖國菲律賓也是一樣……唉！不認天才，只認庸才；不識精品，只要偽、劣、次品；不認傑作，只認穢作；不認創造，只認模仿、抄襲或COPY。明月在天，無人仰視。流星落地，驚得雞飛狗跳。未來太遙遠，撈一把，近在眼前。所以我只撥了五個長途電話，就找到了剛剛在電視屏幕上看到而不能對話的丁小姐。她正在K城拍一部新電視劇。下面就是電話錄音機錄下來的對話。

「您是丁曉雯小姐嗎？」

「是的。」睡意朦朧中還沒有忘了字正腔圓。

「非常冒昧，我是拐了好幾個彎兒才找到您的……」

「啊！……您是哪一位呀？」

「我是哪一位並不重要，我只是受人之命、忠人之事。對不起！我是菲律賓人，中國話說的不好，請原諒！」

「您是菲律賓人！您太客氣了，您的中國話比大部分中國人都講的還要好！」

「謝謝您的誇獎！我在大學裡的專業就是中文。您知道瓊雅市嗎？」

「當然，瓊雅是個新興的海濱城市，我去拍過外景……」

「您知道瓊雅的PRIMULA大酒店嗎？」

「當然知道嘍，它差不多是瓊雅市的標誌了！五星級，我只遠遠地看到過……」

「我就是PRIMULA大酒店總經理的特別助理LILY小姐。」

「LILY小姐！」她的聲音變得更柔和了。「您找我有什麼事嗎？」

「應該說是我們PRIMULA集團的董事長楊先生找您，楊先生主持的PRIMULA集團是一家美國獨資企業，幾乎全球各地都有它的分支機構。」

「是嗎？LILY小姐！」聲調裡透露出隱忍不住的驚喜。

「楊先生在電視上看到丁小姐光彩四射的芳容和精彩的表演，可以說一見傾心，非常仰慕丁小姐……」我當然知道董事長只是一時的興致所致，甚至可以說是出於無聊的緣故，但我必須濫用華麗的詞藻。

「那可不敢當，我只是剛剛走進影視界……多謝楊先生的誇獎！」

「我們董事長很想邀請丁小姐明天到瓊雅來見見面，在我們的酒店休息休息……不知道……？」

「是嗎？LILY小姐！真是很感謝楊先生的美意。不過，您知道，我是很忙的，一口氣簽了三個電視連續劇的合同……瓊雅又那麼遠……您看……？」

「丁小姐！我們董事長早都想好了，他只是想占用您極少的時間，比方說明天飛來，後天飛去，一切費用都由我們負擔，完全不用丁小姐費心。董事長為人很慷慨，他準備送給您一件相當貴重的禮物……」

「不！這可不行！」她的聲音顫抖起來。「初次見面，怎麼好接受禮物呢？再說我的住房很小，收到的禮物太多，都快成了儲藏室了。」

「丁小姐！董事長也考慮過這個問題，可以換一個形式來解決，比如說，只是一張十萬元的存款單，寫上丁小姐您的名字……」她沉默了，我像個釣魚的老頭兒那樣有耐心，默默地等待著。在感覺上好像等了很久，其實也只是一分鐘。今天的一分鐘往往是幾個世紀的微縮。幾個世紀解答不了的難題都能在一分鐘之內得到答案，像超級電腦一樣，一分鐘可以演算億萬次。終於聽到了她的回答。

「LILY小姐！只是明天去……太倉促了些，恐怕機票都沒辦法買到吧？」

我放心了！她提出的只是一個小小的事務性的問題。

「丁小姐!這您就放心好了,明天上午會有人給您把機票送到您下榻的酒店,同時用車把您送到機場。OK?」

「是嗎!」她說這句話的時候,用的不是詢問的口氣,而是驚嘆。她也許還不太相信,在中國辦事有這樣痛快和有效率的人!在這條如此繁忙的旅遊熱線上,當天買票、當天就可以訂得到座位?我連忙告訴她:

「沒問題,PRIMULA集團在K市有自己的辦事處,即使是只剩下一張機票,您和一位政府部長都需要這張票,航空公司會首先把票給您。放心了吧?」

「只是……這樣……太……太冒昧了!和楊董事長從沒見過面……」

「丁小姐!這沒什麼,中國有一句俗話說:一回生,二回熟。楊先生本來也是從國內移民到美國的,文化素養很高,年輕瀟灑,和藹可親。如果有緣份,一朝一夕也能變成永久。」我索性給她一張更大的空頭支票,反正我一張嘴就說出去了。

「LILY小姐!真不好意思……謝謝!」

「不客氣!明天我會到機場去接您。董事長很忙,也許他不能去接您……也許能……但現在我說不準。」

「不必了,LILY小姐!您能到機場就很不敢當了!LILY小姐!明天在我見到您的時候,認不出您怎麼辦呀？」

「您認不出我沒關係，我認識您呀！您是萬眾仰望的大明星！丁小姐！SEE YOU TOMORROW！」

「LILY! GOOD NIGHT! BYE BYE!」我當然能感覺得到，她為了表示親切，特別用英語給我道晚安。

46
楊曉軍

又是一個不眠之夜。天亮以後才睡了一小會兒，而且一直受夢的困擾。夢裡沒有故事，也沒有人物，只有一雙光腳，戴茜的光腳。是她第一次走進PRIMULA大酒店時的那雙光腳，那時候，我還沒覺得那雙腳醜陋。相反，我覺得她那雙腳很可愛。男孩子一樣的光腳，踢著沙子，踢著海浪，踩著小狗的背……她會用腳趾夾著石子，甩出去驅趕鴨群。那雙光腳在酒店大堂光滑如鏡的地板上小心翼翼地移動……那雙腳伸向我，讓我聞，我貪婪地聞著、聞著，就吻它，假裝著咬它……戴茜不停地咯咯兒地笑著，我特別喜歡她那時候的笑聲，我一聽見她的笑聲，我的心境簡直就像映著藍天白雲的湖水一樣……最後她的笑聲驀地變成了刺耳的電話鈴聲，我醒了！很惱怒。總機怎麼敢在我沒有睡醒的時候，把電話接進來！我讓它響，數著，看它能響幾次！結果它響了三十下也沒停下來。我拿起聽筒就罵，對方並不打斷我。我一直罵了好幾句，聽見對方一聲笑，我這才明白過來。

「董事長！I AM VERY SORRY！打攪了您，我正在機場到酒店的路上……」LILY就像在我的辦公室裡彙報工作一樣，在聲音上盡量不塗抹任何一點兒感情色彩。「大概十五分鐘就可以到LOBBY了。」

「SORRY！我睡糊塗了！OK！你先帶她去總統套房休息，午餐……」

「OK！董事長！」她辦事從來都很簡練，說完立即關了手提電話。

接了莉莉的電話，我獨自笑了起來。這個丁……丁什麼來著？對，丁曉雯！她的哪一部分吸引了我呢？我已經忘了。壞就壞在莉莉辦事可靠而迅速，超音速！人已經來了，再過十五分鐘她就把那個陌生女子帶到酒店來了。我必須把昨晚作出這個決定的最初動機想起來，如果想不起來，我怎麼能打起精神來處理這個價值十萬元的一夜呢？她……對！當她——實際上不是她，是劇中人。劇中人的那個她在情人面前解第一顆鈕扣時一轉身，嘴角上掛著一絲恍然若失的表情，使我怦然心動。是的，就是那一轉身，使我產生了立即要見她，要得到她的衝動。她來了，我反倒又冷卻了下來，沒了興致。只當是對莉莉工作效率的一次考驗，或是用天平衡量一下一個星座和金錢的比重。也許是她來得太快、太輕易、少得可憐的一點兒神祕感頃刻之間就失去了，變成了一個索然無味的遊戲。諸如庸俗淺顯得無需去猜的謎語之類……。如果莉莉一時找不到，如果這位丁小姐擺擺架子，或者來個討價還價。我或許會興致高一些，至少我會在酒店大堂裡恭候她。中午，我只要了一盅魚片粥還沒吃完，沒食欲。然後，我躲在董事長辦公室閱讀各分支機構發來的傳真，完全忘記了有一位我自己請來的女客在等著我。下午三點半，莉莉打電話提醒我：

「董事長！您現在不那麼忙了吧？」

「請您轉告我的客人，十分鐘以後我就上來。」

「OK！」她明明知道我是在拖時間，因為那些傳真只是各地每日必來的日報表，完全不需要我來一一過目。如果有必要，她會送給我看，而這種必要並不多。一般事務她自會處理，該歸檔的歸檔，該轉發的轉發。當我走到總統套房的時候，莉莉已經在等我了。她沒有表情，沒有語言，只是代替客房服務小姐為我打開門，並把我帶進西式餐廳。這時，突然從沙發上跳起一位小姐，她大概就是我讓莉莉為我請來的客人。她剛剛還在享受沙發的柔軟，遠海的蔚藍，高雲的潔白，客廳的優雅和自己的嬌媚。莉莉為我介紹了客人：

「這就是丁曉雯小姐！這就是我們PRIMULA集團的董事長楊曉軍先生。」

「久仰!」我接過她伸出的手，握了一下。她的手始終是平直的，沒有回握我一下。是撒嬌?還是擺架子?不知道。但她的臉上湧現出的是一種喜不自勝的笑容。在握手的時候，我在很近的距離定睛看了看她。她給我的直感是電視導演和燈光師的本領高強，在屏幕上再現的那個人，無論如何還是個在故事中的人物，她努力表演編導給她規定好的情，規定好的義，規定好的哭，規定好的笑。做得像模像樣，煞有介事。現在我眼前這個人，反而被化妝品和她的自我感覺給糟賤了。使得我本來已經低落了的激情又降落了好幾個臺階。

「楊先生!多謝您的邀請……」

我很怕她說出一些肉麻的奉承話來，為了打斷她的話，我連忙對她說:

「丁小姐!不必客氣，倒是我要感激您能賞光來PRIMULA作客。請坐!」

她好像沒聽見我說的話，雙手抱著後腦勺，眯著眼眺望著窗外白鷗翻飛的大海，用悠長的舞臺腔感嘆說:

「這兒真美!美極了!」「美極了」三個字特別讓我感到不舒服，多餘!應該刪掉。她用做作的腔調破壞了她的真實感受。我先坐下了，她也只好坐下來，和我面對面。莉莉問我:

「董事長!您要喝點什麼?」

「丁小姐!」我沒有回答她，轉而問丁曉雯:「您要不要喝點酒?COGNAC?」

「不，謝謝！這碧螺春非常好。」她端起茶杯，但並沒喝。啊！是為了表演她自己的蘭花指。又一個多餘！

莉莉給我斟了一小杯NAPOLEON，我心不在焉地呷著。我現在想的竟然不是如何開始，而是如何結束？莉莉想是已經猜透了我的心思，從旁引出了一個話題。

「丁小姐！我們董事長欣賞過您表演的電視劇《麗人在南國》……」

「啊！是嗎？」這題目首先是解放了她。演員嘛！按題目做文章是她的拿手好戲。於是她就滔滔不絕地開講起來，越講越興奮，越講越有聲有色。開始只限於自己的成就，後來就很自由了，一連講了好幾個拍戲過程中的趣聞。劇組裡演員和演員，演員和導演，製片和演員之間的恩恩怨怨、勾心鬥角。為了片酬，為了角色，為了爭風吃醋對罵，大打出手。甚至為了爭一個特寫而罷演……以及分不清戲內和戲外的三角或多角的桃色糾紛。不管如何，她在講到高興處還是時時露出她本人的率真，使我對她有了一點兒好感。不知道莉莉是什麼時候退出的，在丁小姐把一個劇務的一句粗話重複出來，引得我哈哈大笑的時候，我才發現莉莉已經不在了。窗外：夕陽無限好，只是近黃昏。海水和天空像是赤銅鑄就的，凝重而華麗。可惜她此時的注意正集中在我的臉上，是在揣摩我的情緒？我的情緒對於她就那麼重要嗎？不就是一夜和十萬元的關係麼！我把她帶到窗前，她覺察到我已經不要再聽任何聲音了。我們面對群鳥翻飛的天空和越來越趨於平靜的大海，那最後的太陽就像性感女人的一片紅唇，只一瞬就淹沒在由橙紅變為暗紫的霧靄中了。她由衷地發出一聲輕輕的嘆息，這聲嘆息很準確地傳達了她在此情此景中的激動和傷感，比她在戲裡戲外的表演都要使我感動。我情不自禁地用手搭在她的肩上，她則立刻從她自己的純真中跳了出來，故作羞澀地把臉依偎在我的胸前，哽咽著像是要哭出來的樣子。這又多餘了！還不至於這樣。使得我剛剛在心中升起的一絲溫情，立即消失得乾乾淨淨。因為我意識到我們兩個人，一個是演員，一個不是。一個不是演員的人和演員配戲，實在是太彆扭了！多謝門鈴聲解救了我，我離開她去打開門。是莉莉帶著幾個小姐把晚餐捧了上來，她們進來以後就匆匆去了中式餐廳，輕手輕腳地擺著餐具和菜肴。不一會兒，莉莉在客廳門外小聲說：

「丁小姐！董事長！請就餐。」

「請！」我把丁小姐讓在前面。當她步入餐廳的時候，看見潔白的桌布上擺著兩套金光燦爛的K金餐具和色彩鮮豔的四冷盤、四熱炒。馬上學著廣東人的誇張，大叫一聲：

「哇！」

「怎麼？」莉莉真壞！故意地問道：「丁小姐！這些菜不中您的意嗎？」

「不，不！」她把雙手握在一起，擱在胸前，眼睛裡閃爍著真正的激情之光。我很自然就聯想到戴茜第一次參加酒店宴會時的情景，對於她來說，一進門全都是十分陌生的豪華，可她連驚訝和讚嘆都還不懂。丁小姐懂，可以說很懂。「我很奇怪，為什麼沒有一樣是我不喜歡的呢！這辣泡菜、油浸黃瓜、拌鴨掌……這香椿豆腐、這醉蝦……！」

她用真誠的疑問的目光環視著每一個人。我微笑著看看莉莉，莉莉的目光卻避開我，注視著餐桌，好像沒聽見一樣。

「請坐！」服務小姐幫她拉開椅子，她坐下來。服務小姐給她在膝頭上鋪好餐巾。我再轉身找莉莉的時候，她已經隱退了。為我鋪餐巾的服務小姐以為我要找什麼東西，問我：

「先生！您要什麼？」

「不，謝謝！」這時我更加明確地意識到，我面對的是一顆我自己用手摘下來的明星……甚至都沒有踮一踮腳尖兒。

47

丁曉雯

飯後已經很晚了，他向我道了晚安以後，就回到他自己的房間裡去了。他的房間和我的隔著一間起居室和一間客廳。這樣反而使我很納悶兒，這是怎麼了？我恍恍惚惚地回到自己的臥室，坐在仿歐洲古典式的梳妝臺前，不知道如何是好？梳妝臺上擺著一個信封，飯前我就注意到了，而且我曾經關上門打開看過，信封裡是一張存款單，開戶銀行是離我的住處最近的一家銀行，存款單上寫著我的名字，金額一欄裡明確無誤地寫著100,000元。一個1的後面五個0。我曾經有過三次這種閃電式的「應酬」，我不知道應該說這是做什麼，應酬二字是第一次向我提出這種建議的中間人說出來的。那是香港影藝圈子裡的一位大姐大，都稱她為尤四姐，很可能是一個綽號變成了藝名。我和她是在一部香港和內地合拍的電視片中合作時認識的。她處處關心我、照顧我。有一次她把我使用的國產的化妝品全都給扔進垃圾箱，使我非常不理解。她告訴我：

「靚妹仔！你怎麼可以用這種化妝品呀！不如不用。我明天就要回香港了，我把我的全套academie都留給你。」當晚，她留我睡在她的房間裡，貼心貼意地和我談了半夜。先是談她的奮鬥史，在她的奮鬥史裡有過一連串男人，但都沒有名字。她說：「男人像猴子掰玉米棒子一樣，掰一個扔一個，連女人的名字都記不清。我們女人為什麼要記住他們的名字呢？我把他們叫做臺階，第一個臺階，第二個臺階……」她有十個臺階。在她的故事裡，沒有愛情這個字眼兒。我當時對於一個女人大半生已經過去了，生活中竟然沒有愛情很不理解。她對於我的不理解，也很不理解：

「靚妹仔！愛情，LOVE？人世間有那個東西嗎？你有嗎？」

我回答她說：

「我會有的。」

她說：

「狗屁！我聽都不要聽，你也不會有了！別看你這麼年輕！因為世界上根本沒有，你到那裡去找呢？你現在掙的錢多嗎？」

「不，很少。」接著，我向她談了我和我的家庭收入。她很感動，因為在談家庭和自己的收入的時候，很自然就把我窮困潦倒的家庭景況，原原本本都告訴了她。後來我才知道，在香港人看來這是不可思議的事，怎麼可以露窮呢？香港人的社會道德準則是：笑貧不笑娼。那時候，我向她什麼都說。我對她說：

「我的父親還蹲在我們家鄉小城一個胡同口給人補鞋，媽媽在一個小飯鋪裡給人捏包子。起早貪黑，至今只有一間十二平方的違章搭建的房屋。大姐出嫁了三年又離了婚，帶著一個一歲半的孩子回了娘家。這麼多人擠在一間房，孩子一哭，一家人都甭睡了。我自己在北京向私人租了一個一間半的單元房。麻雀雖小，倒是肝膽俱全，有廚房、衛生間。租金卻高得驚人，一個月五百五十元。所以我只能疲於奔命，只要導演給個角色，我就去拍，不管是電影還是電視。那些製片人、導演，除了把我當做一個廉價雇用的演員之外，一個劇組至少有三四個人對我不懷好意。我只能跟他們曲意周旋，絕不玩兒真的。學《三國演義》裡的貂蟬，費盡心計，讓他們的精力消耗在爭風吃醋上。我只有一個心上人，他也很窮。大學剛剛畢業，在社會科學院研究一門很冷僻的學問——宗教與文學的關係。我很愛他。」

尤四姐問我：

「你愛他的什麼？」

我又說不出來。

「也許我愛的就是他那副窮得瀟灑的樣子，痴痴呆呆。當我帶著他去西山觀賞紅葉的時候，他會對我說：你想過沒有？托爾斯泰在小說裡說教的時候，實際上他和耶穌離得很遠。只有當他寫到凡人俗事的時候，反而離耶穌很近。我又好氣又好笑，有什麼辦法，我愛他。他來看我的時候，從不知道給我帶任何一點點使我高興的東西。一進門就嚷餓，到處找東西吃。我即使提醒他：明天是我的生日，送我一件禮物吧？好嗎？你猜他第二天給你帶來的是什麼？是兩隻鹵豬蹄兒！真讓人哭笑不得。他說：你不是愛我嗎？我最愛吃的就是豬蹄兒，帶來給你，你再給我吃。你在看著我吃得很開心的時候，不是比我更開心嗎？他能夠說出這個意思來，已經是很難得、很難得了。我會為他這句話整整一天都眼淚汪汪的，老想抱住他哭一場。」

尤四姐聽完我的愛情故事以後，痛快淋漓地把我笑話了一通：

「你這不叫傻，叫痴！叫歧線——這是廣東話，就是說你搭錯了神經。你老爹還在胡同口喝西北風，你倒有心思養個窮秀才！」

她一句話說得我滿臉通紅，半晌說不出話來。她又給我好一陣安撫：「那個窮秀才，你愛養就養著，只當是養了個寵物，一個小貓，或者一個小狗，無傷大雅。你頂頂要緊的是把你老爹從風口裡搬進屋裡，最好是在樓上，讓他安度晚年。」

「我根本就沒敢想過，我有條件給爹媽買幾間房子？承蒙朋友們幫忙，拍拍電影電視，即使演個主要角色，一集最多也只不過三兩千元。買房子，談何容易，除了東京、香港，就數北京、上海的房價高了。作為一個演員，總得買幾件四季更換的衣裳吧！場面上太寒傖怎麼能走得出去呀？特別是各種各樣的應酬，總是免不了的吧。」

她聽我說到應酬二字就接上話茬兒了。她說：

「應酬？我們在香港應酬是有代價的，剪綵、揭幕、嘉賓主持，就是見個面、飲杯咖啡也得給份車馬費呀！靚妹仔！你應該有點經濟頭腦！羅曼蒂克真的要適可而止了！」

我記得，在那個時候我還接受不了，拼命搖頭：

「不行！不行！事事、處處要人家的錢，我伸不出手。」

她在我頭上打了一巴掌：

「靚妹仔！四姐給你安排一個應酬，保證有一筆可觀的收入。」

「在香港？我們中國人去一趟香港是那麼容易的嗎？」

「不必在香港嘛！靚妹仔！可以安排在廣州嘛！」

「四姐！你說的是什麼應酬呀？」

「什麼應酬？既體面，又簡單，而且還快捷，可以說是閃電式的應酬。往返機票由對方給你買好，頭天去，第二天就回來了，在廣州花園酒店的豪華套房住一晚，見個朋友，吃一餐飯就得了嘛！誰也不知道，朋友們還以為你在王府飯店跳了一夜舞哩！靚妹仔！機票、房費、宴飲不算，還有兩萬港紙的紅包。」

「有這樣揮金如土的人？他圖什麼？」

「靚妹仔！可見你的價值觀念還很陳舊，就像精品店裡買時裝，每一件當令的KPIZIA都在五千港紙以上。喜歡，你就買。不喜歡，你就不買，一百、二百買來的街邊貨往哪兒放呀？有錢的人花錢叫放水，灑水。為的是賞心悅目，為的是風流瀟灑。」我還是不大明白，但我有點相信。「怎麼樣？本周末，可以嗎？」

我嚇了一大跳：

「你是在開什麼玩笑哇！四姐！」

「四姐什麼時候跟你開過玩笑哇？我從不開玩笑，對任何人我都不開玩笑。」

「四姐！你說的那個有錢人是……？」

「你見過。」

「我見過？」

「就是上個月到我們的外景地探班的艾先生嘛！」

「是他？就是那個給每個演職員送過一塊手表的艾先生？」

「對呀！你沒注意他對你特別好感嗎！」

「沒有，你說的就是那個左腳有點毛病、年齡在七十以上的艾先生？」

「哎喲！我的靚妹仔！你管他老不老！不老他會有那麼大的成就嗎？沙田有一半的地產都是他的！還了得！再說，一頭銀髮，很有型！腳是有點瘸，那是早年在黑道上遭人暗算落下的一點點殘疾。艾先生不是把自己的欠缺變成了優點了嘛！他拄著一根鑲著寶石的STICK，特別顯得有型？」

「那麼多人，他為什麼會對我特別好感呢？」

「靚妹仔！你知道什麼叫做鶴立雞群吧，你就是不露面，背影兒都是動人的！」

「四姐！別信口開河！」

「你四姐什麼時候跟你說過假話？艾先生對你的評價很高，他說你不凡，你聽聽，不凡！這評價有多麼高！什麼美麗呀，高雅呀，智慧呀，全都不在話下。你看，支票都開給我了。」

她真的拿出一張匯豐銀行的兩萬港幣的支票，而且眉額上寫著我的名字。我的心就像受驚嚇的兔子，一陣狂跳……一會兒功夫，我的意識裡湧進白茫茫一片雲霧，雙目失明，兩耳失聰。她肯定又向我說了很多話，我連一句也沒聽見。等我漸漸清醒以後，我發現她已經睡著了。我的手裡還捏著那張支票……在我第二天送四姐上飛機的時候，她在我耳邊十分動情地悄聲說：

「靚妹仔！你喝過你很不喜歡的湯藥嗎？一股子又怪又陌生的苦味。可是，你只要捏著鼻子、一仰臉就喝下去了。這叫恨病吃藥！靚妹仔！窮病要治！」說著她的眼圈都紅了。

那個周末，我飛到了廣州，第一次赴約做了一次閃電式的「應酬」。這種「應酬」的實際經過比尤四姐設想的還要難些。那老頭兒撲過來的時候，手杖落在地板上，像一聲槍響，嚇得我尖叫了一聲。他脫去衣服，就像一副醫用人體骨骼一樣可怕。他迫不及待地抱住我，急促地喘著伏在我的身上。我噁心得想嘔，但我用被單堵住了。好難下嚥的一副湯藥啊！好在很快，只有一分鐘，他就從我身上滑落下來了。我好像聽見他所有的關節都散了似的一陣響聲，我咬緊牙關把毯子撩起來蓋住他，他哆嗦著道了一聲謝。我摸索著鑽進盥洗間，在花灑下沖洗了好久。我真不想離開猛烈的水柱，也不敢看看自己，更不敢想剛才發生了什麼事情。下半夜我緊緊地裹著另一張毯子，大睜著兩眼，看著不透光的窗簾，聯想到我看過的鬼怪電影《白毛僵屍》之類。我時時懷疑他也許沒了呼吸。幸好他沒能再翻過身來，否則，我會被嚇死。天將亮的時候我才睡著……喚醒我的是那位艾先生，他已經衣冠楚楚地依著他的STICK站在我的床邊了，一副紳士派頭。叫醒我以後，他以STICK為圓心，很瀟灑地轉了一個一百八十度。盡量保持著三條腿的平衡，有節奏地高高地甩動著STICK，似乎很泰然地走了出去。我一看表才知道已經快到十點了，再不起來就會誤了班機。那是第一副湯藥，算是捏著鼻子咕嘟下去了；第二、第三副也就不那麼難喝了。

這次到瓊雅來，從天氣和風景來說，應該說都是空前美好的。我還從來沒有住過如此豪華的總統套房。特別是見到這位楊曉軍以後，我預感到這副湯藥也許只有一味藥，那就是甜甜的甘草。不用捏著鼻子，我自己就會主動喝下去，很可能不捨得很快喝完，而慢慢地呷著品味兒。楊曉軍的遲遲出現，在晚餐中的彬彬有禮。既沒有通常的讚美，又沒有猴兒急的要求。反而漸漸增強了他對我的吸引力，我發現，我竟然會有點喜歡他了。幾乎忘了他是我的買主，我是他的賣主。但我摸不清他的心思，當他偶然注視我的時候，有著一副若有所思的樣子，他給我出的是一個什麼謎語呢？我很想猜猜這個謎語。我以為飯後他會走近我，很粗魯或很文雅地擁有我。沒想到竟只道了一聲晚安就走到另一個房間裡去了，使我大惑不解。我的目光再一次停留在那個裝有十萬元存款單的信封上……我應該做點兒什麼，才能不再去想那張存款單所包含的全部意義呢？不可能，它就在我的眼前，我沒有力量把它推開。他要換取的只是共進晚餐？只是向我眩耀他的財富的威力？只是為了從人格上對我加以踐踏，或許只是和什麼人打了一個賭？也可能僅僅是無聊的緣故？但我在他眼裡美嗎？是因為我的美對他的吸引，他才請我來的嗎？是百聞不如一見？還是大失所望呢？這才是我所在意的。至於他的目的，隨便是什麼，那是買主的自由。我和他只是一筆交易，一夜和十萬元人民幣的交易。但我仍然很在乎我在他心目中的印象，使得我的內心對此刻所受到的冷落，感到頹喪。我寧肯他像動物一樣，一見面就撲上來，盡可能長地利用他買到的時間。哪怕是在我身上野蠻地衝刺，一元、一元地大聲數完他付出的鈔票。像我遇到的第一個人那樣，那個暴發戶！當時我恨不得把他殺了！後來想想，也就心平氣和了，至少說明我性感……。可現在……不想了，不想了，不想了！我以最快的速度脫得一絲不掛，披上浴衣，走進浴室。把浴池裡的旋流調得比體溫還要高，讓它沸騰起來。立即跳進去，聽任熱浪在我身上粗暴地揉搓。我的本意是沖去煩惱，讓自尊心變得哪怕稍稍麻木些。靜下來，然後蒙頭大睡。而結果卻恰恰相反，反而撩起我的忐忑不安和屈辱混合在一起的衝動，而且越來越強烈。我只好放乾了熱水，打開冷水。突然噴射出來的冷流使我打了一個寒噤，像是一雙陌生而冰冷的手把我翻了一個個兒。緊接著一個冰冷的光身人猛地抱住我翻滾起來，我情不自禁地尖叫了一聲，立即關閉了水源。披上乾毛巾跳出來，我驀然在鏡子裡看到了我自己。我第一次這樣全方位地看到我自己的裸體，這裡四面都是鏡子。只要按一下電鈕，這些鏡子也可以立即變成五彩大理石的牆壁。我承認我是一個敢於裸體走到人前的女子，無論從那個角度都可以展示自己。只有濃密恥毛掩蓋著的那一小塊三角地我不敢看，覺得醜極了。可我從和男人們的接觸中感覺到，那也許是最使男人銷魂的地方。這大概就是男人和女人的不同之處吧。

48

楊曉軍

我開始只想獨自在床上和衣躺一會兒，以為那種欲望會死灰復燃，然後再起來，把她叫來，上我的床，或是我上她的床。沒想到，一躺下就一點兒力氣也沒有了。掙扎著一件、一件地脫了衣服，扔了一地。頭一擱在枕頭上，就把我用十萬元買來的一件事情給忘掉了。不知道過了多少時間，朦朧中聽到SCHUBERT小夜曲的聲音在我的夢中擴展開來，直到我注意到這是調成小夜曲的電話鈴聲的時候，我才伸手抓起話筒。

「董事長……」是莉莉的聲音。

「有事嗎？」這個莉莉！鬼透了！她那雙眼睛總在暗處盯著我。她當然知道我是獨自在這個房間裡，在總統套房，每一個房間，客人的流動情況隨時會通過電腦轉換成符號，傳達到服務小姐那裡。

「要不要給您送一盤水果？人參茶？凍咖啡？」

「不！」我知道這不是她的目的，心態特別複雜的莉莉肯定也藉故給那位明星打過電話。很難捉摸她心裡的滋味……

「董事長！您不至於已經睡了吧？對不起！因為您從來都沒有這麼早就休息……」多麼狡猾的女人。

「沒……沒完全睡下……」我被迫這樣回答她。

「這我就放心了！但願沒有打攪您。」

「沒有，謝謝你！」我還得感謝她！

「祝您有個快樂的夜晚！」她沒等我再說什麼，就掛上了電話。她從來都沒有這麼冒失過，是看我的笑話？還是……？我有點兒生她的氣，雖然我知道她在惡作劇的時候自己也並不快樂。我完全從睡意中醒過來了……這時，聽見有很輕的叩門聲。我當然知道這不會是服務小姐，也知道一定是那顆星。

「誰？」

「我，小丁。楊先生！可以進來嗎？」

「可以。」

穿著低領絲綢浴衣的丁曉雯托著一杯酒小心翼翼地走進來。

「您的特別助理莉莉小姐讓我代她給您送一杯酒來……說您急等著要，我就匆匆忙忙來了，真是不好意思。」

「讓你？」莉莉為什麼要設計這個惡作劇呢？我真想拿起電話罵她一頓，同時把眼前這個人趕出去。但又覺得這樣做顯得自己太愚蠢、太野蠻。我坐起來，打開所有的燈，讓屋裡的燈光如同白晝。她應該從我的這一舉動上，看出我的惡劣心緒來。奇怪的是她並未覺察到我的異常，也許她認為這是對她熱情歡迎。我瞪了她一眼，但這一眼反而使我的煩躁情緒平靜了下來。在強光下，洗盡鉛華的她變成了另外一個人。她突然還原為一個普普通通的女孩，淺褐色的本來面目，真實得就像我記憶中的女知青、或女兵中的一個。一種熟悉和親切的感覺，給了我一個非常意外的喜悅。她準看出了我在這一瞬間的情感變化，她微微一笑，把酒遞給我。

「謝謝！」我接過酒杯。她偏著腦袋看了我一眼，低下頭小聲說：

「沒有事了吧？我打攪了您，告辭了！」

「不！」我也不知道這個字為什麼吐得這麼急？既然脫口而出也就只好如此了。我盡量溫和地對她說：「陪我坐一會兒吧！不過，我穿著睡衣接待你，太不禮貌了，我換換衣服吧？」

「楊先生！不必了，我不也是穿著浴衣來的嗎？……」

「是的，」我只好承認，按照莉莉的惡作劇把謊話說下去。「我突然覺得喉嚨很乾，但……我……並沒有讓你，……是……」

「我給您送來，您不高興嗎？」

「不，我只是覺得讓客人……不應該。請坐！」

「您呢？」

「我也坐……」於是，我和她面對面坐在一對沙發上。我用遙控開關把許多燈都關了，只留下一盞燭形臺燈。這會兒她真的意識到，我的這一舉動，是親近的表示。她的臉上馬上減去了那份侷促，顯得輕鬆自然多了。鏡子裡是她長髮披肩的背影，顯示著一種動人的簡練和樸素，比白天的她美多了。我呷了一小口酒，竟不知道應該從何說起。已經有許多年在女人面前沒有窘迫的感覺了，此時的窘迫反倒讓我暗暗高興，說明我已經有點兒喜歡她了。她見我沒有開口，心境驟然暗淡了下來，怯生生地小聲說：

「楊先生！我……很可怕嗎？」

我沒想到她會以這麼嚴重的方式提出問題，更加深了我對她的興趣。我沒有正面回答她，我對她說：

「丁小姐！你要是能在我小時候和我相識就好了！當然，那是不可能的，因為我比你年長得多，在我的頑童時代，你還沒有出生。」她聽我這麼一說，有些感動地笑了，笑得很甜：

「您小時候是什麼樣呀？」我沒想到她會從這個話題就輕易地切入了。

「我怎麼能知道我小時候的樣子呀？小時候我連照鏡子都不情願。」

「有不少男孩子特別愛照鏡子……那麼，您喜歡什麼呢？」

「我小時候特別喜歡小鳥，我不僅覺得小鳥很美，還非常羨慕小鳥的自由自在，自信自得。它們那對襯著藍天的翅膀，讓我心醉神迷。特別是那些水鳥擁有的天地，更讓我神往。

人在水裡非常沈重、拙笨，無論多麼高明的游泳健將，比起鳥兒來，都只能算是在水裡掙扎。水鳥浮在水面上，高高地揚著頭，那種優雅、高貴的儀態……啊！可真是難以形容。它們想游就游，想飛就飛，還可以貼在水面上滑翔。即使是縮著脖子蹲在樹枝上發愁的鷹，它的目光都是傲岸的。我一看見鳥就會咧著嘴笑，我父親的警衛員為了討我的歡喜，帶我去打過一次鳥。當我看見被打中的鳥死的死，傷的傷，雪白的羽毛上沾著鮮紅的血，有些鳥的翅膀和爪子還在抽搐。嚇得我大喊大叫，跑得遠遠的。後來，那些警衛員不再打鳥了，帶我去抓鳥。夜晚爬樹去摸鳥窩，支網。可那些抓來的鳥，沒有一個不是拚命掙扎的。即使不掙扎，眼睛裡也充滿著絕望和仇恨，我就馬上把它們放了。再以後，他們為我籠養畫眉、鸚鵡，都不能讓我像看見野生飛禽時那樣高興。後來，他們再也不用鳥來逗我喜歡了。……等我到了美國，定居在西海岸。我在洛杉磯的別墅，一百多平方的寬闊陽臺，面向大海，我最喜歡坐在陽臺上休息。有一次，一隻海鷗貼著水面慢慢、慢慢向我飛過來……」我用遙控開關把那盞燭形臺燈的光漸漸減弱，使它在不知不覺中轉換為淡淡的月光。再打開播放音樂的開關，這時只能隱隱地聽見，美國目前最當紅的歌星WHITNEY HOUSTON唱的那支《FOR THE LOVE OF YOU》。那真是一曲勾魂奪魄的歌！丁曉雯站起來緩緩向我走來，像洛杉磯那隻海鷗一樣。我向她伸出手來，當時，海鷗逕直落在我的手上。她當然沒有海鷗那樣輕，她站在我面前低著頭把手交給我，久久地看著地。我撫摸著她的手，繼續說：「這是我第一次親近一個自己飛到我手裡的鳥，它的眼睛裡沒有驚慌，沒有仇恨，沒有疑慮。它仰望著我……」這時，她輕輕地坐在我的膝頭上，慢慢把身子轉向我，面對著我，近得連她的呼吸都能聽得見。「海鷗把翅膀展開，輕輕地搧著風，把它的嘴湊近我的嘴……」她就像那隻海鷗一樣，把嘴湊近我的嘴，突然合在我的嘴上，吃掉了我還沒有說完的話。我聽見她漸漸急促的呼吸，她的雙手緊緊地摟著我的脖子，盡可能地把身子靠緊我。我興奮了！熱情地回吻著她，用手解開她身上的浴衣鈕扣。當我發現她身上只穿著這件浴衣的時候，她尖叫一聲，把一雙堅挺的乳房貼在我的胸前。她也幫我解著我的睡衣鈕扣，她的手有意、或無意地一下就觸動了我最敏感的神經，她立即就感覺到我由於亢奮的昂進。她呻吟著騎在我的身上。我抱起她，把她、連同我自己放在床上。她把臉貼在我的耳邊哀求地對我說：

「輕點兒！……」這聲音使我聯想到戴茜，戴茜每一次都要這樣說。那聲音給我的感覺是既真誠、又信賴。但很抱歉，今天她得到的卻和她的哀求相反。她長嘆了一聲，變得雪一樣白的臉，恐怖地歪斜著，牙咬得咯咯響。我很久才明白，這並不是女人受到創痛的表現。所以，在我明白以後，就不覺得那樣是醜陋、而是非常美了。那是暴風驟雨中的花朵才有的一種瘋狂的豔麗。她大叫起來，不是女人的尖叫，而是幾近於男人的低音……她的聲音使我

更加亢奮……她貪婪地享受著我。WHITNEY HOUSTON激越的歌聲正從遙遠的天際飄來︰

I WANNA BE LIVING FOR THE LOVE OF YOU,

ALL THAT I'M GIVING IS FOR THE LOVE OF YOU……

「我愛你！」我都沒想到我會說出這句話來。她貪婪地仰起頭來喊著吻我。這時的她也很像戴茜。我不由得痴痴地注視著她，使她意識到她自己由於放任而出現的失態，立即止住了自己的喊叫。我發現她正在努力調整著自己臉上的表情，抽出緊緊擁抱著我的手，擦拭著眼角的淚水。以一種做作的嬌媚的微笑面向我，這在戴茜和我相處的全過程裡，我從未見到過，戴茜在作愛時，從始至終都是一個可愛的自然人。對於火一樣的我，她是不斷煽情的風。這位丁小姐當然沒想到，她此時的嬌媚的笑容使得我正在熾燃著的火驟然熄滅。她非常詫異地大睜著眼睛看著我，一下就忘了修飾自己的表情，我的已經將要冷卻的火焰又漸漸活躍起來。我重新閉上眼睛，不再看她，像是在戴茜的身上。我把臉埋在她的面頰下，吻著她的肩頭。讓她的身心合著我的身心，我們一直把激情延續到WHITNEY HOUSTON唱第二支歌《I WANNA DANCE WITH SOMEBODY》才終了。

MY LONELY HEART CALLS……

我躺在她的身邊，讓音樂隱去，讓月光隱去……然後再讓星星一顆、一顆地閃現。她擁著我非常深情、非常清晰地對我說：

「沒想到，您還是個這麼真實，這麼有趣的人！我愛你！」

我點點頭，我承認。因為真實和有趣並不包含道德的評價和對人的素質的褒貶。我吻了一下她的耳朵，作為回答。

第二天的早上，我一覺醒來的時候，她正在我的身上。她的擺動弄醒了我，我完全不明白她是怎樣得到我的，在我沈睡的時候，中樞神經竟會受到欺騙？她是為了我？還是為了她自己呢？我配合了她意猶未盡的興致。

九點正，莉莉來電話，告訴我：客人該起床梳洗了，飛機起飛的時間是十點半。我用遙控開關打開那層厚窗簾，我對她說：

「對不起！丁小姐！我不能送你了，莉莉會送你到機場……」

所幸她沒有說任何話，只以深深的一個長吻作為回答。她披著浴衣走出去了。在門口，她的手按在胸前停了一下，然後，一轉身，嘴角上掛著一種無奈和悵然若失的表情。我又怦然心動了，想留住她，但她已經走到了門外，隨手掩上了我的房門……我把已經坐起來了身子重又放平在床上……。

49

陸美珍

在華燈初上的時候，我頭一個坐進威尼斯水榭。輕音樂樂隊已經在漫不經心地演奏著一支漫不經心的曲子了。來威尼斯水榭的客人向來都很少，因為這兒沒有迪斯科，也沒有卡拉OK，年輕人很少會跳探戈、狐步、華爾茲。此時空無一人。壓抑了很久的心緒到了這兒，竟浮起了一絲得意。今兒晚上，在這兒，我是花錢作東的「爺們兒」！我請的客人統統賞光，答應我：一定來！這些姐們兒能夠在大庭廣眾中聚一聚，可以說是破天荒第一次。「MI」的特點就是「MI」，開始進入這個圈子的時候，有不少鄉下妞兒覺得好光彩。幹的時間比較長了，認識到自己實際的尷尬地位以後，單個人都不願曝光，怕人家指指戳戳。集體亮相，更加不肯。特別是近一個時期，像出了鬼似的。最先是貴妃娘娘一聲尖叫，奔出酒店，赤著腳在沙灘上遊蕩了一天，再也沒見回來。第二件禍事就是丹丹的無端死亡，屍體也解剖了，一批一批的警探勘察現場、照相、偵訊……鬧得翻天覆地，至今也還沒能破案。明知道丹丹臨死之前，只有那個泰國商人賴長生來過。通過國際刑警的調查，不僅在泰國沒有賴長生這個人，在全世界都沒有這個人。也不知道兇手使用的是什麼藥物，法醫甚至曾經判斷是自然死亡，可又說不出身患何症。緊接著又是雲萍的妹妹受辱逃亡，不明去向。前天深夜，一個年輕的瘋子手裡提著一把用寬鋸條磨製的短刀，坐電梯直上頂樓，從上而下，挨著門大叫：「蓮蓮！蓮蓮！……」每一個房門都要挨上他的一刀，無一幸免。眾多的保安人員全都不敢靠近，眼睜睜看著他一路喊下來，每一扇房門都留下一個刀痕。所有的人都心照不宣，誰不知道這個瘋子是來找什麼人的呢？保安人員一方面是害怕瘋子手中那把刀，另一方面是對這個瘋子有一種說不出的同情。因為他的聲音太淒慘了！每一聲都在竭盡全力地嘔心瀝血……

每一件禍事和怪事，全都和我們這些「MI」有關聯，弄得姐妹們要麼哭哭啼啼，要麼長吁短嘆，心驚肉跳，連杭太行那樣有本事的人都悶聲不響了。酒店上下對我們都側目而視，好像我們之中的任何一個人早晚都會橫死。我就不信這個邪！非得大大方方走出房間，在熱熱鬧鬧的地方聚一聚，亮亮相！

在我獨自悶坐了一小時以後，第一個登場的是杭太行。她像一位貴夫人那樣，濃妝豔抹，珠光寶氣。黑色的晚禮服，胸前還特別佩戴著一朵碗那樣大的紅玫瑰。她的刻意地打扮，使我特別高興，這樣出場充分體現了我們這次聚會的宗旨。我迎過去，在舞池裡抱著她，互相吻了三次面頰。她向樂隊打了一個很響的榧子：

「WALTZ! THE BLUE DANUBE!」

樂隊馬上奏起《藍色多瑙河》圓舞曲，她把左手搭在我的右肩上，讓我像男人那樣帶著她旋轉起來。我們暢快地旋轉著，使得小樂隊也提起了精神，非常賣力地演奏起來。琴弓在弦上跳躍著，樂隊隊員的頭隨著節拍甩動著頭髮。在曲終的時候我抱著她轉了個滿場飛，我們忽然聽見了掌聲，原來是雲萍、小娟、曉霞在我們旋轉的時候，已經來了。太行從手袋裡掏出一把鈔票，像天女散花似的撒向樂隊。樂隊隊員們個個都伸出手來，搶著去接飄在空中的鈔票。我問：

「都來了嗎？」

「……」大家面面相覷，又是一陣悲哀的沉默。我們心裡都知道：丹丹沒來，她也不會來了。還是太行最先打破這沉寂，大聲叫道：

「喝點什麼？姐妹們！」沒等大家回答，她就獨斷專行地說：「酒！威士忌！一醉方休！」她召來服務小姐。「一瓶JONNIE WALKER！」

酒來了以後，又是太行嚷嚷著給我們一一碰杯，但大家的興致依然提不起來。雲萍幽夢似的眼睛總是看著房頂上的燈光，心不在焉地玩弄著杯子。小娟把杯子裡的酒當成了水，沒滋沒味地呷著。曉霞為了不至於太醜，盡量苦楚地把嘴角吊起來。不一會兒，整個威尼斯水榭就客滿了，而且全都是男人，這是非常反常的。曉霞悄悄地對姐妹們說：

「媽耶！怎麼來了這麼多人呀！」

太行大笑起來：

「我們今兒要的就是個人場！」

「對！你看這些人的眼睛，好像我們是五隻國寶大熊貓。曉霞！抬起頭來，他們用什麼眼睛盯你，你就用什麼眼睛盯他們！這叫以眼還眼！」

曉霞抬了一下頭，很快又低了下來。雲萍很驚奇，問我：

「美珍姐！我們這是在哪兒呀？怎麼像是進了戲園子呀？」

「這兒就是戲園子，人家來是為了看我們的戲，我們來是為了看人家的戲。好！這叫大家看！」

「我才不在乎呢！」小娟大喊大叫地說：「只當是進了牛欄。」

這句話把大家逗樂了，連曉霞也咧著嘴笑起來，對我說：

「美珍姐！給根煙。」伸手就把我嘴上銜著的一根煙拔了去。太行用屁股對著樂隊扭了一下，樂隊立即心領神會，奏起了迪斯科舞曲，太行對全場喊著：

「跳！都來跳！」

但下場的只有我們五個女人。太行跳得特別瘋，屁股扭得溜溜的圓。小娟就像演花鼓戲的小旦跑圓場。曉霞的節奏和曲子合得非常合適，就是太像陝北大秧歌。雲萍把自己的節奏放慢一倍，半閉著眼睛像在夢遊。男人一個也沒有下場，他們都在當看客。

「美珍姐！」小娟為了在震耳欲聾的音樂聲中讓我聽得見，對著我的耳朵大聲喊叫著：「沒一個男人下來！」正好樂隊奏完一曲，嘎然而止。可我對她的回答已經喊了出來：

「中國大陸的男人已經死絕了！」我就像在高喊一句口號。

姐妹們都為我的話吃了一驚，愣愣地看著我。男人們有的嘎嘎大笑，有的怪聲叫好，有的冷眼旁觀。只有一個男人走下舞池，對樂隊打了一個手式，樂隊奏起了一支很有些年頭了的老曲子──《SPANISH EYES》。我認出了他，他就是PRIMULA集團的老板楊曉軍。太行當然也認識他，馬上悄聲、嚴厲地對姐妹們說：

「別和他跳！」

楊曉軍第一個目標就是太行，太行很禮貌、也很堅決地對他說：

「對不起！我已經很累了。」

他又轉向小娟，小娟態度漠然，冷峻地看著他。好像不懂他的意思，而且不停地抖著自己的一條右腿。他走向曉霞，曉霞緊張地搖搖頭。他伸出手來，硬要抱她。我立即走到曉霞的面前，像一個妒忌的男人似的，把曉霞搶到自己的懷裡。我緊緊地摟著曉霞，貼著她的臉，而且用手在她的屁股上滑動。我用眼角的光注視著那個大亨，他憤憤地看著我，然後走向雲萍。雲萍用茫然的目光看著他，臉上有一絲難以猜測的笑容。她顯然已經不記得太行的警告了，或者是根本就沒聽見太行說過什麼話。她不由自主地把手搭在楊曉軍的肩上，楊曉軍雙手抱住她，懸空把她舉著進入舞池。緊緊地把她的身子摟在懷裡，雲萍把自己的頭依在他的肩頭上，他非常親暱地歪著頭，閉著眼睛，把臉貼在她的臉上。故意在我們眼前隨著音樂的節奏，緩緩地晃動著；完全是示威性的。太行氣得把指關節捏得啪啪響，她向小娟說：

「下！」她馬上摟著小娟也走進舞池。我們兩對故意非常近地圍著楊曉軍和雲萍移動。太行不斷向雲萍使眼色，雲萍的眼前如夢如煙，哪裡會看得見太行的憤怒呢！我們聽見她和楊曉軍的談話。

「你叫雲萍吧？」

「你怎麼知道的？」

「我當然知道，你知道我是誰嗎？」

「你是誰？」她懶洋洋地說：「她們說，你就是這兒的老板……是不？」

「是呀！所以我對每一位長包房客的事都有些了解……」

「我們這些長包房客對您也有些了解呀！」雲萍天生的嬌滴滴的聲調絕對能叫男人就地癱倒。楊曉軍笑著說：

「你們都了解些什麼？」

「聽說你也包了一個我們這樣的人……？」

他故意問她：

「你們是什麼樣的人？」

「嘿嘿！」雲萍在他的肩頭乾澀地笑笑說：「就是MI呀！」

「MI是什麼呀？」他顯然在裝糊塗。雲萍用兩根手指象徵性地打了兩下他的背。說：

「你給我打哈哈……戴茜是你的什麼人呀？」

「戴茜！哪兒有個戴茜？戴茜在哪兒？」

雲萍真傻，她以為楊曉軍是在問她，竟然很認真地回答說：

「有人說她又回到她爺爺的身邊，躲在一座小島上了……」

「不，她爺爺已經死了。」

「也有人說她跟上一個美國老頭兒去了夏威夷……」

「不可能。」

「也有人說，在玉簪島的浮寮上看見過她……」

「更不可能！我派人仔細清查過，那裡沒有她，你的妹妹小錦倒是的的確確在玉簪島的浮寮上……」楊曉軍完全可能以為雲萍知道，隨便說的一句話。我也是第一次聽說，心裡一震。可以設想，從姐姐身邊狂叫著出走的小錦，需要有多少鬼爪子才能把她抓到玉簪島的浮寮上啊！也就是說，她所受到的磨難之重難以想像！

雲萍立即停了下來，從楊曉軍的肩膀上垂下雙手，瞳孔突然放大，大聲喊著：

「你說小錦來過？她真的來過？不！沒有！你胡說！她還在老家！我現在在哪兒？……這是哪兒？這是夢吧？」她又笑了。雙手捧起楊曉軍的臉。「這當然是夢，原來你就是我的夢中人呀！你在說夢話，夢話應該是吉利話，說句吉利話……乖！」她在他的嘴上狠狠地親了一口。

楊曉軍殘酷地重複著那句既真實、又讓「MI」們感到極其恐怖的話：

「她在玉簪島的浮寮上……她只能在玉簪島的浮寮上！」

緊接著出乎所有人的意料之外，雲萍給了他一記非常響亮的耳光，那響聲就像古代縣太爺大堂上的一聲驚堂木。正在演奏著的樂隊嘎然而止，所有在場的人都像冷凝住了一樣，寂靜無聲。那聲清脆的耳光像是打在電燈總開關上，所有的燈全都打開了，全場雪亮，如同白畫。我看見楊曉軍的左臉上越來越深地現出了五條紅埂……但他並沒發作，臉上的肌肉在微微地顫抖。雲萍像沒事人兒似的，看看這個人，又看看那個人。自言自語地說：

「我說是夢吧！要不是夢，這麼些人，咋能都像是木雕泥塑的菩薩呀？」

一句話逗笑了楊曉軍，起先是尷尬地嘻嘻聲，很快就哈哈大笑起來。他一笑，引發了一場哄堂大笑，整整笑了五分鐘……

50 小刺猬

我成了一條名副其實的、人人討厭的野狗。可我心裡藏著一個人人都想知道、又絕對不可能知道的祕密。人們幾乎天天興致勃勃、永不厭倦地在猜測、在打聽、在調查、在尋找、在熱烈爭論著蓮蓮（有些人把她叫做戴茜）的去向。而所有人的猜測都可笑之至。我經常大聲和人們爭論，告訴人們最可靠的獨家占有的祕密。人們不僅聽不懂，也不想聽，還喝斥我、驅逐我、甚至用棍棒往死裡打我。唉！這是什麼世界啊！無怪人間擁有真知卓見的人都像我一樣，被人們喝斥、驅逐、追打。只有我知道蓮蓮到哪兒去了，而且我是唯一一個親眼目睹者。那天，夜已經很深了，而且漫天風雨。連我都不願意睜一睜眼睛，把頭裹在自己的懷裡，睡在門廊下。蓮蓮從爺爺獨自住過的那所小屋輕輕走出來，她當然是怕驚動了我，因為她的身邊除了我再也沒有一個有靈性的動物了。但是，正如人們都知道的。人無論多麼輕的腳步都瞞不過我的耳朵，我的身子在一秒鐘之內不僅伸直了，而且精神抖擻的站在她的面前。她溫柔地撫摸我，要我重新睡下。我很聽話，就又睡下了。她以為我會老老實實地睡，像某些人那樣，頭一沾地就會打呼嚕。我們狗類，即使睡得很沈，耳朵和思維都是清醒的。我聽見她向挽船的小埠頭走去了。——她去做什麼？夜已經這麼深了！可能是要乘船去大陸！她去大陸做什麼？肯定是上那座大樓，找那個闊佬。(事後證明這個推測是以小狗之心，度君子之量。)我一想到可能又一次會失去她的時候，我就非常緊張！馬上一躍而起，像出筒的槍彈一樣，追到埠頭，蓮蓮划著小船已經離岸而去很遠了。我默默地滑進海水，四條腿一起滑動，快速追過去。當她看見我的時候，我已經濕漉漉地站在小船的後甲板上了。她嘆了一口氣，看得出，她不忍心把我再趕下冰涼的海水。只好讓我留在船上，但她也不對我說話。從前，事無巨細，她都要和我商量。只有這一次，雖然連我都能看得出事關重大，她卻嚴重忽略了我的聰明才智。我心懷委屈也無可奈何，只能坐在甲板上，慢慢地舔著自己身上的水。我和她都沒有出聲，只有槳聲，只有水聲，只有風聲，只有雨聲……船在一個靠近我們過去住處的淺灘上泊住，她沒有把船拖上岸，反而把船推下水去，讓它隨水漂流。我知道，這就是說她再也不需要船了。她向女兒河走去，那條她一生下來就靠它活命的河，還像往日那樣吵吵鬧鬧地奔向大海。但是它已經變得非常渾濁了，不久前它還清澈見底，游魚可數。現在，怕是連老鴨子潛水下去也看不清了。蓮蓮蹲在我面前，撫摸著我的頭，我的背，我的尾巴。抱著我，眼淚像雨珠那樣落在我的身上。她無奈地搖搖頭，推開我，走進女兒河。她一步一回顧，我原以為她回顧的是我。後來我才知道，她回顧的不但是我，還有她在許許多多白天和黑夜看到過的一切，——也就是她曾經安身立命的這個世界。河水推動著她向下走去，她完全把自己交給了河水。這大概就是隨波逐流吧！河水到了這兒，到了盡頭，任何力量都難以阻擋。別說這一代人的力量了，即使是人類全部的智慧結晶，聖賢的經典和浩如煙海的哲人宏論，都阻擋不住河水即將在下一個瞬間的沉淪。我在岸邊陪伴著蓮蓮，當我看見她越來越向深處滑落的時候，我開始警告她了。她好像已經聾了似的，無論我的叫聲有多麼大，她都聽不見。在河與海交界的地方，她才向我喊叫了一聲：

「小刺猬！好好活著！你……可要好好活著啊！……」

從此就再也看不見她、也聽不見她了……我想：深不可測的海裡有她住的地方嗎？有她喜歡的朋友嗎？有一條像我一樣洞察一切的狗嗎？我只能承認：對於海，我就像人類對於塵世上的一切那樣盲目和無知。好好活著?!一條人人喝斥，人人驅逐，人人追打的野狗，能活得好嗎？蓮蓮！這就是：聰明一世，懵懂一時了……。

唉！——這是我在嘆氣，對的，是我在嘆氣，我當然會嘆氣，只不過和人嘆氣的方式不一樣罷了。人們！你們要知道，到了狗也要唉聲嘆氣的時候，禍事就不遠了……

三民叢刊書目

①邁向已開發國家　孫　震著
②經濟發展啟示錄　于宗先著
③中國文學講話　王更生著
④紅樓夢新解　潘重規著
⑤紅樓夢新辨　潘重規著
⑥自由與權威　周陽山著
⑦勇往直前　石永貴著
・傳播經營札記
⑧細微的一炷香　劉紹銘著
⑨文與情　琦　君著
⑩在我們的時代　周志文著
⑪中央社的故事（上）　周培敬著
・民國二十一年至六十一年
⑫中央社的故事（下）　周培敬著
・民國二十一年至六十一年
⑬梭羅與中國　陳長房著
⑭時代邊緣之聲　龔鵬程著
⑮紅學六十年　潘重規著
⑯解咒與立法　勞思光著
⑰對不起，借過一下　水　晶著
⑱解體分裂的年代　楊　渡著
⑲德國在那裏？（政治、經濟）　郭恆鈺、許琳菲等著
・聯邦德國四十年
⑳德國在那裏？（文化、統一）　郭恆鈺、許琳菲等著
・聯邦德國四十年
㉑浮生九四　蘇雪林著
・雪林回憶錄
㉒海天集　莊信正著
㉓日本式心靈　李永熾著
・文化與社會散論
㉔臺灣文學風貌　李瑞騰著
㉕干儛集　黃翰荻著

㉖作家與作品　謝冰瑩著
㉗冰瑩書信　謝冰瑩著
㉘冰瑩遊記　謝冰瑩著
㉙冰瑩憶往　謝冰瑩著
㉚冰瑩懷舊　謝冰瑩著
㉛與世界文壇對話　鄭樹森著
㉜捉狂下的興嘆　南方朔著
㉝猶記風吹水上鱗
・錢穆與現代中國學術　余英時著
㉞形象與言語
・西方現代藝術評論文集　李明明著
㉟紅學論集　潘重規著
㊱憂鬱與狂熱　孫瑋芒著
㊲黃昏過客　沙　究著
㊳帶詩蹺課去　徐望雲著
㊴走出銅像國　龔鵬程著
㊵伴我半世紀的那把琴　鄧昌國著
㊶深層思考與思考深層
・轉型期國際政治的觀察　劉必榮著
㊷瞬　間　周志文著
㊸兩岸迷宮遊戲　楊　渡著
㊹德國問題與歐洲秩序　彭滂沱著
㊺文學關懷　李瑞騰著
㊻未能忘情　劉紹銘著
㊼發展路上艱難多　孫　震著
㊽胡適叢論　周質平著
㊾水與水神
・中國的民俗與人文　王孝廉著
㊿由英雄的人到人的泯滅
・法國當代文學論集　金恆杰著
51重商主義的窘境　賴建誠著
52中國文化與現代變遷　余英時著
53橡溪雜拾　思　果著
54統一後的德國　郭恆鈺主編
55愛廬談文學　黃永武著
56南十字星座　呂大明著
57重疊的足跡　韓　秀著
58書鄉長短調　黃碧端著
59愛情・仇恨・政治
・漢姆雷特專論及其他　朱立民著

⑥⓪蝴蝶球傳奇 顏匯增 著
・真實與虛構
⑥①文化啓示錄 南方朔 著
⑥②日本這個國家 章　陸 著
⑥③在沉寂與鼎沸之間 黃碧端 著
⑥④民主與兩岸動向 余英時 著
⑥⑤靈魂的按摩 劉紹銘 著
⑥⑥迎向眾聲 向　陽 著
・八〇年代臺灣文化情境觀察
⑥⑦蛻變中的臺灣經濟 于宗先 著
⑥⑧從現代到當代 鄭樹森 著
⑥⑨嚴肅的遊戲 楊錦郁 著
・當代文藝訪談錄
⑦⓪甜鹹酸梅 向　明 著
⑦①楓　香 黃國彬 著
⑦②日本深層 齊　濤 著
⑦③美麗的負荷 封德屏 著
⑦④現代文明的隱者 周陽山 著
⑦⑤煙火與噴泉 白　靈 著

⑦⑥七十浮跡 項退結 著
・生活體驗與思考
⑦⑦永恆的彩虹 小　民 著
⑦⑧情繫一環 梁錫華 著
⑦⑨遠山一抹 思　果 著
⑧⓪尋找希望的星空 呂大明 著
⑧①領養一株雲杉 黃文範 著
⑧②浮世情懷 劉安諾 著
⑧③天涯長青 趙淑俠 著
⑧④文學札記 黃國彬 著
⑧⑤訪草（第一卷） 陳冠學 著
⑧⑥藍色的斷想 陳冠學 著
・孤獨者隨想錄
A・B・C全卷
⑧⑦追不回的永恆 彭　歌 著
⑧⑧紫水晶戒指 小　民 著
⑧⑨心路的嬉逐 劉延湘 著
⑨⓪情書外一章 韓　秀 著
⑨①情到深處 簡　宛 著
⑨②父女對話 陳冠學 著

(93) 陳冲前傳

嚴歌苓　著

在好萊塢市場，多少人一夜成名直步青雲，又有多少人一朝雲中跌落從此絕跡銀海。身為一個中國人，陳冲是經過多少的奮鬥與波折，身為一個聰慧多感的女子，她又是經過多少的心路激盪，才能處於這洶湧波滔中。本書將為您娓娓道出陳冲的故事。

(94) 面壁笑人類

祖　慰　著

本書是有「怪味小說派」之稱的大陸作家祖慰，在巴黎面壁五年悟得的佳構。他的散文神遊八荒，情貫萬里，將理性的思惟和非理性的激情雜揉一起。讀其作品既能吸收大量的科普知識，又可汲取其飄逸文風的美感享受。

(95) 不老的詩心

夏鐵肩　著

夏先生一生從事文化工作，大半心力都用在鼓勵培植有潛能的青年人，助他們走上文學貢獻之路。而他本身亦創作出不少的長短佳文。本書收錄計有：詩詞小品、散文、方塊評論等。作者一顆不老的詩心，洋溢在篇篇佳構中。

(96) 雲霧之國

合山　究　著

使中國風土之特殊性獨具一格的，與其說是天地的廣大，不如說是因塵埃、雲煙等而為之朦朦朧朧的自然空間吧！精氣、神仙、老莊、龍、山水畫、奇書等，其產生是有如何玄妙的根源啊！就以「雲霧」為起點，讓我們一起走進這美麗幻夢般的世界。

⑨⑦北京城不是一天造成的

喜樂　著

打從距今七百五十多年前開始，北京城走進歷史的繁華紛亂。現在，且輕輕走進史冊中尋常百姓的那頁，一盞清茶、幾盤小點，看純中國的插畫、尋純中國的足跡。由博學多聞的喜樂先生做嚮導，就讓你我在古意盎然中，細聆歲月的故事。

⑨⑧兩城憶往

楊孔鑫　著

霧裡的倫敦、浪漫的巴黎，除此之外，這兩城你可還留有其他印象。本書是作者派駐歐洲新聞工作二十多年的記錄。透過作者敏銳的筆觸，且讓讀者徜徉在花都、霧城的政經社會、文化藝術、風土人情以及歷史背景中。

⑨⑨詩情與俠骨

莊因　著

一顆明慧的善心與真摯的情感，經過俠骨詩情的鑄煉，將生活上的人情世事，轉化為最優美動人的文句，呈現出自然明朗灑脫的風格。文學對於作者而言，不僅是興趣，更是他的生命，但他不泥古而創新，在其文章中俯首可拾古典與現代的完美融合。

⑩⓪文化脈動

張錯　著

「我是一個文化悲觀者，因為我個人一直堅持某種希臘式的古典禮範，而這種文學或文化古典禮範，已日漸有如夫子當年春秋戰國的禮崩樂壞。」作者就是以這顆悲憫的心，用詩人敏銳的筆觸，深刻而熱切的批判著臺灣的文化怪象。

⑩桑樹下

繆天華　著

本書是作者在斗室外桑樹蔭的綠窗下寫就的小品散文。作者試圖在記憶的深處，尋回那些感人甚深的、發人深省的，或者趣味濃郁的人文逸事，不惟激勵讀者高遠的志趣，亦能遠離消沈、絕望的深淵。

⑩牛頓來訪

石家興　著

本書為作者三十多年來從事科學工作的心情寫照，包括思想、報導、論述、親情、遊記等等。文中處處流露出作者對科學的執著與熱愛，及超越科學之外的人文情懷，篇篇清新雋永，理中含情，情中有理，為科學與文學的結合，作了一番完美的見證。

⑩深情回眸

鮑曉暉　著

作者生長在一個顛沛流離的時代，雖然歷經千辛萬苦，但行文於字裏行間，卻不見怨天尤人；有的只是對以往和艱苦環境奮鬥的懷念及對現今生活的珍惜，以及世間人事物的觀照及關懷。做為一本懷舊之作，或是清新的生活小品，本書皆為上乘之作。

⑩新詩補給站

渡　也　著

你寫過新詩嗎？你知道如何寫一首具有詩味的新詩？本書是由甫獲得「創世紀四十周年創作獎」的詩人兼詩評論家渡也先生，深入而精闢的剖析一首新詩的形成過程，指導初學者從如何造簡單句到如何寫出一首詩，是一本值得新詩愛好者注意的書。

⑩⑤ 鳳凰遊

李元洛 著

一生從事古典與現代詩論研究的大陸學者李元洛先生，如何在放下嚴肅的評論之筆，轉而用詩人細膩的筆觸，摹寫山水大地的記行，以及人生轉蓬的寄悵，書中句句是箴語、處處有真情，值得您細品。

⑩⑥ 文學人語

高大鵬 著

忙碌的社會分散了人們的注意力、淡化了人們對身旁人事物的感情，任由冷漠充填在你我四周……而本書的作者以感性的筆觸，表達了自己對身旁人事物的真心關懷，以平實的文字與讀者分享所遇所感，無疑是給每個冷漠的心靈甘霖般的滋潤。

⑩⑦ 養狗政治學

鄭赤琰 著

身處地理、政治環境特殊的香港，作者藉由動物的百態來反諷社會上種種光怪陸離的政治現象，在其輕鬆幽默的筆調背後，同時亦蘊含了嚴肅的意義。這一則則的政治寓言，讀之不僅令人莞爾一笑，更具有發人深省的作用，批判中帶有著深切的期盼。

⑩⑧ 烟 塵

姜 穆 著

作者是一位出生於貴州的苗族人，卻意外的捲入戰爭。在臺娶妻生子後，所抒發對戰亂、種族及親人的真誠關懷。內容深沈、筆觸清新，充分顯露在生活的烈焰煎熬下，早已視一切如浮雲，淡泊名利，將其一生的激越昂揚盡付千里烟塵中。

⑲ 河　宴

鍾怡雯　著

人間繁華的請柬處處，不如赴一場難得的野宴。聽一回水的演奏、看一場山的表演，再來細細品味鍾怡雯為您端出來的山野豐盛清淡的饗宴——極盡可口的綠、十分道地的藍，以及不加調味料的白。

⑩ 滬上春秋

章念馳　著

章太炎，這位中國近代史上的思想家、政治家，曾因領導戊戌變法失敗而流亡海外。他雖是浙江餘姚人，卻有大半輩子的歲月是在上海度過。本書是由章太炎的嫡孫章念馳先生，從家族的口述和史料中，完整的敘述章太炎的這段滬上春秋。

⑪ 愛廬談心事

黃永武　著

每個人心中都有一枝彩筆，然而在趕遠路、忙上班的歲月裏，枕頭上的日升月降中，像拋來擲去的跳丸，彩筆就這樣褪去了顏色……本書作者在辭去沈重的教職和繁雜的行政工作後，重拾心中的彩筆，為您宣說一篇篇的文學心事。

⑫ 吹不散的人影

高大鵬　著

時代替換的快速，不知替換了多少人生舞臺上出現剎那的面孔；而人類，偏又是最健忘的族群。本書中所收錄的文章，均是作者用客觀的筆，為曾替人類社會或文化默默辛勤耕耘的「園丁」們，做最真實的文字記錄。

⑪③ 草鞋權貴

嚴歌苓 著

曾經叱吒風雲的老將軍，是程家大院的最高權威，九個承繼他刁鑽聰明的兒女，則個個心懷鬼胎……一個來自鄉下的伶俐女孩，被命運的安排，走入這權貴世家。威權的代溝、情份的激盪、所有內心的驕傲與傷痛，這會是怎樣的衝突，怎樣的一生？

⑪④ 是我們改變了世界

張放 著

從事文學藝術的工作者是「人類靈魂的工程師」。如果作家不能提高廣大讀者的精神生活品質，而僅為娛樂人心、滿足人們的好奇和刺激，那麼與馬戲團的小丑或兜售春藥的小販何異？故而作者不禁要問：是我們改變了世界，還是世界改變了我和你？

⑪⑤ 夢裡有隻小小船

夏小舟 著

日本人參加婚禮愛穿黑色、日本料理味輕單調、日本人性格分ABCD、還有情書居然可以賣……於日本教書的大陸作家夏小舟，在本書除了告訴你作者旅日的見聞趣事外，也且隨她乘坐那夢裡的小小船，航行向那魂縈夢遷的故國灣港中。

⑪⑥ 狂歡與破碎

林幸謙 著

你可曾聽過溯河魚的傳統？憑著當初離開河源的記憶，激勵著牠們回到了河川盡頭的故鄉。寧願冒著生命的危險，也不願成為溫暖海洋中的異鄉客。本書作者由溯河魚的傳統，引入海外華人的悲調，一種狂歡與失落、破碎而複雜的心靈面貌。

⑪⑦ 哲學思考漫步

劉述先 著

同樣的環遊世界旅行，企業家看到的是廣大的市場和商機；觀光客沈迷的是風景名勝和購物；文人墨客則歌詠人類史蹟與造物的奧祕。而哲學家呢？本書作者以其敏銳的邏輯思考，在具體的形象世界中悠遊漫步。期待您經由本書而拓寬自己的視野。

⑪⑧ 說 涼

水 晶 著

地鼠營巢於地下，專喜啃嚙花草植物的根莖。而玫瑰是酷愛陽光的美人，有潔癖，不能忍受穢物……。本書作者從事寫作近四十年來，筆墨蘸盡世間人情冷暖，猶然孜孜不倦的寫作。揮灑於字裡行間的，是一種識盡愁滋味後卻道天涼好個秋的豁達心境。

⑪⑨ 紅樓鐘聲

王熙元 著

文學博士王熙元教授，多年來一直不能忘情於散文的寫作。他的散文清新而感性，談生活點滴，筆端真情流露；論人生哲理，則深入淺出，發人深省。此外剖析文學之美，或回憶個人成長、求學的心路歷程，亦多令人有所啓發，值得一讀。

⑫⓪ 寒冬聽天方夜譚

保 真 著

本書為「青副」專欄「靜夜鐘聲」的結集。作者將其對生命與同胞的熱愛、執著，用感慨深邃的筆調，表現於一篇篇的短文中，告訴我們現今的臺灣與中國，需要我們付出什麼樣的關懷。在這些簡短的文字中，希望也能燃起我們一絲對民族的熱情。

⑫① 儒林新誌

周質平 著

本書是旅美普林斯頓大學周質平教授，將其多年在國內外的華文報章上所發表的四十多篇論述雜文結集成冊。書中呈顯出所謂海外學人的千般樣態，嘲諷中不失幽默，值得您細心體會。

⑫② 流水無歸程

白 樺 著

大陸知名作家白樺繼《哀莫大於心未死》之後又一本長篇小說。他的書取材是當代的，是改革開放後大陸所面臨的經濟文化與人慾的衝擊。書中的人物如高幹、富商、少女、情婦、歌星等，在金錢的誘惑下，一一呈顯出深沈黑暗而扭曲的人性面。

⑫③ 偷窺天國

劉紹銘 著

善人走完了人生路途上天國，會幸福到什麼程度？天國的幸福，會不會只是塵世快樂的延續？在本書作者引領之下偷窺天國的結果，是否會發覺天國的無趣？永恆實在可怕，幸福和快樂如果遙遙無盡期，一樣會變為無聊、乏味。天國，是否就在當下。

⑫④ 倒淌河

嚴歌苓 著

屢獲各大報文學首獎的嚴歌苓，繼《陳冲前傳》、《草鞋權貴》後又一本小說新著。內容包括十個短篇及一部中篇〈倒淌河〉。全書無論在寫景、敘事或對話，都極老練辛辣，辣得幾乎教人流出淚來。

⑫5 尋覓畫家步履

陳其茂　著

出國旅行，是許多人心神嚮往的事。而世界各著名的美術、博物館，更是文人雅士們流連佇足之所。與其走馬看花、對大師們的作品僅留浮光掠影，淺嘗輒止；不如隨著畫家陳其茂教授的引領，在其敏銳且情感深緻的筆觸下，一起尋覓畫家們的步履。

⑫6 古典與現實之間

杜正勝　著

在古典與現實之間，一幕幕動人心弦的故事正激盪著你我的心。古典的真貌在不斷的探索中漸漸澄澈而透明。而現實的我們且懷著古典的情愫，在史學家杜正勝院士古典新詮的筆下，淺嘗歷史的滋味。

國立中央圖書館出版品預行編目資料

流水無歸程／白樺著. --初版. --臺北
市：三民，民84
面；　公分. --(三民叢刊；122)
ISBN 957-14-2347-5 (平裝)

855

著作人　白　樺
發行人　劉振强
著作財產權人　三民書局股份有限公司
臺北市復興北路三八六號
發行所　三民書局股份有限公司
地　址／臺北市復興北路三八六號
郵　撥／〇〇〇九九九八一五號
印刷所　三民書局股份有限公司
門市部　復北店／臺北市復興北路三八六號
重南店／臺北市重慶南路一段六十一號
初　版　中華民國八十四年十一月
編　號　S 85316
基本定價　伍元肆角
行政院新聞局登記證局版臺業字第〇二〇〇號

ISBN 957-14-2347-5 (平裝)